Des secrets sous le sable

La fascination du risque

CAROL ERICSON

Des secrets sous le sable

Traduction française de
CHARLOTTE DEMANIE

BLACK ROSE

HARLEQUIN

Collection : BLACK ROSE

Titre original :
BURIED SECRETS

HARPERCOLLINS FRANCE
83-85, boulevard Vincent-Auriol, 75646 PARIS CEDEX 13
Service Lectrices — Tél. : 01 45 82 47 47 - www.harlequin.fr
ISBN 978-2-2804-6130-6 — ISSN 1950-2753

Composé et édité par HarperCollins France. Achevé d'imprimer en août 2021.
par CPI Black Print - Barcelone - Espagne
Dépôt légal : septembre 2021.

FSC www.fsc.org
MIXTE
Papier issu de sources responsables
FSC® C159065

Pour limiter l'empreinte environnementale de ses livres, HarperCollins France s'engage à n'utiliser que du papier fabriqué à partir de bois provenant de forêts gérées durablement et de manière responsable.

1

Tandis que de sombres nuages déferlaient sur les monts Santa Catalina, le ciel sembla soudain se fendre en deux. Une pluie battante s'abattit sur la route, faisant jaillir des gerbes de vapeur de l'asphalte brûlant. La première mousson de la saison avait frappé le désert de Sonora avec violence, inondant le paysage aride et sec.

Quand Jolene appuya d'un coup sec sur la pédale de frein, les roues arrière de sa voiture se bloquèrent et se mirent à glisser, faisant dévier sa trajectoire.

— Mais conduis correctement, bon sang ! cria-t-elle pour elle-même en tapant d'une main sur son volant.

Il n'était pas question d'avoir un accident à cet instant, pas avec ce qu'elle transportait dans son coffre. Son téléphone portable, posé sur le siège passager, se mit à sonner et, d'un coup d'œil à l'écran, elle vit que l'appel provenait de son cousin. Elle décrocha puis appuya sur la touche du haut-parleur.

— Salut, Wade, quoi de neuf ?

— C'est Granny, chérie.

— Gran, puisque tu n'arrêtes pas de te servir du téléphone de Wade, pourquoi ne me laisses-tu pas t'en offrir un ?

— Je ne comprends pas pourquoi mon ancien téléphone ne fonctionne plus…

— Ils ont coupé toutes les lignes des téléphones fixes

de la réserve, lui répondit Jolene en soupirant. Ils ont probablement pensé que tout le monde avait un téléphone portable maintenant.

— Eh bien, ils se sont trompés ! répondit la vieille dame avant d'être prise d'une violente quinte de toux.

— Tu es toujours aussi encombrée…

— Ce n'est rien, je t'appelais pour savoir quand tu comptais passer. Wade m'a dit que tu avais quitté la ville pour quelques jours ?

Jolene sentit les battements de son cœur s'accélérer.

— Qu'est-ce qui ne va pas, Gran ?

— Rien du tout, ma chérie, pourquoi faudrait-il toujours que quelque chose n'aille pas ? Je voulais simplement rendre visite à l'une de mes petites filles préférées. Où es-tu partie ?

Jolene but une gorgée d'eau de la petite bouteille posée dans le porte-gobelet avant de lui répondre.

— J'étais… à Phoenix, je suis allée voir des amis.

— La pluie arrive, lui dit sa grand-mère avec un soupir. Je le sens dans mes vieux os depuis quelques jours.

— Elle tombe déjà ici, mettant tous les conducteurs en péril, lui répondit Jolene. Je suis au sud de Tucson et j'ai l'impression qu'elle va m'accompagner jusqu'à Paradiso.

— Eh bien, on dirait que tu es plus au fait de la météo que moi, lui répondit Granny Viv avant de marmonner quelque chose à quelqu'un qui était à côté d'elle, probablement Wade. Tu verras à ton retour, il y a eu quelques changements depuis que tu es partie.

Jolene ne put s'empêcher de lever les yeux au ciel, sa grand-mère adorait les ragots.

— En deux jours ? Permets-moi d'en douter, Gran.

— Tu connais ce jeune agent de la patrouille frontalière, Rob Valdez ?

— Belle gueule, bras musclés ? Oui, je connais Rob.

— Eh bien, il n'est plus sur le marché.

— De quel marché parles-tu exactement, Gran ?

Jolene se retint d'éclater de rire. Elle savait pertinemment ce dont sa grand-mère voulait parler.

— Le marché des célibataires, Jolene, lui répondit Gran sur le ton de la confidence. Rob est apparemment parti en vacances avec une jeune femme.

— En vacances ? Tu n'es pas sérieuse, ça veut dire que leurs destins sont scellés à tout jamais.

— Oh ! tu peux rigoler, mais il était un des derniers célibataires convenables de la ville.

— C'est vrai que c'est un chic type, mais ce n'est pas mon genre. Et il est beaucoup trop jeune pour moi.

— Je connais tes goûts, Jolene. Et, en effet, la fin du célibat de Rob n'est peut-être pas une nouvelle si terrible, comparé à ce que j'ai appris pendant ton absence.

— Arrête ton suspense, Gran, lui répondit Jolene en sentant sa mâchoire se crisper. Quel est cet autre incroyable événement qui peut éclipser le départ de Rob Valdez en vacances avec une jeune femme ?

Gran resta silencieuse un instant, comme pour renforcer l'aspect dramatique de sa révélation.

— Sam Cross est de retour en ville.

Jolene serra les mains sur le volant tandis que la pluie battante continuait de s'abattre sur le pare-brise de son *pick-up*.

— Sam est de retour ? répéta-t-elle, la gorge sèche.

— Sam, lui, est ton genre d'homme.

— Sam est surtout marié, Gran, lui répondit Jolene en serrant les dents. Il ne peut pas, de ce fait, être mon genre d'homme.

— Il a divorcé, ajouta Gran avant de crier : encore quelques minutes, Wade !

— Il est à peine rentré en ville, et tu sais déjà tout de sa vie privée, fit remarquer Jolene à sa grand-mère en pouffant. Désolée, mais je n'y crois pas une seconde, jamais il n'abandonnera sa fille.

— Il a déjeuné avec Rosie, hier midi, et elle m'a dit qu'il ne portait plus d'alliance. Et quand elle lui a demandé à voir des photos de sa fille, il lui a montré des clichés d'elle sur son téléphone, mais aucun de sa femme.

Jolene sentit les larmes lui monter aux yeux.

— Eh bien, c'est certain alors. Pas d'alliance et pas de photos de sa femme : Rosie et toi êtes de véritables détectives.

— Tu n'as pas besoin de faire semblant avec moi, Jolene, lui répondit sa grand-mère en baissant la voix.

— On dirait que Wade veut récupérer son téléphone, lui répondit Jolene en s'éclaircissant la gorge. Je passerai à la réserve demain, j'ai quelque chose à faire à la maison en rentrant ce soir.

— Sois prudente sur la route, lui répondit Granny Viv.

Jolene entendit son cousin et elle échanger quelques mots avant que l'un des deux ne mette un terme à l'appel. Elle laissa échapper un profond soupir. Pour quelle raison Sam était-il revenu en ville ? Cela devait avoir un lien avec son travail. Il ne resterait sans doute pas longtemps dans le coin, et elle pourrait sûrement éviter de le croiser. C'était en tout cas ce qu'elle espérait.

Elle conduisit jusqu'à Paradiso, le nez collé au pare-brise, plus nerveuse à l'idée de ce qu'elle s'apprêtait à faire qu'à cause de la pluie qui semblait ne pas vouloir cesser. Elle pouvait le faire. Elle devait le faire. Comme son père le lui avait appris, la fin justifiait les moyens.

Une vingtaine de minutes plus tard, elle entra dans la ville, tandis que la pluie, toujours aussi forte, fouettait les pavés et inondait les rues. Quand elle se gara dans son allée, la tempête sembla soudain l'avoir dépassée. Les nuages sombres se précipitaient vers le désert, se brisant à la frontière comme si un mur invisible se dressait à cet endroit.

Elle appuya sur la télécommande pour ouvrir la porte de son garage puis se gara devant, sortit de son *pick-up* et jeta un coup d'œil aux alentours avant d'ouvrir le coffre. Elle en sortit sa valise et la posa au sol avant d'attraper à deux mains le lourd sac de voyage qui était posé sur la banquette arrière.

Une fois la sangle du sac passée sur son épaule, elle marcha jusque dans le garage en tirant la valise à roulettes derrière elle. Puis elle cacha le sac sous l'étagère où étaient rangées ses chaussures de ski et le poussa du bout de son pied trempé.

Après avoir verrouillé sa voiture, elle referma la porte du garage derrière elle et resta immobile pendant quelques secondes, jusqu'à ce que les lumières automatiques s'éteignent. Elle pouvait distinguer les contours du sac dans la pénombre et elle le regarda un instant avant de se diriger vers la porte qui menait à sa cuisine. Il n'y avait plus de retour en arrière possible à présent.

Une fois dans sa chambre, elle commença à défaire sa valise. Si elle n'avait pas menti à Gran sur la durée de son voyage, elle avait dû mentir sur sa destination. Elle ne s'était pas rendue à Phoenix mais à Tucson. Cependant, personne n'avait besoin de le savoir.

Quand elle eut rangé ses affaires, elle alla fouiller dans sa cuisine et trouva de quoi grignoter : un reste de houmous, des crackers, une tortilla rassie et une poignée de fruits secs.

Tout en finissant son dîner de fortune, elle jeta un œil à l'écran de son téléphone pour voir l'heure qu'il était, puis elle regarda par la fenêtre la pluie qui tombait toujours. Lorsqu'il fut enfin 22 heures et que les derniers nuages d'orage filèrent à l'horizon, elle monta dans sa chambre et se changea.

Après avoir enfilé un jean et un T-shirt bleu marine, elle attrapa son petit sac à main et un sac à dos puis retourna dans la cuisine. Là, elle brancha son téléphone pour le recharger et le laissa sur le comptoir. Elle retourna ensuite au garage où, après avoir allumé les lumières, elle attrapa des gants, une pelle, une lampe torche, une corde, des pinces coupantes et quelques autres objets qu'elle fourra dans le sac à dos. Puis elle rouvrit la porte du garage, sortit, déverrouilla le *pick-up*, lança le sac à dos sur la banquette arrière et son sac à main sur le siège passager. Elle déposa ensuite la grande pelle dans le coffre et, posant ses mains sur ses hanches, prit quelques secondes pour regarder autour d'elle. Puis elle alla chercher le grand sac qu'elle avait fourré sous l'étagère et le balança sur le sol, à l'arrière du véhicule. Elle expira profondément comme si le plus dur était fait. Mais ce n'était pas le cas, ce n'était que le début.

Une fois assise au volant, elle appuya sur la télécommande pour refermer la porte de son garage puis démarra et sortit de son allée. Alors qu'elle rejoignait l'autoroute, elle alluma ses pleins phares. Le clair de lune n'était pas assez puissant pour éclairer le désert, et il n'y avait pas grand monde à cette heure-là. Elle laissa échapper un soupir de soulagement en constatant qu'elle ne croisait personne. Quand elle vit apparaître la borne qu'elle guettait dans la lumière de ses phares, elle surveilla son compteur kilométrique et ralentit en regardant avec attention la route devant elle. Elle repéra enfin l'intersection et tourna sur la voie au sol accidenté.

Bientôt des poteaux métalliques et le fil de fer qui était tendu entre eux apparurent devant elle et elle se gara, coupa le moteur et éteignit ses phares. Sa lampe torche suffirait. Elle ne voulait pas risquer d'être vue sur ce terrain depuis la route.

Elle sortit de son *pick-up*, ouvrit la porte arrière et attrapa le sac à dos. Puis elle alluma sa lampe torche et fit courir le faisceau lumineux le long de la clôture. Elle n'avait pas été installée pour empêcher les gens d'entrer mais seulement pour tenter de les dissuader de la franchir.

Elle se baissa et se faufila entre les deux fils de fer. Heureusement que personne n'avait pensé à électrifier cette barrière, pensa-t-elle. Toutefois il n'y avait rien à protéger sur ce terrain, enfin pour le moment.

Elle marcha sur le sol sec du désert pendant une vingtaine de mètres puis se laissa tomber à genoux. Autour d'elle, à la lumière de sa lampe torche, elle constata qu'il n'y avait ni rochers ni cactus. Alors, elle posa son sac à main pour marquer l'emplacement puis revint vers son véhicule pour aller prendre la pelle et le grand sac, posé sur le sol à l'arrière.

Une fois de retour, elle le déposa sur le sol et commença à creuser dans le sable dur et sec.

Quelques instants plus tard, en nage, elle souleva son T-shirt trempé qui collait à sa peau et contempla son travail en se demandant jusqu'à quelle profondeur elle devait creuser. Il fallait que ce soit suffisant pour cacher ce qu'elle allait y enterrer mais pas pour le dissimuler éternellement.

Elle ouvrit le sac, le plaça au bord du trou… et laissa tomber son contenu dans la tombe peu profonde.

Sam détourna le regard de l'écran de son ordinateur portable où s'affichaient les visages de tant de personnes disparues… Toutes parties sans laisser de traces. Comment cela avait-il pu se produire ? Chacune d'entre elles avait été vue pour la dernière fois aux abords des villes frontalières de l'Arizona.

Il ne croyait pas aux coïncidences. Il avait d'abord pensé que les squelettes de ces disparus se trouvaient enterrés dans la myriade de tunnels qui truffaient les frontières américaines et mexicaines, mais la police avait fouillé la plupart de ces passages et n'y avait pas trouvé le moindre corps.

Pourtant le désert de Sonora était assez vaste pour abriter le plus grand des cimetières. Il reporta son attention sur l'écran et délaissa les portraits pour étudier la carte de la parcelle de désert qui se trouvait entre Paradiso et la frontière. Une zone attira son attention, et il pointa du bout du doigt l'endroit où devait être construit le nouveau casino. Cette terre, qui appartenait à la tribu yaqui, avait toujours été difficile d'accès.

Il se leva et s'étira. Puis il marcha jusqu'à la fenêtre de la chambre de son motel pour regarder les gouttes de pluie qui scintillaient sur la vitre. À présent que la pluie avait cessé, rien ne l'empêchait plus de partir en expédition…

Après avoir pris son arme et son portefeuille, il quitta donc sa chambre et traversa le parking pour rejoindre sa voiture de location. Les agents de la police frontalière s'arrêtaient-ils parfois de travailler ? se demanda-t-il en démarrant. Enfin… Peut-être n'avaient-ils rien de mieux à faire…

Une fois sorti du parking du motel, il prit la direction de l'autoroute. Ses phares se reflétaient sur l'asphalte mouillé tandis qu'autour de lui le désert sombre semblait tapi dans l'ombre, gardant pour lui ses secrets. Il soupira et alluma la radio. Cela faisait seulement deux jours qu'il était revenu et déjà, le désert l'avait envoûté.

À l'époque où il vivait ici, il appréciait l'aura presque mystique de cette terre qui s'étendait à perte de vue, mais il l'avait vite oublié en déménageant à San Diego. En quittant Paradiso, il avait également essayé de mettre ses sentiments de côté, mais il devait admettre que, sur ce point, il avait échoué.

En distinguant la borne kilométrique sur le bas-côté, il attrapa son téléphone portable et plissa les yeux pour scruter les environs. L'intersection ne devait plus être loin. Quelques minutes plus tard, il repéra la voie et tourna, ses pneus soulevant poussière et gravats sur son passage.

La voiture de location gémit et protesta sur ce chemin chaotique et non goudronné.

— Tiens bon, bébé, lui dit-il en serrant ses mains sur le volant pour tenter de la stabiliser.

Des phares apparurent au loin et il fronça les sourcils. Y avait-il des mirages la nuit ? Qui diable pouvait se trouver ici, à une heure si tardive ? Il sentit son cœur battre à tout rompre dans sa poitrine. Cela n'augurait rien de bon.

Tandis que sa voiture approchait de ce qui semblait être un *pick-up*, il ralentit. La voie n'était pas assez large pour qu'il puisse le croiser. L'un des deux allait devoir faire marche arrière. Le *pick-up* s'arrêta brusquement et commença à reculer. Le chauffeur avait compris qu'avec ses roues motrices, c'était à lui de le laisser passer mais s'il pensait pouvoir quitter les lieux aussi facilement, il se fourrait le doigt dans l'œil. Uniforme ou non, Sam restait un agent de patrouille de la frontière et il était curieux de savoir ce que faisait cet individu, ici, au beau milieu de la nuit.

Il descendit de sa voiture en laissant le moteur tourner, sortit son portefeuille et posa sa main sur son arme en se dirigeant vers la porte du conducteur.

Tapant un coup sur le capot, il lui fit signe de baisser sa vitre.

— Police des frontières, que faites-vous ici à cette heure-ci ? demanda-t-il en croisant le regard sombre mais lumineux de celle qui était au volant.

— Sam ? Sam Cross ?

Sam sentit sa gorge se dessécher et les battements de son cœur s'accélérer en découvrant à la lueur de sa lampe torche, les pommettes saillantes et les lèvres charnues de celle qu'il aimait depuis toujours et au-delà de toute raison.

2

— Qui êtes-vous ? grogna Sam en regrettant de ne pas avoir l'air plus convaincant.

— Oh ! je t'en prie, répondit la conductrice du *pick-up*, éblouie par le puissant faisceau lumineux de sa lampe torche. Tu sais très bien qui je suis, alors baisse ta lampe, s'il te plaît.

— Jolene Nighthawk ? dit-il en déplaçant sa lampe sur le côté, révélant sa chevelure soyeuse attachée en une queue-de-cheval.

— Droit dans le mille, Sam, dit-elle en coupant le moteur de son *pick-up* avant d'allumer le plafonnier. Qu'est-ce que tu fais ici à cette heure tardive ?

— Je t'ai posé la question en premier… Cela pourrait être dangereux.

— C'est chez moi ici… Enfin… d'une certaine manière, dit-elle en serrant les dents. Comment pourrais-je être en danger sur mes propres terres ?

Sam fourra les mains dans ses poches et donna un coup de pied dans le pneu avant du *pick-up* avant de relever le visage vers elle.

— Ainsi les Yaquis poursuivent leur projet de construction d'un casino sur la propriété ? C'est ton cousin Wade qui s'en charge ?

— Wade et tous les autres… répondit-elle en haussant

les épaules. La tribu a procédé à un vote, et c'est le Desert Sun Casino qui a remporté les suffrages.

— Que faisais-tu là ? Tu surveillais la propriété ? lui demanda-t-il en balayant l'espace du bras. Ou tu installais une bombe ?

Jolene leva les yeux au ciel.

— Que veux-tu dire ?

— Rien, je plaisante. Je sais que tu n'es pas très emballée par ce projet de casino. Ce n'est pas toi qui as essayé de prouver que toute perturbation de cet espace risquait d'avoir un terrible impact sur le mode de vie de la chouette des arbres à trois doigts ?

Jolene éclata d'un rire à la tonalité si grave et si sensuelle qu'il sentit quelque chose se réveiller tout au fond de lui.

— Il n'existe pas de chouettes des arbres à trois doigts, tu veux probablement parler des chouettes elfes, les chevêchettes des saguaros ?

Sam esquissa un sourire, comme un idiot, soudain si heureux d'être à nouveau en sa présence.

— Tu vois, je suis attentif pendant tes conférences.

— C'était censé être des discussions pas des conférences. Et, non. L'étude environnementale que j'avais demandée n'a pas prouvé que la construction de ce casino pourrait perturber leur habitat car il sera bien trop à l'ouest, lui répondit-elle avant d'agripper son volant à deux mains. Donc, finalement, je n'ai plus aucun recours.

— Mais c'est une bonne chose, non ? Que la construction n'ait pas de mauvaises conséquences sur la faune et la flore ?

— Disons que cela ne les affectera pas assez pour exiger une modification des plans…

— Le casino va créer beaucoup d'emplois et générer d'importants bénéfices pour la tribu, non ? Je sais que la patrouille frontalière est impliquée à plusieurs niveaux dans ce projet car certains des nouveaux employés seront issus de la tribu yaqui, du côté mexicain. L'instance dirigeante de la communauté nous a déjà contactés.

Fixant le désert devant elle, Jolene finit par tourner le visage vers lui, les yeux plissés.

— C'est la raison de ta présence ici ? C'est pour ça que tu es revenu à Paradiso ?

Waouh, pensa Sam. Jolene le considérait-elle comme un ennemi ? En même temps, s'il était honnête avec lui-même, il savait qu'il avait rejoint ce camp le jour où il l'avait quittée… Le jour où elle l'avait repoussé.

— Euh… Oui, c'est à peu près ça, lui répondit-il en évitant de lui donner les détails sinistres de sa mission véritable.

— À cette heure tardive, tu ne vas pas pouvoir te faire une idée très précise du projet et le gros œuvre ne commencera que dans deux jours, dit-elle en tapotant son volant du bout des doigts… Le matériel n'est même pas encore sur place.

— La pluie m'a empêché de venir plus tôt. J'aurais pu reporter ma visite à demain, mais… Je ne sais pas, j'ai eu l'impression qu'il fallait que je vienne maintenant. Comme si le désert m'appelait. Et je voulais vraiment voir ces terres avant le début de tout ce cirque.

Sentant son visage chauffer, il remercia la nuit de dissimuler sa gêne.

— Comme moi, approuva-t-elle en redémarrant son *pick-up*. Seras-tu présent à la cérémonie d'inauguration ?

— Oui, toi aussi ?

— Bien sûr, lui répondit-elle en enclenchant la marche arrière. Je te rappelle qu'il s'agit de mes terres.

Sur ces mots, elle recula puis après avoir contourné sa voiture, s'engagea sur le chemin accidenté. Sam la regarda s'éloigner, ses yeux s'embuant de larmes, jusqu'à ce que ses phares deviennent deux petits points flous.

Alors, il monta dans sa voiture et reprit sa route.

Deux jours après avoir croisé Jolene dans le désert, Sam enfila son uniforme vert de la police des frontières. Il savait qu'il allait étouffer pendant la cérémonie d'inauguration du futur casino, mais il était là à titre officiel et ne pouvait se permettre d'y aller en short et en tongs. De plus, rien ne semblait pouvoir le contrarier car cet événement serait pour lui l'occasion de revoir Jolene.

Il avait essayé de l'apercevoir en ville mais elle était restée discrète. Si elle était probablement occupée par ses fonctions de garde forestière au National Park Service, Sam ne pouvait s'empêcher de penser qu'elle cherchait surtout à l'éviter. Il ne pouvait le lui reprocher mais il aurait aimé avoir une chance de pouvoir lui expliquer quelle était sa situation à l'heure actuelle, même si cela ne changeait certainement pas grand-chose à ses yeux. Leur rencontre, l'autre nuit, prouvait qu'elle avait tourné la page.

En croisant son reflet dans le miroir, Sam passa une main dans ses cheveux et vérifia la blancheur de ses dents en souriant, juste au cas où il soit amené à discuter avec elle.

Puis il sortit de sa chambre et se dirigea vers son *pick-up* de garde-frontière, garé sur le parking du motel. Après avoir fait démarrer le véhicule, il prit la direction du site du futur casino.

Une trentaine de minutes plus tard, il ralentit en apercevant une file de voitures qui bloquait la route. Deux agents de la circulation faisaient signe aux conducteurs de se garer sur le bas-côté. Sam baissa sa vitre et fit un signe à l'un des agents. Un grand type qui portait des lunettes de soleil à effet miroir, avança vers lui.

— Vous pouvez faire le tour et vous garer sur le site. Mais les visiteurs lambda doivent se garer le long de la route et seront emmenés par des navettes jusqu'au lieu de l'inauguration.

— Judicieux… C'est en effet une bonne idée d'éviter à toutes ces voitures d'emprunter ce chemin… Mais, moi, je peux y aller, c'est bien ça ?

— Si vous arrivez à vous frayer un chemin parmi les manifestants, lui répondit l'homme en grimaçant. C'est un sacré bazar…

— Il y a des manifestants ?

— Sur la route, oui, mais nous ne les laisserons pas avancer sur le chemin.

— Ce sont des Yaquis ? demanda Sam, le cœur battant.

— Certains d'entre eux, oui… Ceux qui ne voulaient pas de la construction de ce casino… Mais la justice a statué, et ils ont perdu, ils vont devoir s'y faire, répondit l'agent en haussant les épaules. Je ne comprends d'ailleurs pas vraiment ce qui les gêne. Ce casino va générer d'importants bénéfices pour la tribu et pour chaque Yaqui qui possède une carte.

— Il faut croire que pour certains, l'argent n'est pas le plus important, conclut Sam avant de reprendre son avancée.

Tout allait devoir changer ici pour pouvoir accueillir ce nouveau casino.

En se rapprochant de l'embranchement, il commença à entendre du bruit et il baissa de nouveau sa vitre. Devant lui, des membres de la tribu yaqui, en tenues tribales, portaient des pancartes et criaient tout en frappant sur des tambours. Le son résonna dans l'habitacle du *pick-up*, et Sam retint son souffle. Jolene se trouvait-elle parmi eux ?

Il arrivait parfois que ce genre de manifestation dégénère, et il n'avait pas envie qu'elle se retrouve au milieu d'affrontements - même s'il savait qu'elle n'avait pas besoin de sa protection. Pourtant, il ne pouvait s'empêcher d'y penser… Il y avait beaucoup de choses qu'il semblait ne pas pouvoir maîtriser quand il était question de Jolene Nighthawk. En ne la voyant pas parmi la foule, il laissa échapper un soupir de soulagement. Peut-être Granny Viv avait-elle réussi à la convaincre de ne pas participer aux rassemblements prévus pour troubler cette journée.

Suivant l'un des fourgons chargés d'emmener les gens sur le site, il avança lentement. Il n'y avait pas le moindre souffle d'air et les nombreux drapeaux colorés, qui n'étaient pas là l'autre soir, tombaient tristement. Malgré cela, l'humeur des dignitaires semblait excellente.

Une estrade avait été installée, et Wade Nighthawk, le cousin de Jolene, se trouvait en son centre. Il portait ses longs cheveux bruns rassemblés en une élégante queue-de-cheval et, autre clin d'œil à son héritage amérindien, au lieu de son habituel costume ajusté, une chemise blanche ample brodée d'animaux et de symboles yaquis.

De l'autre côté de la scène, le maire et d'autres acteurs majeurs s'étaient regroupés. Sam reconnut Nash Dillon qui discutait avec une femme plus âgée, très habillée. Passant sa main par sa fenêtre, il lui adressa un grand signe de la main et celui-ci lui répondit d'un signe de la tête. Bien que Nash soit un agent de la police frontalière, l'entreprise de sa famille avait un intérêt dans le développement du casino et cette femme devait probablement être impliquée dans l'aspect financier du projet.

Clay Archer, l'agent en charge du poste de contrôle des frontières de Paradiso lui adressa également un signe depuis la scène. Sam pensa avec soulagement combien il était heureux de ne pas se trouver à sa place.

Après s'être garé, il s'approcha de l'estrade et monta les marches quatre à quatre pour aller serrer la main de Clay.

— Tu dois faire un discours ? lui demanda-t-il avec un sourire plein de compassion.

— Juste quelques mots sur les Yaquis qui vivent de l'autre côté de la frontière et les aménagements que nous allons devoir faire pour qu'ils puissent venir travailler au casino, lui répondit Clay en levant les yeux au ciel.

— Je donnerais n'importe quoi pour descendre d'ici, intervint Nash qui venait de les rejoindre, mais mes parents ont insisté pour que je sois présent et que je rencontre le représentant de notre groupe d'entreprises qui soutient le projet.

Alors que la femme avec qui Nash discutait se dirigeait vers eux, celui-ci entreprit de faire les présentations.

— Karen, laissez-moi vous présenter deux de mes collègues gardes-frontières, Clay Archer et Sam Cross. Sam arrive de San Diego. Karen, de son côté, représente les investisseurs.

Le visage lisse de cette jeune femme contrastait avec ses cheveux grisonnants et sa ferme poignée de main.

— Ravie de vous rencontrer, merci à vous tous de veiller à notre sécurité.

— Nous ne faisons que notre travail, lui répondit Clay qui adorait jouer les gentlemen.

— Pourquoi avez-vous quitté San Diego pour venir ici ? demanda-t-elle à Sam. Je suppose qu'il doit y avoir là-bas beaucoup de problèmes avec le trafic de drogues sur la zone frontalière, non ?

— En effet.

— Sam, ravi de te voir de retour parmi nous, lui lança Wade en se dirigeant vers lui, la main tendue, un sourire éclatant aux lèvres.

Cet homme se comportait vraiment comme un politicien, pensa Sam en lui serrant la main.

— Ravi de te revoir également, Wade, lui répondit-il. Félicitations pour le casino.

— Je te remercie, ça va être un grand changement pour Paradiso et pour la tribu. Mais… lui répondit Wade avant de pencher la tête sur le côté, tu ne vis plus ici, donc cela ne doit pas signifier grand-chose pour toi. C'est Gran qui m'a dit que tu étais revenu. Pour le travail, j'imagine ?

— Oui, approuva Sam en regardant autour de lui.

— Cela ne devrait pas t'empêcher de mêler le plaisir au travail, ajouta Wade en lui adressant un clin d'œil. Jolene ne doit pas être loin.

Avant que Sam n'ait le temps de nier que c'était elle qu'il cherchait, Wade fit un pas en arrière et donna une grande tape amicale dans le dos du maire, M. Zamora.

— Je ferais mieux d'aller répéter mon discours, déclara Clay.

— Quant à nous, nous devrions probablement aller chercher de bonnes places pour nous asseoir, dit Nash en prenant Karen par le coude et en adressant un signe de menton à Sam.

Sam se dirigea lui aussi vers l'espace réservé aux spectateurs et, tandis qu'il se frayait un chemin parmi la foule, il aperçut Jolene qui aidait sa grand-mère à s'installer. Même s'il n'avait pas particulièrement envie de voir la vieille dame, il pouvait se servir d'elle comme excuse pour aller à leur rencontre. Il savait que celle-ci l'avait beaucoup aimé… Jusqu'au jour où il avait brisé le cœur de sa petite fille.

Tout en marchant vers elles, il passa sa langue sur ses lèvres sèches et parsemées de grains de sable.

— Enfin, je retrouve ma personne préférée à Paradiso ! déclara-t-il à Granny Viv en posant sa main sur son épaule.

— Eh bien, tu te comportes comme Wade maintenant ? lui répondit celle-ci en penchant la tête sur le côté pour l'observer. Si je t'ai tant manqué, Sam Cross, rien ne t'empêchait de venir me rendre visite à la réserve…

— J'ai été très pris par le travail, lui répondit Sam en serrant la vieille dame dans ses bras. Tu n'as pas pris une ride depuis mon départ.

— Quel flatteur, lui dit-elle en lui faisant un signe de remontrance de sa main aux doigts noueux. Jolene, vas-tu continuer longtemps à l'ignorer ?

— Assieds-toi, Gran, lui répondit celle-ci en tapotant le dossier de la chaise sur laquelle elle venait d'installer un coussin. Bonjour Sam, comment vas-tu ?

Ainsi, elle voulait faire comme s'ils ne s'étaient pas croisés ici même, deux jours plus tôt, au beau milieu de la nuit, pensa Sam. Il passa un bras autour de sa taille et tandis qu'il l'attirait vers lui pour la serrer dans ses bras, il sentit son corps se détendre pendant une seconde avant de se raidir.

— Content de te revoir, Jolene, lui dit-il. Et soulagé de voir que tu ne fais pas partie des manifestants, pour ta propre sécurité.

— Protester de la sorte est inutile, déclara-t-elle en se dégageant. Sais-tu si Clay a prévu de faire un discours ?

— Oui, quelques mots sur les Yaquis qui vivent de l'autre côté de la frontière.

Granny Viv leva les yeux vers lui et tapota la chaise vide qui se trouvait à côté d'elle.

— Assieds-toi là.

— Je pensais prendre cette place, intervint Jolene.

— Oh ! je te vois tout le temps, dit la vieille dame,

laisse Sam s'asseoir près de moi, tu n'as qu'à t'installer de l'autre côté.

Sam s'assit avant que Jolene ne le fasse, avec le même empressement que s'ils jouaient tous deux aux chaises musicales.

— Il n'existe pas de meilleure place, dit-il avec un sourire.

Contrainte et forcée, Jolene s'installa, croisant ses longues jambes l'une au-dessus de l'autre, et regardant droit devant elle, les sourcils froncés.

Devant eux sur l'estrade, le maire M. Zamora prit le micro et, après avoir l'avoir tapoté, lança aux spectateurs :

— Tout le monde est bien installé ? La nourriture vous plaît ? Les danseurs aussi ?

Il attendit que la foule ait fini d'applaudir puis commença à discourir sur l'importance et la contribution culturelle de la tribu yaqui dans la région.

Sam l'écoutait d'une oreille, incapable de détacher son regard des jambes de Jolene qui ne cessaient de s'agiter. Si elle portait souvent des jeans et une paire de bottes, elle était aujourd'hui vêtue d'une jupe légère qui, chaque fois qu'elle décroisait les jambes, révélait un peu de la peau nue de sa cuisse.

— Est-ce que tu écoutes au moins ? lui demanda-t-elle en lui donnant un coup de coude.

— Quoi ? Ah oui, la contribution culturelle, répondit-il en remontant ses lunettes de soleil sur son nez avant de reporter son attention vers l'estrade.

— Non, je te disais que je ne vois pas comment un casino et des jeux pourraient être un atout pour la communauté yaqui. Enfin, j'imagine qu'ils vont se servir de nos symboles pour le décorer… tss…

— Chut, intervint Granny Viv en se penchant vers

Sam pour serrer le bras de Jolene. Ton cousin va prendre la parole.

Wade traversa la scène, remplaça le maire devant le micro et, après avoir pris une seconde pour regarder l'audience, poussa un puissant cri tribal. La foule lui répondit en hurlant.

Jolene leva les yeux au ciel et montra du doigt le ciel qui s'assombrissait.

— On dirait qu'il va pleuvoir sur leur défilé.

Le vent s'était levé et les drapeaux claquaient maintenant dans la brise, semblant applaudir avec le même enthousiasme que les spectateurs. Wade savait vraiment comment s'y prendre avec le public. Au loin, des petits tourbillons de sable se déplaçaient sur le sol désertique, preuve que l'orage approchait.

— Peut-être qu'ils vont réussir à passer au travers, lui répondit-il en penchant la tête vers elle, peut-être que Wade et le maire vont avoir le temps de jeter des pelletées de sable avant que les excavatrices ne se mettent au boulot.

— Tu crois que les pelleteuses pourront fonctionner sous la pluie ? lui demanda-t-elle en croisant ses mains sur son genou.

— Bien sûr, après tout ce spectacle, ils ne vont vouloir qu'une chose, commencer les travaux.

Elle se mit à lisser les pans de sa jupe avec nervosité. Sam pensa qu'elle aurait probablement été plus à l'aise parmi les manifestants. Mais, depuis la mort du père de Jolene, Wade avait pris les rênes de la famille Nighthawk, et les membres de la famille avaient toujours fait partie du conseil d'administration de la communauté yaqui. Il n'aurait donc pas été de très bon goût que, tandis qu'un cousin faisait le discours d'inauguration du futur casino, l'autre proteste contre ce chantier en brandissant des pancartes et en criant sa colère avec les manifestants.

Ce fut au tour de Clay de parler sur la scène puis les discours prirent fin. Le maire - M. Zamora - et Wade avancèrent tous les deux vers la foule et levèrent de grandes pelles vers le ciel avant de descendre de l'estrade. Ils marchèrent quelques mètres dans le désert puis plongèrent en même temps leurs outils dans la terre aride sous les acclamations de la foule.

Sam sentit Jolene se raidir à son côté, il eut même l'impression qu'elle retenait son souffle.

— Tu as déjeuné ? lui demanda-t-il en posant sa main sur son épaule. Tu veux que j'aille te chercher quelque chose à manger ?

Elle lui répondit par un sourire si éclatant qu'il faillit tomber de sa chaise.

— Oui, ce serait super.

Il ne s'attendait pas à une telle réponse. Il avait pensé qu'elle voudrait quitter les lieux le plus vite possible… Il demanda à Granny Viv si elle aussi souhaitait qu'il lui rapporte quelque chose, et celle-ci les envoya tous les deux lui chercher un peu de *chili*.

Tandis qu'ils se dirigeaient vers les stands de nourriture, Jolene prit une profonde inspiration.

— La pluie arrive, mais on dirait qu'ils vont avoir le temps de creuser avant le déluge, tu ne crois pas ?

— Tu sembles soudain bien impatiente qu'ils se mettent au travail, fit-il remarquer en lui jetant un regard du coin de l'œil.

— C'est comme un pansement, il vaut mieux l'arracher d'un seul coup, lui répondit-elle avant de lui montrer un camion du doigt. Regarde, je crois que c'est ici qu'ils font le *chili* que Gran aime tant.

Ils se mirent dans la queue et, quand ce fut leur tour, Sam commanda trois bols de *chili* et quelques bouteilles d'eau. Puis ils retournèrent à leurs places en se frayant un chemin parmi les spectateurs qui regardaient les machines avaler et recracher le sable en gros tas.

— Fais attention, c'est chaud, dit Sam à Granny Viv en lui tendant son bol.

Un grondement de tonnerre retentit alors au loin comme pour ponctuer sa phrase.

Soudain un murmure parcourut la foule et de nombreuses personnes, renversant leurs chaises au passage, se rapprochèrent avec précipitation de la zone de chantier.

— Que se passe-t-il ? lui demanda Jolene. Toi qui es grand, tu vois quelque chose ?

— Je ne suis pas certain, lui répondit Sam en essayant de regarder au-dessus des têtes. Quelques ouvriers crient et d'autres courent vers les engins.

— J'espère que personne n'est blessé, dit Granny Viv, sa cuillère fumante de *chili* suspendue à quelques centimètres de sa bouche.

— Je vais aller voir, dit Sam en posant son assiette sur sa chaise.

— Je t'accompagne, déclara Jolene en glissant un doigt dans le passant de sa ceinture. C'est toi qui ouvres la voie.

Sam se fraya un chemin parmi les badauds, Jolene sur ses talons. Une fois arrivés devant l'estrade, il attrapa le bras de Clay.

— Que se passe-t-il ? lui demanda-t-il.

— Je ne sais pas, lui répondit celui-ci avant de faire un signe de tête vers les tas de sable. Je crois que les ouvriers ont découvert quelque chose.

Sam se rapprocha de deux hommes qui semblaient très agités. L'un d'eux cria à l'attention de Wade :

— Il faut tout arrêter ! Il faut tout arrêter !

— Ne soyez pas ridicules, protesta Wade qui avait rougi. Ce n'est rien, voyons, continuez.

Mais le conducteur d'une des excavatrices descendit alors de sa machine et déclara, en posant ses mains sur ses hanches, une expression déterminée sur le visage :

— Non, je refuse.

Un autre l'imita :

— *Dios mios.*

Jolene cria à l'attention de son cousin, sa voix s'élevant au-dessus du vacarme ambiant :

— Wade ! Que se passe-t-il ?

Wade se tourna vers elle et secoua la tête, l'air contrarié.

— Ce n'est rien, c'est absurde...

— On dirait que les ouvriers viennent de déterrer des os, ajouta le maire en secouant la tête... Nous sommes probablement tombés sur un ancien lieu de sépultures.

3

— Des os ? répéta Jolene en croisant les bras sur sa poitrine. Des os humains ?

— On ne peut pas savoir, Jolene, lui répondit Wade en montrant du doigt les deux ouvriers qui refusaient de continuer à creuser. Si ça se trouve, il s'agit seulement du squelette d'un de ces animaux en voie de disparition que tu affectionnes tant. Est-ce que vous pensez sérieusement que ces types ont les mêmes qualifications que des archéologues ?

— Parce que toi oui ? lui répondit Jolene, exaspérée par le sourire narquois de son cousin. Surveille un peu tes propos, Wade, ils savent ce qu'ils ont vu.

Sam émit un petit sifflement entre ses dents avant de lui glisser à l'oreille :

— Voilà qui risque de bouleverser un tantinet les plans de Wade, n'est-ce pas ?

— Il a raison, lui répondit-elle à voix basse, ces os peuvent appartenir à n'importe quoi.

— Ou à n'importe qui… Le maire ne vient-il pas de parler de sépulture ? Ils ont dû en trouver plusieurs.

— Quoi qu'il en soit, les membres de l'équipe ont l'air contrariés.

Sam acquiesça lentement puis fit demi-tour.

— Où vas-tu ? lui demanda-t-elle en posant sa main sur son avant-bras.

— Clay et moi savons reconnaître les os d'un corps humain, lui répondit-il en faisant signe à ce dernier qui se trouvait à quelques pas.

— Tu as entendu ? lui dit celui-ci en les rejoignant. Il semblerait qu'ils aient déterré des ossements…

— Tu penses à la même chose que moi ? Allons jeter un coup d'œil. Jolene, attends-nous ici.

— Certainement pas, protesta-t-elle en suivant les deux gardes-frontières. Tu ne crois pas que je suis capable de reconnaître des os d'animaux quand j'en vois ?

— Cela ne sert à rien d'essayer de t'en empêcher, n'est-ce pas ? lui répondit-il en songeant que, de son côté, c'était de l'aimer dont il ne pouvait s'empêcher.

Cependant, s'il était honnête avec lui-même il devait reconnaître qu'il n'avait jamais réellement essayé.

Ils avancèrent tous les trois jusqu'aux engins dont les mâchoires étaient suspendues dans les airs, ouvertes et figées dans leurs mouvements et s'arrêtèrent au-dessus du trou pour y jeter un coup d'œil.

— Là, désigna Clay du bout du doigt. Cet os plutôt long, ça ressemble à un fémur.

— Ou à un os de coyote ou de mouton, lui répondit Sam en essuyant une grosse goutte de pluie qui venait de tomber dans sa nuque.

Jolene regarda au fond de la fosse puis tourna la tête par-dessus son épaule pour observer le sol à côté de la pelleteuse. Quelque chose de lisse en forme de croissant dépassait du sol. Elle se dirigea vers le tas que l'engin avait déterré et, accroupie, souffla sur le sable qui recouvrait l'os blanc avant d'appeler Sam.

— Et ça, tu penses que ça appartient aussi à un coyote ?

Les deux hommes se dirigèrent vers elle et regardèrent le crâne humain qui gisait à ses pieds.

Clay sortit son téléphone portable.

— Je préviens tout de suite la police de Paradiso. Ils doivent avoir envoyé quelques agents sur les lieux pour assurer la surveillance de la manifestation.

— De mon côté, je vais aller annoncer la mauvaise nouvelle à Wade et au maire, ajouta Sam en soupirant. Ce chantier ne va malheureusement pas pouvoir commencer. Il pourrait s'agir d'une scène de crime.

Le cœur battant à tout rompre, Jolene le retint.

— Une scène de crime ? Que veux-tu dire ?

— Ces os appartiennent peut-être à quelqu'un qui a été assassiné, lui répondit-il en fronçant les sourcils. Tu viens de découvrir ce crâne, tu sais comme moi que ce n'est pas celui d'un animal.

— Assassiné ? répéta-t-elle en sentant soudain la terre se dérober sous ses pieds.

Sam la rattrapa de justesse par la taille.

— Que se passe-t-il ? Tu te sens mal ? C'est cette découverte qui te met dans cet état ?

— Toute cette agitation commence à me taper sur les nerfs, lui répondit-elle en reprenant ses esprits. Je vais aller chercher Gran et partir d'ici au plus vite.

Alors qu'elle s'éloignait, Sam vit Wade se précipiter vers elle et lui saisir le bras avec agressivité.

— Qu'as-tu fait ? lui demanda-t-il avec colère.

— Moi ? protesta-t-elle en se dégageant de son emprise. Mais je n'ai rien fait du tout.

— Tu étais là-bas, on vient de me dire que tu as trouvé un crâne humain, insista-t-il en plantant un doigt sur sa poitrine. Pourquoi fourres-tu toujours ton nez partout ?

J'aurais pu gérer ce problème avec les ouvriers, le chantier aurait pu reprendre, nous aurions pu…

— Quoi ? Nous aurions pu faire quoi, Wade ? Cacher ces os sous le tapis, garder cette découverte secrète ?

Sam, qui était resté à distance pour téléphoner, se glissa entre les deux cousins.

— Wade, calme-toi, jamais vous n'auriez pu cacher ses os, tu le sais bien, et puis Clay et moi avons également vu ce crâne. Cette macabre découverte bouleverse tout le monde, jamais personne n'aurait accepté de faire comme s'il ne s'était rien passé, tu le sais.

Wade transforma son sourire en une grimace teintée d'ironie.

— Tu n'imagines pas à quel point quelques dollars peuvent tout changer pour certaines personnes.

— Si j'étais toi, Wade, lui confia Sam en lui montrant son téléphone portable, je m'abstiendrais de parler de tes compétences en matière de pots-de-vin. Je viens d'avoir la police au téléphone, et ils devraient arriver sur les lieux d'ici quelques minutes. Ils vont délimiter la scène avec du ruban jaune, puis le département du shérif du comté de Pima va envoyer son équipe scientifique pour collecter ces os.

— Que vont-ils en faire ? demanda Jolene, la gorge sèche.

— Ils vont les mesurer, les analyser, les observer sous toutes les coutures et peut-être découvrir l'identité de celui ou celle à qui ils appartiennent.

Sam s'interrompit et donna une grande claque amicale dans le dos de Wade.

— Pas la peine de faire cette tête, Wade. Dès qu'ils auront tout retiré et vérifié qu'il n'y en a pas d'autres dans la zone, ton projet reprendra son cours… Enfin, pas tout de suite, d'ici un an je pense.

— Cela ne nous arrêtera pas, protesta Wade qui avait

retrouvé une attitude calme et déterminée. Jolene, tu devrais ramener Gran à la maison.

— C'est justement ce que je m'apprêtais à faire, lui répondit-elle en constatant qu'une goutte de pluie venait de lui tomber sur la main. Il vaut mieux ne pas tarder.

— Je t'accompagne, lui dit Sam en la prenant par le bras pour se frayer un chemin dans la foule.

Une fois loin de Wade, il ajouta :

— Ton cousin a quand même un sacré caractère.

— Ce n'est rien de le dire, lui répondit-elle en se dégageant, mais je n'ai pas besoin que tu me protèges, ni de lui ni de quoi que ce soit.

Une fois de retour à l'endroit où ils avaient laissé Granny Viv, ils découvrirent que deux adolescents étaient assis à leurs places, absorbés par leurs *smartphones*.

— Andrew, dit Jolene qui connaissait l'un d'entre eux. As-tu vu ma grand-mère, elle était assise là tout à l'heure ?

— Ouais, répondit celui-ci sans lever les yeux de son écran, elle est partie avec ma grand-mère, elles m'ont dit de rester ici et de vous prévenir qu'elles prenaient votre voiture pour rentrer.

— Elles ont pris ma voiture ? répéta Jolene en levant les yeux au ciel. Mais pour quelle raison ?

— Mes amis et moi, on voulait rester, lui répondit l'adolescent en haussant les épaules, alors Granny Viv a proposé à ma grand-mère de prendre votre voiture pour pouvoir rentrer. Je peux vous ramener si vous voulez.

— C'est gentil, Andrew, mais je vais me débrouiller, lui répondit Jolene en attrapant son sac à main sous sa chaise.

— Je vais te ramener, intervint Sam avant de se tourner vers le jeune homme. Mais tu es déjà en âge de conduire, toi ?

— Yep, j'ai mon permis et tout ce qu'il faut, lui répondit

Andrew avant de donner un coup de coude à son copain. Et si on allait jeter un coup d'œil à ce tas de vieux os ?

Tandis que les deux jeunes s'éloignaient, Sam demanda à Jolene :

— Ça ne te dérange pas d'attendre la police de Paradiso ? Je pense qu'ils auront besoin de me parler, et à toi aussi d'ailleurs.

— À moi ? demanda-t-elle d'une voix aiguë avant de toussoter. Pour quelle raison voudraient-ils me parler ?

— C'est toi qui as découvert le crâne.

— Non, il était visible de tous, seulement posé sur un tas de terre, objecta-t-elle en croisant les bras sur sa poitrine.

— Il n'était pas posé par terre, Jolene, sinon Clay et moi l'aurions immédiatement remarqué, lui dit Sam avant de poser une main dans son dos. Allez, viens, ils sont là.

En levant les yeux, Jolene aperçut deux agents qui parlaient avec Wade et les ouvriers. Son cousin avait l'air d'avoir retrouvé sa sérénité et semblait prêt à accepter les conséquences que cette découverte allait avoir sur le projet de construction. Sa femme, Cerisse, aurait probablement droit à une tout autre réaction le soir même, pensa Jolene.

Sam salua les policiers et leur expliqua que Clay et lui avaient seulement examiné les os afin de savoir s'ils étaient humains ou non avant de se tourner vers Jolene.

— Mais dès que Jolene a découvert le crâne, le doute n'était plus permis.

Les agents n'avaient pas grand-chose à leur demander et Jolene réussit à persuader Sam de partir avant l'arrivée du shérif sur les lieux.

— Nous avons laissé nos noms aux agents, s'il a besoin de nous joindre, il n'hésitera pas, lui dit-elle en observant le ciel qui s'assombrissait. Et je crois que nous devrions nous dépêcher, le déluge ne devrait plus tarder.

Quand Sam lui ouvrit la portière de son *pick-up*, les premières gouttes se mirent à tomber avec violence. Elle s'installa dans le véhicule sans perdre de temps, et Sam la rejoignit, déjà trempé jusqu'aux os.

Il démarra, suivit l'une des navettes sur la route d'accès puis, une fois sur l'autoroute, accéléra et la doubla.

— Veux-tu appeler Rosie pour savoir si ta grand-mère et elle sont bien rentrées ? demanda-t-il à Jolene.

— Je pense qu'elles doivent être encore sur la route et je ne veux pas distraire Rosie si elle conduit.

— Pourquoi n'as-tu pas dit à Granny Viv que nous nous étions croisés, l'autre nuit dans le désert ? lui dit-il en lui jetant un regard du coin de l'œil.

— Je ne voulais pas qu'elle s'inquiète pour moi.

— Parce qu'elle te sait déjà contrariée par la future construction du casino ?

— Oh non, ça ne me contrarie pas plus que ça, lui répondit-elle en lissant les pans de sa jupe. Il y a du progrès, tu vois… Wade m'a dit combien d'emplois ce casino allait créer pour les gens de la région. Ce n'est pas une si mauvaise chose, et je comprends pourquoi Nash Dillon est impliqué dans le projet.

— Mouais, lui répondit Sam en se frottant le menton. Je pense qu'il est plus impliqué dans son travail avec la police des frontières que dans les affaires de son entreprise familiale, mais il était au premier plan aujourd'hui avec le représentant d'un des plus grands bailleurs de fonds.

— Sa famille a un partenaire silencieux : celui qui a investi dans l'usine de noix de pécan. Et je pense qu'il a un intérêt financier dans le casino.

— Pas lui personnellement. Nash a la tête ailleurs en ce moment, lui et sa femme viennent d'adopter un bébé.

— Nash va avoir un bébé… répéta-t-elle en regardant les lignes d'eau qui coulaient sur sa vitre, comme des larmes.

Elle se demanda soudain si ce n'était pas le bon moment de demander à Sam des nouvelles de sa fille. Mais à cette pensée elle sentit sa gorge se serrer et elle posa le front contre la vitre fraîche.

— Ma femme et moi avons divorcé, laissa échapper Sam.

Les mots semblèrent flotter entre eux pendant un long moment, et Jolene se demanda ce qu'elle devait en faire. Les relever ou les laisser se dissoudre dans l'air…

— J'ai déjà entendu ça, dit-elle finalement.

— Jolene, je ne t'ai jamais dit que j'avais divorcé.

— Séparé, divorcé, tu m'avais dit que c'était la même chose… Enfin, j'ai probablement cru ce que je voulais croire.

— Je pensais que mon mariage était terminé, Jolene. Je voulais qu'il soit terminé. Je voulais être avec toi, lui répondit-il en frappant sur le volant.

— Tu as choisi ta fille plutôt que moi. Et je le comprends, Sam. Aucun de nous deux n'aurait été heureux si tu avais abandonné ton bébé.

— Et pourtant me voilà, lui dit-il en enclenchant le dégivreur pour désembuer le pare-brise. Je travaille dans un autre État alors que ma fille est à San Diego. Les bébés n'ont pas le pouvoir de sauver les mariages ratés.

— Tu devais essayer, lui dit-elle en suivant des yeux les essuie-glaces. Comment s'appelle-t-elle ?

— Jessica, mais je l'appelle Jess. Elle vient d'avoir deux ans.

Jolene savait exactement quel âge avait la fille de Sam. Cela faisait justement deux ans que Sam l'avait quittée en lui brisant le cœur. Elle aurait pu l'en empêcher. Il avait espéré et attendu d'elle qu'elle le fasse mais il se serait haï de faire une telle chose et aurait fini par la détester, elle aussi.

Le père de Sam les avait abandonnés, sa mère, son frère et lui alors que Sam n'avait que trois ans. Jamais il n'aurait été capable de reproduire une telle chose avec son propre enfant.

Quoi qu'il ait pu se passer entre sa femme et lui, cela devait être intolérable pour qu'il choisisse d'y mettre un terme.

— Est-ce qu'elle parle ? lui demanda-t-elle finalement.

— Des mots dans tous les sens et à tort et à travers, lui répondit-il avec un sourire, alors qu'il s'engageait dans sa rue.

— Tu veux venir un peu à la maison ? lui demanda-t-elle. Il y a quelqu'un qui aimerait te voir.

— Chip ? Tu as toujours Chip ?

— Évidemment.

Jamais elle ne lui dirait comme elle avait pu pleurer, blottie contre son chien, cette terrible nuit où il l'avait quittée. Chip et elle garderaient ce secret pour eux.

Quand Sam fut garé dans son allée, elle sauta de son *pick-up* avant qu'il ait le temps de couper le moteur. Elle courut jusqu'à sa porte d'entrée en se servant de son sac à main pour se couvrir la tête sous la pluie toujours battante.

Puis elle se figea à mi-chemin et se retourna vers lui.

— Tu as entendu ? lui demanda-t-elle en penchant la tête.

— On dirait un ours sauvage qui essaie de sortir.

— Il sait que tu es là, il n'est jamais aussi excité quand je rentre seule, lui dit-elle en allant soulever le pot de fleurs sous lequel étaient cachées ses clés.

Après avoir déverrouillé la porte, elle l'entrouvrit et la truffe de Chip apparut.

— Tu es prêt, Sam ? Je lâche la bête ?

— Vas-y, lui répondit-il en s'accroupissant.

Quand Jolene ouvrit la porte, Chip se jeta sur Sam avec une telle force que celui-ci faillit tomber en arrière. Agitant sa queue, le chien posa ses deux pattes sur les genoux de Sam et se mit à lui lécher le visage.

— Eh bien, eh bien, regarde-toi, lui dit Sam en caressant le chien affectueusement avant de lever les yeux vers Jolene. Qu'est-ce qu'il a grandi… C'est un bon chien de garde ?

— Le meilleur de tous, tu vois bien quel accueil il t'a réservé, lui répondit-elle en pouffant avant de rappeler Chip. Allez, descends, coquin.

Mais le chien attendit que Sam se relève et entre dans la maison pour s'exécuter.

Après avoir refermé la porte derrière eux, Jolene posa la clé sur la desserte placée dans l'entrée et accrocha son sac à main trempé au portemanteau.

— Tu veux boire quelque chose ? demanda-t-elle à Sam.

— Juste un peu d'eau, s'il te plaît, lui répondit-il en sortant sa chemise de la ceinture de son pantalon. Mais tu sais ce qui me ferait vraiment plaisir ?

Jolene sentit les battements de son cœur s'accélérer et sa bouche devenir sèche tandis qu'elle regardait Sam déboutonner un à un les boutons de sa chemise. Elle secoua la tête comme pour se répéter qu'elle ne pouvait pas se laisser aller avec lui, qu'importe ce que lui dictait son corps.

— Si cela ne t'embête pas trop, continua-t-il en haussant un sourcil, j'aimerais t'emprunter ton sèche-linge pendant une vingtaine de minutes avant de retourner au poste. Porter cette chemise trempée est très désagréable.

— Pas de problème, lui répondit-elle en se baissant pour caresser son chien.

— Je peux te donner mon T-shirt aussi ?

Relevant les yeux, elle le vit passer son T-shirt par-dessus sa tête et se sentit défaillir.

— Bien sûr, dit-elle en se relevant. En revanche je n'ai pas grand-chose à te prêter, à part peut-être mon peignoir… Il est noir mais il a des fleurs. Promis, je ne ferai pas de photos.

— Il ne fait pas si froid, si ? Je vais m'en passer, merci.

En regardant son torse musclé et ferme, il lui sembla se souvenir du contact de sa peau sous ses doigts, et elle sentit une puissante vague de désir naître en elle.

— Je vais aller te chercher un peu d'eau et mettre tout ça à sécher, mais ne compte pas sur moi pour te repasser quoi que ce soit, lui dit-elle en se dirigeant vers la cuisine.

— Pas besoin, dit-il en la suivant.

— Avec tout ça, nous n'avons pas pu manger notre *chili*, tu as faim ? lui demanda-t-elle en fourrant ses affaires dans la machine.

— Je prendrai quelque chose sur la route en allant au poste, je te remercie, lui dit-il en s'asseyant sur l'un des tabourets qui se trouvaient autour de l'îlot central.

Jolene pensa soudain que si quelqu'un lui avait dit ce matin que Sam Cross se trouverait ce même jour à demi nu dans sa cuisine, elle ne l'aurait jamais cru.

Elle remplit un verre d'eau et vint le poser devant lui.

— Tu ne m'as pas dit ce que tu étais revenu faire à Paradiso ? lui demanda-t-elle en haussant les sourcils. C'est en lien avec une affaire ?

— Oui, et c'est d'ailleurs pour ça que je tiens à te

remercier, Jolene, lui dit-il en passant son doigt sur la condensation de son verre.

— Me remercier ? répéta-t-elle avec surprise. Pour quelle raison ?

Sam but son verre d'un trait puis le reposa devant lui avant de regarder Jolene avec un air grave.

— Pour avoir enterré ces os sur le site de construction.

4

Sam vit que Jolene rougissait, et cette réaction physique vint confirmer ses soupçons.

— Tu penses que c'est moi qui ai enterré ces os sur le chantier ? L'autre soir, quand on s'est croisés ? lui demanda-t-elle en clignant les yeux avec nervosité. Mais pourquoi ferais-je une telle chose ?

— Oh ! Jolene, je t'en prie, ne te moque pas de moi, veux-tu ? lui répondit-il en croisant les bras.

Malgré son attitude sévère, le fait qu'il soit à demi nu ne devait pas l'aider à le prendre au sérieux.

— Tu étais là-bas, reprit-il. Au milieu de la nuit, avec une pelle dans le coffre de ton *pick-up* et, tout à coup, le jour même de l'inauguration du chantier de ce casino contre lequel tu t'es tant battue, les ouvriers découvrent des ossements.

— C'est vrai que ça paraît incroyable, dit-elle en prenant son verre pour le déposer dans l'évier. Mais où aurais-je pu trouver des ossements humains ?

— Tu es une jeune femme pleine de ressources. Je suis certain qu'il ne t'a pas fallu chercher bien loin pour trouver ce dont tu avais besoin. Et puis, ajouta-t-il en levant un doigt vers elle, si tu as trouvé le crâne si rapidement c'est parce que tu savais qu'il se trouvait à cet endroit.

Elle recula d'un pas et remonta le menton, fièrement.

— Tu ne peux rien prouver.

— Laisse-moi un ou deux mois, et je te garantis que je pourrai, rétorqua-t-il en posant ses deux mains sur le comptoir devant lui. Mais cela ne m'intéresse pas plus que ça, je ne suis même pas sûr que cacher des os dans le désert soit un crime.

— Eh bien, si tu t'en fiches, pourquoi m'en parler ?

— Je n'ai pas dit que je m'en fichais. Ne t'ai-je pas remercié de l'avoir fait ?

— Je ne te comprends pas, lui dit-elle en levant les yeux au ciel. Je ne reconnais pas l'avoir fait mais en quoi le fait que quelqu'un ait caché des os là-bas pourrait t'aider ?

— Parce que ça arrange mes affaires, lui dit-il en se grattant la mâchoire. Pourrais-tu me redonner un verre d'eau ? Toutes ces explications me donnent terriblement soif.

— Des explications ? J'ai plutôt l'impression que tu lances des accusations sans preuves et sans même m'avoir expliqué la véritable raison de ta présence ici.

Elle remplit de nouveau son verre et le posa devant lui.

— Je suis ici pour rechercher des personnes disparues.

— Des personnes disparues ? répéta-t-elle en sentant son cœur s'accélérer.

Traçant une ligne invisible du bout de son doigt sur le comptoir, il lui répondit :

— Un groupe de personnes a disparu au sud-est de San Diego à peu près au moment où il y a eu un fort afflux d'une sorte de méthamphétamine particulièrement pure, la « meth rose ». Nous avons vécu la même chose il y a quelques années à Paradiso. Alors, comme j'ai de l'expérience dans ce domaine, mon chef m'a envoyé ici pour gérer cette affaire.

— Je ne comprends pas, répondit-elle. Des gens disparaissent tout le temps, pourquoi se préoccuper de ceux-là plus que des autres ?

— C'est tout à fait inhabituel, Jolene. Il s'agit cette fois d'un nombre plus élevé que la moyenne des personnes portées disparues. Ils se sont tous volatilisés près de la frontière, ici et à San Diego, au moment même où nous avons constaté l'arrivée de cette nouvelle drogue dans les rues.

— Et en quoi la découverte de ces os dans le désert pourrait-elle t'aider dans ton enquête ?

— À la frontière de la Californie, dans le désert, nous avons découvert un cimetière d'ossements. Ils sont toujours en cours d'identification, mais la plupart d'entre eux appartiennent à ces personnes disparues. Je pense donc qu'il doit exister le même genre de cimetière par ici, et j'aimerais avoir la chance de pouvoir procéder à des fouilles avant que le chantier du casino ne commence et qu'il enterre tout, plus profondément et pour toujours.

— Mais qu'est-ce qui te fait croire que ce cimetière pourrait se trouver à cet endroit ?

— Une info qu'on m'a donnée.

— Tu ne veux pas me dire qui te l'a dit ?

— Je ne préfère pas, non. Mais à présent je peux me servir de la découverte de ces os sur le chantier pour justifier ma demande de fouilles à cet endroit. Et moi aussi j'ai une question pour toi, que vas-tu faire quand les experts vont découvrir que ces os n'appartiennent pas à un ancien membre de la tribu yaqui ? Et que cette terre n'est donc pas un lieu sacré de sépulture ?

Jolene passa sa langue sur ses lèvres en fronçant les sourcils puis redressa les épaules et plongea son regard au fond du sien.

— Je n'ai pas pensé à tout ça, mon objectif était seulement d'arrêter immédiatement la construction, ce que j'ai réussi à faire.

Il y avait du progrès, pensa Sam en retenant son souffle. Il n'avait aucune preuve concrète que Jolene avait dissimulé ces os, mais le fait qu'elle accepte de se confier à lui témoignait de la confiance qu'elle avait toujours en lui et réchauffait l'ambiance qui, jusqu'à présent, était plutôt glaciale entre eux.

— Donc c'est bien toi qui l'as fait, lui dit-il avec un clin d'œil. Je ne vais pas te demander où tu t'es procuré ce squelette parce que je sais que tu as des amis haut placés mais comment as-tu su exactement où les placer ? Les ouvriers auraient pu commencer à creuser n'importe où…

— J'ai en ma possession le plan qui indique les différentes étapes de construction y compris l'endroit où ils devaient commencer. Il est très précis.

— Laisse-moi deviner…, lui dit-il en passant sa main sur son torse.

En sentant le regard de Jolene qui suivait son geste, Sam eut l'impression qu'il était comme une caresse, aussi doux qu'une plume. Et, immédiatement, il sentit son sexe se durcir. Si ses yeux suffisaient à lui faire un tel effet, il n'osait imaginer les ennuis qu'il allait s'attirer en étant revenu ici.

— Oui, deviner quoi ? dit-elle en fronçant les sourcils.

— Tu as subtilisé cette carte à ton cousin, c'est ça ?

— C'est ça. Gran se sert toujours du téléphone de Wade. Cela n'a pas été bien compliqué de trouver ces documents et de les emprunter. Je n'avais pas encore décidé de la manière dont j'allais m'y prendre mais ces plans ont été très inspirants… Et tout a marché comme sur des roulettes !

Elle claqua des doigts pour ponctuer ses propos.

— Pour le moment, lui répondit Sam. Les experts vont

vite comprendre que ces os ne font pas partie d'une sépulture yaqui surtout avec Wade et les soutiens financiers qui n'ont pas de temps à perdre.

— Nash Dillon ? Tu crois qu'il a une si grande influence ? Il pourrait m'aider à freiner ce projet ?

— Tu sais, la plupart des gens sont favorables à la construction de ce casino, Jolene.

— La plupart des gens n'ont pas perdu leur père, assassiné à cet endroit, reprit-elle d'une voix tremblante.

Il s'avança vers elle et prit son visage entre ses mains.

— Je sais. Je suis désolé et je suis surtout désolé que personne n'ait jamais été traduit en justice pour ce crime. C'est pour cette raison que tu es si réticente à la construction de ce casino ?

— S'il était encore vivant, aujourd'hui, il ne serait pas question d'un tel chantier sur cette terre, dit-elle en serrant les poings. Tu ne comprends pas, Sam ? Ces deux événements sont liés, mon père a été assassiné pour permettre la construction de ce casino.

— Qu'est-ce que tu insinues ? Que Wade serait responsable de la mort de ton père ?

— Je ne sais pas, lui répondit-elle en levant vers lui des yeux brillant de larme. C'est comme ton histoire de personnes disparues, il ne peut s'agir de simples coïncidences.

— Les autorités ont pensé que le meurtre de ton père était lié au trafic de drogue, apparemment il aurait vu quelque chose qu'il n'aurait pas dû voir.

— Je sais ce qu'ils ont conclu, oui, dit-elle en se rapprochant de lui, si près que seul son fin chemisier séparait encore leurs deux corps. Mais je n'y crois pas.

Il regarda le balancement de ses hanches dans sa jupe fleurie tandis qu'elle s'éloignait et ferma un instant les yeux. Que penserait-elle si elle savait qu'il était en train de l'imaginer nue, au lit avec lui, alors qu'elle lui parlait de l'assassinat de son père ?

— Je ne pense pas que Nash puisse t'aider. Son entreprise familiale fait partie d'un consortium qui prend des décisions d'investissement sur lesquels il n'a que peu ou pas de contrôle. Il ne fait que récolter les bénéfices.

Elle sortit ses affaires du sèche-linge et revint vers lui.

— C'était juste une idée. Nash a si bon caractère, et je sais que le père de sa fiancée a lui aussi été tué dans l'exercice de ses fonctions. On m'a dit qu'elle était très sympathique.

— Je suis sûr qu'elle doit l'être, en effet, mais comme je viens de te le dire, Nash n'a pas beaucoup de poids dans les décisions de son entreprise familiale. Ses parents ont adopté ce fonctionnement car ni lui ni sa sœur ne s'intéressaient à la gestion quotidienne de l'entreprise.

— Tout est sec, lui répondit-elle en lui tendant son linge.

Alors qu'il allait enfiler son T-shirt, une petite culotte en dentelle noire glissa au sol. Il se baissa pour la saisir entre deux doigts et l'agita dans les airs.

— Zut, je ne pensais pas l'avoir retirée elle aussi.

— Très drôle, lui dit-elle en la lui arrachant des mains.

— Tu sais, ajouta-t-il en passant sa tête dans l'encolure de son T-shirt, je pense que je peux t'aider dans la seconde partie de ton plan.

— Tu pourrais utiliser la découverte de ces ossements pour lancer une enquête sur la zone de construction en tant que lieu de sépulture possible de ces personnes disparues ?

— Exactement, approuva-t-il. Cela n'aura pas le même poids qu'un site sacré mais cela entraînera sûrement des retards dans la construction.

— Cela signifie-t-il que tu ne vas pas dire que c'est moi qui ai caché ces os là-bas ? lui demanda-t-elle en grimaçant.

— Pourquoi ferais-je une telle chose ? L'interruption que tu as causée me laisse du temps pour fouiller cette zone. Ensuite, quand les experts scientifiques se rendront compte que ces os n'appartiennent pas à un membre de la communauté yaqui, j'aurai une nouvelle raison de repousser le lancement du projet. Qui sait, je vais peut-être faire une découverte semblable à celle que nous avons faite au sud de San Diego.

Il s'interrompit un instant et posa un doigt sur ses lèvres.

— Mais de ton côté tu ne dois pas non plus parler de mes plans, n'est-ce pas ?

— Mes lèvres resteront scellées, c'est promis.

— Alors on dirait que nous sommes d'accord, lui dit-il en lui tendant la main.

— Marché conclu, acquiesça-t-elle en la lui serrant.

En sentant la douceur de sa peau contre la sienne, il la retint un instant.

— Et sinon, comment vas-tu ? Tu as l'air en forme.

— Je vais bien, oui. J'aime toujours autant mon travail, les membres de ma famille vont bien, et Chip est toujours à mes côtés, comme le plus fidèle des compagnons.

Sam se sentit soulagé en entendant qu'elle ne mentionnait pas de relation stable et lui serra tendrement la main avant de la lâcher.

— Alors tu es heureuse…

— Oui, je crois, à part cette histoire de casino, tout va bien. Et toi ? Qu'est-il arrivé à ton mariage ?

— Qu'est-ce qui ne s'est pas passé, tu veux dire ? lui répondit-il en haussant les épaules. J'ai compris, à la minute où j'ai emménagé là-bas, que cette union était vouée à l'échec. Peut-être était-ce dû à la naissance de Jess…

— Aimee n'a pas changé en devenant mère ? demanda Jolene en posant une main sur son cœur.

— Non, elle était toujours de toutes les fêtes.

— Elle se drogue toujours ? Elle avait cessé pendant la grossesse, non ?

— Au début, oui, mais je crois qu'elle avait repris à la fin, dit-il en serrant les poings. J'aurais dû le voir, mais elle a réussi à me le cacher. Elle ne cessait de me mentir.

— Et Jess ? demanda Jolene, l'air inquiet. Comment va-t-elle ?

— Elle est née prématurée et pesait trois fois rien. Elle a eu besoin de soins et de beaucoup d'attentions. C'est à ce moment-là que j'ai compris qu'Aimee avait consommé de la drogue pendant qu'elle était enceinte même si elle continue de le nier aujourd'hui. Elle a fait semblant d'assister à des réunions pour se faire aider, mais le mur de mensonges qu'elle avait construit s'est effondré le jour où, après l'avoir suivie, je l'ai surprise dans une voiture, en train de fumer de la meth avec un type après un de ces rassemblements.

— Oh ! mon Dieu, Sam, je ne savais pas que c'était si grave. Et maintenant comment se porte Jess ? Et où se trouve-t-elle ? Avec Aimee ?

— C'est la mère d'Aimee qui reste à la maison quand je m'absente. J'ai confiance en elle, Jess est entre de bonnes mains.

— Tout ça doit être si dur pour toi, Sam. Si dur pour Jess, lui dit-elle en posant sa main sur son épaule. Je suis désolée.

Il soupira. Il n'avait pas la moindre envie que Jolene ait pitié de lui.

— C'est ma faute. J'aurais dû savoir où je m'aventurais en épousant Aimee…

— Tu crois que tu pourrais obtenir la garde complète de Jess ? C'est ce que tu voudrais faire ?

— J'ai commencé à me renseigner. Nous sommes

séparés depuis près d'un an maintenant et le divorce a été prononcé il y a quelques mois, dit-il avant de lever la main. Je te le jure.

— Je te crois, lui dit-elle en baissant les yeux. Peut-être pourrais-tu maintenant me conduire chez Gran pour que je puisse récupérer ma voiture. Je ne sais pas où elle avait la tête en partant de cette façon.

— J'espère qu'elle se sentait bien, lui répondit Sam en remerciant mentalement Jolene d'avoir changé de sujet.

Il se doutait que Granny Viv était partie avec son amie pour forcer Sam et Jolene à passer du temps ensemble. Elle les avait toujours soutenus, l'un et l'autre, jusqu'à ce qu'il trahisse Jolene en passant une dernière nuit avec Aimee.

Il n'avait pas pensé que ce détail aurait une si grande importance. Il n'avait pas pensé qu'Aimee tomberait enceinte, alors qu'elle lui avait juré qu'elle prenait la pilule.

Dire à Jolene que la femme dont il était officiellement séparé depuis six mois était enceinte de trois mois et qu'il était le père avait été la chose la plus difficile qu'il ait eue à faire de toute sa vie.

— Serais-tu d'accord pour que je jette un œil au plan que tu as subtilisé à Wade ? lui demanda-t-il en enfilant sa veste.

— Si ça peut t'aider à retarder le lancement du chantier, alors ça ne me pose aucun problème, au contraire ! Si tu veux, tu peux même le prendre en photo avec ton téléphone, ne bouge pas, il est dans mon bureau, lui dit-elle en quittant la cuisine.

Elle traversa le salon et marcha jusqu'à une petite pièce, près de l'entrée, où elle avait installé un bureau.

— Ce n'est qu'une feuille de papier, lui cria-t-elle. Mais il y a un tas de détails intéressants. C'est grâce à eux que j'ai pu localiser l'endroit où ils allaient creuser.

Il entendit qu'elle s'agitait dans la pièce et après avoir fini de se rhabiller, il la rejoignit et passa sa tête dans l'embrasure de la porte.

— Tu es en train de me faire une copie ?

Jolene se retourna vers lui, le regard paniqué.

— Sam, le plan… Il a disparu… Quelqu'un est venu ici et l'a pris.

5

Jolene s'allongea au sol et posa sa joue sur le sol frais pour tendre le bras et explorer sous son bureau.

— La feuille est peut-être tombée par terre, dit-elle en sentant la colère la gagner.

Elle savait que c'était impossible. La feuille n'avait pas pu tomber puisqu'elle l'avait soigneusement rangée. Sam entra dans la pièce et se pencha vers elle.

— Où se trouvait ce document la dernière fois que tu l'as vu ?

En se redressant, elle se cogna la tête au coin du bureau.

— Aïe… gémit-elle. Je l'avais glissé dans ce tiroir.

— Peut-être qu'il est plein, et que la feuille est restée bloquée dit-il en l'ouvrant.

Il souleva les Post-it et les divers morceaux de papiers où étaient inscrits beaucoup de choses.

— Il a disparu, Sam, conclut-elle en se frottant la tête. Quelqu'un est entré chez moi et l'a volé.

— Ça va, ta tête ? lui dit-il en lui tendant la main pour l'aider à se relever.

— Ma tête va très bien, moi en revanche…, grogna-t-elle en inspectant son bureau une nouvelle fois. Mais qui pourrait être intéressé par cette fichue carte ? Et pour quelle raison a-t-on jugé bon de venir me la dérober ?

— Et surtout comment savait-on que tu avais ce document

en ta possession ? intervint Sam. De toute évidence, si cette personne s'est introduite chez toi, c'était dans un but précis : retrouver ce plan… À moins que…

— À moins que quoi ? lui demanda-t-elle en levant vers lui un regard inquiet.

— Est-ce qu'il manque autre chose ?

— Non, je ne crois pas, lui répondit-elle après avoir regardé autour d'elle.

— Quand as-tu étudié ce plan pour la dernière fois ? Si c'était ce matin, cela signifie que le vol a eu lieu pendant que tu te trouvais à l'inauguration…

Il prit un instant pour réfléchir puis ajouta en tapant des doigts sur le bureau :

— Avais-tu pensé à le prendre en photo, par hasard ?

— Non, et je le regrette, dit-elle en serrant les poings. La dernière fois que je l'ai étudié, c'est quand je suis allée enterrer les os sur le site de construction. Je l'avais emporté avec moi, cette nuit-là.

— Aurais-tu pu le perdre là-bas ? Ou l'oublier dans ta voiture ?

— Si seulement… Mais quand je suis rentrée chez moi, je me souviens très bien de l'avoir sorti de mon sac à dos pour le ranger soigneusement dans ce tiroir. J'en suis sûre et certaine.

— Alors, quelqu'un est réellement venu chercher ce document chez toi… Regarde tout ce qui se trouve ici avec la plus grande attention pour vérifier qu'il ne te manque rien. Peut-être qu'il ne s'agissait que d'un simple cambrioleur qui en tombant sur le plan a pensé qu'il s'agissait d'une carte au trésor, ou quelque chose dans le genre.

— Tu es sérieux ? Et la croix serait l'emplacement du coffre rempli de pièces d'or ?

— J'avoue que c'est un peu tiré par les cheveux... Mais peut-être qu'il a pensé pouvoir faire chanter quelqu'un ?

— Mon ordinateur portable est là, mon imprimante aussi.

Elle feuilleta quelques dossiers sur l'étagère avant de poursuivre :

— Mon passeport, mon acte de naissance, mes papiers de sécurité sociale, non, tout est là.

— Et tes objets de valeur ? Ton argent, tes bijoux ?

— Mes bijoux ? Mais tu sais bien que je ne possède rien de précieux, s'exclama-t-elle en agitant devant lui les quelques bracelets en bois qu'elle portait au bras. Ceci dit, j'ai quelques armes et un peu de liquide dans un coffre-fort.

— Des armes ? répéta Sam, l'air surpris.

— Oui, elles appartenaient à mon père, dit-elle en se détournant pour cacher les larmes qui lui montaient aux yeux. D'ailleurs, s'il les avait eues sur lui la nuit où il a été assassiné, il serait probablement toujours parmi nous. Le coffre se trouve dans ma chambre.

Sam referma le tiroir et la suivit dans le couloir. Une fois dans la chambre, Jolene marcha vers le dressing, ouvrit la porte et appuya sur un interrupteur pour allumer la lampe suspendue au plafond. Puis, après avoir repoussé quelques vêtements sur des cintres, elle s'accroupit devant un petit coffre-fort qui se trouvait au sol. Elle tapa la combinaison, une lumière verte clignota deux fois et Sam entendit la serrure s'ouvrir. Jolene sortit un .45 et un Glock de 9mm et les lui tendit.

— Tiens moi ça, tu veux.

— Joli, constata Sam en soupesant les deux armes.

Elle feuilleta ensuite une pile de documents avant de lever les yeux vers lui.

— Il ne manque rien, soupira-t-elle.

— Je suppose que tu n'as pas de système de surveillance ?

— Non, lui répondit-elle. Mais peut-être vais-je en avoir besoin.

— Peut-être que ça ne serait pas une mauvaise idée, en effet, approuva-t-il en lui rendant les deux armes.

Elle reposa délicatement le .45 sur la pile de documents et referma la porte avant de taper le code.

— Tu as oublié le Glock, lui fit remarquer Sam.

— Non, lui dit-elle en se relevant. Je vais le garder avec moi.

— Rassure-moi, tu sais t'en servir ?

Elle ouvrit la chambre, vérifia les balles puis la referma d'un geste assuré.

— Bien sûr.

— Tu crois que Wade a pu découvrir que tu avais cette carte en ta possession et qu'il est venu ici pour la récupérer ? Est-ce qu'il sait que tes clés se trouvent sous le pot de fleurs ?

— S'il est courant, ce n'est pas moi qui le lui ai dit. Sa sœur connaît cette cachette mais je sais qu'elle ne la montrerait jamais à personne.

Elle referma la porte de son dressing puis se retourna et ajouta :

— Et comment pourrait-il être au courant que j'ai réussi à obtenir ce plan ? C'est pour éviter de laisser des indices que je l'ai imprimé au lieu de me l'envoyer à moi-même. Il n'y a pas de trace quand on lance une impression depuis son propre appareil, si ?

— Ça, je l'ignore. Mais si on réfléchit bien pour quelle raison, Wade ne voudrait-il pas que tu puisses voir ce plan ? D'ailleurs, pourquoi ne lui as-tu pas simplement demandé de te faire une copie ?

— Je ne voulais pas qu'il pense que je m'intéressais à ce projet, je voulais qu'il continue de croire que j'étais contre. C'est pour ça que je suis restée discrète sur le sujet. Mais tu as raison, Wade n'a pas de raison de me cacher ce plan, sauf s'il y a quelque chose sur ce document qu'il préfère garder secret.

Elle s'assit sur le bord de son lit et laissa échapper un profond soupir. En prenant place à côté d'elle, Sam fit rebondir le matelas, et leurs épaules se touchèrent.

— Quelque chose d'illégal dans la construction, peut-être ? dit-il en restant assis. Tu n'avais rien remarqué d'étrange sur ce plan ?

— Je n'y connais rien dans ce domaine, dit-elle en se levant. S'il y avait quelque chose d'anormal, je n'aurais pas été capable de le remarquer.

Sam se tourna vers elle en tapotant la poche de son jean.

— Je crois que c'est ton téléphone qui sonne dans la cuisine. En tout cas, ce n'est pas le mien.

— Oh ! Ce doit être Gran qui se demande comment je suis rentrée chez moi, dit-elle se dirigeant vers la cuisine. Tu peux m'emmener chercher ma voiture ?

— Bien sûr, lui répondit-il en la suivant.

Jolene attrapa son téléphone qui était posé sur le comptoir et, après avoir jeté un coup d'œil au numéro affiché sur son écran, décrocha.

— Salut Jolene, dit Rosie. Viv se demande quand est-ce que tu vas venir chercher ta voiture. Comme je suis toujours chez elle, ça t'embêterait de me ramener chez moi ?

— Je vais passer voir Gran, c'est Sam qui te raccompagnera. Tout va bien ?

— Oui, nous avons échappé de justesse à l'averse. Nous nous demandions si tu étais bien rentrée, toi aussi. Est-ce que tu sais s'ils ont découvert d'où venaient ces os ?

— Oh ! tu sais, Rosie, ça risque de prendre un peu de temps…

— Tu as raison, bon, alors nous vous attendons, Sam et toi.

Jolene entendit sa grand-mère crier derrière son amie :

— Dis-lui de ne pas se dépêcher, surtout !

— Nous serons là bientôt, conclut Jolene en levant les yeux au ciel.

— Quel cirque, constata Sam en grattant le ventre de Chip.

— La stratégie de ma grand-mère n'a peut-être pas fonctionné comme elle l'aurait souhaité, mais tout cela nous aura permis de partager nos secrets et d'établir un plan de bataille.

— Attends une seconde, nous avons établi un plan de bataille ? lui demanda-t-il en relevant les yeux vers elle.

— Bien sûr, Sam Cross. Nous allons retarder le projet de construction du Desert Sun Casino suffisamment longtemps pour pouvoir déterminer si cette terre est le lieu où ont été enterrées les personnes que tu recherches et découvrir la véritable raison pour laquelle mon père a été assassiné à cet endroit.

Tout en garant son *pick-up* devant la maison de Granny Viv, Sam tapota du doigt sur sa vitre :

— Regarde, la voiture de Wade est là..., fit-il remarquer à Jolene.

— Je me demande vraiment pourquoi il a acheté une telle horreur, dit-elle en regardant avec scepticisme le Hummer jaune de son cousin.

— Peut-être pour pouvoir mieux se déplacer dans le désert, rétorqua Sam en haussant les épaules.

— Je me demande si je lui dis que quelqu'un s'est introduit chez moi pour observer sa réaction...

— Non, je ne pense pas que ce soit une bonne idée,

répondit Sam en coupant le moteur du véhicule. Ne lui dis rien du tout, je pense qu'il doit déjà être suffisamment nerveux comme ça.

— Tu as raison, il vaut mieux lui tendre un piège, approuva-t-elle avant de sortir de la voiture.

Alors que Sam et elle se dirigeaient vers la porte d'entrée de la maison de Granny Viv, Wade apparut soudain sur le perron, tout sourires.

— Quelle incroyable inauguration ! leur lança-t-il avant d'ouvrir son parapluie. Qui s'est achevée sur une note tout à fait dramatique avec ce déluge, n'est-ce pas ?

— Et sur un gros tas d'os, ajouta Sam en haussant les sourcils.

— Typique de notre cher désert, n'est-ce pas, Sam ? Il y en a probablement sous terre un peu partout dans cette immensité de sable, poursuivit Wade en se dirigeant vers son Hummer en évitant avec soin les grandes flaques d'eau pour ne pas mouiller ses luxueuses santiags. Mais c'est assez étrange, tu sais. Nous avions déjà inspecté ce terrain avec la plus grande attention, surtout près de la route d'accès, et nous n'avions rien trouvé.

— Peut-être que tes géomètres n'ont pas correctement fait leur boulot, déclara Jolene en lui faisant un signe d'adieu de la main depuis le porche. Quoi qu'il en soit, je suis certaine que tu vas trouver une solution pour que tout s'arrange en un rien de temps.

— Oh ! Tu peux compter sur moi, cousine, lui répondit Wade en lui faisant un petit salut militaire de la main.

Le moteur du Hummer vrombit tandis que Jolene ouvrait la porte moustiquaire.

— Il me semble bien joyeux, lui murmura Sam à l'oreille.

— C'est une façade, en réalité il est mort de peur, lui

répondit-elle en frappant quelques coups à la porte avant d'entrer. Gran, c'est moi !

En les voyant entrer, Rosie se leva du fauteuil où elle était assise, une tasse à la main.

— Nous venons de préparer du thé, vous en voulez une tasse ?

— Je crois que Sam doit rapporter son véhicule de fonction au poste de contrôle des frontières et, de mon côté, je dois récupérer le mien, lui répondit Jolene en venant déposer un baiser sur le front de sa grand-mère qui était confortablement installée sur le canapé. Tu en avais marre de m'attendre, Gran ?

— Je savais que l'orage allait éclater d'une minute à l'autre et puis j'ai pensé que Sam et toi seriez heureux de passer un peu de temps tous les deux, lui dit-elle en levant les yeux vers sa petite-fille. Et, vu le temps qu'il vous a fallu pour venir jusqu'ici, on dirait que je ne me suis pas trompée…

— Je me suis arrêté quelques instants chez Jolene pour voir Chip…, intervint Sam en rapportant les tasses posées sur la table basse dans la petite cuisine.

— Alors, comment allait Wade après cette débâcle ? demanda Jolene en s'asseyant à côté de Gran. Nous venons de le croiser dehors, et il n'avait pas l'air particulièrement inquiet.

— À son arrivée, il était bouleversé, mais après avoir passé quelques coups de téléphone, il allait mieux, lui répondit Granny Viv en tapotant gentiment sur son genou comme pour la rassurer. Mais il a l'air de penser que tu as quelque chose à voir avec ces ossements, ma chérie. C'est ce qu'il clamait en entrant ici, on aurait dit qu'il était en plein délire.

— Bien sûr, répondit Jolene en levant les yeux au ciel

et en ricanant. Comme si j'avais des squelettes à disposition chez moi… Écoute, le conseil yaqui a voté pour autoriser la construction du casino sur cette terre, je ne peux rien y faire.

— Ton père aurait pu les faire changer d'avis, marmonna Gran. Les autres n'ont pas assez de cran pour s'opposer à Wade.

— Alors, on dirait que ça tombe à pic que papa ait été assassiné, ajouta Jolene en plissant les yeux.

Jolene sentit les ongles de sa grand-mère entrer dans sa peau.

— Ma chérie, Wade adorait ton père, tu le sais. Il l'admirait, il a beaucoup appris de lui. S'il te plaît, ne dis pas de telles choses.

— Je suis désolée, Gran, s'excusa Jolene en l'embrassant sur la joue avant de se lever pour venir rejoindre Sam qui venait de finir la vaisselle. Sam va ramener Rosie chez elle puisque c'est sur son chemin.

— Êtes-vous prête, Rosie ? demanda Sam en prenant la main de la vieille dame pour l'aider à se lever. À plus tard, Granny Viv !

— Mon garçon, tu sais que tu peux passer quand tu veux, surtout si tu aimes faire la vaisselle !

Rosie ramassa son parapluie et son sac à main puis fit un signe de la main à Granny Viv qui s'apprêtait à se lever pour la saluer.

— Reste assise, voyons, et appelons-nous plus tard.

Une fois à l'extérieur, Sam prit le bras de Rosie pour l'emmener jusqu'à son *pick-up* tandis que Jolene les regardait depuis le perron, les mains posées sur ses hanches.

Après avoir aidé Rosie à s'installer, il revint vers elle.

— Qu'est-ce que tu regardes ? lui demanda-t-il.

— Tu te conduis comme un vrai gentleman… avec les vieilles dames !

— Très drôle, dit-il en venant poser ses deux mains sur ses épaules. Jolene, sois prudente, OK ? La personne qui voulait récupérer cette carte, qu'il s'agisse de Wade ou de n'importe qui d'autre, n'a pas l'air de vouloir plaisanter.

— Peut-être voulait-elle seulement s'assurer que je ne ferais pas de remous… Mais dans ce cas, je lui ai coupé l'herbe sous le pied, dit-elle en faisant un pas en arrière vers la porte de la maison.

— S'il s'agit de Wade, pourquoi ne vient-il pas directement t'en parler ? S'il sait que tu as volé sa carte dans son téléphone et que tu as caché les ossements sur le site, pour quelle raison n'est-il pas allé prévenir la police ? demanda Sam en dégageant une mèche de ses cheveux de son visage. Non, il doit y avoir autre chose sur cette carte, quelque chose qu'il veut garder secret.

— Malheureusement, je ne sais pas si nous pourrons l'étudier de nouveau, lui répondit Jolene en faisant un petit signe de la main à Rosie qui attendait patiemment dans la voiture de Sam. Merci de m'avoir ramenée, Sam, et n'oublie pas : garde tout ça pour toi.

Il posa un doigt sur ses lèvres, lui sourit puis retourna vers son *pick-up*. Jolene le regarda s'installer au volant et démarrer. Quand la voiture s'éloigna, elle entendit Sam klaxonner comme pour la saluer.

Jolene retourna auprès de Granny Viv et passa les heures suivantes à tenter de lui donner les réponses les plus évasives possible les concernant, Sam et elle. Lorsqu'elle se leva, elle s'étira et alla regarder par la fenêtre la pluie qui recommençait à tomber.

— Je crois que je ferais mieux de rentrer, Gran… Tu as besoin de quelque chose avant que je ne parte ?

— Seulement que tu sois heureuse, ma chérie.

— Toujours la même chose, n'est-ce pas ? lui répondit Jolene en lui adressant un sourire complice.

Elle marcha vers elle et l'embrassa chaleureusement. Puis elle courut jusqu'à sa voiture mais la pluie tombait si fort qu'elle ne put éviter d'être trempée. Elle démarra, enclencha les essuie-glaces et roula lentement sur les routes de la réserve avant de s'engager sur l'autoroute. La pluie était si violente que les essuie-glaces parvenaient à peine à fonctionner. Penchée vers l'avant, Jolene ralentit. La voiture semblait flotter dans ce paysage flou et dilué comme une aquarelle.

Malgré elle, elle prit de la vitesse tandis qu'elle amorçait une descente. Elle appuya sur la pédale de freins en marmonnant quelques jurons. L'eau rendait ses freins paresseux… Elle appuya de nouveau, plus fermement cette fois. Mais la voiture, au lieu de ralentir, bondit en avant, prenant davantage de vitesse. Jolene tenta de tourner le volant pour suivre la courbe du virage et essaya une nouvelle fois de freiner. Elle appuya sur la pédale mais sentit soudain que son pied touchait le sol. La voiture partit en aquaplanage, et l'arrière du véhicule chassa sur le côté. Agrippant le volant d'une main, elle chercha le frein à main de l'autre.

La voiture fit une embardée, tout sembla se brouiller autour de Jolene en un kaléidoscope de couleurs, et elle perdit le contrôle du véhicule.

6

Sam s'arrêta devant la jolie maison au style espagnol de Rosie et regarda les trombes d'eau de pluie qui tombaient des gouttières.

— Attendez une minute, lui dit-il en attrapant le parapluie de la vieille dame.

Il descendit du véhicule, alla lui ouvrir puis il l'accompagna jusqu'à sa porte d'entrée.

— Dépêche-toi, *abuelita*, tu vas te faire emporter par une bourrasque ! lui cria son petit-fils en ouvrant la porte.

Depuis le porche, Rosie se retourna vers Sam et lui dit :

— Vous pouvez garder mon parapluie, Sam.

— Non, tout va bien, Rosie, merci beaucoup ! lui dit-il en le lui rendant. Je suis déjà mouillé, quelques gouttes ne changeront pas grand-chose.

Baissant la tête, il courut jusqu'à son *pick-up* et, une fois à l'intérieur, passa sa main pour lisser ses cheveux ruisselant d'eau. *Heureusement que j'avais séché mes vêtements chez Jolene*, se dit-il en lui-même.

En même temps, cela lui avait permis de se déshabiller à moitié…, pensa-t-il avec un sourire.

Il savait qu'il avait blessé Jolene et qu'elle était méfiante, l'abandon de sa mère et la mort de son père y étaient probablement pour quelque chose , mais avec un peu de patience, peut-être réussirait-il un jour à retrouver ses faveurs…

Il s'ébroua comme un chien et prit lentement la route du poste de contrôle. En s'engageant sur la route principale, il dut se décaler sur la droite pour laisser passer quelques véhicules d'urgence, sirènes hurlantes, probablement en route pour secourir quelqu'un. Beaucoup de gens ne savaient pas comment conduire dans de pareilles conditions météorologiques.

Arrivé sur le parking du poste de contrôle, il trouva une place et se gara près de la porte d'entrée. Il n'y avait qu'une petite permanence le dimanche, et la plupart des agents avaient assisté le matin même à l'inauguration. En entrant, le jeune agent qui se chargeait de l'accueil leva les yeux de son écran d'ordinateur pour l'accueillir.

— Quel déluge ! dit-il à Sam tandis que celui-ci posait les clés de son véhicule de fonction à l'endroit prévu à cet effet.

— C'est la saison des pluies, lui répondit Sam. Tu ferais mieux d'en profiter tant qu'elle est là !

Sam marcha jusqu'à son bureau et déplia une carte de la terre yaqui où devait être construit le casino. Il n'avait rien trouvé de très détaillé sur ce sujet sur Internet et se demandait bien ce qui pouvait apparaître de si compromettant sur le plan que Jolene avait subtilisé à son cousin.

Il étudia de nouveau les dossiers des personnes disparues, cherchant de possibles liens entre elles, mais il arrivait toujours à la même conclusion : leur seul point commun était leur implication dans le trafic de drogue. Aujourd'hui, elles étaient probablement toutes décédées et enterrées quelque part dans le désert.

Le téléphone sonna soudain et Sam, sur les nerfs, sursauta. L'agent Herrera décrocha et il l'entendit approuver à plusieurs reprises avant de raccrocher.

— Il y a eu un gros accident sur l'autoroute, lança-t-il

à Sam depuis son poste. Le véhicule a quitté la route et est tombé dans la rivière qui est en pleine crue à cause des intempéries.

— Cela vient d'arriver ? lui demanda Sam en fronçant les sourcils. Les secours m'ont doublé sur le chemin.

— Non, ça doit être autre chose, la voiture est dans la rivière.

— En direction du nord ? demanda Sam. C'est étonnant parce que je venais de la réserve, et je n'ai rien vu sur ma route.

— Oui vers le nord, apparemment ça a dû se produire après ton passage.

— Tu connais le modèle de la voiture ?

— Oui, c'est un *pick-up* noir.

Sam sentit les battements de son cœur accélérer dans sa poitrine.

— La plaque d'immatriculation ?

Herrera se pencha sur son ordinateur, tapa quelques mots sur son clavier puis resta immobile, les sourcils froncés.

— Non, le véhicule est totalement submergé, impossible de la relever.

— Jolene Nighthawk conduit un *pick-up* noir, et quand je l'ai quittée tout à l'heure, elle avait prévu de partir dans cette direction, lui répondit Sam en venant reprendre les clés de son véhicule de fonction. Je me rends sur les lieux de l'accident, appelle-moi si tu as du nouveau.

— Compte sur moi.

Sam quitta le poste en courant et monta en hâte dans sa voiture. Il inspira profondément, essayant de garder son sang-froid pour rouler calmement. Ce n'était pas le moment d'avoir un accident, lui aussi.

Il essuya une goutte de sueur qui perlait sur son front.

Il avait beau pleuvoir des cordes, la température n'avait pas baissé et, malgré l'orage, il étouffait.

Tandis que la tempête s'éloignait, la pluie, elle, ne semblait pas vouloir cesser et les essuie-glaces peinaient à dégager le pare-brise. Soudain, Sam repéra au loin, les lumières des véhicules d'urgence.

Il ralentit, se gara derrière une voiture de sécurité routière et chercha dans sa poche sa carte d'identité et son badge avant de sortir de son véhicule. Quand il passa les cônes orange disposés au sol, un agent vint à sa rencontre, et il lui montra ses papiers.

— Il y a des victimes ?

L'homme hocha la tête.

— La conductrice a réussi à sortir de son véhicule avant que celui-ci ne soit totalement immergé. Cela aurait pu être bien pire, heureusement le lit de la rivière était à sec il y a peu et il n'est pas encore trop profond.

— La conductrice ? répéta Sam en se sentant soudain en proie à un vertige. Elle va bien ?

— Elle est un peu secouée, lui répondit l'agent en lui montrant du doigt l'ambulance à quelques mètres d'eux, mais elle va bien.

Sam marcha vers les secours et, en jetant un œil vers la droite, reconnut le *pick-up* noir de Jolene, planté dans l'eau. Alors qu'il approchait, un des ambulanciers recula, dévoilant Jolene qui était assise dans le fond de l'ambulance, l'air hagard.

— Sam ! cria-elle en écarquillant les yeux. Que fais-tu ici ?

En l'entendant, il sentit une vague de soulagement l'envahir et il s'approcha d'elle pour lui prendre les mains et les embrasser.

— Tu vas bien ? On m'a dit qu'il y avait eu un accident

impliquant un *pick-up* noir, et j'ai pensé à toi. Que s'est-il passé ?

Elle regarda l'infirmier qui prenait sa tension et attendit que celui-ci défasse le brassard avant de répondre :

— J'ai quitté la route. Mes freins devaient être bloqués, ils ne répondaient plus.

— Je ne t'avais pas dit, avant mon départ pour San Diego, que tu devais changer de voiture ? dit-il en ne pouvant s'empêcher de hausser le ton.

— Oh ! Tu m'as dit beaucoup de choses avant ton départ, lui répondit Jolene en retirant ses mains.

L'infirmier jeta un regard désapprobateur à Sam puis se tourna vers Jolene :

— Vous êtes sûre de ne pas vouloir aller à l'hôpital, madame ?

— Sûre et certaine. La voiture a quitté la route et a plongé dans la rivière, mon airbag s'est déployé et, malgré ça, j'ai réussi à sortir de l'habitable par la vitre du côté passager. Je n'ai que quelques bosses et quelques ecchymoses à surveiller, ça va aller, je vous assure. Vous avez vérifié mes constantes vitales et tout va bien… Et comme je ne me suis pas cogné la tête, il n'y a aucun risque de traumatisme crânien, n'est-ce pas ?

Derrière eux, une grue souleva la voiture de Jolene, et des gerbes d'eau sortirent des fenêtres et du châssis.

— Vous n'allez pas pouvoir rentrer chez vous avec ça…, fit remarquer l'ambulancier en montrant la voiture du doigt.

— Ce monsieur est agent de la patrouille frontalière, il va me ramener, n'est-ce pas, Sam ? lui demanda Jolene en lui tapotant le bras.

— Absolument, tant que vous n'omettez aucune objection à ce qu'elle rentre chez elle, bien sûr.

— Elle n'a que quelques bleus, leur répondit le jeune homme en haussant les épaules.

— On est d'accord, lança Jolene avant de sauter hors de l'ambulance.

En touchant le sol, elle grimaça.

— Tu es sûre que ça va ? insista Sam en la prenant par la taille.

— Oui, oui, je me suis seulement foulé la cheville, rien d'alarmant.

— Peut-être ferais-tu mieux de ne pas sauter comme un cabri ? lui répondit Sam avant de jeter un regard autour d'eux. Est-ce que tu dois parler à la police, à présent ?

— Non, ils ont déjà pris ma déposition : accident de voiture sans dégâts apparents sauf pour ma voiture.

— Dans ce cas…, commença-t-il en la soulevant dans les airs pour la prendre dans ses bras.

— C'est ridicule, Sam ! Repose-moi à terre, je t'en prie ! protesta-t-elle.

Mais il la porta jusqu'à son *pick-up* et, après avoir ouvert la portière côté passager, la déposa délicatement sur le siège.

— Pour une fois, laisse quelqu'un d'autre être aux commandes, lui dit-il en lui faisant signe de rester assise.

Puis il referma la portière et se dirigea vers les policiers qui inspectaient toujours les lieux de l'accident.

— Vous n'avez plus besoin de Jolene ? leur demanda-t-il.

— Elle part en ambulance ? lui répondit un des agents.

— Non, elle ne souhaite pas se rendre à l'hôpital, l'ambulancier l'a examinée et l'a autorisée à rentrer chez elle, je vais la raccompagner, leur répondit Sam avant de leur montrer du doigt la voiture de Jolene. Que pensez-vous qu'il se soit passé ?

— Ce qu'elle nous a dit. Elle conduisait sous la pluie

battante et comme elle se trouvait dans une descente, le véhicule a pris plus de vitesse qu'il n'aurait probablement dû. Ses freins ont lâché et, comme elle s'est servie de son frein à main, la voiture a tourné et finit dans la rivière. Elle a eu beaucoup de chance ! C'est elle-même qui nous a prévenus de son accident.

— Sa voiture va être remorquée ?

— Oui, la fourrière la contactera mais je pense que le véhicule va finir à la casse.

— OK, merci, conclut Sam avant de s'éloigner.

Mais quelques mètres plus loin il s'immobilisa et se retourna vers eux, les sourcils froncés.

— Vous dites que les freins ont lâché ?

— On dirait bien, oui.

Il marcha jusqu'à sa voiture, le gravier trempé crissant sous ses bottes.

— Tes freins ne répondaient plus ? demanda-t-il à Jolene après s'être installé au volant.

— Dès le début de la descente, j'ai appuyé sur la pédale mais au lieu de ralentir, la voiture a fait un bond en avant. Je savais que je devais être très prudente avec une telle pluie, j'ai tenté à nouveau d'appuyer mais quand j'ai senti que je touchais le sol et qu'il ne se passait rien, j'ai compris que j'avais un sérieux problème.

— Avais-tu remarqué que ton système de freinage était défectueux ? Tes freins grinçaient ?

Jolene passa ses mains sous ses cuisses et frissonna.

— Je les trouvais un peu mous mais j'ai pensé que c'était à cause de toute cette humidité.

— Ta voiture va être remorquée jusqu'à la fourrière de la police. Je pense qu'elle va finir à la casse.

— Oui, les agents m'ont dit la même chose. Le chauffeur de la dépanneuse m'a donné ses coordonnées pour les communiquer à l'assurance.

Elle resta silencieuse un instant puis se tourna vers lui, les yeux brillant de curiosité.

— Qu'insinues-tu ? Concernant les freins ?

Sam mit le moteur en route puis fit demi-tour et reprit l'autoroute en direction de chez Jolene.

— Il est rare que les freins lâchent de cette manière, on le sent venir d'habitude. Il y a des signes avant-coureurs…

— Tu veux dire que quelqu'un pourrait les avoir trafiqués ?

— Ta voiture était stationnée chez Granny Viv quand Wade s'y trouvait… Tu sais s'il s'y connaît dans ce domaine ?

— Il possède quelques vieilles bagnoles qu'il aime bricoler pendant son temps libre, lui répondit-elle en tournant la tête pour le regarder. Mais je ne crois pas que mon cousin cherche à me tuer. Et puis je l'ai vu partir de chez Gran…

— Il aurait pu revenir ou demander à quelqu'un de s'en charger… Et, regarde, tu n'es pas morte, il ne pouvait pas savoir que les freins lâcheraient à cet endroit précis et que ta voiture finirait dans la rivière.

— Tu veux dire qu'il ne cherchait pas à me tuer ? Qu'il voulait seulement m'effrayer ?

— Oui, peut-être qu'il veut juste t'envoyer un message. Te dire de rester en dehors de cette affaire de casino… Il a l'air de penser que c'est toi qui as caché ces os sur le chantier. Et il a probablement compris que c'était grâce à la carte que tu lui avais subtilisée que tu as su à quel endroit précis les enterrer pour perturber la cérémonie d'inauguration.

Sam resta silencieux quelques instants et repoussa une mèche de ses cheveux trempés loin de ses yeux.

— Wade Nighthawk, reprit-il, est investi d'une mission,

et je ne crois pas qu'il compte laisser quiconque, toi ou n'importe qui d'autre, l'empêcher d'atteindre son but.

— S'il pense que c'est moi qui ai déposé ces ossements là-bas, il doit aussi savoir que ce ne sont pas ceux d'un Yaqui.

— Il te connaît, Jolene. Il sait que tu n'abandonneras jamais. Peut-être que cet accident était un message pour te dire de rester gentiment en dehors de tout ça et de ne plus te mêler de ses affaires.

— Dans ce cas, pourquoi ne me le dit-il pas en face ?

— Il n'a pas déjà essayé de le faire ?

— Si.

— Si c'est bien lui, il ne reconnaîtra jamais avoir fait une telle chose. C'est une personnalité publique, mais ne t'y trompe pas. S'il a vraiment fait saboter tes freins, c'est un avertissement, il veut que tu comprennes qu'il ne plaisante pas.

Jolene rassembla ses longs cheveux en une queue-de-cheval et les tordit pour les essorer.

— Il me connaît mal, alors. Je suis une Nighthawk, moi aussi.

En ouvrant la porte de chez elle, Jolene libéra Chip qui, excité comme une puce, se mit à leur sauter dessus, le poil mouillé et la queue battante.

— Il était dehors, dit-elle, j'ai dû laisser la porte de derrière ouverte.

— Ne t'occupe pas de Chip et file te changer. Il a beau faire chaud, tu vas finir par tomber malade dans ces vêtements trempés.

— Oh ! tu peux parler ! J'ai fait sécher tes affaires il y a quelques heures à peine, et tu es de nouveau mouillé de la tête aux pieds.

Alors qu'elle se redressait après avoir caressé Chip, elle sentit soudain une vive douleur irradier dans sa nuque et ferma les yeux en grimaçant.

— Ça, c'est le coup du lapin, tes cervicales ont dû en prendre un sacré coup, lui dit-il en l'aidant à marcher jusqu'au canapé. Voilà pourquoi il faut se rendre à l'hôpital après avoir eu un accident de voiture.

— Ça va, je me sens seulement un peu faible, protesta-t-elle en se laissant tomber sur le sofa.

— Ce dont tu as besoin c'est d'un bon bain et d'un verre de vin, déclara Sam en essayant de faire sortir le chien. Est-ce que tu as des sels d'Epsom ?

— Tu es sérieux ? Tu veux me faire couler un bain ?

C'était ce genre de comportement qui l'inquiétait depuis toujours chez Sam. Il était prévenant, attentionné et puis, sans prévenir, il cessait de l'être du jour au lendemain. Il la traitait comme une princesse puis lui annonçait que sa femme était enceinte. Femme dont il était censé être séparé depuis six mois.

— Tu ne peux pas reprendre le cours de ta vie comme s'il ne s'était rien passé… Tu as eu un sacré accident, Jolene, lui répondit-il en sortant son arme de son étui. Reste là et repose-toi, OK ?

Tandis qu'il se dirigeait vers la salle de bains, Jolene tenta de faire bouger sa tête doucement de gauche à droite. Ses cervicales ne lui semblaient pas endolories… Quand elle avait compris qu'elle avait perdu le contrôle du véhicule et qu'elle allait finir dans la rivière, elle avait essayé de se détendre.

Elle reposa sa tête sur le coussin du canapé et ferma les yeux. Était-il vraiment possible que Wade soit derrière tout ça ? Elle pouvait imaginer qu'il veuille lui donner un avertissement, mais pas au point de la mettre en danger… Cependant, elle devait admettre que ses ambitions semblaient n'avoir aucune limite. Il avait des vues sur le monde politique et prenait soin d'évoluer dans les cercles les plus sélectifs et renommés.

— Regarde ce que j'ai trouvé, lui dit Sam en revenant dans le salon, torse nu, vêtu d'un bas de jogging vert de la police des frontières.

— Où as-tu trouvé ça ? lui demanda-t-elle en écarquillant les yeux.

— Roulé en boule dans ton placard, lui dit-il en tirant sur l'élastique à la taille. Je crois me rappeler que c'est moi qui te l'avais donné, non ?

— Oui, il m'arrive de le porter de temps en temps, lui répondit-elle en se relevant si vite qu'elle dut s'accrocher au dossier de la chaise.

— Jolene, tu es certaine que tu ne veux pas que je t'accompagne aux urgences ?

— Oui, je te remercie, je suis seulement un peu secouée.

Elle se rassit sur le canapé, et Sam vint s'installer à côté d'elle. Il glissa un bras autour de sa taille.

La sensation de son bras nu sur sa peau la bouleversa, et elle sentit un nouveau vertige l'envahir.

Elle se laissa aller contre lui, et il resserra son étreinte.

— Laisse-moi t'aider, Jolene, lui murmura-t-il d'une voix douce.

Puis il la conduisit jusqu'à la salle de bains où une vapeur parfumée au lilas émanait de la baignoire.

— Tu m'as préparé un bain moussant ?

— C'est ce que j'ai trouvé de mieux pour remplacer les sels d'Epsom, lui répondit-il en l'aidant à s'asseoir sur le bord de la baignoire. L'odeur du lilas doit avoir un quelconque pouvoir en aromathérapie, en tout cas ça ne peut pas te faire de mal…

Alors qu'il commençait à déboutonner son chemisier, elle posa sa main sur son bras.

— Je pense que je suis quand même capable de me déshabiller toute seule, Sam.

— Vraiment ? Si je te laisse, je ne vais pas t'entendre t'écrouler au sol dans quelques minutes ? répliqua-t-il en ouvrant la fermeture Éclair de sa jupe. Et puis, franchement, pas la peine de faire des simagrées, ce n'est pas comme si je ne t'avais pas déjà vue toute nue…

— Mais tu as perdu ce privilège aujourd'hui, répliqua-t-elle en posant sa main dans son cou.

— C'est vrai, reconnut-il en levant ses yeux bleus vers elle.

Sur ces mots, il se redressa et quitta la salle de bains.

— Appelle-moi si tu as besoin de mon aide, je vais te chercher un verre de vin.

Il referma la porte avant qu'elle n'ait eu le temps de lui dire qu'elle n'en avait pas besoin…

Elle soupira et finit de se déshabiller avant de se glisser dans l'eau où elle se laissa submerger par les bulles délicieusement parfumées.

Elle avait rencontré Sam, deux ans plus tôt, lors d'une soirée où elle avait accompagné sa cousine, Melody. En le voyant, elle n'avait pu quitter des yeux cet homme sexy aux yeux bleus et à la chevelure sombre, qui avait l'air indestructible.

Melody avait joué les entremetteuses, et ils étaient vite passés du simple café au dîner romantique pendant lequel ils avaient parlé à bâtons rompus pendant des heures. Elle était d'abord restée sur ses gardes car elle avait toujours été méfiante avec les hommes. Mais Sam l'avait conquise sans effort.

— Tu es dans le bain ? demanda-t-il soudain en tapant à la porte. Tout va bien ?

Il entrouvrit la porte du bout du pied, portant deux verres de vin dans les mains.

Elle s'enfonça plus profondément dans l'eau tandis qu'il prenait place sur le bord de la baignoire.

— Comment te sens-tu ? lui dit-il en lui tendant son verre. Ce n'est pas trop chaud ?

— C'est parfait, je te remercie…

Les bulles dans l'eau avaient à présent presque toutes disparu, révélant de plus en plus clairement sa nudité. Était-ce réellement si grave ? se demanda-t-elle. Elle savait toutefois que si elle se laissait aller une nouvelle fois dans les bras de Sam, il la quitterait probablement de nouveau… Il avait une fille, et celle-ci devait rester sa priorité.

En attendant, ne pouvait-elle pas avoir une simple aventure avec lui pendant qu'il séjournait à Paradiso ? Puisqu'ils avaient décidé de se faire confiance mutuellement… Parviendrait-elle à l'oublier une fois qu'il serait reparti ?

Sam plongea une main dans l'eau et frôla sa peau.

— Les bulles disparaissent… Prends ton temps pour finir ton vin, cesse de penser à toutes ces histoires et profite de ce moment.

Jolene prit une gorgée de vin puis, tout en s'enfonçant plus profondément dans l'eau chaude, laissa courir son autre main sur la peau nue du torse de Sam.

— Il y a de la place ici, tu sais, lui dit-elle en levant des yeux malicieux vers lui.

— Jolene, lui répondit-il après avoir pris le temps de déglutir, tu sais que c'est ce dont j'ai le plus envie au monde.

— Mais ?

— Je veux être sûr. Tu n'avais pas l'air si heureuse de me revoir…

— Rien d'étonnant, vu les circonstances…, lui répondit-elle en haussant les sourcils. Je venais tout juste d'enterrer des os sur un futur chantier.

— Non, je sais qu'il ne s'agit pas que de ça, continua-t-il. Je t'ai fait du mal, je t'ai menti, j'ai brisé ta confiance.

— Peut-être mais c'est moi qui t'ai dit de partir et de t'occuper de ta fille.

— Parce que…

Ils furent soudain interrompus par les aboiements de Chip, et Jolene ne put s'empêcher de se sentir soulagée. Elle n'avait pas envie de ressasser tout cela une nouvelle fois. Qu'elle puisse accorder sa confiance à Sam de nouveau ou pas n'avait finalement pas grande importance…

— Il a dû trouver le moyen de sortir de nouveau, soupira-t-elle. J'espère qu'il n'est pas trempé et plein de boue.

— Je vais m'en charger, lui dit Sam en se levant. Termine ton verre et profite de ton bain…

Ils entendirent soudain les griffes du chien sur le sol carrelé et celui-ci surgit bientôt dans la salle de bains, la queue battante, tenant quelque chose dans sa gueule.

— Qu'est-ce que tu as encore trouvé, Chip ? lui demanda Jolene. Sam, tu peux regarder ?

Chip avança vers eux, et Sam recula d'un bond.

— C'est un serpent.

Le chien déposa le reptile au sol, et Jolene se redressa dans la baignoire en mettant ses mains sur sa bouche.

— Ce n'est pas un simple serpent, c'est un serpent avec une flèche dans la tête.

— Qu'est-ce que… balbutia Sam en poussant la bête du bout de sa botte. Au moins, il est mort. Mais qui peux bien s'amuser à tuer les serpents de cette manière ?

Jolene sentit une vague de frissons courir sur tout son corps.

— Quelqu'un qui veut envoyer un avertissement à un Yaqui…

7

Sam sentit ses cheveux se dresser sur sa tête. La personne qui était derrière tout ça ne plaisantait pas.

— Débarrasse-nous de ça, s'il te plaît, Sam.

Il se retourna pour regarder Jolene. Celle-ci se tenait debout, nue et dégoulinante de mousse dans la baignoire.

Chip laissa échapper un gémissement et poussa de la patte le serpent mort.

— Oui, tu es bon chien, lui dit Sam en lui tapotant la tête affectueusement.

— Sam, je t'en prie, sors ce serpent de ma salle de bains !

— Je m'en charge, acquiesça Sam en la prenant par le bras. Mais, toi, rassieds-toi, tu vas prendre froid.

— Je pense que je tremble plus à cause du serpent qu'à cause de la température, lui répondit-elle avant de se rendre compte qu'elle se tenait nue devant lui.

Le rouge lui monta aux joues, et elle replongea dans l'eau.

— Qu'est-ce que ça signifie, ce serpent mort ?

— La légende dit que les serpents peuvent prendre la forme d'humains, alors tuer un serpent, sauf s'il s'agit de légitime défense, est un acte cruel. Quant à la flèche qui traverse sa tête, c'est un avertissement pour prévenir que le mal circule parmi nous.

— Donc ce que veut te dire la personne qui t'a envoyé

ce serpent mort, c'est que tu fréquentes des gens louches, c'est ça ?

— Quelque chose dans ce goût-là, oui…

— Je vais aller chercher un sac plastique et le ramasser en faisant attention, au cas où il y aurait des empreintes digitales… Il serait intéressant de savoir qui cherche à te faire passer ce message.

— C'est assez évident, non ? Il n'y a que les Yaquis qui communiquent de la sorte… C'est Wade, j'en suis certaine.

— Alors, il est temps pour toi de te confronter à lui, conclut Sam en glissant deux doigts dans le collier du chien pour le tirer hors de la salle de bains.

Il se rendit ensuite dans la cuisine, prit un sac et quelques feuilles d'essuie-tout puis retourna dans la salle de bains où Jolene, à présent sortie de la baignoire, était emmitouflée dans une épaisse serviette.

Il s'accroupit à côté du reptile, le souleva du sol en saisissant la pointe de la flèche et le laissa tomber dans le sac.

— Je vais demander un relevé d'empreintes, et nous serons fixés.

— S'il en a laissé, fit remarquer Jolene. Tout cela est quand même un peu ridicule. Si mon cousin pense pouvoir m'effrayer en sabotant mes freins et en me laissant ce genre d'avertissement, il me connaît décidément très mal.

— Il y a quelque chose qui cloche…, déclara Sam en nouant les anses du sac. Pour quelles raisons Wade se donnerait-il la peine de t'envoyer ce type de message après avoir trafiqué ta voiture ?

— Comme tu l'as dit, il ne pensait pas causer un accident aussi spectaculaire, il a dû penser que le serpent viendrait appuyer son premier avertissement.

— Il y a autre chose qui m'intrigue…, ajouta Sam en se grattant le menton. Si les Yaquis sont les seuls à pouvoir comprendre un tel message, pourquoi ferait-il quelque chose d'aussi évident ?

— Tu réfléchis comme si mon cousin était une personne normale. Mais il est clairement dérangé. Comment peut-on réagir de la sorte si on a toute sa tête ? lui dit-elle en passant devant lui pour se rendre dans sa chambre.

— Je ne pense pas que ton cousin soit dérangé, Jolene, lui dit Sam en la suivant dans sa chambre. Il y a beaucoup d'argent en jeu dans cette affaire, il ne veut pas échouer, c'est tout. C'est d'ailleurs pour cette raison que je ne pense pas qu'il ferait une chose aussi grossière que t'envoyer ce serpent. D'ailleurs, je me demande où Chip l'a trouvé.

Jolene s'arrêta au milieu de la pièce et se retourna vers lui avant de claquer des doigts :

— Dehors ! Je t'ai laissé voir ça une fois mais c'était tout à fait exceptionnel.

— À vos ordres, madame, lui répondit-il en souriant. Mais si tu comptes aller rendre visite à Wade, je t'accompagne.

Jolene le retrouva dans le salon quelques instants plus tard, vêtue d'un short en jean et d'un T-shirt avec le logo de l'université d'Arizona.

— Merci d'avoir rangé la salle de bains, lui dit-elle en lui souriant. J'ai entendu le bip du sèche-linge, je pense que ton uniforme est sec, tu peux quitter ta tenue de strip-teaseur…

— Si tu crois que les strip-teaseurs ressemblent à ça, rétorqua-t-il en écartant les bras vers elle, tu devrais sortir plus souvent.

— Rien ne t'oblige à le porter si bas sur les hanches, lui répondit-elle en faisant claquer l'élastique de sa ceinture à sa taille.

— Bien obligé si je ne veux pas avoir l'air de partir à

la pêche, répliqua-t-il en levant une jambe. Je comprends mieux pourquoi je te l'avais offert.

Sur ces mots, il partit chercher ses affaires et lui lança, depuis le couloir :

— Si ça ne t'embête pas, je vais me changer dans ta chambre.

— Vas-y, lui répondit Jolene en finissant de sécher le chien avec une serviette. Je vais voir si Chip peut me conduire à l'endroit où il a découvert le serpent.

— OK, mais est-ce vraiment important ? Tu n'as pas de système de sécurité, pas de caméra de surveillance. Wade, ou la personne qui s'est chargée de te déposer ce message, l'a déposé à côté de chez toi car il savait pertinemment que ton chien allait le trouver et te l'apporter.

— Tu arrives à imaginer Wade en train de tuer un serpent au tir à l'arc, avant de venir traîner autour de ma maison avec cette chose dans les mains ? Si c'est lui qui est derrière tout ça, il a demandé à quelqu'un de s'en charger. Comme pour les freins de ma voiture… Nombreux sont les jeunes, prêts à tout pour être dans les bonnes grâces de Wade Nighthawk, tu peux me croire.

— Tu peux toujours demander à tes voisins s'ils ont remarqué quelque chose d'anormal.

— Tu as raison, je vais me renseigner, lui répondit-elle avant de montrer son uniforme du doigt. Maintenant va t'habiller, s'il te plaît, et allons rendre une petite visite à mon cousin.

Sam se changea en pensant que, s'il lui restait du chemin pour reconquérir le cœur de Jolene, elle ne le fusillait plus du regard. Leur objectif commun y était probablement pour beaucoup.

Une fois de retour dans le salon, Jolene lui tendit son *holster*.

— Tu es pressée, lui dit-il en finissant de se préparer. Qu'y a-t-il de si urgent ?

— Je veux voir Wade et Cerisse avant qu'ils ne sortent, lui répondit-elle en ouvrant sa porte d'entrée, son sac à la main.

— Tu comptes vraiment aller lui demander de but en blanc si c'est lui qui a fait ça ? Tiens, ça y est, on dirait que la tempête est passée.

— Celle-là peut-être, mais je te garantis qu'une nouvelle va s'abattre sur Wade dans très peu de temps…

Une vingtaine de minutes plus tard, Sam roulait avec prudence sur la route sinueuse qui montait dans les collines.

— Si tes freins avaient lâché ici, tu ne t'en serais pas aussi bien tirée…, fit-il remarquer à Jolene.

— Parce que plonger tout droit dans la rivière, c'est mieux ? lui répondit-elle en le regardant avec étonnement. J'aurais pu me noyer, Sam.

— Je sais, lui dit-il en posant sa main sur sa cuisse. Quand j'ai appris qu'un accident s'était produit, j'ai eu la peur de ma vie.

— Vraiment ? lui demanda-t-elle.

— Qu'est-ce que tu crois ? Penses-tu vraiment que je puisse être un jour capable de cesser de m'inquiéter pour toi ?

Jolene baissa la tête et commença à se masser les tempes doucement.

— Je ne sais pas réellement quoi penser, Sam. Je n'ai jamais cru que je te reverrais un jour ici à Paradiso et, soyons honnêtes un instant, nous savons tous les deux que tu n'es pas venu ici pour moi. Tu es de retour pour régler une enquête qui, par chance, se trouve avoir de nombreux points communs avec mes affaires du moment.

Sam laissa échapper un soupir en comprenant qu'il avait abordé le sujet trop tôt.

— La maison de Wade se trouve après ce virage, c'est ça ?

— Oui, c'est la seule sur ce versant, elle est derrière les grandes barrières blanches, lui répondit-elle en levant les yeux au ciel. Il est tellement prétentieux…

— La maison est à lui ou à Cerisse ? Je crois savoir que sa belle-famille est très riche, même si ton cousin a plutôt bien réussi dans le domaine de l'immobilier.

— Je crois que c'est un mélange des deux, le père de Cerisse les a aidés au démarrage puis Wade a pris le relais.

— Est-elle yaqui ?

— À moitié, du côté de sa mère.

Sam ralentit et, après avoir pris un virage serré sur la droite, s'engagea dans une allée bordée d'impressionnants cactus Saguaro.

— Chouette endroit, dit-il après avoir sifflé entre ses dents. Je ne pense pas être déjà venu ici.

Il se gara derrière le Hummer de Wade et une Tesla flambant neuve. Avant qu'il n'ait le temps de couper le moteur, Jolene sauta du véhicule, le sac qui contenait le serpent à la main.

Ignorant la façon dont elle avait prévu d'aborder son cousin, Sam se précipita à sa suite. Il la rejoignit sous le porche alors que les dernières tonalités de la sonnette résonnaient de l'autre côté de la double porte.

Les cheveux teints en blond parfaitement coiffés, un sourire serein sur ses lèvres repulpées, Cerisse leur ouvrit la porte.

— Jolene, Sam, quel plaisir de vous voir ! Wade m'a dit que tu étais de retour en ville, Sam ! Tu comptes rester ?

— Dans le cadre d'une enquête de la police frontalière, et toi, Cerisse, comment vas-tu ?

Cerisse ouvrit la bouche pour répondre mais Jolene la poussa pour entrer.

— Où est Wade ?

— Il sait que tu viens le voir ? lui demanda Cerisse en haussant un sourcil impeccablement dessiné.

— Pourquoi ? J'ai besoin de prendre rendez-vous ? Wade est mon cousin, je l'ai connu quand il marchait encore à quatre pattes et jouait à sauter, les jours de pluie, dans les flaques d'eau de la réserve. Je ne pense pas devoir…

— Jolene ?

Wade apparut dans l'escalier derrière Cerisse, ses longs doigts minces glissant le long de la rampe lustrée.

— Jolene, que se passe-t-il ?

— Il se passe ça ! lui cria Jolene en jetant le serpent mort au sol. La pointe de la flèche claqua sur le carrelage.

Melody apparut en haut de l'escalier et poussa un cri strident en voyant le cadavre du reptile.

— Qu'est-ce que ce truc fait ici ? hurla-t-elle en descendant les marches pour venir les rejoindre.

— Demande à ton frère, lui répondit Jolene en posant ses mains sur ses hanches. Il a laissé ça chez moi, juste après avoir trafiqué mes freins de voiture.

— Wade ? demanda Melody en jetant un regard ahuri à son frère. Wade, de quoi parle-t-elle ?

— J'aimerais le savoir autant que toi, lui répondit Wade en levant ses mains en l'air.

Cerisse posa une main calme sur l'épaule de Jolene.

— Pourquoi ne viens-tu pas t'asseoir pour nous expliquer, Jolene ? Tu sembles… bouleversée.

— Oh ! oui je suis peut-être un peu bouleversée comme tu dis, protesta Jolene en se dégageant. Quelqu'un a trafiqué ma voiture pour qu'elle dérape sous la pluie, et j'ai fini dans la rivière en crue !

Melody laissa échapper un petit cri avant de se couvrir la bouche.

— C'était toi ? J'ai entendu parler de l'accident…

— Et tu penses que c'est moi qui ai trafiqué tes freins ? demanda Wade en lissant sa queue-de-cheval brillante. Et qu'ensuite je suis venu déposer sous ton porche cet étrange message ?

— Je n'ai jamais dit qu'il se trouvait sous mon porche, c'est Chip qui me l'a apporté, corrigea Jolene en tapant du pied sur le sol.

— Mais pour quelle raison aurais-je pu faire une chose pareille ? demanda Wade en glissant ses pouces dans les passants de son jean.

— Tu… Tu le sais, lui répondit Jolene en se mordant la lèvre inférieure.

Elle sembla soudain se rendre compte qu'en accusant Wade de ces actes, elle risquait de devoir reconnaître avoir enterré les ossements sur le site du chantier.

— Non, j'ignore totalement ce dont tu veux parler, mais je t'en prie, éclaire-moi, lui répondit Wade, un léger sourire aux lèvres.

— Ces os, qu'on a découverts sur le site aujourd'hui, continua Jolene, tu penses que j'ai quelque chose à voir avec ça. Tu penses que j'ai essayé de saboter le projet du casino.

— C'est ce que tu as fait ?

— Bien sûr que non, Wade, intervint Cerisse en tapotant le dos de Jolene d'un geste prudent, comme si celle-ci était un animal sauvage qu'un rien pouvait faire bondir.

— Je n'ai rien à voir avec ces os, reprit Jolene, mais tu sais que ce projet de casino ne me plaît pas. Mon père ne l'aimait pas non plus.

— Nous avons déjà eu cette discussion mille fois, Jolene. Le casino va créer de nombreux emplois, il va permettre de faire évoluer l'école de la réserve, toutes ces choses dont tu prétends tant te soucier.

— Mon père a trouvé la mort sur ces terres, cela n'a donc aucune importance pour toi ?

— Si, bien sûr que cela en a, protesta Wade en faisant bouger le corps du serpent du bout de sa botte. Mais dis-moi pourrais-tu retirer cette chose de là ? Tu fais peur à Melody.

— Tu peux nier autant que tu veux, Wade mais je sais que c'est toi qui te caches derrière ces avertissements.

Jolene se baissa pour remettre le reptile dans le sac mais Sam l'arrêta et s'en chargea en prenant la queue entre deux doigts.

— Cousine, si je pensais vraiment que toi et moi avions un problème avec ce casino, je serais simplement venu t'en parler. En fait, je crois même que c'est ce que nous avons fait. Je me rappelle même avoir eu l'impression que tu avais compris mon point de vue et que tu étais d'accord avec le sens de ce projet… Ou tout au moins que tu t'y étais résignée.

— Wade…, lui répondit Jolene en agitant un doigt menaçant sous son nez, ne joue pas au plus malin avec moi.

Sur ces mots, elle se retourna, ouvrit la porte et sortit.

Sam referma le sac qui contenait le serpent et haussa les épaules en soupirant.

— Elle est encore sous le choc suite à son accident, elle a dû passer par la fenêtre pour réussir à sortir de la voiture et remonter à la surface.

— C'est terrible, s'écria Cerisse en posant sa main sur sa bouche. Je suis heureuse que tu sois de retour, Sam, même si ce n'est pas pour longtemps. Tu as toujours été le seul à pouvoir la calmer.

— Ça va aller, acquiesça Sam en faisant un signe d'adieu de la main à Melody qui se tenait toujours agrippée à la rampe d'escalier. Content de t'avoir revue, Melody !

Toujours bonne hôtesse, même dans les situations les

plus délicates, Cerisse l'accompagna jusqu'à la porte et lui glissa, avec un sourire :

— Reviens quand tu veux, peut-être dans des circonstances plus agréables.

Sam marcha jusqu'à son *pick-up* où Jolene était déjà montée et l'attendait, assise sur le siège passager, le regard sombre. Il s'installa au volant après avoir déposé le sac sur la banquette arrière.

— Ça ne s'est pas vraiment bien passé, dit-elle entre ses lèvres serrées.

— À quoi t'attendais-tu ? Il n'allait pas admettre avoir fait tout ça, même si c'est lui le responsable.

— Si c'est lui ? répéta-t-elle en repoussant une mèche de cheveux qui tombait devant son visage. Tu crois vraiment que ce salaud peut être innocent ?

— N'est-ce pas toi qui m'as dit, juste après l'accident, qu'il était impossible que Wade puisse vouloir te tuer ?

— Me tuer, non, lui répondit-elle en se frappant la poitrine du poing. Mais je ne suis pas morte, n'est-ce pas ? Je ne suis pas morte car il voulait seulement me faire peur.

Sam démarra et commença à avancer tout en attachant sa ceinture de sécurité.

— Tu lui as dit ce que tu avais sur le cœur, ce n'est pas une si mauvaise chose, dit-il.

— C'est à toi de jouer maintenant, Sam. Il faut que tu retrouves les restes de ces gens disparus pour pouvoir arrêter ce projet de construction une bonne fois pour toutes.

— Si je les retrouve, cela suspendra les travaux mais cela ne suffira pas à y mettre un terme, ce n'est pas comme s'il s'agissait d'un lieu de sépulture sacré yaqui.

— Je sais, mais si le chantier est interrompu, j'aurai le temps de chercher des indices concernant la mort de mon père. Une fois que ce fichu casino sera construit, toute preuve sera détruite et perdue pour toujours, dit-elle en relevant ses jambes contre sa poitrine pour les enlacer.

— Je sais que tu penses qu'il y a quelque chose là-bas, Jolene, mais le département du shérif du comté de Pima a déjà mené une enquête, dit-il en lui caressant tendrement la joue du bout du doigt.

— Il doit y avoir autre chose... Que faisait mon père là-bas cette nuit-là ?

— Peut-être qu'il faisait la même chose que toi ? Peut-être qu'il cherchait un moyen de mettre un terme à ce projet de casino ? dit Sam en haussant les épaules.

— Et peut-être qu'il l'avait trouvé, ajouta-t-elle.

Il se tourna vers elle en se demandant s'il devait l'encourager à poursuivre dans cette voie ou la dissuader.

— Attention ! cria alors Jolene en plaquant ses mains sur le tableau de bord.

Sam appuya sur la pédale de frein en apercevant Melody qui leur faisait un signe depuis le bas-côté.

— Qu'est-ce qu'elle fait ici et comment a-t-elle pu arriver aussi vite ? s'interrogea Sam à voix haute en roulant doucement jusqu'à elle.

— Elle a dû sortir de la maison par-derrière, contourner l'allée et prendre le raccourci vers la route, lui répondit Jolene en ouvrant la vitre de sa portière. Melody, tu es folle ou quoi ? On aurait pu t'écraser !

Melody avança vers eux en croisant ses bras sur sa poitrine, les yeux baissés.

— Je voulais te dire d'arrêter de fouiner dans ce projet de casino, Jolene.

— Génial, maintenant tu t'y mets, toi aussi ? J'ai déjà reçu des avertissements, Melody, des avertissements très clairs, mais cela ne suffira pas à m'arrêter. Quelque chose est arrivé à mon père sur cette terre et je compte bien découvrir ce qui s'est passé avant que cet endroit ne soit couvert de machines à sous.

— Tu ne comprends pas, Jolene, insista Melody, avant de jeter un regard par-dessus son épaule. Quiconque pose des questions sur ce casino finit par mourir… C'est ce qui t'arrivera à toi aussi, si tu continues comme ça.

8

Tandis que Sam s'éloignait, Jolene regarda Melody devenir de plus en plus petite dans le rétroviseur.

— Que penses-tu de ce qu'elle vient de me dire ? Tu crois qu'elle a réagi de cette manière à cause du serpent ? Elle semblait effrayée mais c'est vrai que Melody a toujours été très impressionnée par les vieilles légendes indiennes.

— Je suis désolé de te le dire, Jolene, mais Melody était ivre.

— Tu en es sûr ? lui demanda Jolene en tournant la tête vers lui, l'air étonné. Je n'ai pas trouvé qu'elle avait l'air d'avoir bu…

— Elle a failli se jeter sous mes roues, elle avait du mal à articuler et elle avait les yeux vitreux, crois-moi je connais ces signes. En plus, ce qu'elle nous a dit n'avait aucun sens.

— Tu crois ? demanda Jolene. Je me demande pour quelle raison elle a recommencé à boire. Elle m'avait dit être sobre depuis des années.

— Les alcooliques mentent parfois…

— Mais… Et si ce qu'elle nous a dit était vrai, Sam ? S'il y avait vraiment eu des morts en lien avec ce projet ?

— Comment pourrais-je le savoir ? Cela fait deux ans que j'ai quitté Paradiso, lui répondit-il en tambourinant des doigts sur son volant. Mais je peux faire quelques recherches. Je n'ai pas entendu parler de meurtres, à l'exception de ceux qui sont associés au trafic de drogues.

— Peut-être qu'ils n'ont pas été enregistrés comme étant des meurtres… Nous pouvons chercher dans les accidents, les disparitions récentes …, lui dit-elle en se redressant sur son siège pour mieux regarder la route. Mais où allons-nous ?

— Quand j'ai entendu parler de l'accident sur l'autoroute, j'ai sauté dans mon véhicule de fonction. Je dois aller récupérer ma voiture de location et puis je voudrais déposer ce sac au laboratoire pour voir si on peut relever des empreintes sur le serpent.

— Et moi, dit-elle en soupirant, je n'ai même plus de voiture…

— Ta compagnie d'assurances n'est pas censée t'en prêter une dans ce genre de cas ? Tu l'as prévenue de ton accident ?

— Je l'ai prévenue immédiatement après avoir appelé les urgences, mon assureur va me dépanner.

— Quelle journée ! Et dire que tout a commencé par l'inauguration… Tu as mangé quelque chose depuis ces quelques cuillères de *chili* ?

— Non et, en plus, je pense que la journée est loin d'être terminée, dit-elle en sortant son téléphone portable de son sac à main, toujours humide. Je vais essayer de voir si je trouve quelque chose sur ces morts dont Melody nous a parlé.

— Il marche encore ? demanda Sam, l'air incrédule.

— Il était rangé dans une pochette hermétique, c'est d'ailleurs grâce à ça que j'ai pu contacter les secours. Ah tiens, j'ai reçu un message de mon assurance.

— Quand je te disais que nous pouvions faire des recherches, je ne voulais pas forcément dire maintenant.

— Rien ne vaut le moment présent.

— Nous y voilà, lui répondit-il en se garant sur le parking, parmi les autres véhicules du bureau de la patrouille frontalière.

— Et dire que je vais devoir aller travailler demain, dit-elle en se frottant le côté du crâne.

— Ne sois pas ridicule, tu viens d'avoir un accident de voiture, appelle-les pour les prévenir et prends quelques jours de congé, protesta-t-il avant de lui montrer son crâne. Ça te fait mal ?

— J'ai la migraine.

— Tu es toujours certaine de ne pas vouloir aller consulter un médecin ?

— Non, ce que je veux c'est avancer dans notre affaire, lui répondit-elle avant de descendre de voiture.

Une fois à l'intérieur du bureau presque vide, Sam prépara sans tarder de quoi faire le relevé d'empreintes sur le serpent, puis il prit son ordinateur portable pour l'emmener.

Jolene appela son patron puis erra dans les bureaux en l'attendant et s'arrêta devant le bureau de Nash Dillon où était posée une photo encadrée les représentant, lui, sa femme et leur bébé.

— Tu as déjà vu le bébé de Nash ? demanda-t-elle à Sam.

— Pas encore, je n'arrive toujours pas à l'imaginer papa. Je le voyais plutôt comme un éternel célibataire… La mère du bébé a été assassinée, elle était impliquée dans une histoire de drogues. Elle s'appelait Jaycee Lemoin et vivait aussi à Paradiso.

Jolene reposa le cadre sur le bureau et laissa échapper un profond soupir.

— Quelle tristesse…

— Malheureusement, je commence à être habitué à ce

genre d'histoire…, lui répondit-il en se dirigeant vers elle. Nous pouvons y aller à présent, j'ai pris mon ordinateur, mais si nous repartons chez toi, j'aimerais me changer avant et aussi trouver de quoi manger.

— Peut-être pourrions-nous passer prendre quelque chose à emporter, ou commander de quoi dîner ? J'ai vraiment hâte de commencer les recherches sur ces autres morts non élucidées.

— D'autres ?

— Oui, d'autres que celle de mon père, lui répondit-elle en levant vers lui un doigt menaçant. Et ne commence pas sur ce sujet. Je n'ai jamais cru qu'il avait été tué par des trafiquants de drogue, tu veux savoir pour quelle raison ? Parce qu'il se trouvait en terre yaqui. Pour quelle raison les cartels se trouveraient-ils à cet endroit, hein ?

— Bonne question, en effet, concéda-t-il avant de poser une main sur son cœur. Mais tu sais, je n'allais pas te contredire, je suis d'accord avec toi. Il y a, c'est certain, quelque chose de très louche dans tout ce qui entoure ce projet.

— Tu n'as toujours aucune nouvelle des analyses des os ?

— Non… Mais, rassure-moi, tu avais bien fait attention de ne rien laisser traîner, n'est-ce pas ?

— Bien sûr, lui répondit-elle en posant un doigt sur ses lèvres avant de jeter un œil discret au seul autre agent présent au bureau et qui était au téléphone.

— Je ne pense pas qu'il ait entendu un seul mot de notre conversation, la rassura Sam.

— Nous devons être prudents, je ne voudrais pas être arrêtée…

— Personne ne va t'arrêter, ne t'inquiète pas, lui répondit Sam en lui serrant le bras avec tendresse.

— Les circonstances exceptionnelles nécessitent parfois

de prendre des mesures désespérées, et c'est la seule idée que j'ai trouvée pour interrompre le chantier sans créer de dommages ou saboter les équipements.

— Ce genre de choses pourrait t'amener à être arrêtée, en revanche, lui répondit Sam en déverrouillant les portes de sa voiture de location. Promets-moi que tu ne feras jamais rien de tel.

— Je te le promets, de toute façon je ne sais même pas comment procéder pour le faire.

— Oh ! je suis certain que tu trouverais, lui répondit-il avec un sourire avant d'aller lui ouvrir la portière côté passager. Bon alors, on passe prendre quelque chose à manger ou on commande ?

— Je serais partante pour nous faire livrer des pizzas, qu'en dis-tu ?

— J'ai tellement faim que j'aurais pu manger le serpent.

Après avoir démarré, Sam sortit du parking et s'engagea sur la route avant de se tourner vers elle pour lui demander :

— C'est uniquement pour découvrir ce qui est arrivé à ton père que tu veux interrompre ce chantier ? D'après ce que j'ai compris, ce casino va vraiment créer des emplois... S'il y avait des espèces en voie de disparition sur cette terre et si la construction pouvait représenter une menace pour qui que ce soit, tu le saurais déjà, n'est-ce pas ?

— Oui, des études ont été menées, j'y ai même participé, et il n'y a aucun risque ni pour la faune ni pour la flore. Mon père s'opposait au projet car il souhaitait que le désert reste préservé, mais il a lui-même reconnu l'importance de ces nouveaux emplois pour la communauté. J'imagine qu'il aurait fini par céder et accepter l'idée que c'était peut-être pour le mieux. C'est pour cette raison que je ne comprends pas ce qui a pu lui arriver. Même s'il leur avait mis des bâtons dans les roues, Wade savait que mon père aurait fini par s'incliner, surtout après avoir reçu les résultats des études.

— Tu penses donc qu'il a été tué pour une autre raison ?

Jolene haussa les épaules. Elle ne pouvait pas réellement expliquer sa conviction à Sam. Elle n'avait pas de preuves tangibles, juste une intuition.

— Peut-être, oui…

— La drogue ?

— Nous en revenons toujours à ça, soupira-t-elle en sortant son téléphone de son sac.

— Parce que c'est ce qui est le plus logique, Jolene. Il a pu assister à un événement ou découvrir quelque chose… Le département du shérif n'est pas arrivé à cette conclusion par hasard, lui dit-il avant de lui tapoter la main gentiment. Mais dis-moi, tu comptes la commander un jour, cette pizza ?

— Oui… Tu veux autre chose avec ? Une salade ?

— Non, une pizza pepperoni m'ira très bien, ou ce que tu veux d'ailleurs, je ne suis pas difficile, lui répondit-il en se garant devant son motel. Tu veux m'attendre ici ou entrer ? Je n'en ai que pour une minute.

— Je vais t'attendre ici.

Jolene eut à peine le temps de commander leur repas que Sam était déjà de retour, cette fois vêtu d'un jean délavé et d'un T-shirt bleu marine assorti à ses yeux.

— Pizza commandée ? lui demanda-t-il en reprenant place au volant.

— Mais c'est une obsession, ma parole ! lui répondit-elle avec un sourire. C'est fait, oui, et maintenant allons chez moi pour commencer les recherches.

En passant devant le lieu de l'accident, Sam tapota du bout du doigt sur sa vitre.

— C'est ici que ta voiture a quitté la route, n'est-ce pas ?

Je vois les traces de tes pneus sur le goudron, tu as eu de la chance, cela aurait vraiment pu mal se finir. Qu'as-tu pensé de la réaction de Wade quand tu l'as accusé d'être celui qui aurait trafiqué ta voiture ?

— Le déni, le déni, le déni, lui répondit-elle en retirant sa sandale pour poser son pied nu sur le tableau de bord. Je ne m'attendais pas à autre chose de sa part mais je l'ai mis en garde. Quand prévois-tu de retourner sur le site, dis-moi ? Tu devrais peut-être agir avant que les autorités ne se rendent compte que ces os ne sont pas si importants que ce qu'ils paraissent, tu ne crois pas ?

— Ne t'en fais pas pour moi, je sais comment m'y prendre, lui répondit-il en s'engageant dans son allée. Tu penses aller chercher ta voiture de location demain ?

— Oui j'ai réglé ça avec eux, lui dit-elle en descendant de la voiture.

Une fois sous son porche, elle se retourna vers Sam, ses clés à la main puis regarda autour d'elle.

— Pas de nouveau cadeau, constata-t-elle, avec soulagement.

Après avoir ouvert la porte, Chip sortit et les accueillit, frétillant de la queue.

— Coucou, lui dit-elle en le caressant affectueusement. Regarde qui est revenu.

Jolene pensa soudain que la vie des chiens était bien plus simple que celle des humains. Ils pouvaient aimer les gens de manière inconditionnelle et le montrer sans risquer d'avoir le cœur brisé. Elle-même ne pouvait pas se laisser aller ainsi, elle devait se protéger.

Sam entra et déposa son ordinateur portable sur la table de la cuisine.

— Installons-nous ici en attendant que la pizza arrive.

— Je vais donner à manger à Chip et je reviens, lui

répondit Jolene. Tu penses que nous allons pouvoir avoir accès à tous les décès qui ont été enregistrés dans la région de Paradiso ces deux dernières années ? Je pense que c'est dans cette voie que nous devons commencer à chercher.

— Bonne idée, oui, lui dit-il en ouvrant son ordinateur. Nous pouvons aussi explorer toutes les oppositions qui ont été enregistrées contre le projet du Desert Sun Casino.

— En effet, lui répondit-elle avec enthousiasme, avant d'aller remplir la gamelle du chien.

La sonnette retentit soudain, et Sam bondit pour aller ouvrir.

— Reste là, Chip, ordonna-t-elle au chien. Ne va pas effrayer celui qui nous apporte un repas si attendu !

Tandis que Sam revenait dans la cuisine avec un grand carton dans les bras, Jolene sortit des assiettes, et ils s'installèrent autour de la table.

— Voilà une des choses qui m'a le plus manqué en quittant Paradiso, dit Sam après avoir mordu dans sa part avec un plaisir non dissimulé.

— Il n'y a pas de bonne pizzeria à San Diego ? demanda Jolene en haussant les sourcils.

— Il existe certaines choses ici qu'on ne peut pas retrouver à San Diego.

— Ne joue pas à ça avec moi, Sam Cross…

— Oh ! Ne te fais pas de fausses idées, Jolene Nighthawk, lui répondit-il avec un sourire malicieux. Je ne parlais que de la pizza et de… Chip.

Quelques minutes plus tard, il avait englouti la moitié de sa part.

— Je ne crois pas avoir jamais vu quelqu'un manger aussi vite, lui dit-elle en rapprochant l'ordinateur portable.

— Je ne t'avais pas dit que je crevais de faim ? lui

répondit-il en attrapant une tranche de pepperoni qui restait dans son assiette pour la lancer au chien.

— Eh ! protesta Jolene. Chip n'a pas besoin de manger ce genre de choses.

— Mais regarde comme il est heureux, rétorqua Sam en tapotant affectueusement la tête de l'animal. Bon maintenant que j'ai l'estomac bien rempli, jetons un œil à cette base de données…

Il s'essuya les mains sur une serviette en papier puis ouvrit l'ordinateur. Jolene rapprocha sa chaise de la sienne.

— Est-ce que ce sont les décès répertoriés de ces dernières années ? lui demanda-t-elle en se penchant vers l'écran.

— Oui, le plus récent apparaît en premier, lui indiqua-t-il en lui montrant du doigt la première page. Ici, il y a le nom, l'adresse, la cause de la mort : homicide, suicide, accident, cause naturelle, etc.

— Il y en a un paquet, constata-t-elle en finissant sa propre part de pizza.

— Tu fais tomber des miettes, s'indigna Sam avant de souffler sur son clavier. Et tu mâches dans mes oreilles… Finis de manger et laisse-moi entrer quelques filtres dans notre recherche pour écarter toutes les morts qui ne nous intéressent pas, après cela nous n'aurons qu'à cliquer sur les numéros de dossiers pour accéder aux informations relatives aux décès.

— Tu ne vas pas avoir de problème pour te connecter sur ce genre de serveur ou pour avoir accès à cette base de données ?

— Je suis venu à Paradiso pour enquêter et faire le lien entre des personnes qui ont mystérieusement disparu ici et les restes de gens que nous avons retrouvés dans le désert à l'est de San Diego. Comment pourrais-je travailler sans avoir accès à toutes ces informations ?

Jolene acquiesça en finissant sa bouchée puis lui montra l'écran du doigt.

— Penses-tu qu'on devrait éliminer les personnes âgées qui sont mortes de façon naturelle ?

— Absolument. Tiens, ici une vieille dame de quatre-vingt-six ans qui a fait une crise cardiaque.

— Voilà, dit-elle en s'avançant pour regarder la colonne où étaient inscrites les causes de décès. Nous ne sommes ni à Tucson ni à Phoenix, et pourtant il y a plus d'homicides qu'on pourrait l'imaginer.

— À cause de la proximité de la frontière et des trafiquants de drogue.

Ils travaillèrent pendant une heure sur les données auxquelles ils avaient accès, écartant les pistes qui ne concordaient pas, relevant les cas les plus intéressants, puis Jolene se leva et s'étira avant de débarrasser la table et les restes de pizza.

Soudain, une sonnerie de téléphone retentit dans la cuisine. Jolene souleva la boîte en carton de la pizza et saisit son portable. Sur l'écran s'affichait un numéro qu'elle ne connaissait pas. Elle décrocha.

— Allô !

— Jolene ?

— Oui, qui est à l'appareil ?

— Eddie, le barman du Sundowner.

— Ah oui, répondit-elle en regardant Sam avec un air surpris. Que puis-je faire pour toi, Eddie ?

— Ta cousine Melody est ici et elle n'est pas très en forme, si tu vois ce que je veux dire. J'ai essayé de joindre Wade mais il ne répond pas.

— D'accord, tu crois que tu pourrais la mettre dans un taxi ?

— C'est ce que je fais d'ordinaire, mais elle est vraiment dans un sale état, Jolene, j'ai peur qu'elle ne soit même pas capable de marcher jusqu'à l'extérieur, et les clients qui sont encore là ce soir ne m'inspirent pas confiance. J'aurais aimé pouvoir la ramener moi-même mais il me reste deux heures de boulot avant de pouvoir fermer ; et elle ne peut pas rester là à m'attendre. Pas dans cet état.

— OK, je vais venir, merci Eddie, conclut Jolene avant de raccrocher.

Elle laissa échapper un profond soupir puis regarda Sam en haussant les épaules.

— Tu avais raison, Melody a rechuté, et d'une manière plutôt spectaculaire. Il semblerait qu'elle soit ivre morte et que je doive aller la récupérer au Sundowner…

— Super, dit Sam en refermant l'écran de son ordinateur portable. Allez, je viens avec toi.

— Merci, lui répondit-elle en attrapant l'éponge pour nettoyer la table de la cuisine. Peux-tu faire sortir Chip pendant que je fais un brin de ménage ?

Quelques instants plus tard, ils montèrent dans la voiture de Sam, et Jolene laissa échapper un profond soupir.

— Je suis si déçue par son comportement.

— Tu ne peux pas l'être autant qu'elle, lui répondit Sam en posant une main compatissante sur son épaule. N'oublie jamais ça, elle ressent déjà la puissance de son échec, pas la peine de la blâmer en plus.

— Tu as raison, lui répondit-elle en déposant un baiser rapide sur sa main qui était toujours posée sur son épaule. Je suis contente que tu sois là, merci.

Sam écarquilla les yeux. Il savait qu'elle était sincère. Elle pensait vraiment ce qu'elle venait de lui dire, tout du moins à cet instant précis.

— C'est au bout de cette rue, c'est bien ça ? lui demanda-t-il en ralentissant.

— Oui, le bâtiment avec l'enseigne et les néons bleus et rouges.

— Ça a l'air plein à craquer, remarqua Sam en cherchant une place sur le parking.

Il avança jusqu'au bout de la rue, fit demi-tour et se gara de l'autre côté, à quelques mètres du bar. Une fois sortis de la voiture, Sam prit la main de Jolene pour traverser, et ils se dirigèrent d'un pas pressé vers l'entrée.

Un groupe de fumeurs traînait devant la porte, tandis que retentissait la musique d'un concert de country-rock à l'intérieur. Évitant un homme ivre qui titubait, ils poussèrent la porte et entrèrent.

— J'espère que Melody n'est pas dans le même état, dit Jolene en jetant un regard désolé au type.

— Si c'est le cas, ne t'inquiète pas, nous nous en sortirons, la rassura Sam.

— Tu la vois ? lui demanda Jolene en attrapant sa manche tandis que la basse du groupe faisait trembler les murs.

— Non, allons au bar et essayons de chercher cet Eddie. Tu sais à quoi il ressemble ?

— Oui, c'est un grand type au crâne rasé, il porte une longue barbe, il est très musclé et couvert de tatouages, il ne passe pas inaperçu, nous ne devrions pas avoir de mal à le trouver.

— Je le vois, il a l'air débordé, c'est gentil de sa part d'avoir pris le temps de t'appeler, déclara Sam en se frayant un chemin parmi la foule en direction du bar.

— Eddie ! s'écria Jolene en levant la main.

Le barman lui répondit d'un hochement de tête tout en finissant de remplir un verre de bière. Après l'avoir servi au client, il vint vers eux et se pencha par-dessus le comptoir pour leur parler.

— Elle est partie, dit-il en haussant les épaules.

— Partie ? Mais où ? demanda Jolene en scrutant les visages autour d'elle.

— Elle a commandé une voiture via un service de covoiturage… Je lui ai dit que tu venais mais, apparemment, elle n'avait pas envie de te voir, lui répondit Eddie tout en nettoyant le comptoir. Je crois qu'elle ne voulait pas que vous la voyiez dans cet état.

— Je ne suis pas venue pour la juger, je voulais juste m'assurer qu'elle soit en sécurité.

Jolene serra son sac à main contre elle en se rappelant avoir déjà évoqué les rechutes des alcooliques avec Melody.

— Elle a été capable de commander un taxi ? demanda Sam en fronçant les sourcils.

— Je l'ai aidée même si je ne pensais pas que c'était une bonne idée qu'elle rentre seule. J'ai essayé de la dissuader mais en vain. Vous l'avez manquée de peu, elle était encore là il y a quelques instants.

— Merci Eddie, merci d'avoir fait tout ça, conclut Jolene en sortant son téléphone pour essayer d'appeler sa cousine.

Mais après quelques sonneries, la messagerie de celle-ci se déclencha.

— Elle ne répond pas, expliqua Jolene à Sam. Elle a dû voir mon numéro s'afficher sur l'écran.

— Il y a beaucoup de clients qui se servent de ce service de covoiturage ? demanda Sam à Eddie en regardant la foule de clients autour d'eux.

— Un paquet, oui, lui répondit Eddie. Écoutez, je suis désolé, mais je vais devoir me remettre au boulot, j'espère que Melody est en lieu sûr et que tout va s'arranger.

Sam se retourna dos au comptoir et observa un instant les gens dans le bar.

— Melody habite chez Wade ? demanda-t-il finalement à Jolene.

— Non, elle a son propre appartement... Tu ne voudrais pas m'y emmener ?

— Si, bien sûr. Je pense aussi que c'est une bonne idée de s'assurer qu'elle va bien.

Sam avança parmi les clients en essayant de se frayer un chemin jusqu'à la sortie et Jolene le suivit, un doigt passé dans les passants de la ceinture de son jean.

Une fois à l'extérieur, Sam prit une profonde inspiration.

— Rien ne vaut le grand air, dit-il.

Jolene descendit du trottoir et le tira par le bras.

— Sam, regarde, je me demande ce que cette voiture fait là.

Sam avança vers le véhicule et se baissa au niveau de la vitre.

— Vous attendez quelqu'un ? demanda-t-il au conducteur.

Celui-ci hocha la tête et montra Jolene du doigt avant de répondre :

— Oui, c'est vous Melody ?

— Non, c'est ma cousine, je suis venue la chercher mais le barman nous a dit qu'elle avait commandé un trajet en covoiturage... Vous l'attendez depuis longtemps ?

— Ça va faire un quart d'heure maintenant, donc si ça ne vous fait rien, je vais prendre quelqu'un d'autre, enfin sauf si vous avez besoin d'aller quelque part.

— Non, je vous remercie.

Sam et elle marchèrent jusqu'à leur voiture en silence puis, une fois arrivés devant, Jolene laissa échapper un soupir avant de se tourner vers lui :

— Qu'est-ce que ça signifie ? lui demanda-t-elle en se

mordant la lèvre. Pourquoi avoir commandé un trajet si elle ne voulait pas le prendre ?

— Peut-être que quelqu'un de sa connaissance l'a vue et qu'il lui a proposé de la ramener ? proposa Sam. Je crois que nous devrions vraiment aller voir si elle est rentrée chez elle.

— Nous pourrions peut-être demander à tous ces gens s'ils ont vu quelque chose ? lui proposa-t-elle en montrant les clients éparpillés sur le trottoir.

— Bonne idée, oui.

Elle prit le bras de Sam, et ils allèrent tous les deux interroger chaque personne qui se trouvait sur les lieux. L'une d'entre elles se souvenait d'avoir vu une jeune femme aux cheveux teints en rose.

— Cette nana était ivre morte, dit l'homme en jetant son mégot de cigarette dans le caniveau. Elle avait l'air d'avoir bu beaucoup trop de tequila.

— Mais vous n'avez pas vu où elle allait en sortant du bar ?

— Non, désolé, elle est sortie avant moi.

Jolene sentit les battements de son cœur s'accélérer dans sa poitrine tandis qu'elle et Sam retournaient vers la voiture.

— J'espère qu'elle est rentrée chez elle saine et sauve, dit-elle doucement. Mais pourquoi diable ne répond-elle pas au téléphone ?

— Réessaie, lui conseilla Sam.

— Impossible, mon téléphone ne marche plus, lui répondit-elle en retournant l'appareil en tous sens. On dirait qu'il a quand même été abîmé par l'eau dans l'accident.

— Prends le mien, je dois avoir son numéro dans mes contacts, lui dit-il en lui tendant son smartphone.

Jolene appela Melody et cette fois elle tomba directement sur sa messagerie.

Elle monta dans la voiture et quand Sam s'installa au volant, elle lui prit le bras.

— On dirait que son téléphone est éteint maintenant, il n'y a pas eu de sonnerie avant le répondeur. Pourquoi aurait-elle décidé de l'éteindre, cela n'a aucun sens.

— Peut-être qu'elle n'a plus de batterie ?

— Cela ne se produit jamais, elle est totalement accro à cet appareil.

— Jolene, si elle est soûle, tout est possible, lui répondit Sam en démarrant. Dis-moi, quelle direction je dois prendre pour aller chez elle ?

Jolene le guida jusqu'à l'appartement de Melody qui se trouvait dans l'un des nouveaux bâtiments construits pour les ouvriers qui travaillaient à l'usine de transformation des noix de pécan.

— Elle habite au deuxième étage, indiqua Jolene à Sam tandis que celui-ci se garait un peu plus loin que le parking prévu pour les locataires. Regarde, là-haut, ce sont ses fenêtres, il y a de la lumière chez elle.

— Elle doit être effondrée sur son canapé, ou si elle a de la chance, elle a pu marcher jusqu'à son lit. Dans le pire des cas, elle a la tête dans la cuvette des toilettes.

— Je parie sur la troisième option…, soupira Jolene tandis qu'ils passaient la porte de l'immeuble.

Une fois parvenue au deuxième étage, Jolene retint son souffle.

— C'est là, murmura-t-elle à Sam en lui montrant une porte entrouverte.

Sam se figea et mit son bras devant elle pour l'empêcher de passer.

— Reste ici une seconde, laisse-moi vérifier que tout va bien avant d'entrer.

Mais, parcourue par un puissant flot d'adrénaline, Jolene repoussa Sam et se précipita dans l'appartement de sa cousine.

— Melody ? appela-t-elle.

Elle s'immobilisa et s'appuya contre le mur pour ne pas vaciller.

— Sam ! Elle est blessée, elle est inconsciente, il y a du sang.

Sam passa devant Jolene et s'agenouilla à côté du corps de Melody qui gisait au sol. Il posa ses doigts dans son cou pour chercher son pouls.

— Alors ? demanda Jolene, le cœur battant à tout rompre. Donne-moi ton téléphone, nous devons appeler les urgences.

Elle avança vers Sam mais celui-ci releva la tête vers elle avec un air grave.

— Reste où tu es, lui ordonna-t-il. Melody est morte.

9

Jolene devint pâle comme un linge et se laissa glisser, dos au mur, pour s'asseoir sur le sol.

— Tu es sûr ?

— Son cœur ne bat plus. À ce stade, les secours ne pourront plus rien faire, lui répondit Sam en tournant délicatement la tête de Melody sur le côté.

Sa peau était encore chaude et ses cheveux emmêlés et pleins de sang.

— Elle a une blessure sur le crâne, ajouta-t-il.

— J'appelle les urgences quand même, déclara Jolene en se relevant pour aller téléphoner un peu plus loin.

— Ton téléphone ne marche plus, lui dit-il en lui tendant le sien. Essaye de ne toucher à rien, Jolene.

Tandis qu'elle expliquait la situation à un policier, Sam parcourut la pièce des yeux. Rien ne semblait avoir été dérangé. Cependant, il y avait une trace de sang sur la table basse. Avec la plus grande précaution, il s'avança et se pencha pour l'observer.

— Ils sont en chemin, lui annonça Jolene après avoir raccroché. Que crois-tu qu'il ait pu se passer, Sam ?

— Regarde, il y a du sang ici et quelques mèches de cheveux. Elle est peut-être tombée et s'est cogné la tête sur l'angle de la table.

— Ce serait suffisant pour mourir ? demanda Jolene, les yeux pleins de larmes.

— As-tu vu son téléphone quelque part ? Son sac à main ?

Sam s'éloigna du corps en pensant qu'il devait trouver un moyen de faire sortir Jolene. S'il s'agissait d'un homicide, ils ne pouvaient pas rester sur la scène de crime.

— Peut-être qu'elle a surpris des cambrioleurs et que ça a mal tourné ? s'interrogea Jolene en serrant le téléphone de Sam dans ses mains.

— Je ne sais pas, tu vois son sac à main quelque part ?

— Elle a toujours un petit sac en bandoulière, elle ne le porte pas sur elle ?

Sam jeta un regard au corps de Melody, ses cheveux aux mèches roses recouvraient son visage. Il observa son chemisier, sa jupe légèrement remontée sur ses cuisses et ses pieds, l'un chaussé d'une sandale, l'autre nu…

— Non, je ne vois pas de sac à main…

— Comment une telle chose a-t-elle pu arriver ? murmura Jolene en tortillant nerveusement ses cheveux. Apparemment nous l'avons manquée de peu au bar.

— C'est le genre de drame qui peut se produire quand on abuse de l'alcool… ou qu'on en sait trop, lui répondit Sam en lui prenant le bras. J'entends les sirènes, la police ne va pas tarder, nous ferions mieux de les attendre à l'extérieur.

— Tu crois que…, balbutia Jolene qui semblait figée sur place. Tu crois que quelqu'un l'a tuée ? C'est aussi la première chose à laquelle j'ai pensé, mais j'ai eu peur de paraître paranoïaque.

— Dans ce cas, nous sommes deux, lui répondit Sam en la tirant vers la porte. Viens, tu as déjà déposé tes empreintes sur ce mur, pas la peine d'en rajouter.

— Oh ! tu sais, je viens souvent ici, il doit y avoir des

traces de mes visites partout dans cet appartement, lui répondit-elle en prenant sa main pour le suivre.

— Laissons les forces de l'ordre faire leur travail, lui dit-il d'une voix qu'il espérait rassurante.

— Comme ils ont fait pour le meurtre de mon père ? dit-elle en secouant la tête. Ils vont aller au plus simple, ils vont remarquer qu'il manque son sac à main et qu'elle était ivre et vont en tirer la conclusion la plus évidente.

— La personne qui s'est emparée de ce sac a dû éteindre son téléphone portable.

Ils entendirent des pas dans le couloir et allèrent à la rencontre des premiers intervenants.

— C'est ici ! leur cria Sam en sortant.

Les secouristes n'essayèrent même pas de réanimer Melody qui semblait être décédée depuis un moment maintenant.

Comment tout cela avait-il pu se passer aussi rapidement ? Melody avait perdu beaucoup de sang mais pas assez pour en mourir, surtout en si peu de temps. Quelqu'un l'avait-il frappée avant de déposer du sang et quelques mèches sur la table afin de faire croire à un accident ?

Combien de décès y avait-il dans la base de données qu'ils étudiaient, Jolene et lui, et qui résultaient eux aussi d'accidents douteux ?

Jolene était revenue dans l'appartement et observait les allées et venues des secours et des policiers qui semblaient trop occupés pour remarquer sa présence.

L'agent à qui Sam avait tout expliqué revint vers lui.

— Le médecin légiste est en route, je n'ai plus besoin ni de vous ni de Mme Nighthawk, vous êtes libres de rentrer chez vous. Je vous laisse ma carte, n'hésitez pas à me contacter si quelque chose vous revient ou si vous avez des questions.

— Dommage qu'il n'y ait pas de caméras de surveillance, lui répondit Sam en lui montrant le plafond du couloir.

— Oh ! Nous pourrons étudier les bandes de celles qui se trouvent de l'autre côté de la rue, et même si nous ne retrouvons pas le téléphone de la victime, nous allons étudier ses relevés de communication pour voir qui elle a éventuellement pu contacter avant de mourir.

— J'ai prévu de rester à Paradiso pendant quelque temps, si cela ne vous embête pas, je veux bien que vous me teniez au courant de l'évolution de l'enquête. Vous imaginez combien Jolene Nighthawk peut être dévastée par la mort de sa cousine.

— Wade Nighthawk va l'être tout autant, lui répondit l'agent en lui montrant par la fenêtre, le parking de l'immeuble où Wade s'entretenait avec un policier en uniforme. Un de ses amis haut placés a dû le prévenir…

Sam retourna en hâte dans l'appartement et appela Jolene qui semblait hypnotisée par le travail de la police scientifique.

— Je…, balbutia-t-elle. Je n'arrive pas à la quitter, je ne veux pas la laisser toute seule.

— Je comprends, lui répondit Sam en lui faisant signe de le rejoindre. Mais s'il te plaît, viens avec moi, juste une seconde.

Elle jeta un dernier regard à sa cousine puis marcha vers lui, le visage inondé de larmes. Sam se rendit compte qu'elle semblait être sortie de son état de choc et qu'elle prenait réellement conscience de ce qu'il s'était passé.

— Wade est ici, lui murmura-t-il à l'oreille tout en la prenant dans ses bras.

Il sentit son corps se raidir contre lui et lui caressa le dos doucement.

— Ne porte aucune accusation à son encontre, ajouta-t-il, ce n'est ni l'endroit ni le moment… C'est sa sœur qui est morte.

Elle acquiesça lentement avant d'enfouir son visage contre son torse.

— Nous aurions pu faire plus.

— Je sais.

Alors que Sam attirait Jolene dans le couloir, ils entendirent Wade crier :

— Qu'est-ce que vous faites là, tous les deux ? La police refuse de me laisser entrer dans l'appartement de Melody !

— C'est nous qui l'avons découverte, lui répondit Sam. Le barman du Sundowner a appelé Jolene pour lui demander de venir chercher Melody mais nous sommes arrivés trop tard.

— Comment est-elle rentrée chez elle ? Qui a fait ça ?

Le visage de Wade s'était transformé, il semblait porter un masque de colère, et dans ses yeux sombres brillait une effrayante fureur.

Jolene avança vers son cousin et le prit dans ses bras.

— Nous l'ignorons, Wade. Son sac à main a disparu.

— Je lui avais bien dit de ne pas venir habiter toute seule ici, maugréa Wade en serrant les poings. Elle pouvait vivre avec nous.

Enlaçant toujours Wade, Jolene lui demanda :

— Depuis quand avait-elle recommencé à boire ?

Sam retint son souffle.

— Je n'y suis pour rien. Si tu n'étais pas si occupée à courir par-ci par-là, la tête dans les nuages, tu t'en serais rendu compte. Je n'ai pas réussi à l'en empêcher.

— Écoute, je ne te blâme pas. Si j'en veux à quelqu'un c'est à moi. Si nous étions arrivés plus tôt au Sundowner, peut-être que Melody serait toujours en vie.

Wade prit une profonde inspiration, lissa sa queue-de-cheval et reprit son air de politicien.

— Qu'est ce qui a pu se passer ? La seule chose qu'ils ont bien voulu me dire était qu'elle avait succombé à une blessure au crâne. Elle est tombée ? Quelqu'un l'a frappée ? Tu dis que son sac à main est introuvable ?

En voyant, par la fenêtre, la camionnette blanche du médecin légiste arriver sur le parking, Sam prit Wade par le bras.

— Descendons et laissons-les finir leur travail.

Wade fit un geste aux voisins de palier qui avaient ouvert leurs portes et passaient leur tête pour voir ce qu'il se passait.

— L'un d'entre vous aurait-il vu ou entendu quelque chose ?

Jolene répondit à leur place.

— Apparemment, les agents ont interrogé tout le monde mais personne n'a rien dit d'intéressant. L'appartement voisin de celui de Melody est vacant, je me souviens que le précédent locataire a déménagé il y a quelques mois et l'agence qui s'occupe de l'immeuble ne semble pas avoir retrouvé de locataire.

En arrivant en bas de l'escalier, ils s'écartèrent pour laisser passer deux personnes qui portaient une civière.

Jolene vit que Wade faisait de gros efforts pour garder son calme.

— Les policiers ont dit qu'ils trouveraient peut-être quelque chose sur les bandes de vidéosurveillance, déclara Sam en leur montrant l'autre côté de la rue.

— Et dire que ce maudit immeuble n'avait même pas de système de surveillance, maugréa Wade en fermant les yeux. Je l'avais pourtant prévenue, je lui avais dit et répété…

— Est-ce que tu sais si Melody fréquentait quelqu'un ?

lui demanda Jolene en lui prenant la main. Quelqu'un qui aurait pu venir la chercher au bar ?

— Qu'est-ce que tu veux dire ? lui répondit Wade en lui jetant un regard suspicieux. Je croyais que la police avait parlé d'un cambriolage ou un accident ? Tu ne penses quand même pas que quelqu'un aurait pu... l'assassiner, si ?

— Je ne sais pas..., dit Jolene en haussant les épaules. Je réfléchis seulement à toutes les éventualités...

— Tu es mieux placée que moi pour être au courant de la vie amoureuse de Melody. Elle ne me confiait pas ce genre de choses, enfin pas depuis que...

— Pas depuis que tu as chassé son dernier petit ami.

— Tu sais comme moi qu'il avait une très mauvaise influence sur elle, Jolene, c'est même probablement à cause de lui qu'elle a rechuté.

— C'est vrai ? demanda Sam.

— Je ne sais pas, répondit Jolene. Cela faisait presque six mois qu'ils étaient séparés et je ne crois pas qu'elle ait recommencé à boire depuis si longtemps. Mais peut-être que je me trompe et que je n'ai rien vu...

— Je ne suis certain de rien non plus, acquiesça Wade en levant les yeux vers l'appartement de sa sœur. Je vais remonter, je veux voir le corps de Melody. Une dernière fois.

— Oui, bien sûr, acquiesça Jolene en serrant sa main dans la sienne. Appelle-moi si tu as besoin de quoi que ce soit.

Sam et elle regardèrent Wade grimper les marches de l'escalier qui grouillait de policiers.

— Il a l'air bouleversé, murmura Jolene en soupirant.

— Je ne crois pas qu'il soit du genre à faire assassiner sa propre sœur, lui répondit Sam. La menacer, la faire chanter, la contraindre peut-être mais certainement pas la tuer.

Il s'interrompit un instant sans quitter l'escalier des yeux puis se pinça l'arête du nez avant d'ajouter :

— J'ai une migraine terrible et je n'ose pas imaginer ce que tu dois ressentir de ton côté. Je suis désolé pour Melody, Jolene, j'avais une tendresse particulière pour elle… C'est grâce à elle que nous nous sommes rencontrés, toi et moi.

Il appuya sur sa clé pour déverrouiller les portes de sa voiture, et ils se dirigèrent vers elle en silence. Mais alors que Sam allait ouvrir la portière, un sifflement retentit. Le bruit provenait des buissons qui bordaient le parking.

Sam avança prudemment dans cette direction, Jolene sur ses talons :

— Qui est là ? demanda-t-il en plissant les yeux.

Une paire d'yeux brillait dans les feuillages.

— Eh, vous n'êtes pas des flics, si ? demanda un homme en sortant du sous-bois.

— Non, répondit Sam, pourquoi ? Qui êtes-vous ?

L'inconnu se dressa devant eux, couvert de brindilles, quelques feuilles accrochées dans sa chevelure et sa barbe fournie.

— Je m'appelle Tucker. Tucker, le camionneur.

Jolene se rapprocha de Sam, pressant presque son corps contre le sien.

— Que faites-vous caché là, Tucker le camionneur ? Et où se trouve votre camion ?

L'homme éclata de rire, dévoilant une bouche où manquaient quelques dents.

— Je ne l'ai plus, mec. Je n'ai plus de camion.

— Que voulez-vous, Tucker ?

— Je vis ici, lui répondit l'homme en pointant un doigt sale et tremblant au-dessus de la tête de Sam.

— Vous vivez dans l'immeuble qui se trouve derrière moi ? lui demanda Sam en sentant son rythme cardiaque accélérer.

Tucker acquiesça avant de poser son doigt sur ses lèvres.

— Je n'ai pas vraiment le droit mais l'endroit est vide. J'y passe la nuit, parfois.

— C'est vrai ?

— Qu'est-ce que ça peut vous faire ? Je ne gêne personne, lui répondit l'homme en gonflant sa poitrine avec un air de défi.

— Calmez-vous, cela m'est égal, le rassura Sam avant de se retourner pour murmurer à Jolene de monter dans la voiture.

— Jamais de la vie, protesta-t-elle avant de se hisser sur la pointe des pieds pour demander à Tucker : Vous connaissiez la femme qui vivait à côté de chez vous ?

— Pinky ? demanda-t-il en esquissant un sourire. Ouais, je la connais. Elle m'a promis qu'elle ne dirait à personne que je m'étais installé ici. Elle me donne des bières parfois.

— Vous l'avez vue ce soir ? Vous avez vu quelque chose d'anormal ?

— Vous avez des bières ? lui répondit Tucker en remuant un peu de terre du bout de sa basket sale.

L'homme ne semblait pas avoir toute sa tête.

— Je n'ai pas de bière sur moi mais j'ai de quoi en acheter, lui répondit Sam en sortant de sa poche un billet de dix dollars froissé. Si je vous donne de l'argent, est-ce que vous me direz ce que vous avez vu ce soir ?

Tucker tendit la main mais Sam serra le poing.

— Vous devez d'abord me parler.

— Elle est morte, n'est-ce pas ? demanda l'homme dont les yeux s'étaient embués. Pinky est morte ?

— Oui, acquiesça Jolene en soupirant.

Tucker se frappa la cuisse en gloussant.

— J'ai vu celui qui l'a tuée.

10

Retenant son souffle, Jolene serra ses doigts sur la portière de la voiture. Elle eut soudain envie d'attraper Tucker par les épaules et de le secouer pour qu'il révèle tout ce qu'il savait mais elle était consciente qu'il valait mieux rester calme et patiente si elle voulait obtenir ces informations. Ce type semblait du genre à disparaître en un clin d'œil.

— Vous avez vu ce qui est arrivé à Pinky, comme vous l'appelez ?

— Oui, j'ai tout entendu, répondit Tucker en se tapant la tempe du bout du doigt. Je rêvassais…

— Vous rêvassiez ? Vous voulez dire que vous dormiez ? lui demanda Sam en levant les yeux au ciel.

— Je dormais et je rêvassais, lui répondit Tucker en passant ses doigts dans sa barbe négligée. Et puis un gros bruit m'a réveillé.

— Vous avez entendu des voix ? lui demanda Sam. Des cris ?

— Juste un cri, ahhh, et un son fort, *boum boummm*… Et quelque chose qui ressemblait au bruit qu'on fait quand on déplace des meubles…, répondit Tucker en plissant les yeux. Après il est parti.

Jolene sentit que son cœur était sur le point de s'arrêter.

— Vous avez vu celui qui a tué Melo… euh Pinky ?

— J'ai entendu des bruits de pas, *bam, boum, bam*,

j'ai jeté un œil entre les stores de la fenêtre et j'ai vu un homme partir. Il portait un bonnet. Alors qu'il fait une chaleur à crever.

— Avez-vous remarqué autre chose que ce bonnet ? Portait-il une barbe, avait-il les cheveux longs, des vêtements particuliers ?

— Oh non, ce n'était pas moi, se mit alors à gémir Tucker en tordant son T-shirt nerveusement. Il n'avait pas de barbe, non, non ce n'était pas moi, je vous jure qu'elle m'avait dit que je pouvais dormir ici, elle m'a même donné une clé. Clé, bébé, canapé, café. Par terre, elle est par terre.

— Calmez-vous, maugréa Sam, je ne vous ai pas accusé, Tucker, et ne vous inquiétez pas, je vous demande seulement à quoi ressemblait cet homme.

— Des vêtements sombres, des vêtements noirs et une barbe sombre, noire et… bizarre, répondit-il en levant ses mains face à Sam avec un regard suppliant. Pas moi, ce n'était pas moi, je vous jure.

— Nous vous croyons, Tucker, lui dit Jolene d'un ton rassurant avant de dire à Sam : donne-lui ce fichu billet, maintenant.

— L'avez-vous vu monter dans une voiture ? ajouta Sam en lui tendant les dix dollars.

— Non, pas de voiture, comme moi, pas de camion. Mais ce n'est pas moi, reprit Tucker en commençant à se balancer d'un pied sur l'autre. Pas moi, clé, bébé, canapé, café. Pas moi.

— Tucker, lui dit Jolene d'une voix douce. Vous pensez que vous pourriez répéter à la police ce que vous venez de nous dire ? Vous voulez aider Pinky, n'est-ce pas ? Elle a été gentille avec vous et l'homme que vous avez vu lui a fait du mal.

— Ils m'arrêteront parce que je squatte cet appartement

alors que je n'en ai pas le droit, répondit Tucker en hochant la tête vigoureusement. Et ils prendront ma clé qui est par terre alors que c'est Pinky qui me l'a donnée.

— La police ne va pas vous arrêter, ils essaient seulement de comprendre ce qui est arrivé à Pinky, lui dit Sam. Je m'assurerai qu'ils ne vous ennuient pas, dites-leur seulement ce que vous avez vu.

Tucker attrapa le billet et ouvrit son volumineux manteau trempé par la pluie pour chercher un endroit où le ranger. Un sac tomba alors au sol.

— Sam, s'écria Jolene en couvrant sa bouche d'une main. C'est le sac à main de Melody.

— Ce n'est pas moi ! hurla Tucker en ramassant le sac au sol. Ce n'est pas moi, je l'ai trouvé par terre.

Puis il se précipita vers les buissons mais Sam le rattrapa et le plaqua au sol avant de placer ses bras derrière son dos.

— C'est fini, Tucker, votre petit jeu est terminé. Jolene, va chercher la police, s'il te plaît.

— Sam ! protesta Jolene. Tu ne crois quand même pas que c'est cet homme qui a tué Melody ?

— Il a son sac à main, Jolene. Va chercher la police avant que je ne perde mon sang-froid, insista Sam avant de retourner Tucker et de planter son genou dans son ventre maigre pour le maintenir au sol.

Jolene partit en courant vers l'immeuble de Melody et interpella le premier policier qu'elle trouva sur le parking.

— Nous avons découvert un sans-abri qui se cachait dans les buissons à côté de notre voiture, il a dit qu'il squattait l'appartement voisin de celui de Melody et… il a son sac à main.

L'agent appela deux de ses collègues, et ils se rendirent auprès de Sam qui tenait toujours Tucker au sol.

— Je suis un garde-frontière, expliqua-t-il aux agents

en levant les yeux vers eux. J'ai mon arme sur moi mais pas de menottes. Si vous voulez mon avis, je pense que vous devriez interroger cet homme.

— Vous m'aviez promis que les flics ne m'arrêteraient pas, gémit Tucker. Et où sont mes dix dollars ? Tucker, le camionneur, Tucker, le camionneur !

Un des policiers étouffa un juron.

— Les gars, dit-il en soupirant, c'est Tucker Bishop.

— Vous le connaissez ? demanda Sam. Il se tortille comme un poisson pris dans un filet, si je peux le relâcher, dites-le-moi.

— Nous le récupérons de temps en temps, la plupart du temps pour l'emmener passer quelques heures au service psychiatrique, mais ce n'est pas un mauvais bougre, il n'est pas violent.

— Peut-être mais il a en sa possession le sac à main de la femme que l'on vient de retrouver morte. Il nous a dit qu'il avait entendu quelqu'un chez elle et qu'il avait vu celui qui l'a peut-être tué s'enfuir, mais je ne sais pas vraiment si on peut le croire.

— Arrête de gigoter, Tucker, lui dit l'un des agents. On va t'emmener au commissariat et tu nous diras ce que tu sais. Puis on te donnera un repas chaud et tu pourras passer la nuit au sec… Mais avant, dis-nous pourquoi tu as le sac de cette femme avec toi ?

— Elle me l'a donné. Elle me donnait des choses.

Sam finit par lâcher l'homme et celui-ci se releva et passa ses mains sur ses vêtements pour les nettoyer.

— Je vais devoir faire une nouvelle lessive, dit-il en soupirant.

Apercevant le sac à main de sa cousine au sol, Jolene s'accroupit et tendit la main pour s'en emparer mais Sam intervint.

— N'y touche surtout pas, Jolene. Ils vont le faire analyser.

— Je n'ai pas l'impression que son téléphone soit dedans, dit-elle en penchant la tête pour essayer de regarder à l'intérieur. D'ordinaire, elle le range toujours dans cette petite poche, là, sur le côté.

Elle montra du doigt à Sam l'endroit en question qui était vide.

— Je pense que vous devriez fouiller les poches de ce monsieur, dit alors Sam aux policiers après s'être relevé.

L'un des agents enfila une paire de gants et demanda à Tucker d'enlever son manteau. Puis il inspecta toutes ses poches et le fouilla.

— Il n'y a rien, conclut-il quelques instants plus tard.

Jolene s'approcha du sans-abri qui, les mains menottées dans le dos, marmonnait dans sa barbe. Elle sentit son cœur se serrer. Elle savait que Melody avait été gentille avec lui car elle avait un faible pour les causes perdues.

— Tucker, lui demanda-t-elle d'une voix douce, est-ce que vous avez pris le téléphone de Pinky ?

— Non, répondit-il en secouant sa tête hirsute et sa barbe sale. Pas de téléphone, pas de zone, pas de drone.

— Ne vous inquiétez pas, madame Nighthawk, nous l'embarquons. S'il a ce téléphone avec lui, il finira par nous le dire quand il sera au chaud et qu'il aura mangé un bon repas.

Tandis que les agents prenaient le sac à main avec la plus grande précaution et emmenaient Tucker vers leur fourgon, Jolene s'assit sur le siège passager de la voiture de Sam en laissant la portière ouverte.

— Que penses-tu de tout ça ? demanda-t-elle à Sam en laissant échapper un profond soupir. Je ne crois pas que ce pauvre homme ait pu faire le moindre mal à Melody.

— Impossible de savoir ce qu'il a dans la tête, Jolene.

Il est tellement confus, je me demande quel genre de drogue il prend. Je le croyais innocent jusqu'à ce que le sac de ta cousine tombe à ses pieds... Peut-être est-il allé voir Melody pour lui demander une bière, peut-être qu'il a voulu lui prendre son sac à main, qu'ils se sont bagarrés et qu'elle est tombée et s'est cogné la tête.

Il haussa les épaules comme pour lui montrer que tout était possible.

— Je ne sais pas, Sam, lui répondit Jolene en glissant ses mains entre ses genoux. Si Tucker l'a tuée, pourquoi nous attendait-il sur le parking ? Nous ne savions pas qu'il était là, caché dans les buissons. Il aurait pu s'enfuir avec le sac, personne n'aurait jamais su qu'il squattait cet appartement. Pourquoi aurait-il voulu s'impliquer dans cette histoire ?

— Tu es sérieuse, Jolene ? lui demanda Sam en haussant les sourcils. Tu parles comme si Tucker le camionneur, était un homme raisonnable au lieu d'un pauvre vagabond accro à l'alcool et à la drogue.

— Oh ! Melody, gémit Jolene. Pourquoi avais-tu recommencé à boire...

— Je vais te ramener chez toi, lui dit Sam en lui caressant tendrement les cheveux.

Quand il fut installé au volant, elle lui prit le bras.

— Est-ce que Melody Nighthawk va rejoindre la liste des gens morts par accident ? Nous devons vraiment passer tous ces décès au peigne fin.

— Pas ce soir, Jolene... Tu veux prévenir ta grand-mère ou tu crois que Wade va s'en charger ?

— Wade la préviendra, lui répondit-elle en regardant par la vitre. Dis-moi, as-tu besoin de te rendre à ton motel ? Cette journée a été vraiment très difficile, et je n'ai pas très envie d'être seule chez moi...

— Rassure-toi, je n'avais pas la moindre intention de te laisser seule.

Jolene laissa échapper un nouveau soupir et s'appuya contre le dossier du siège. Elle se demanda soudain si elle ne venait pas de faire une erreur en invitant Sam à passer la nuit chez elle… Serait-elle capable de résister à l'envie de finir dans le même lit que lui ? Elle le découvrirait bien assez tôt.

Après être entré chez Jolene, Sam retira son arme de son *holster* et la déposa sur la table de la cuisine.

— Je n'arrive pas à croire que Melody soit morte, dit Jolene en se laissant tomber sur le canapé. Gran va être effondrée.

— Tu ne veux pas l'appeler ?

— Non, vraiment, je préfère laisser Wade s'en charger. Il va peut-être choisir de ne la prévenir que demain matin, elle doit dormir à cette heure.

Des larmes commencèrent à couler sur les joues de Jolene, et elle se couvrit le visage de ses mains.

Sam vint la rejoindre dans le salon.

— Je regrette de ne pas lui avoir parlé de sa rechute quand elle nous a interpellés sur le chemin, dit-il en soupirant. Mais je ne voulais pas l'embarrasser.

— Oui et, moi, je me dis que nous aurions dû partir plus vite la chercher au bar… Était-ce vraiment si important de nettoyer la cuisine et de se changer ?

— Jolene, nous ne savions pas ce qui allait se passer. Qui aurait pu penser que tout cela se terminerait de cette façon ?

— T'a-t-elle semblé effrayée quand nous l'avons croisée ? Elle m'avait mise en garde, Sam.

— Si elle avait si peur, elle ne serait pas sortie seule au

bar. Elle serait probablement restée chez son frère, sous sa protection.

— Sauf si c'était de lui qu'elle avait peur, lui répondit-elle en croisant ses yeux bleus. Mais que fais-tu planté là ? Viens t'asseoir à côté de moi.

— Je vais plutôt aller prendre une douche si ça ne t'embête pas…

— Non, bien sûr, fais comme chez toi. Tu veux boire quelque chose ? Un café, un thé ?

— Non, je te remercie, pas besoin de ça pour rester éveillé, je me sens tout à fait en forme et toi ?

Il retira son T-shirt, et Jolene sentit sa gorge s'assécher en découvrant une nouvelle fois son torse nu si musclé. Chaque fois qu'elle voyait son corps, elle ressentait la même chose, une décharge d'excitation mélangée à une vague presque douloureuse de désir.

— Oui, moi aussi, dit-elle en se levant du canapé. Mais je vais me faire une infusion. Je peux t'en faire une aussi.

— Merci, je peux t'emprunter une serviette propre dans le placard de la salle de bains ?

— Bien sûr, lui répondit-elle en se dirigeant vers la cuisine pour préparer leurs boissons.

En entendant la douche, elle ne put s'empêcher de penser au corps nu de Sam et laissa échapper un profond soupir. Elle déposa deux tasses d'eau au micro-ondes et sortit les sachets de tisane du placard. Puis elle s'appuya sur le comptoir et posa son menton dans ses mains en se demandant pourquoi la vie était toujours aussi compliquée.

Elle avait prévu d'enterrer les ossements que son amie qui travaillait au département d'archéologie de l'université lui avait gentiment donnés sur le site de chantier du futur casino pour retarder le début des travaux et pour pouvoir poursuivre ses recherches sur la mort de son père. Comment tout cela avait-il pu déboucher sur la mort de Melody ?

Évidemment, ces deux événements n'avaient peut-être rien à voir, peut-être que sa cousine était réellement tombée seule chez elle et avait succombé à sa blessure. Ou peut-être s'était-elle battue avec Tucker…

Sam entra dans la cuisine, torse nu et de nouveau vêtu de son bas de jogging. Cependant, cette fois, il avait un peu remonté le pantalon sur ses hanches.

— Tu en veux ? lui demanda-t-elle en lui montrant une tasse d'infusion fumante.

— Je veux bien goûter, oui, lui dit-il en portant la tasse à son nez. Ça sent bon, mais je ne vais pas te mentir, je ne vois pas bien l'intérêt de boire de l'eau chaude.

— C'est apaisant, lui dit-elle en souriant. Tu as toujours mal à la tête, tu veux un cachet ?

— Non, la douche m'a fait du bien, répondit-il en buvant une gorgée. Et toi, comment te sens-tu ? Quelle journée ! J'ai l'impression que ton accident remonte à des jours. Montre-moi tes bleus… Ta nuque est toujours douloureuse ?

— Je me sens encore un peu endolorie, lui répondit-elle en massant son cou, mais ça va. Mes ecchymoses prennent de jolies couleurs, je voudrais seulement pouvoir remonter le temps pour revenir au moment où Melody nous a arrêtés sur la route.

— Moi aussi, acquiesça Sam en lui souriant. J'ai d'ailleurs souvent eu cette envie, tu peux me croire. Allez viens, asseyons-nous et buvons notre tisane. Jamais je n'aurais cru dire une telle chose un jour !

— Méfie-toi, tu pourrais aimer ça, lui répondit-elle en le suivant dans le salon, Chip sur ses talons.

Après s'être assise à l'une des extrémités du canapé, elle

attrapa la télécommande et alluma la télévision. Elle ne voulait pas qu'il y ait le moindre silence gênant entre eux.

Sam s'assit à l'autre bout et but son infusion.

— Ouais, dit-il avec malice, c'est bien de l'eau chaude mais je sens une légère pointe de menthe.

— Tu connais cette émission ? lui demanda-t-elle en décidant d'ignorer sa remarque.

— J'en ai entendu parler mais je ne l'ai jamais regardée, lui dit-il en passant son bras derrière elle pour la rapprocher de lui. Tout va bien, ajouta-t-il, tout va s'arranger, ne t'en fais pas.

— Mais Melody…, commença Jolene avant de poser sa tête sur ses épaules.

Peut-être ne pouvait-elle pas lui faire confiance sur le long terme mais, pour le moment, elle avait besoin d'une épaule sur laquelle se reposer et elle savait que Sam était fiable et solide.

— Je sais, lui murmura-t-il en caressant ses cheveux doucement.

Chip se coucha en boule à leurs pieds et Sam le caressa du bout de sa botte.

— Tu vois ? ajouta-t-il, même Chip est là pour toi, nous sommes tous les deux là.

Jolene prit une nouvelle gorgée puis posa sa tasse sur la table basse avant de se tourner vers Sam.

— Je ne sais pas quoi attendre de toi, Sam, lui dit-elle en prenant son visage entre ses mains. Peut-être n'es-tu pas prêt à m'offrir quoi que ce soit ?

Il ouvrit la bouche pour répondre mais elle posa son doigt sur ses lèvres et reprit :

— Mais ce que je sais, c'est qu'à cet instant j'ai besoin de toi.

Elle s'avança vers lui et posa ses lèvres sur les siennes, savourant le subtil parfum de menthe qu'il dégageait.

Sam l'enlaça et approfondit leur baiser avant de lui caresser sensuellement le dos.

— Je t'aime, Jolene, lui susurra-t-il à l'oreille, je n'ai jamais cessé de t'aimer.

— Non, protesta-t-elle en enfonçant ses ongles dans la peau de son dos. Ne me dis rien pour le moment, tu n'as pas besoin de me convaincre, j'ai simplement envie d'être avec toi. Est-ce qu'on peut faire ça ? Juste… être ensemble ?

Sam passa ses mains autour de sa taille et vint la poser de sorte qu'elle soit assise face à lui, sur ses genoux, le chevauchant.

— Nous pouvons faire ce que tu veux, je suis à ta disposition.

En entendant ses paroles, Jolene sentit un frisson lui parcourir l'échine. Elle caressa langoureusement le torse nu de Sam, jouant avec ses tétons avant de les embrasser. Puis elle fit courir ses doigts le long de la ceinture de son jogging.

— Facile à enfiler, facile à retirer, comme c'est pratique, dit-elle en découvrant que Sam avait également retiré ses sous-vêtements. Très pratique, vraiment.

— À votre service, lui répondit-il avant de déposer une série de tendres baisers le long de son épaule.

Puis il saisit le bas du T-shirt de Jolene, et celle-ci leva les bras pour qu'il le lui ôte.

— Pareillement, approuva-t-elle.

— Tu n'as rien à faire pour me plaire, tu sais, ajouta-t-il en essayant de dégrafer son soutien-gorge. Sauf peut-être m'aider à retirer ça…

Elle s'exécuta et jeta le sous-vêtement par-dessus sa tête.

Chip se leva et partit se promener.

— Il ne va pas le prendre et le mâchouiller, si ? demanda Sam en cessant de caresser la poitrine de Jolene pour regarder le chien.

— Ne t'occupe pas de lui, lui répondit-elle en essayant de baisser le jogging de Sam. Et si nous allions poursuivre tout ça dans la chambre… loin du regard de Chip justement ?

— Très bonne idée.

Il la prit dans ses bras et, en pressant sa poitrine nue contre la peau de son torse, Jolene se rendit soudain compte combien il lui avait manqué.

Une fois dans la chambre, Sam referma la porte du bout du pied et la déposa délicatement au sol.

Puis elle fit glisser ses doigts sous l'élastique de son pantalon et commença à caresser ses fesses musclées.

— On dirait que tu as recommencé à courir, lui dit-elle, le sourire aux lèvres.

D'un mouvement rapide, il se débarrassa de son pantalon et commença à déboutonner le jean de Jolene.

— Attends, lui demanda-t-elle soudain en lui prenant la main. Je voudrais voir ce qui m'a tant manqué ces dernières années.

La regardant avec un air malicieux, Sam passa ses mains derrière sa nuque et la laissa contempler son impressionnante érection. Le clair de lune passait au travers des voiles de la fenêtre, illuminant son corps.

— Y a-t-il assez de lumière pour que tu puisses profiter du spectacle de ma virilité ? lui demanda-t-il un sourire aux lèvres.

Jolene pouffa et prit son sexe dans sa main.

— Même dans l'obscurité la plus totale, je ne pourrais la manquer.

Elle commença à le caresser, et il ferma les yeux en retenant son souffle.

— Tes mains sont aussi douces que de la soie mais tu sais ce qui m'a le plus manqué ?

Elle caressa son torse du bout de ses ongles.

— Ça ? lui demanda-t-elle.

— Non, haleta-t-il.

Elle s'agenouilla alors devant lui et fit courir sa langue sur sa verge tendue.

— Ça ? répéta-t-elle.

— Oh..., gémit-il avant d'ajouter. Non plus.

Alors, elle le prit entièrement dans sa bouche et commença à sucer son membre avec vigueur, sentant le désir monter en elle comme une puissante vague.

Quand elle eut terminé, elle leva les yeux vers lui et lui demanda :

— Ça ?

Il grogna.

— Tout ça bien sûr mais ce qui m'a le plus manqué, Jolene, c'est de sentir tes cheveux glisser sur ma peau. Il suffit que j'y pense pour avoir une érection. À n'importe quel moment de la journée, ça se finit toujours comme ça.

— Cela ne doit pas faciliter ton travail, fit-elle remarquer en laissant échapper un petit rire.

— Viens un peu par ici, lui répondit-il en se laissant tomber sur le lit, que mes fantasmes deviennent réalité.

Elle vint s'étendre auprès de lui et laissa ses cheveux tomber sur sa peau nue.

— Comme ça ?

— C'est encore meilleur que dans mon souvenir, lui dit-il avant d'ajouter, l'air surpris. Mais comment se fait-il que tu portes encore ton jean ?

Il déboutonna les derniers boutons. Puis, d'un seul mouvement, il lui souleva les hanches et retira son pantalon et sa culotte en même temps.

Ses yeux brillaient dans l'obscurité.

— Tu avais raison, il y a bien assez de lumière pour ne rien louper.

À ces mots, il écarta ses jambes d'un geste déterminé et s'agenouilla entre elles. Puis il se pencha vers elle, prit possession de sa bouche et l'embrassa avec ardeur.

— Je pourrais te caresser avec ma propre chevelure mais je pense que ça serait plus piquant qu'agréable, par contre j'ai d'autres cordes à mon arc…

— Es-tu toujours aussi bavard quand tu fais l'amour ?

— Non, je dois être nerveux…

Il prit alors l'un de ses tétons entre ses lèvres et se mit à le sucer tout en glissant ses doigts entre ses jambes.

Il joua avec elle jusqu'à ce qu'elle se tortille de plaisir puis s'occupa de son autre sein. Jolene laissa échapper un profond soupir et souleva ses hanches du matelas.

— Sais-tu quel a été mon fantasme depuis cette nuit où je t'ai revu dans le désert ? lui demanda-t-elle en serrant les dents.

— Non, quoi ? lui répondit-il tout en continuant de la taquiner.

— Te sentir en moi.

— Comme ça ? lui demanda-t-il en enfonçant deux doigts en elle.

Jolene tendit la tête en arrière et se mordit la lèvre inférieure.

— Même si c'est agréable…, commença-t-elle.

— Agréable ?

Ses doigts toujours en elle, Sam laissa traîner son pouce autour de son clitoris gonflé de désir.

Un gémissement monta en elle.

— C'est plus qu'agréable, oui, mais je parle d'autre

chose, tu sais ce que je veux sentir au plus profond de moi. Quelque chose de nettement plus… gros.

Ivre de plaisir, elle serra les lèvres et, avant même qu'elle ne puisse s'y préparer, Sam la pénétra avec vigueur.

Elle enfonça ses ongles dans la peau de son dos et, déjà parvenue au sommet, elle retint son souffle tandis qu'il allait et venait chaque fois plus profondément.

Soudain, elle sentit ses orteils se recourber et tous ses muscles se bander tandis qu'un premier orgasme déferlait en elle, faisant vibrer tout son corps. Puis d'autres vagues suivirent, moins intenses que ce premier crash, mais l'inondant chacune de plaisir et de chaleur.

Avant qu'elle ne soit totalement détendue, le corps de Sam se raidit et d'une voix rauque, il lui demanda d'ouvrir les yeux.

Ce faisant, elle plongea son regard dans ses yeux si bleus, et il lui sembla que Sam regardait au plus profond de son âme tandis qu'il l'explorait dans toute sa profondeur. Le corps soudain parcouru de tremblements, il pencha la tête vers elle pour l'embrasser avec douceur.

Toujours en elle, il lui demanda :

— Ton fantasme ressemblait-il un peu à ça ?

— Quelque chose dans ce goût-là, oui, répondit-elle en levant les yeux au ciel. Mais je crois qu'il faudra que nous recommencions pour voir si on peut essayer de s'en approcher encore plus.

Il roula sur le côté et lui murmura à l'oreille :

— Tu es devenue drôlement exigeante…

— Toutes mes résolutions se sont évanouies à la minute où je t'ai vu torse nu, cet après-midi.

— Quelles étaient tes résolutions ? lui demanda-t-il en prenant son pouce dans sa bouche tout en posant sa main chaude sur son sexe encore humide.

— Que fais-tu ? lui demanda-t-elle mais elle le laissa faire.

Elle se rapprocha même de lui, si près qu'il put de nouveau enfouir ses doigts en elle.

De son autre main, il caressa l'intérieur de ses cuisses.

— Je peux arrêter, si tu veux.

— Ne t'avise pas de…

Et elle grimpa à cheval sur lui.

Soudain, la lumière de l'écran de son téléphone qui était en charge sur la table de nuit, attira son attention.

— Oh ! on dirait que j'ai des messages, dit-elle avec regret. J'espère que Wade n'a pas réveillé Gran pour lui parler de Melody. Elle est trop fragile.

— Regarde de quoi il s'agit, lui répondit Sam en lui donnant une petite tape affectueuse sur les fesses. Je vais aller faire un tour sous la douche.

À contrecœur, elle descendit du lit puis sentit une pointe de culpabilité l'envahir. Sa cousine venait tout juste de mourir, et elle regrettait de ne pas pouvoir continuer à batifoler au lit avec Sam.

S'enroulant dans le drap, elle alla chercher son téléphone et regarda le premier SMS.

— Sam ! cria-t-elle en sentant le sang marteler ses tempes.

— Qu'y a-t-il ? lui demanda-t-il en revenant de la salle de bains.

Elle tendit l'écran du téléphone vers lui :

— J'ai reçu un message de Melody.

11

Parcouru par une poussée d'adrénaline, Sam se précipita vers Jolene.

— Que veux-tu dire ? Un message de la part de Melody ou provenant de son téléphone ? Qu'est-ce qui est écrit ?

— Ça n'a ni queue ni tête, ça dit : *« El Gringo Viejo. »*

Sam sentit son sang se glacer.

— Quand a-t-il été envoyé ?

— Je ne sais pas, je n'ai pas regardé, dit-elle en baissant de nouveau les yeux vers l'écran de son téléphone. Apparemment, il a été envoyé quelques minutes après minuit. À quelle heure sommes-nous arrivés au bar ?

— Dans ces eaux-là, elle devait déjà être en route pour rentrer chez elle. Souviens-toi, tu as cherché à la joindre mais elle ne t'a pas répondu. Et quand tu as essayé de nouveau, ton téléphone s'est éteint. Elle a dû t'envoyer ce message à ce moment-là.

— S'il ne s'était pas éteint, nous aurions peut-être pu l'aider ! s'écria Jolene en jetant son téléphone sur le lit avec colère.

— On ne peut pas en être certains, Jolene, lui répondit Sam en attrapant le téléphone pour regarder le message à son tour. D'ailleurs, elle ne t'a pas demandé d'aide, si ?

— Non, mais elle a essayé de me joindre.

— Tu as raison, lui dit-il après avoir lu le SMS, il est bien écrit *« El Gringo Viejo »*.

— Bon sang, mais qu'est-ce que ça peut bien vouloir dire ? soupira Jolene en passant sa main dans ses cheveux. Si on traduit, cela signifie : le vieil homme blanc. Tu penses qu'elle désigne l'homme qui l'a tuée ? Mais pourquoi écrire en espagnol ?

— Jolene, déclara Sam en avançant vers elle doucement, El Gringo Viejo est le surnom d'un puissant trafiquant de drogue de Mexico.

— Quoi ? s'exclama-t-elle en se laissant tomber sur le lit. Mais pourquoi parle-t-elle d'un trafiquant de drogue ? Qu'est-ce que cela signifie ? Comment pouvait-elle connaître un tel homme ?

— Peut-être savait-elle quelque chose sur lui, quelque chose à propos de ses relations de ce côté-ci de la frontière..., lui répondit Sam en se grattant le menton. Je ne comprends pas pourquoi ce nom ne cesse d'apparaître dans le coin. Le mois dernier, nous avons enfin réussi à identifier cet homme. Il s'appelle en réalité Ted Jessup, nous avons ses empreintes et suffisamment de preuves contre lui pour l'interpeller mais nous avons découvert qu'il se cachait à Rocky Point.

— Rocky Point ? Difficile de s'y cacher, c'est un endroit on ne peut plus touristique...

— Personne ne sait ce qu'il fabrique là-bas, c'est juste un de ces nombreux *gringos* qui ont de sublimes maisons, perchées sur les falaises. Mais quand le FBI a enfin pu faire une descente chez lui, il s'était enfui.

— Il doit toujours être en activité..., lui dit-elle avant de pointer un doigt vers lui. Tu ne voudrais pas te rhabiller, j'ai un peu de mal à me concentrer...

Il enfila son bas de jogging et vint s'allonger près d'elle.

— C'est mieux comme ça ? lui dit-il avec un sourire.

Jetant un œil à la légère bosse tout à fait visible au niveau de son entrejambe, elle lui répondit :

— Un peu mais…

— Oh ! ça, je n'y peux rien, protesta-t-il en croisant les jambes. Je te rappelle que tu es toujours nue.

— C'est tout ce qu'il faut pour t'émoustiller ? Une femme nue sous un drap ?

Elle rampa jusqu'au bout du lit pour s'emparer de ses sous-vêtements, et il se recula pour profiter de la vue.

— C'est un test ? lui demanda-t-il en caressant ses fesses. Parce que pour être honnête, je ne connais pas un seul homme qui pourrait résister à ça…

— Pouvons-nous revenir à Melody, s'il te plaît ? lui répondit-elle en se tortillant pour enfiler sa culotte. Pour quelle raison ma cousine m'a-t-elle envoyé le nom de cet homme ? Quand nous l'avons croisée sur le chemin, elle nous a dit de ne pas fouiller dans le projet du casino. Tu penses que ce type pourrait avoir un lien avec le chantier ?

— Reviens ici, lui dit Sam en tapotant l'oreiller qui se trouvait à son côté. Je te promets que je me comporterai en parfait gentleman et que nous resterons concentrés sur ce sujet.

Elle revint s'étendre près de lui et, tout en allongeant ses longues jambes, elle rassembla d'une main ses cheveux en chignon.

— Pourrait-il être impliqué ?

Sam croisa ses mains derrière sa tête et laissa échapper un profond soupir. Il mourait d'envie de refaire l'amour avec Jolene mais le message de Melody avait brisé la magie du moment, et Jolene était redescendue sur terre, elle aussi.

Il ferma les yeux un instant pour repenser à toute cette affaire. Les personnes qu'il avait découvertes enterrées dans le désert près de San Diego étaient toutes mortes d'une balle dans la tête, ce qui ressemblait beaucoup au style d'exécution que pratiquaient les membres des cartels mexicains. Et leurs décès avaient coïncidé avec l'apparition d'une nouvelle forme de méthamphétamine, plus pure, qui avait vite inondé les rues du sud de la Californie : la meth rose. Cette même drogue était également apparue en Arizona et au Nouveau-Mexique, quatre ans auparavant, à peu près au moment où une étrange vague de disparitions avait été signalée dans la région. Se pouvait-il que El Gringo Viejo soit le responsable de la production et de la distribution de cette méthamphétamine ?

Il était actif en Arizona depuis un certain nombre d'années, un peu moins en Californie, mais l'apparition de cette puissante drogue là-bas s'était produite au moment où le FBI avait essayé d'arrêter l'homme à Rocky Point. Peut-être avait-il choisi d'élargir son terrain de jeu et avait-il quitté l'Arizona où les choses devenaient un peu trop risquées pour lui ?

— Qu'est-ce que tu fais ? lui demanda alors Jolene en lui donnant un petit coup de coude dans les côtes. Tu dors ?

— Non, je réfléchis, lui répondit-il en lui prenant la main pour l'embrasser.

— As-tu l'intention de partager tes pensées avec moi ou le seul fait de discuter avec moi suffit à t'exciter ?

Il ouvrit un œil et tourna le visage vers elle.

— Hum… Tu es toujours seins nus.

— Attends, je vais me cacher derrière cet oreiller, regarde, on ne voit plus rien du tout, Sam.

— Il y en a un qui est chanceux.

Elle le frappa avec l'oreiller puis se leva du lit pour se diriger vers son placard. Après l'avoir ouvert, elle enfila le premier vêtement qu'elle trouva et revint s'installer à côté de Sam.

— C'est mieux comme ça ? lui demanda-t-elle avec un sourire.

Sam observa la façon dont le léger tissu de sa chemise épousait le contour de sa poitrine ferme et révélait les jolies zones ombrées de ses tétons et soupira.

— Oui, c'est parfait.

Mais la vérité, il le savait, était que même si Jolene s'enveloppait dans un vulgaire sac en toile de jute pour aborder un sujet aussi ennuyeux que la dette nationale, il ne pourrait être insensible à ses charmes. La tension sexuelle vibrait encore entre eux, et elle le savait.

Les joues toujours roses, elle croisa ses jambes devant elle.

— Maintenant, raconte-moi ce à quoi tu pensais.

Reprenant ses esprits, Sam lui expliqua les liens entre les personnes disparues et cette puissante nouvelle drogue qui faisait des ravages dans les rues.

— Nous avons vécu la même chose en Arizona, il y a environ quatre ans, avant que je ne sois affecté dans ce secteur mais je connais ce dossier sur le bout des doigts. Lorsque cette méthamphétamine a fait surface à San Diego et que cela a coïncidé avec notre découverte du cimetière des mules, les passeurs de drogues, je me suis souvenu de ce qu'il s'était passé ici, à Paradiso. La seule différence est que nous n'avons jamais retrouvé de corps ici.

— Tu crois que El Gringo Viejo pourrait être responsable de ce trafic ? demanda Jolene en ramenant ses jambes contre elle pour les enlacer.

— La police des frontières, le FBI et la DEA le pensaient à l'époque mais n'ont jamais réussi à le prouver. Il semblait davantage être un agent de liaison entre les cartels et les *dealers*. D'ailleurs, je ne pense pas qu'il voudrait que les cartels apprennent qu'il empiète sur leur domaine.

— Et tu crois que les corps des disparus de la région sont enterrés sur le site de construction du futur casino ?

— La situation est similaire à celle de Californie sur de nombreux points. C'était d'ailleurs pour cette raison que je me suis rendu sur le site la nuit où je t'ai croisée. En étudiant la carte du désert, cet endroit m'a tout de suite sauté aux yeux.

— Nous devons fouiller cette zone, Sam, s'exclama Jolene avant de venir poser son menton sur son torse. Ce n'est plus seulement pour découvrir ce qui est arrivé à mon père mais aussi pour élucider la mort de Melody.

— C'est le travail de la police, lui répondit Sam qui savait qu'elle ne se résoudrait jamais à ce constat.

Il vit d'ailleurs une lumière s'allumer dans son regard sombre.

— Tu n'as même pas assez de preuves pour justifier le fait que tu veuilles fouiller le terrain. Quant à moi, je n'avais pas la moindre chance de pouvoir convaincre qui que ce soit, c'est pour cette raison que j'ai enterré ces ossements là-bas. Même si je suis bientôt inquiétée, cela nous aura au moins permis de gagner un peu de temps.

— Oui, j'ai prévu de faire mes recherches moi-même, dit-il en s'asseyant sur le bord du lit.

— Sans mon plan, tu n'aurais même pas su où chercher…

— D'accord, nous irons là-bas ensemble mais il faudra que ce soit la nuit, lui répondit-il en ramassant les draps qui étaient au sol. Maintenant, dormons un peu avant que le soleil ne se lève.

— Je redoute la journée qui se profile… Gran va être dévastée en apprenant la mort de Melody. Tu crois que Tucker a parlé ?

— Tu penses donc que c'est lui qui l'a fait ?

— Bien sûr que non, mais cela ne signifie pas pour autant qu'il ne va rien leur apprendre, lui répondit-elle en roulant sur le côté. Tu veux une brosse à dents ?

Il la regarda avec un sourire et lui montra ses dents du bout du doigt.

— Avant que tu m'appelles pour me montrer le message, j'étais en train de les nettoyer avec mon doigt et un peu de dentifrice.

— Tu aurais dû me demander, j'ai des brosses en plus, dit-elle avant de se lever pour marcher jusqu'à la salle de bains avec tant de grâce que Sam ne put s'empêcher de laisser échapper un soupir.

Pendant qu'elle faisait couler l'eau, il entreprit de refaire le lit.

— Tiens, lui dit-elle quelques minutes plus tard en lui tendant une brosse à dents flambant neuve.

Puis elle alla tirer les rideaux et se mit au lit pendant qu'il retournait se laver les dents.

En reposant sa brosse dans le verre sur l'évier, il se demanda s'il y avait un message caché. Jolene lui avait avoué ne pas savoir si elle pourrait lui refaire confiance un jour, et il savait que la faire changer d'avis à ce sujet ne serait pas une chose aisée.

Il se glissa dans la chambre pour la rejoindre alors qu'elle était déjà au lit. En apercevant ses épaules nues, il fut heureux de constater qu'elle avait ôté sa chemise. Il retira son bas de jogging et, se glissant nu sous les draps, vint se blottir contre son dos. Il remarqua qu'elle avait gardé ses sous-vêtements.

Elle tendit les mains derrière lui et effleura sa peau.

— Où est passé ton jogging ?

— Oh ! Je ne l'avais remis que pour pouvoir réfléchir

correctement, lui répondit-il en passant un bras autour d'elle pour prendre ses seins dans ses mains.

Il se mit alors à jouer avec un de ses tétons et entendit son souffle s'accélérer.

— Mais nous avons fait le tour de la question, n'est-ce pas ?

Elle se retourna vers lui et posa ses lèvres contre les siennes.

— Si je prenais un instant pour penser à ce que je suis en train de faire, je pourrais m'arrêter, murmura-t-elle.

Refusant d'accorder trop d'importance à ses propos, il pressa son membre durci contre son ventre chaud et entreprit de la faire sienne… pendant qu'il le pouvait encore.

Le lendemain matin, Sam se glissa délicatement hors du lit, sans réveiller Jolene. Ils avaient dormi blottis l'un contre l'autre et, à son réveil, il avait contemplé son visage avec la plus grande attention. Elle avait un petit bleu au-dessus de son sourcil gauche, sa lèvre inférieure était légèrement gonflée, et il s'était demandé si cela était dû à son accident ou à leurs nombreux baisers. Il avait ensuite dû se rendre à l'évidence : jamais il ne pourrait se lasser d'elle.

Il quitta la chambre sur la pointe des pieds et alla chercher ses vêtements pour se rhabiller puis se rendit dans la cuisine pour préparer du café. En jetant un œil à son téléphone qu'il avait mis en charge sur le comptoir, il vit qu'il avait reçu quelques SMS de la mère d'Aimee à propos de Jess et un appel du bureau mais rien d'aussi dramatique que le message qu'avait reçu Jolene la veille. Si seulement Melody avait pu leur donner plus que le nom de El Gringo Viejo, pensa-t-il avec regret. Mais peut-être ne savait-elle rien de lui ou était-elle trop ivre pour savoir ce qu'elle faisait.

Le café commença à couler, et il ouvrit le frigo pour voir ce qu'il pouvait préparer pour le petit déjeuner. Des œufs, du beurre, du fromage, un reste de poivron et des oignons, il avait de quoi faire. Depuis sa séparation d'avec Aimee, il s'était perfectionné en cuisine.

Tandis que l'omelette prenait forme dans la poêle, Jolene apparut dans la cuisine, vêtue de la chemise qu'elle avait enfilée la veille, les premiers boutons de son décolleté encore ouverts.

— Ça sent délicieusement bon, lui dit-elle avec un sourire. Mais j'ai dormi beaucoup trop tard, il est presque l'heure de déjeuner.

— Jolene, la rassura-t-il en agitant la poêle, tu as eu un accident de voiture hier et tu méritais de prendre un peu de repos. J'ai préparé une omelette.

— Je suis impressionnée, lui répondit-elle en bâillant. Mais ce n'est pas vraiment à cause de mon accident que je me suis couchée si tard… Je pense que cela a plutôt quelque chose à voir avec l'homme qui a passé la nuit dans mon lit.

— Au moins, moi, je me suis rhabillé, lui répondit-il en faisant un geste vers elle avec sa spatule. Je ne sais pas si tu as l'impression d'être couverte mais ce chemisier est tout à fait équivoque, d'autant plus qu'il est ouvert jusqu'à ton nombril.

Elle resserra le col de sa chemise sur son cou et lui répondit d'un ton malicieux :

— Je vais prendre une douche et me préparer. Ne t'avise pas de venir me rejoindre, je suis exténuée.

— Je suis si doué que ça ? lui répondit-il en haussant les épaules.

Jolene attrapa une serviette en papier sur le comptoir, la roula en boule et lui lança en plein visage.

— Mes muscles sont endoloris par l'accident, regarde mes bras.

— Je les ai vus, mais je pense que ça aurait été bien pire sans cet airbag…

— Je suppose, oui, lui répondit-elle en enroulant une mèche de ses cheveux autour de ses doigts. J'ai déjà reçu un millier d'appels de la part de Gran, de Wade et d'un tas de gens, ce matin. J'imagine donc que ce qui est arrivé à Melody n'était pas qu'un mauvais rêve.

— Je suis désolé, lui dit-il en faisant glisser l'omelette sur une assiette. Tu penses pouvoir entrer dans l'appartement de Melody aujourd'hui ?

— Que veux-tu dire ? Son appartement ne va pas être interdit d'accès ?

— Jolene, tu as enterré des ossements sur un site de construction, ne me dis pas qu'entrer dans l'appartement de ta cousine, même s'il s'agit d'une scène de crime, te pose un problème, si ?

— Ne seriez-vous pas en train de m'encourager à enfreindre la loi, agent Cross ? lui demanda-t-elle en le regardant, les bras croisés.

— Tu as besoin d'encouragement ? lui répondit-il, l'air taquin. Allez, va te doucher pendant que je finis de préparer le repas.

— Si tu penses que nous pourrons y trouver quelque chose d'intéressant, je n'hésiterai pas à m'y rendre. Mais je veux d'abord aller voir Gran et les autres membres de ma famille. Penses-tu que nous pourrons avoir des nouvelles de Tucker ?

— Oui, je vais m'en charger.

Jolene sortit de la cuisine et, quelques minutes plus

tard, Sam entendit l'eau de la douche couler. Même si rien n'aurait pu lui faire plus plaisir que d'aller la rejoindre, il savait que les seules choses dont Jolene avait besoin étaient des antalgiques, du repos et un bon repas.

Il fourra quelques tranches de pain dans le grille-pain et se servit une tasse de café fumant. Puis il dressa la table et nourrit Chip.

Quand il leva les yeux après avoir posé la gamelle du chien au sol, il vit que Jolene l'observait, une main posée sur sa hanche.

— Tu es devenu un véritable homme d'intérieur, lui fit-elle remarquer.

— Maintenant que j'ai la garde de Jess, mon appartement est impeccable.

— Je n'aurais jamais imaginé qu'une telle chose puisse être possible, lui répondit-elle, un sourire en coin. J'aimerais beaucoup te voir un jour avec elle.

— Elle est plutôt rigolote en ce moment… et un peu autoritaire aussi.

Sam se demanda soudain si parler de sa fille avec Jolene était une bonne idée. Il avait envie de partager tout ce pan de sa vie avec elle mais il regrettait tant qu'elle ne soit pas la mère de Jess.

— C'est un âge adorable, je m'en rends compte avec mes petits cousins, lui répondit-elle en s'asseyant à table. Pour en revenir à nos affaires, je sais où Melody cachait une clé de chez elle. Donc, si la police n'a pas mis son appartement sous surveillance, je pourrai m'y introduire sans problème. Sais-tu pendant combien de temps, cet endroit va être considéré comme une scène de crime ?

Il haussa les épaules et s'assit en face d'elle.

— Cela dépend de ce que leur aura dit Tucker. Ils sont peut-être déjà en train de fouiller l'appartement et ont probablement déjà pris son ordinateur et tout le matériel électronique qu'elle avait en sa possession.

— Je me demande s'ils ont retrouvé son téléphone… Elle semble m'avoir envoyé le message alors qu'elle rentrait chez elle, je regrette tant qu'elle ne nous ait rien dit sur la façon dont elle y est arrivée.

Jolene prit sa tasse de café entre ses deux mains et y plongea son regard triste.

— Peut-être qu'elle pensait être dans la voiture qu'elle avait commandée…, dit Sam en commençant à manger sa part d'omelette. Elle était si ivre qu'elle a pu se tromper et monter dans un autre véhicule. Ce genre de choses est déjà arrivé.

— Tu veux dire que quelqu'un l'attendait peut-être ? Et que cette personne savait qu'elle avait commandé un trajet en covoiturage et qu'il a profité de son état d'ébriété ? Il faudrait parler de nouveau avec Eddie, le barman. Peut-être a-t-il vu quelqu'un lui tourner autour…

— Oui mais il nous manque toujours le mobile. Tucker avait une raison de la tuer : il a son sac à main, il a eu l'occasion de le faire et les moyens.

— Tu crois vraiment que ce type, si fragile et si maigre, aurait pu avoir le dessus sur Melody ?

— Elle était soûle, Jolene. Complètement soûle, selon Eddie, et je pense qu'on peut le croire. Peut-être s'est-elle vraiment cogné la tête sur le coin de sa table basse pendant qu'elle se débattait contre Tucker. Elle peut tout simplement avoir cherché à le repousser et être tombée dans son élan.

— Pourquoi cherches-tu tant à impliquer Tucker ? Et ton hypothèse de faux conducteur ? déclara-t-elle avant de s'essuyer la bouche.

— Je joue l'avocat du diable, dit Sam. Le mobile de

Tucker serait le vol. Celui du conducteur pourrait être de vouloir faire taire Melody.

— Tu veux dire qu'elle en savait trop ? Peut-être qu'elle savait que El Gringo Viejo était impliqué dans le projet de construction du casino ? Et que certains décès sont liés à ce projet ?

— C'est possible, oui, mais dans ce cas pourquoi n'est-elle pas allée voir la police ? Elle aurait pu lui confier tout ce qu'elle savait et obtenir une protection en tant que témoin. Une femme qui sort avec un de nos agents et qui en sait un peu trop sur ce type est déjà sous protection rapprochée.

— La petite amie de Rob Valdez ? demanda Jolene en écarquillant les yeux. Cette femme qui est arrivée à Paradiso et qui souffrait d'amnésie ?

— Oui, c'est elle, Libby James, acquiesça-t-il en portant sa fourchette à sa bouche. Mais tu n'es pas censée le savoir. Sa vie est suspendue à un fil, tu comprends ça ?

— Bien entendu… Ma cousine ne vient-elle pas d'être tuée probablement pour cette même raison ?

Elle croqua dans sa tartine de pain grillé, et une pluie de miettes tomba dans son assiette.

— Tu tires des conclusions hâtives, nous parlions encore il y a quelques instants de la possible implication de Tucker dans son décès…

— Je n'y crois pas une seconde, dit-elle. Je sais que vous qui travaillez pour les forces de l'ordre devez étudier toutes les pistes possibles mais les flics ne sont pas au courant des liens entre Melody et le projet du casino. Tu crois que nous devrions leur en parler ?

— Pas encore, lui répondit Sam en secouant la tête. Je n'arrive pas à croire que je te dise une chose pareille, mais je ne veux pas leur en parler avant d'avoir eu la chance de faire des recherches sur ce site. Tu parles d'intuition plutôt que de preuves ? Eh bien, j'ai le profond sentiment qu'il y a un lien entre les gens qui ont disparu ici et les corps que nous avons découverts à l'est de San Diego. Mais je ne peux pas obtenir de mandat de perquisition sur une simple intuition. Cela ne fonctionne pas de cette façon.

— Tu vas donc te comporter comme un voyou, j'adore ça.

— Et le repas ? Tu l'aimes aussi ?

— C'est difficile de parler et de manger en même temps, mais oui c'est délicieux. Même Chip voudrait y goûter, ajouta-t-elle en caressant son chien. Mais, dis-moi, tu t'es rhabillé sans prendre de douche, tu peux utiliser la salle de bains, tu sais… De mon côté, je vais devoir me rendre chez Gran…

— Ne t'en fais pas pour moi, je vais repasser au motel avant d'aller au poste. Et puis…, lui dit-il en levant vers elle des yeux brillant de malice, j'aime bien garder ton odeur sur ma peau.

— Si tu dois te rendre au poste de police et moi chez ma grand-mère, tu ferais mieux d'arrêter tout de suite de dire de telles choses, protesta-t-elle en souriant. Allez, maintenant laisse-moi débarrasser et faire la vaisselle puisque tu as cuisiné.

— Je vais sortir le chien, dit-il en se dirigeant vers la baie vitrée.

— Ton téléphone vibre, lui répondit-elle en lui tendant l'appareil.

Sam laissa Chip sortir dans le jardin puis décrocha.

— Allô !

— Sam, c'est Clay.

— Salut, Clay, que puis-je faire pour toi ? Je comptais venir vous voir ce matin.

— Je t'appelle seulement pour te prévenir d'une

chose, tu sais ce type qui a été arrêté pour le vol du sac de Melody ? Ce type que tu as apparemment livré à la police, hier soir…

Sam sentit sa gorge s'assécher et les battements de son cœur accélérer.

— Oui, que lui arrive-t-il ?

— Il est mort.

12

Jolene fronça les sourcils en voyant comment Sam réagissait à ce que lui disait son interlocuteur.

— Qui est-ce ? lui demanda-t-elle à voix basse.

— Mais comment est-ce arrivé, Clay ? demanda Sam en levant un doigt vers Jolene pour la faire patienter.

Les propos de Clay allumèrent au fond de ses yeux quelque chose qui ressemblait à de la colère.

— C'est de la négligence ! s'écria-t-il soudain. C'est criminel ! Qu'a-t-il dit pendant l'interrogatoire ?

Il écouta avec gravité puis ajouta :

— C'est incroyable ! Il y aura une enquête interne, des têtes vont tomber, tu peux me croire.

Il se mit à faire les cent pas dans la cuisine en acquiesçant en silence.

Puis il raccrocha et fixa un instant son téléphone, l'air hagard.

— Qu'y a-t-il, Sam ? Que s'est-il passé ?

— Tucker Bishop s'est suicidé ce matin dans sa cellule.

— Comment ? demanda Jolene en s'agrippant au comptoir.

— Il s'est pendu avec les draps, lui répondit Sam en versant le reste du café dans le fond de l'évier. Comment ont-ils pu laisser une telle chose arriver ?

— Avait-il avoué le meurtre de Melody ?

— Non, il n'a rien dit du tout. Il semblerait même qu'il nous en ait dit plus qu'à la police.

— Peut-être mais s'il nous a caché des choses, nous ne les découvririons jamais, déclara Jolene en prenant son visage entre ses mains. Sam, penses-tu que quelqu'un ait pu s'en prendre à Tucker dans sa cellule ? Est-ce que ce genre de choses est possible ?

— Ce genre de choses, comme tu dis, arrive tout le temps surtout si le gars n'est pas sous surveillance.

— Pourquoi n'ont-ils pas pris cette précaution ?

— S'il n'a pas fait de déclaration qui alerte sur son état psychologique, ce n'est pas obligatoire.

— Mais c'est ridicule ! Il était évident pour tout le monde que cet homme n'avait pas toute sa tête.

— Ça ne marche malheureusement pas de cette façon, il n'a même pas avoué avoir fait du mal à Melody.

— Parce qu'il ne lui en a pas fait, lui répondit Jolene en croisant ses bras. Mais en revanche il savait qui l'a tué et c'est pour cette raison qu'il a été réduit au silence.

— Ouah ! s'exclama Sam en se retournant vers elle. Tu tires des conclusions hâtives, Jolene !

— Allons, Sam, je sais que tu penses comme moi. Je l'ai lu sur ton visage quand tu parlais à Clay au téléphone.

— Ce que tu suggères implique plusieurs choses, lui dit-il en passant sa main dans ses cheveux, et aucune d'entre elle ne peut être imputée à la police du comté de Pima.

— Je ne dis pas qu'un policier a tué Tucker, mais tu as vu comme moi combien ce type semblait fragile.

— C'est un euphémisme.

— Il n'aurait pas fallu grand-chose pour le faire craquer. Harcèlement, suggestions, mensonges…

— Tu suggères que quelqu'un aurait pu être soudoyé pour le pousser à bout ? lui demanda Sam en fronçant les sourcils. Si c'est le cas, nous sommes dans une sale situation. Je vais devoir être très prudent sur mon étude de terrain et plus vite je pourrai y jeter un œil, mieux ce sera.

— Oui, je crois aussi qu'on ferait mieux de ne pas traîner et ne te fais pas d'illusion, tu ne pourras pas te débarrasser de moi comme ça, j'ai aussi des recherches à faire.

Sam allait protester quand il remarqua la fureur et la détermination qui brillaient dans les yeux de Jolene. Quand elle avait ce regard, il était inutile d'essayer de la faire changer d'avis, il le savait.

Il l'avait déjà vu le jour où il lui avait appris que son ex était enceinte de lui, et Jolene lui avait alors ordonné de retourner auprès d'elle et de leur futur enfant, et de l'oublier pour toujours… Ce qui, il l'avait toujours su, ne serait jamais possible.

À la fin de la journée, Jolene s'effondra sur son canapé, épuisée et déprimée. Même les léchouilles de Chip sur sa main ne purent lui redonner le sourire.

Le chien avait déjà fait tout son possible pour essayer de remonter le moral des troupes chez Gran où Jolene s'était rendue pour retrouver sa famille et préparer les funérailles. Tous pensaient qu'il s'agissait d'un vol qui avait mal tourné et que Tucker Bishop était le coupable. Son suicide en prison avait confirmé tous les soupçons.

Et qui était-elle pour essayer de les dissuader ? Connaître le fin mot de l'histoire semblait leur avoir apporté à tous un peu de réconfort dans l'immense peine qu'ils ressentaient.

Et puis, comme Sam le lui avait dit, elle savait qu'il valait mieux faire profil bas et garder leurs hypothèses pour eux jusqu'à ce qu'ils comprennent ce qu'il se passait réellement. Il ne fallait surtout pas risquer d'alerter quiconque plus qu'elle ne l'avait déjà fait en enterrant ces fichus ossements.

Car, même si elle était inculpée pour ça, elle pourrait toujours prétendre l'avoir fait pour que cette terre reste yaqui.

Elle regarda sa jupe froissée et pensa qu'elle ferait mieux de se changer avant l'arrivée de Sam. Il devait la rejoindre avec le dîner puis ils avaient prévu de se rendre sur le site du chantier.

Elle ferma les yeux un instant et caressa Chip qui avait posé sa tête sur ses genoux. Quelques secondes plus tard, des coups frappés à sa porte la firent sursauter.

Chip gémit et se précipita vers la porte d'entrée. S'il n'aboyait pas, c'est parce qu'il avait reconnu Sam. Après avoir jeté un rapide coup d'œil à son téléphone, Jolene sauta du canapé. Elle avait dormi près d'une heure.

En jetant un coup d'œil entre les stores, elle vit que c'était bien Sam qui se tenait sur le perron. Elle poussa Chip sur le côté et lui ouvrit la porte avec un sourire.

— Entre. Excuse-moi, je m'étais endormie.

— Recule, Chip, déclara Sam en se frayant un chemin pour entrer. Des plats chinois, ça te va ?

— J'aurais pu cuisiner quelque chose, tu sais, lui répondit-elle en verrouillant la porte derrière lui avant de lui prendre le sac de nourriture des mains.

— Ta journée a dû être éprouvante. Comment va ta grand-mère ?

— Elle est effondrée.

— Tu es certaine de vouloir venir avec moi ce soir ? lui demanda-t-il en attrapant deux assiettes dans le placard de la cuisine.

— Oh ! ne t'avise pas de…, lui dit-elle en le menaçant de sa fourchette. N'essaie même pas de m'en dissuader, je t'accompagne, un point c'est tout. Je sais où le corps de mon père a été retrouvé, et c'est à cet endroit que nous devons commencer nos recherches. C'est un immense terrain, tu ne peux pas te promener comme ça, à l'aveuglette, au beau milieu de la nuit !

— En plus, je ne sais pas même ce que je cherche, ajouta Sam. Ce terrain a quand même probablement été préparé en vue de la construction, n'est-ce d'ailleurs pas pour ça que Wade a trouvé la présence des os tout à fait étrange ?

Il sortit les plats des contenants et les versa sur les assiettes.

— C'était malheureusement le seul endroit où je pouvais les enterrer si je voulais qu'on les découvre le jour de l'inauguration, se justifia-t-elle en sortant les couverts. Mais il reste une partie de cette terre qui n'a pas été préparée, je crois qu'ils la gardent pour en faire un terrain de golf ou quelque chose de ce genre. Peux-tu seulement imaginer cet endroit couvert d'herbe verte ? Et la quantité d'eau nécessaire pour la maintenir en état ?

— D'autres complexes hôteliers ont aussi des golfs dans le coin…

— De toute façon, Wade ne s'arrêtera pas tant qu'il n'aura pas construit un parc à thème pour toute la famille… qu'il appellera probablement Yaqui World !

— Tu exagères, lui répondit Sam en riant. Mais tu dis qu'il reste une parcelle de terrain intacte en bordure de la zone de construction ?

— Oui, et tu vas avoir besoin de moi pour la trouver, conclut-elle en s'asseyant à la table de la cuisine. Toute la famille pense que Tucker Bishop a tué Melody pour lui voler son sac à main, est-ce que tu as réussi à en savoir plus sur les conditions de sa mort ?

— Oui, acquiesça Sam en prenant une bouchée de *Kung Pao*, figure-toi que la caméra de surveillance de sa cellule ne marchait pas cette nuit-là.

Jolene laissa tomber ses baguettes dans son assiette et le regarda en écarquillant les yeux.

— Tu plaisantes ?

— Je préférerais ça mais, en regardant les bandes, les agents ont constaté que les images de cette nuit-là étaient floues. La caméra avait déjà eu ce genre de problème avant, ce qui rend cet incident encore plus crédible. Mais on est en mesure de se demander pourquoi celle-ci n'avait pas été réparée ou même pourquoi cette cellule n'avait pas été condamnée, car il y a de la place au commissariat.

— Tout ça ne sent pas très bon, Sam. On dirait que quelqu'un s'est assuré que Tucker garde le silence.

— Malheureusement, ce n'est pas mon département, je ne peux pas demander d'enquête, lui répondit-il en prenant un morceau de poulet entre ses baguettes. Le problème c'est que Tucker était un sans-abri, et je ne crois pas que nous puissions trouver quelqu'un qui voudrait porter plainte ou demander l'ouverture d'une enquête.

— C'est si triste, soupira Jolene.

— Et toi ? As-tu pu aller faire un tour chez Melody ?

— Je n'en ai malheureusement pas eu le temps, mais j'ai proposé de m'occuper de trier ses affaires, cela me permettra d'y pénétrer légalement.

— Je pense que les agents te laisseront passer même si le ruban jaune est toujours en place. L'endroit est toujours considéré comme une scène de crime et ils ont dû tout fouiller, tout inspecter, tout analyser à cette heure-ci. S'il reste quelque chose à découvrir, ce ne sera rien d'intéressant pour eux…

— Mais ils ignorent ce que nous savons, répliqua-t-elle en haussant un sourcil. Alors, ce qui n'a pas de sens pour eux peut en avoir beaucoup pour nous.

— Tu veux boire quelque chose ? lui demanda-t-il en se levant.

— De l'eau, merci.

Quand il déposa deux verres sur la table, elle but quelques gorgées puis repoussa son assiette.

— Je vais aller me changer, je serai plus à mon aise en pantalon pour aller fouiller le désert au beau milieu de la nuit.

— Mais tu n'as presque rien mangé, objecta Sam.

— Désolée, je n'ai pas grand appétit, ce soir…

— Vas-y, je me charge de débarrasser et de donner à manger à Chip.

Elle lui répondit par un sourire puis se dirigea vers sa chambre. En découvrant le lit aux draps défaits, elle ne put s'empêcher de rougir. Malgré ses résolutions, elle avait laissé Sam revenir dans sa vie mais elle n'allait certainement pas lui permettre de revenir aussi facilement dans son cœur. Pour ça, il devrait faire son propre chemin.

Elle enfila la tenue qu'elle portait la nuit où elle était allée enterrer les os sur le site : un jean foncé, un T-shirt noir et une paire de bottes.

Après s'être brossé les dents et avoir rassemblé ses cheveux en une queue-de-cheval, elle retourna dans le salon.

— Chip a mangé ?

— Jusqu'à la dernière de ses croquettes, lui répondit Sam qui finissait d'essuyer la table de la cuisine. Je l'ai laissé sortir et j'ai fait un brin de ménage.

— Tu n'étais pas obligé.

— Oh tu sais, depuis l'invention du lave-vaisselle et du réfrigérateur, cela n'est plus si pénible, lui répondit-il avant de la regarder en plissant les yeux. On dirait que tu t'es préparée pour une opération secrète.

— Ce n'est pas ce que nous allons faire ? rétorqua-t-elle

en fourrant ses mains dans ses poches arrière. Rassure-moi, tu ne fais pas ça pour me faire plaisir, tu prends tout ça autant au sérieux que moi, n'est-ce pas ?

— Encore plus depuis la mort de Melody, lui répondit-il en soulevant sa chemise pour lui montrer son arme. Cela suffit-il à te prouver que je ne plaisante pas ?

— Tout à fait, approuva-t-elle en hochant le menton. Eh bien, allons-y alors.

— Est-ce que je laisse la porte de la baie vitrée ouverte pour Chip ? lui demanda-t-il en faisant rentrer le chien.

— Non, ferme-la, je préfère qu'il passe la nuit dans la maison. Pourquoi ? Penses-tu que je pourrais recevoir de nouveaux avertissements ?

— S'il ne s'agissait que de cadavres de serpents, je serais soulagé… Mais, oui, je préfère que tu fermes bien ta maison et que Chip monte la garde à l'intérieur.

Jolene attrapa son sac à dos et y fourra sa lampe torche, une bouteille d'eau, une petite pelle et quelques autres objets dont ils pourraient avoir besoin.

Elle s'immobilisa sur le perron quand elle vit le *pick-up* de la police des frontières de Sam garé derrière la voiture qu'on lui avait prêtée.

— Tu ne pensais tout de même pas qu'on allait se rendre là-bas avec ta petite voiture, si ? lui demanda-t-il, le sourire aux lèvres. Nous nous serions enlisés dans le sable en quelques minutes à peine.

Il se dirigea vers le véhicule et ouvrit le coffre.

— Mets tes affaires là-dedans et ouvre la porte de ton garage pour qu'on puisse prendre d'autres outils.

— Des outils ? lui dit-elle en tapant le code de la porte.

— Ne me dis pas que tu as enterré ces ossements à mains nues, je sais que tu as des outils et je viens de te voir fourrer une pelle dans ton sac à dos.

Jolene entra dans son garage et attrapa la grande bêche dont elle s'était servie plus tôt dans la semaine.

— Tu veux autre chose ?

— Non, je crois que cela fera l'affaire, lui répondit-il en lui prenant la pelle pour la mettre dans le coffre de son *pick-up*.

En montant dans le camion, elle sentit ses cheveux voleter et remarqua que le vent se levait.

— J'espère que nous n'allons pas essuyer une nouvelle averse, dit-elle en grimaçant.

— Ce ne serait pas si surprenant, lui répondit Sam en s'installant au volant.

Ils roulèrent en silence pendant quelques kilomètres avec la radio en fond sonore.

Jolene regarda par sa vitre le paysage qui défilait puis prit une profonde inspiration.

— Tu ne m'as jamais montré de photos de Jess.

— Tu ne me l'as jamais demandé.

— Est-ce que… Est-ce que tu en as sur ton téléphone ? dit-elle en croisant les bras sur sa poitrine. Si oui, j'aimerais bien les voir.

— J'en ai, oui, lui répondit-il avant de déverrouiller son téléphone et de le lui tendre. Regarde dans mes photos, tu vas trouver un dossier nommé Jessica.

Les mains tremblantes, Jolene ouvrit le dossier et découvrit sur la première image, une petite fille souriante, aux yeux brillants et aux boucles brunes.

Presque malgré elle, Jolene se mit à sourire également.

— Elle te ressemble… Elle a l'air drôlement malicieuse.

— Elle l'est, acquiesça Sam avec une fierté non dissimulée. Elle est encore petite pour son âge mais les pédiatres disent qu'elle va vite rattraper son retard. Elle adore les livres, tout ce qui a des roues, et les chiens bien sûr. Je lui ai montré une photo de Chip quand il n'était encore qu'un chiot et à présent, elle appelle tous les chiens Chip.

— Alors, tu devrais peut-être lui trouver un chien, lui suggéra Jolene en sentant les larmes lui monter aux yeux.

— Je le ferai quand elle sera un peu plus grande. Si tu savais comme elle est drôle, elle me fait beaucoup rire.

Jolene regarda les autres photos et, sur chacune d'entre elles, la petite fille semblait joyeuse et pleine de vie. Elle pensa une nouvelle fois qu'elle avait fait le bon choix en laissant Sam partir. Aurait-il été capable d'avoir une telle relation avec sa fille s'il avait vécu loin d'elle ? Dans un autre État ? Et avec la rechute d'Aimee, jamais il n'aurait été en paix.

Elle laissa échapper un profond soupir et lui rendit son téléphone.

— Elle est adorable, Sam.

— J'aimerais beaucoup te la présenter.

Jolene regarda par sa vitre et tapota contre le verre avant de lui répondre :

— La pluie est en chemin, nous n'avons qu'à prendre l'accès principal qui mène au site de construction puis je te guiderai à partir de cet endroit.

Sam ralentit mais, cette fois, l'embranchement de la route d'accès n'était plus si difficile à trouver. Un énorme panneau orange et jaune avait été installé au croisement proclamant la prochaine construction du casino.

En voyant ce panneau, Jolene sentit son estomac se serrer. Son père était mort ici, et cela ne semblait pas signifier grand-chose pour tous les gens qu'il avait dirigé et conseillé la majeure partie de sa vie.

Alors qu'il s'engageait sur la route, du sable tomba soudain sur le pare-brise, et Sam maugréa.

— Il y a pas mal de vent, ce soir, j'espère que cela ne va

pas tourner en tornade, je me demande si nous ne ferions pas mieux de reporter notre petite escapade.

— Je ne suis pas certaine que nous ayons encore beaucoup de temps avant que les résultats d'analyse des os ne reviennent, lui dit-elle en se redressant sur son siège. Regarde, les machines sont restées en place, les constructeurs doivent savoir qu'ils ne vont pas tarder à pouvoir reprendre le travail.

— Peut-être bien, oui, acquiesça Sam en se garant. Et maintenant où va-t-on ?

Jolene ferma les yeux et marmonna quelques mots en traçant des lignes imaginaires du bout du doigt.

— Qu'est-ce que tu fabriques ? lui demanda Sam. C'est un vieux sortilège yaqui ?

— Tu te souviens de la carte qu'on m'a volée ? lui répondit-elle en faisant mine de lui donner un coup de poing.

— Oui, bien sûr.

— Eh bien, je l'ai mémorisée, enfin tout du moins les espaces de construction. Il y avait des zones ombrées en bleu qui représentaient les espaces non constructibles pour le moment. Je crois que nous devrions commencer par là.

Sam regarda par-dessus son volant.

— Tu veux dire que tu vas savoir où aller, sans boussole et sans aucun moyen de te repérer ? Nous n'avons même pas de lumière.

— J'ai tout ce qu'il nous faut, lui répondit-elle. Cette terre a déjà été divisée et marquée. Toute cette mascarade, l'inauguration, n'a été organisée que pour faire croire au lancement des travaux. Mais en réalité ils avaient déjà commencé.

Elle regarda elle aussi devant eux puis frappa le tableau de bord de ses deux mains.

— Allez, avance, nous allons bientôt apercevoir des

marques qui représentent les différentes zones du casino. Le restaurant se situe par exemple à l'extrême sud du complexe et, au-delà, il n'y a que de la terre en friche.

— Alors je vais suivre la boussole de ce camion et nous allons nous diriger vers le sud, déclara-t-il en tournant vers la gauche.

Le véhicule quitta la route et commença à rouler sur le sol chaotique du désert. Aucune de leurs deux voitures de location n'en aurait été capable.

— Arrête-toi, lui demanda soudain Jolene en posant son bras sur le sien. Tu vois ce poteau devant nous, celui avec les bandes réfléchissantes ?

— Oui.

— Je vais aller voir ce qui y est inscrit.

Elle se pencha vers le siège arrière, attrapa son sac à dos et en sortit sa lampe torche. Puis elle bondit hors de la voiture et courut vers le poteau en évitant de penser aux scorpions et aux serpents.

Elle éclaira le poteau, lut ce qui y était écrit puis revint au pas de course jusqu'à la voiture.

— C'est le hall et la zone réservée au service clients, dit-elle d'une voix haletante. D'après mes souvenirs, nous pouvons continuer dans cette voie pour arriver à la zone prévue pour le restaurant. Est-ce que tu arrives à voir la clôture temporaire qui longe la zone ?

— Oui, je vais essayer de la suivre sans l'endommager.

Alors qu'ils longeaient le côté ouest du futur casino, Jolene scrutait chaque panneau qu'ils croisaient. Leur absence marquerait le début de la zone de friche.

— Eh bien, s'exclama Sam en sifflant. Ça va être un endroit immense.

— C'est un autre poteau devant nous ? lui demanda-t-elle

en se penchant vers le pare-brise. Il semble plus petit que les autres. Fais attention de ne pas le renverser.

Sam approcha doucement et s'arrêta.

— Va jeter un œil, lui dit-il.

Elle descendit de nouveau de la voiture, s'approcha, le vent fouettant ses cheveux, et éclaira ce qui était en réalité quatre petits poteaux regroupés.

Elle revint en courant et se dépêcha de remonter dans le *pick-up* de Sam.

— Ça y est, lui dit-elle le cœur battant. Ces poteaux indiquent la fin de la zone de restauration et la fin du bâtiment.

— Alors c'est le début du *no man's land*, déclara Sam en penchant la tête sur le côté.

— Oui.

— Nous sommes près de la frontière, je suppose que cela permettra aux Yaquis du Mexique de passer plus facilement pour venir travailler au casino.

— C'est l'idée, je crois, approuva Jolene en sentant la culpabilité l'envahir.

— La terre des Yaquis s'étend jusqu'à la frontière et au-delà, n'est-ce pas ?

— Oui, c'est pour cette raison que nous devons faire attention avec ton camion, Sam. La patrouille frontalière n'a plus aucun droit sur cette frontière.

— Comme si je l'ignorais, lui répondit-il en levant les yeux au ciel. La carte qui détaille les tunnels que le cartel Las Moscas a construits le long de cette frontière s'arrête avant la terre yaqui.

Jolene tapota sur sa vitre.

— C'est certainement ce que représentait la zone ombrée sur la carte, la zone interdite à la construction.

— J'aimerais bien savoir pourquoi..., dit Sam en

tambourinant sur son volant. Bon, je crois que c'est ici que nous devons commencer nos recherches.

Alors que Jolene allait ouvrir sa portière, Sam posa sa main sur son bras.

— Est-ce aussi dans cette zone que le corps de ton père a été découvert ?

Elle hocha la tête en silence puis descendit du véhicule.

Dehors, le vent soufflait plus fort encore, et elle couvrit ses yeux de sa main pour se protéger du sable qui volait. Sam avait laissé ses phares allumés, créant ainsi une zone entièrement éclairée.

La tête baissée, Jolene avança en étudiant le sol, à la recherche de quelque chose d'inhabituel.

Sam la rejoignit, balançant le faisceau de sa lampe torche dans la zone qui n'était pas éclairée.

— Ils n'ont encore rien prévu pour cet endroit.

Tout en labourant la terre du bout du pied, Jolene lui répondit :

— Je pense qu'ils ont prévu des agrandissements et que cette terre y figure.

— Tu as entendu ? lui demanda soudain Sam en relevant la tête brusquement.

Jolene retint son souffle et tendit l'oreille. Lorsque le vent soufflait, elle pouvait entendre le sable qui claquait contre le *pick-up* de Sam. Le silence se fit soudain et le hululement plaintif d'un hibou résonna dans l'obscurité.

— Je n'entends rien d'inhabituel, pourquoi ?

— Je pensais avoir entendu un bourdonnement, lui répondit-il en donnant un coup de pied dans un caillou. Au moins, il n'y a pas de déchets ici, peut-être que les ouvriers les ramassent au fur et à mesure.

Les mains sur les hanches, Jolene continuait de scruter le sol avec la plus grande attention.

— Je ne vois rien d'étrange, et toi ? lui demanda-t-il en commençant à revenir vers le camion.

— Rien qui pourrait faire penser à des sépultures, en tout cas, soupira-t-elle. On avance un peu plus loin ?

— Oui, je voudrais continuer jusqu'à la frontière, voir si le paysage reste identique.

Une fois de retour dans le *pick-up*, Sam démarra et passa la première en déclarant :

— Il ne vaudrait mieux pas qu'on reste bloqués, j'aurais du mal à expliquer les raisons de ma présence ici en plein milieu de la nuit.

Mais le véhicule reprit sa route sans problème, et Sam avança en suivant une trajectoire que lui seul semblait connaître.

— Nous devrions y être dans un kilomètre environ, ils vont devoir faire quelques aménagements pour que les gens puissent venir par ici pour travailler au casino.

Ils roulèrent encore quelques minutes avant que Sam ne s'arrête de nouveau.

— Allons jeter un coup d'œil.

Alors qu'ils descendaient tous les deux, Jolene lui demanda :

— Tu sais où se trouve la frontière ?

— Juste au-delà de cette crête, lui répondit-il. Lorsque les agents fonciers ont dessiné les frontières, ils n'ont pas nécessairement suivi de modèles géographiques, même s'ils auraient peut-être dû.

Sam sortit une paire de jumelles, manifestement bien plus intéressé par la terre qui s'étendait au-delà, que par celle qui se trouvait sous leurs pieds.

Jolene balaya le sol du faisceau de sa lampe torche. Chaque fois qu'une bourrasque se levait, des rafales de sable dansaient en cercle, et des débris roulaient sur le sol aride.

Soudain, elle aperçut dans la lumière quelque chose qui ressemblait à un morceau de plastique et qui s'était accroché dans un cactus de Saguaro. Elle avança doucement et décolla délicatement l'objet des épines de la plante.

Puis elle entendit un bruit sourd, et quelque chose passa au-dessus de sa tête dans un sifflement.

— Baisse-toi ! lui cria alors Sam. On nous tire dessus !

13

Sam se jeta au sol puis se retourna vers Jolene qui s'était cachée derrière un grand cactus.

— Couche toi ! lui cria-t-il tandis qu'un nouveau coup de feu retentissait dans la nuit.

Il commença à ramper vers elle en plissant les yeux pour se protéger des bourrasques de sable.

Quand une nouvelle balle fit exploser un des phares du *pick-up*, Sam accéléra et, en arrivant au cactus, serra la cheville de Jolene qui, surprise, sursauta.

— Suis-moi, nous allons nous diriger vers ma voiture. Reste aussi près du sol que possible, comme si tu t'enfonçais dans le sable, celui ou ceux qui nous tirent dessus n'ont pas une grande visibilité dans cette obscurité, c'est pour ça qu'ils ont tiré dans un des phares de la voiture.

Sur ces mots, il sortit son arme, visa l'autre phare et tira, faisant voler en éclat la vitre et les plongeant dans une profonde obscurité.

— Voilà, dit-il, maintenant ils vont avoir encore plus de mal à nous repérer.

Ils recommencèrent à ramper en direction du *pick-up* puis, une fois arrivés devant la portière du côté passager, il aida Jolene à monter à l'intérieur le plus discrètement possible.

— Garde la tête baissée, lui dit-il quand elle fut assise sur le siège. Ça va ?

— Oui, j'ai peur mais ça va.

— Attends que je sois monté pour refermer ta portière, je ne veux pas leur donner la chance d'entendre quoi que ce soit avant que nous puissions décamper d'ici.

Il se remit à plat ventre au sol et rampa sous le *pick-up* pour ressortir de l'autre côté.

Les tirs avaient cessé mais Sam se demandait si leurs assaillants n'étaient pas en train de se rapprocher d'eux.

Alors qu'il se redressait pour grimper dans son véhicule, l'étrange bourdonnement qu'il avait déjà entendu reprit, plus fort cette fois.

— Sam ! cria Jolene. C'est un drone ! Un drone qui plane au-dessus de la voiture !

— Bon sang ! jura Sam en essayant de le distinguer dans la nuit.

L'appareil scintilla une seconde puis disparut hors de sa vue.

— Tu peux fermer ta portière maintenant, lança alors Sam à Jolene en démarrant.

Puis il enclencha la marche arrière et enfonça la pédale d'accélérateur. Lui aussi garda la tête baissée mais il ne risquait pas d'emboutir quoi que ce soit au beau milieu du désert… sauf peut-être un cactus.

Il recula à toute vitesse puis, quand les roues heurtèrent un obstacle, il enclencha la marche avant et fonça en direction de la zone de construction.

Quelques secondes plus tard, il releva la tête et regarda devant lui.

— Je ne vois pas grand-chose sans les phares, dit-il en grimaçant.

— Je peux me relever ? lui demanda Jolene d'une voix étouffée.

— Oui, je pense que nous sommes sortis d'affaire maintenant, lui répondit-il après avoir jeté un coup d'œil dans son rétroviseur.

Jolene se releva et attrapa sa lampe torche avant de prendre celle de Sam qui se trouvait dans son sac à dos.

— Je vais essayer d'éclairer un peu à l'extérieur pour tenter de retrouver la route, lui dit-elle en baissant sa vitre.

Elle inclina les faisceaux des deux lampes torches vers le sol puis se tourna vers Sam.

— Est-ce que ça t'aide ? lui demanda-t-elle.

— Au moins, je pourrai éviter les cactus, dès que nous sortirons du *no man's land*, je suivrai les poteaux réfléchissants jusqu'à la route.

— Nous ne devrions plus être loin, dit-elle. Tu crois qu'ils nous poursuivent ?

— J'en doute, ils savent que je suis armé, ils ne veulent peut-être pas se lancer dans une fusillade.

— J'aurais dû prendre l'arme de mon père avec moi.

— Nous n'avons pas besoin d'échanger plus de balles, Jolene, lui répondit-il avant de se pencher vers le volant. Regarde, n'est-ce pas le début du chantier du casino ?

— Si, c'est ça.

Un silence tendu s'installa dans le véhicule tandis que Sam longeait la zone de construction jusqu'à la route d'accès. Lorsque la voiture quitta le chemin de terre pour atteindre la route, ils laissèrent tous les deux échapper un profond soupir de soulagement.

— As-tu encore besoin que je t'éclaire le chemin ? lui demanda alors Jolene.

— Non, c'est bon, je connais cette partie d'autoroute

comme ma poche, lui dit-il en allumant les feux de détresse de la voiture.

Jolene éteignit les deux lampes et se laissa tomber en arrière avant de se frotter la nuque.

— Tu souffres encore ? lui demanda Sam.

— Je pense que c'est parce que j'ai contracté mes muscles…, lui répondit-elle avant de rassembler ses cheveux en queue-de-cheval. Qu'est-ce qu'il s'est passé là-bas, qui peut bien nous avoir tiré dessus ?

— Quelqu'un qui surveille la zone avec ce drone sûrement équipé d'une caméra…

— Ce n'est pas quelqu'un de chez toi ? Un agent de la police des frontières ?

— Nous avons des drones, en effet, lui répondit-il avant de lui tapoter l'épaule, mais je te rappelle que nous n'avons pas le droit de survoler le territoire yaqui. Tu le sais bien, ton père était un de ceux qui s'insurgeaient contre le fait que nous puissions patrouiller dans cette partie du désert. En partie parce qu'il pensait qu'il ne devrait pas exister de frontière entre les tribus, qu'elles soient mexicaines ou américaines, il ne s'agit que d'un seul peuple.

— C'était bien le discours de mon père, en effet, approuva Jolene. Il avait une foi presque naïve en l'humanité et semblait vouloir occulter le fait que la tribu de l'autre côté de cette frontière ne nous portait pas le moindre intérêt.

— Les choses ont changé, aujourd'hui, fit remarquer Sam en essuyant les gouttes de sueur qui perlaient sur son front. Wade a peut-être réussi à accomplir ce que ton père n'aurait pas pu faire sans ce casino.

— Tu as probablement raison, reconnut Jolene en haussant les épaules. Donc, si ce n'était pas la police des frontières, tu penses qu'il pourrait s'agir des constructeurs ? Tu crois qu'ils nous ont filmés ?

— Ce sont peut-être les promoteurs mais s'ils ont demandé à des hommes de tirer sur les intrus au lieu de prévenir le département du shérif, ils ne risquent pas de le reconnaître facilement.

— Tu crois que c'est grâce à la caméra du drone qu'ils ont su que nous nous trouvions là ? lui demanda-t-elle en essayant de retirer la poussière de son jean.

Une voiture apparut sur l'autre voie en face d'eux, et Sam klaxonna pour signaler leur présence.

— Si ce sont les promoteurs qui possèdent ce drone, leurs gars chargés de surveiller le terrain ont réagi de manière excessive.

— À moins qu'ils aient tiré uniquement pour nous effrayer…

— Chaque fois que quelqu'un utilise une arme, il est susceptible de tuer une autre personne. Si c'est leur technique de dissuasion, elle est stupide.

Sam essuya sa bouche avec le dos de sa main, pourtant il savait que pour retirer le sable qui se trouvait entre ses dents, il aurait mieux fait de boire de l'eau.

— Ou alors, ces tireurs n'ont aucun lien avec les promoteurs, et ils surveillent cette zone pour d'autres raisons…

— Comme s'il y avait là des choses enterrées qu'ils ne veulent pas qu'on découvre ?

— Peut-être, oui. En tout cas, une chose est sûre, il se passe quelque chose sur cette terre… Je vais devoir faire un détour pour éviter la rue principale de la ville, il vaut mieux que je ne croise personne avec deux phares cassés sur mon véhicule de service.

— Comment vas-tu expliquer ça ?

— Je vais leur dire la vérité. Enfin, en partie, lui répondit-il en haussant les épaules. Quelqu'un a tiré dans mes phares mais je ne vais pas leur expliquer en quelles circonstances. Je préfère que personne ne soit au courant de la raison pour laquelle je m'intéresse à cette zone.

Ils restèrent silencieux un instant, puis Sam ajouta :

— J'ai eu très peur quand j'ai compris que quelqu'un était en train de nous tirer dessus. La seule chose à laquelle je pensais était que je ne voulais pas te perdre, pas après que nous avons… Enfin pas depuis que nous nous sommes réconciliés.

Il jeta un coup d'œil à Jolene qui regardait la route, sans bouger, les lèvres serrées.

— Enfin… conclut-il avec un soupir, je voulais juste te dire que j'étais soulagé que tu n'aies pas été blessée.

— Moi aussi, dit-elle. Moi aussi, je suis contente que tu sois sain et sauf.

Sam comprit qu'il devrait se satisfaire de cette simple remarque et reporta son attention sur la route. Quand il s'engagea dans l'allée de Jolene, il sentit le soulagement l'envahir et se détendit. Il savait qu'ils auraient pu mourir là-bas.

Il gara son pick-up derrière la voiture de location de Jolene, et ils sortirent tous les deux. Puis ils commencèrent à décharger le matériel. Le vent s'était calmé mais de grosses gouttes commençaient à tomber.

— On dirait qu'une nouvelle tempête se prépare, dit-il.

— Heureusement que nous sommes arrivés, lui répondit Jolene en levant les yeux vers le ciel, le fait de conduire sans phares était déjà dangereux, je n'ose imaginer ce que cela aurait donné sous le déluge.

Sam la suivit jusqu'à la porte du garage qu'elle ouvrit en tapant le code sur le boîtier, puis il se glissa sous la porte tandis qu'elle s'ouvrait et alla déposer la grande pelle au fond.

De son côté, Jolene se dirigea vers la porte d'entrée qu'elle déverrouilla tandis que Chip gémissait de l'autre côté.

— Mon Dieu, quelle nuit, déclara Sam en entrant derrière elle. Cette fusillade m'a ouvert l'appétit, tu veux partager les restes des plats chinois ?

— Oui mais je préférerais les réchauffer si cela ne t'embête pas, lui répondit-elle en se rapprochant de lui, si près que son nez frôla le sien.

Elle caressa sa joue du bout du doigt puis ajouta :

— Tu as un peu de sang séché, juste là, tu as reçu des éclats de verre ?

— Probablement, acquiesça Sam en se grattant.

— Tu as rouvert la plaie, lui dit Jolene en attrapant un mouchoir et en faisant couler un peu d'eau dessus.

Sam ferma les yeux et resta immobile tandis qu'elle le pressait doucement sur son visage. Il n'avait qu'une envie, la prendre dans ses bras et l'embrasser. Sentir son corps vivant, serré tout contre lui, alors qu'il aurait pu la perdre dans ce fichu désert.

— Appuie pendant quelques secondes, lui dit-elle en lui prenant la main pour remplacer la sienne sur le mouchoir. Ça va vite arrêter de saigner, ce n'est qu'une petite égratignure sur ce si beau visage.

Sam ouvrit les yeux. Était-ce une invitation ?

— Oh ! Je suis pleine de sable, j'en suis couverte de la tête aux pieds, soupira-t-elle en retirant son sweat.

Elle le secoua, mais alors qu'elle le posait sur le dossier d'une chaise, une sorte de film plastique s'en échappa et glissa sur le sol de la cuisine.

Sam haussa les sourcils.

— Qu'est-ce que c'est ?

— Le vent l'a poussé jusqu'au cactus où il est resté accroché, je l'ai attrapé avant qu'on se fasse tirer dessus et je l'ai fourré dans mon sweat, je ne sais pas vraiment pourquoi. Ça me fend le cœur de voir le désert se transformer en une gigantesque poubelle.

— Laisse-moi y jeter un coup d'œil, lui demanda-t-il après être allé jeter le mouchoir qu'il appliquait sur sa plaie.

Il passa sa main sur le plastique qui était plus épais qu'il n'en avait l'air et ajouta :

— Il y a une étiquette collée dessus.

Jolene se rapprocha de lui et regarda par-dessus son épaule.

— Qu'est-ce qui est écrit ?

Sam essuya la couche de poussière en prenant soin de ne pas abîmer les lettres qui semblaient avoir été soigneusement tapées, comme si elles avaient été imprimées depuis un ordinateur. En lisant ce qui était écrit, il sentit les battements de son cœur s'accélérer.

— Il y a une date et deux mots : *Pink Lady*, dit Jolene en les suivant du bout du doigt, je connais un cocktail qui porte ce nom, tu crois qu'il s'agit d'un emballage de cette boisson ?

— Non, lui répondit Sam en fronçant les sourcils. C'est le type d'étiquettes que les cartels utilisent pour emballer et identifier leurs produits.

— Qu'est-ce que tu veux dire ?

— *Pink lady* est le nom de la drogue dont je t'ai parlé, celle qui est la cause de toutes ces morts sur lesquels j'enquête. Est-ce que tu comprends ce que cela signifie ?

Jolene hocha lentement la tête avant de lui répondre d'une voix grave :

— Ça veut dire que les cartels utilisent la terre des Yaquis pour faire passer de la drogue dans le pays.

14

— Peut-être que la police du comté de Pima a vu juste depuis le début, déclara Jolene en se laissant tomber sur une chaise de la cuisine. Peut-être que le meurtre de mon père est lié au trafic de drogue. Mais si c'est le cas, il avait dû faire quelque chose de plus gênant que de croiser quelques mules, tu ne crois pas ?

— Si, je suis d'accord, approuva Sam en déposant le sac en plastique sur la table. Tu sais à quoi je pensais en regardant dans mes jumelles avant qu'on ne commence à nous tirer dessus ?

— Oui, je me souviens que tu m'as dit avoir remarqué quelque chose, mais tu ne m'as pas précisé ce dont il s'agissait.

— Nous avons mis la main sur une carte des tunnels dont le cartel Las Moscas s'est servi pour introduire de la drogue dans notre pays. Les agents de la région se sont assurés de détruire tous ces accès. Mais j'ai eu l'occasion d'étudier chacun de ces passages, et certains d'entre eux partageaient les mêmes caractéristiques.

— Une crête et des broussailles à la sortie ? Et dis-moi, tu ne m'avais pas dit que la meth pure qui était liée aux disparitions de San Diego était de couleur rose ? Est-ce pour cette raison qu'on l'appelle *pink lady* ?

— Oui, et dans la rue on l'appelle *pinky*.

— *Pinky* ? répéta Jolene avec surprise. C'est le surnom que Tucker a donné à Melody.

— Triste coïncidence, acquiesça Sam en continuant à faire les cent pas dans la cuisine. Mais Melody ne prenait pas de drogue, n'est-ce pas ?

— Pas à ma connaissance, non, mais je ne peux pas en être certaine, lui répondit-elle en haussant les épaules. Je ne savais même pas qu'elle avait recommencé à boire. Je n'ai pas été une très bonne cousine et, au lieu de pleurer, j'ai passé la nuit de sa mort à batifoler.

— Super, il ne manquait plus que la culpabilité à la myriade de regrets que tu as déjà d'avoir couché avec moi.

Jolene tenta de cacher sa surprise. Sam pensait-il réellement qu'elle regrettait d'avoir passé la nuit avec lui ?

— Avec le recul, tu penses toi aussi que ce n'était pas une bonne idée ? lui demanda-t-elle en baissant les yeux.

— Être avec toi ne m'a jamais semblé être une mauvaise idée, Jolene, lui répondit-il en s'appuyant contre le chambranle de la porte. C'est Melody qui nous a présentés l'un à l'autre, et je crois qu'elle aurait été heureuse de nous savoir réconciliés. Qui sait, peut-être espérait-elle que nous nous remettrions ensemble ?

— Je crois que je vais aller fouiller son appartement demain, déclara Jolene en changeant de sujet de conversation.

— Alors, tu ferais peut-être mieux d'aller te coucher pour être en forme, rétorqua Sam. De mon côté, je vais chercher comment repérer d'éventuels tunnels dans la zone derrière le chantier.

— Wade ne te permettra jamais de faire une telle chose, lui dit-elle en effleurant le sac plastique du bout du doigt. Tu crois que les cartels ont creusé un tunnel depuis la terre yaqui du côté mexicain jusqu'ici et qu'ils l'utilisent pour faire passer de la drogue ?

— Oui, le groupe qui fabrique cette meth rose et qui la vend ensuite dans les rues a un tel besoin d'anonymat qu'il n'hésiterait pas à tuer ses mules pour s'assurer qu'elles gardent le secret, ça, tu peux me croire.

— C'est ce qu'il s'est passé à San Diego ?

— Tous les corps que nous avons retrouvés et identifiés correspondaient à des gens que l'on suspectait d'être des passeurs. Une fois qu'ils ont traversé la frontière, quelqu'un est allé à leur rencontre et s'est chargé de les éliminer pour les faire taire.

— Mais pourquoi faire une telle chose ? Les cartels se servent des gens pour faire passer la drogue depuis si longtemps… Ils n'ont jamais eu besoin de les tuer, une fois la mission achevée.

— Celui ou ceux qui sont derrière tout ça veulent vraiment faire profil bas. Je pense que Melody savait que El Gringo Viejo se cachait derrière cette drogue : la *pink lady*. Cela expliquerait beaucoup de choses. Il ne veut pas que les cartels sachent qu'il marche sur leurs plates-bandes.

— Mais, comment aurait-elle pu être au courant d'une telle chose, Sam ? Melody ne fréquentait pas ce genre de personnes. À moins que…

Elle s'interrompit un instant et fronça les sourcils.

— À moins que quoi ? Quelque chose te revient en mémoire ?

— L'homme qu'elle fréquentait, celui que Wade a écarté, je crois qu'il n'était pas très fréquentable. Il était peut-être même impliqué dans des trafics de drogue.

— Tu te souviens de son nom ?

— Gabe, Gabe Altamarino. Je crois qu'il vit à Tucson, maintenant.

— Nous devrions aller lui rendre visite et lui apprendre la mort de Melody.

— Et le casino ? Quel est le lien avec le casino ?

— Je n'en suis pas encore sûr, peut-être est-ce une histoire de terrain… Peut-être que les cartels ont quelque chose contre les promoteurs.

Sam bâilla et se frotta les yeux avant d'ajouter :

— Je suis épuisé, je n'ai même plus faim. La seule chose dont j'ai envie, c'est d'un lit.

— À ce propos…, commença Jolene en se frottant le nez. J'ai encore besoin d'un peu de temps pour réfléchir à tout ça, je veux dire à nous deux, je suis désolée si je t'ai donné une autre impression, hier soir.

Sam se pencha vers Chip qui était allongé aux pieds de sa maîtresse et il le caressa affectueusement derrière les oreilles.

— Ne t'en fais pas pour tout ça. Je n'ai pas besoin d'explications, tout va bien. Je peux m'installer dans ta chambre d'amis ou tu préfères que je rentre chez moi ?

Jolene sentit au ton de sa voix qu'elle l'avait blessé.

— Évidemment que tu peux dormir ici, lui répondit-elle en lui souriant. Je ne vais pas te mettre à la porte alors que ta voiture n'a plus de phares, surtout après que tu m'as sauvé la vie !

— Je n'aurais jamais réussi à regagner la route sans ton aide, protesta-t-il.

— Mais tu as vu à quoi ressemble ma chambre d'amis maintenant ? lui demanda-t-elle. Je l'ai transformée en bureau et en salle de sport, il n'y a plus de lit.

Sam jeta un coup d'œil au canapé où Chip venait d'aller s'installer.

— Le canapé m'ira très bien, la nuit est déjà bien entamée, de toute façon.

— Tu n'es pas obligé de dormir ici… avec Chip, lui dit-elle en se levant pour tenter de cacher sa gêne. Tu peux dormir avec moi, enfin, à côté de moi… Mais en tout bien tout honneur.

Inviter un homme comme Sam Cross dans son lit en espérant pouvoir garder ses distances était aussi improbable que de demander à un chien de ne pas gratter ses puces. Jolene regretta immédiatement sa proposition.

— Même si tu es irrésistible, lui répondit-il, je crois que je suis encore capable de me contrôler.

— Ce n'est pas ce que je voulais dire, protesta-t-elle en sentant le feu lui monter aux joues.

— Je te taquine, lui dit-il en riant. Mais c'est vrai que je préfère partager ton lit plutôt que celui de Chip, alors j'accepte volontiers ton offre. Cela dit, si cela ne te pose pas de problème, je voudrais prendre une douche avant. Je suis couvert de sable.

— Oui, moi aussi. Je me sens comme ce personnage de bande dessinée qui se balade avec un nuage de poussière en permanence au-dessus de la tête.

— Vas-y la première, je voudrais vérifier quelque chose sur mon téléphone.

— OK, lui répondit-elle avant de filer dans sa chambre.

Elle se déshabilla dans la salle de bains, laissant ses vêtements pleins de poussière et de sable en tas par terre, rassembla ses cheveux en un chignon serré et prit sa douche en un temps record.

Puis elle enfila un pyjama propre et se glissa sous ses draps frais.

— Tu es visible ? demanda Sam en frappant doucement à la porte.

— Oui, entre !

— J'ai laissé Chip faire un petit tour dehors, j'ai lancé le lave-vaisselle et j'ai verrouillé les portes, l'informa-t-il en pénétrant dans la chambre.

— Merci, Sam, lui dit-elle en bâillant. La douche est libre. De mon côté, je crois que je vais m'endormir en quelques minutes.

— Je ne ferai aucun bruit, conclut-il en fermant la porte de la salle de bains derrière lui.

Quand elle entendit l'eau commencer à couler, Jolene ferma les yeux et imagina les gouttes d'eau glissant sur le corps musclé de Sam. Ce n'était pas l'attitude de celui-ci qui l'inquiétait mais plutôt la sienne : elle allait devoir se surveiller. Avait-elle déjà réussi à lui résister ? Une seule fois, à la fin de leur histoire, quand elle avait appris qu'il allait avoir un bébé.

L'eau s'arrêta et elle retint sa respiration en restant immobile. Quand il sortit de la salle de bains, dans un nuage de vapeur parfumé aux agrumes, elle n'avait plus du tout sommeil.

Lorsqu'il se glissa lui aussi sous les draps, elle sentit son corps attiré vers le sien comme le plus puissant des aimants.

Elle resta figée, prenant garde de ne surtout pas le toucher. Puis, à bout de souffle, elle dut reprendre sa respiration et laissa échapper un soupir bruyant. Sam ne bougea pas d'un centimètre. Alors elle resta allongée là et écouta son souffle. Quelques reniflements lui indiquèrent bientôt qu'il s'était endormi. Elle regarda le plafond en espérant pouvoir réussir à faire de même…

Après ce qui lui sembla une éternité, Sam bougea et elle sentit son genou venir se positionner sous ses fesses. En le voyant dormir comme un bienheureux, elle regretta de ne pas avoir fait l'amour avec lui. Au moins, à cette heure, elle aussi dormirait profondément, l'esprit plus tranquille qu'il ne l'était à cet instant.

Le lendemain matin, Jolene se réveilla en sursaut et bondit hors du lit. Encore une fois, Sam semblait s'être réveillé avant elle.

— Tu veux des *pancakes* ? lui demanda-t-il d'une voix joyeuse depuis la cuisine.

— Mais tu es devenu un vrai marmiton ! Je ne me souviens pas t'avoir jamais vu aux fourneaux quand nous étions… ensemble.

— Comme je te l'ai déjà dit, l'arrivée de Jess a changé beaucoup de choses dans ma vie. Une femme de ménage vient chez moi une fois par semaine, et je dépose Jess chaque matin à la garderie quand je vais travailler.

— Est-ce difficile d'être un père célibataire ? lui demanda-t-elle en penchant la tête. Combien de temps passe Jess avec Aimee ?

— Le minimum, lui répondit-il en grimaçant avant de retourner un *pancake* dans la poêle. J'ai aussi préparé du café. Assieds-toi et mange. Est-ce que tu as du sirop d'érable ?

— Je crois, oui, dit-elle en se servant une tasse de café. Tu as vu Chip ?

— Oui, je lui ai donné à manger, il ne doit pas être loin.

À ces mots, le chien déboula dans la cuisine, la queue battante et les yeux malicieux.

— Tu le gâtes trop, marmonna-t-elle avant de caresser affectueusement l'animal. Tu as passé une bonne nuit ?

— Excellente, j'étais épuisé, répondit-il en s'asseyant en face d'elle. Et toi ?

— Oui j'ai plutôt bien dormi, prétendit-elle. As-tu prévu de te rendre au poste aujourd'hui ? Mon patron a appris pour Melody et il m'a donné quelques jours de congé. Comme je te l'ai dit hier soir, je pensais peut-être me rendre chez elle ce matin.

— Je peux t'accompagner, mais je dois ramener la voiture avant et trouver une excuse pour l'état dans lequel elle est, lui dit Sam en versant du sirop d'érable sur ses *pancakes*. Je voudrais aussi récupérer cette carte des tunnels du cartel Las Moscas.

— Mais ce plan n'indique pas de tunnels sur la terre yaqui, si ?

— J'ai la conviction que le tunnel auquel je pense n'appartient pas à ce cartel, sinon il apparaîtrait sur la carte. Il est à quelqu'un d'autre. Quelqu'un qui veut rester discret et qui ne veut surtout pas contrarier les cartels. Je pense qu'il s'agit de El Gringo Viejo.

— Si la *pink lady* est si pure, son apparition a dû beaucoup agacer les cartels, ajouta Jolene en versant un nuage de lait dans son café. Se vend-elle plus cher que la méthamphétamine normale ?

— En effet, mais elle ne s'écoule qu'en toutes petites quantités. Elle n'a pas pu remplacer la drogue habituelle.

— On en trouve encore dans les rues de San Diego ?

— Oui, lui répondit Sam avant de s'éclaircir la voix. Ils s'en sont pris aux mules une fois qu'elles avaient passé la frontière, une fois qu'ils avaient pu leur livrer la drogue.

— Quelle barbarie, déclara-t-elle en frissonnant avant de prendre une gorgée de son café. C'est comme s'ils souhaitaient faire disparaître tout ce qui pourrait faire remonter aux origines de la *pink lady*. Mais je ne vois pas le lien avec Melody…

— Melody ignorait sans doute d'où provenait cette drogue. Mais peut-être qu'elle savait qu'elle avait un lien avec le casino et qu'elle avait aussi entendu parler de El Gringo Viejo, indiqua Sam avant de fourrer le reste de son *pancake* dans sa bouche. Tu sais quoi ? Je vais aller au poste maintenant, rentrer au motel prendre une douche et me changer puis je reviendrai te chercher, et nous irons ensemble chez Melody, qu'en dis-tu ?

Tandis qu'elle le regardait sortir de son allée au volant de son *pick-up* couvert de poussière, Jolene sentit son cœur se serrer. Il ne lui avait manifesté aucun signe d'affection ce matin et n'avait fait aucune allusion au fait qu'ils avaient partagé le même lit, la nuit passée.

Elle se demanda soudain si elle n'avait pas fait la plus grosse erreur de sa vie en refusant tout contact avec lui la veille…

Une heure plus tard, elle laissa échapper un profond soupir de soulagement en voyant Sam garer sa voiture de location devant sa maison. Elle n'avait pas vraiment eu peur qu'il ne revienne pas la chercher, elle savait que lui aussi souhaitait fouiller l'appartement de Melody, mais elle se souvenait de sa réaction la dernière fois qu'elle l'avait rejeté. Il l'avait prise au mot et avait disparu de sa vie.

Elle sortit sur le perron, lui fit un signe de la main puis ferma la porte de sa maison derrière elle avant de le rejoindre.

— Comment ça s'est passé ? lui demanda-t-elle en s'asseyant sur le siège passager.

— Ils ne m'ont pas posé trop de questions…, lui répondit-il avant de lui montrer son sac posé sur la banquette arrière. J'ai pu faire une copie de la carte des tunnels, grâce à Nash Dillon. Il m'a d'ailleurs invité à la grande fête organisée pour l'ouverture du casino, demain soir à Tucson. Je suis sûr que tu dois y être aussi invitée, pourquoi ne m'en as-tu pas parlé ?

— Pour être honnête, je n'avais pas vraiment prévu d'y aller et je me demandais aussi si elle serait maintenue. Ils doivent maintenant être certains que les os découverts sur le chantier ne sont pas une sépulture yaqui.

— En effet, approuva Sam en reculant pour sortir de son allée. Quoi qu'il en soit, nous nous y rendrons.

— Ah oui ?

— Cela pourra être l'occasion d'en savoir plus sur les investisseurs du casino.

— J'avais presque oublié que le consortium de Nash avait investi dans le Desert Sun Casino, s'exclama-t-elle en se couvrant la bouche. Tu crois qu'il pourrait savoir quelque chose sur les cartels ?

— Qui, Nash ? demanda Sam en pouffant. Si Nash pensait qu'il y avait quoi que ce soit de louche sur cette propriété, il aurait déjà retiré ses billes.

— Le gala de demain est un événement assez chic, je crois, tu as de quoi t'habiller ? demanda Jolene.

— Je peux louer un smoking à Tucson, ça ne sera peut-être pas parfait mais au moins je serai présentable.

— Alors, c'est presque un rendez-vous galant, lui fit-elle remarquer, le sourire aux lèvres.

— Et toi, tu as ce qu'il faut ? Tu n'avais pas prévu d'y aller pourtant ?

— J'ai quelques trucs qui feront l'affaire, lui répondit-elle en prenant un air mystérieux. Je me demande si Wade sera là.

— Je ne pense pas qu'il soit insensible mais je pense que même la mort de sa sœur ne pourra pas le faire changer d'avis, il attend ce moment depuis trop longtemps.

— Tu as raison, approuva Jolene tandis qu'ils arrivaient sur le parking de l'immeuble de Melody. Le ruban qui délimite la scène de crime est toujours accroché, la zone est-elle toujours interdite d'accès ?

— Ils ont collecté toutes les preuves, pris le temps de

fouiller l'endroit de fond en comble et de faire des analyses. Il n'y a plus d'agents chargés de surveiller l'endroit, et tu sais où Melody cachait le double des clés. Je pense que nous pouvons y aller.

Sam gara la voiture au même endroit que la dernière fois, juste devant l'entrée de l'immeuble, là où Tucker les avait abordés. Qui sait ce qui allait se passer cette fois ?

Jolene traversa le parking à grand pas, sans même regarder autour d'elle, l'air si détendu que personne n'aurait pu se douter qu'elle était sur le point d'aller fouiller l'appartement de sa cousine décédée dans d'étranges circonstances.

Quand elle trébucha dans l'escalier, Sam lui attrapa le bras :

— Attends un instant, on dirait un bulldozer, ralentis un peu, respire calmement et, si quelqu'un nous demande quoi que ce soit, tu n'auras qu'à dire que tu viens chercher la tenue de Melody pour ses funérailles.

Se rendant soudain compte, qu'elle retenait son souffle depuis qu'elle était sortie de la voiture, Jolene acquiesça tout en prenant une profonde inspiration. Puis elle avança, en pensant que Sam, malgré le fait qu'elle l'avait repoussé la veille, était encore là pour l'aider.

Une fois devant la porte de l'appartement de Melody, Sam leva le ruban de la police, et Jolene s'agenouilla au sol pour récupérer le trousseau de clés caché dans le pot de fleurs fanées. Elle ouvrit la porte puis ils entrèrent rapidement et refermèrent derrière eux.

À l'intérieur, Jolene se pinça le nez. Même si le corps de Melody avait rapidement été découvert après sa mort, il flottait encore une tenace odeur de mort dans la pièce. Elle avança vers le salon et fit un large détour pour éviter la grande tache de sang séché sur le carrelage, à côté de la table basse.

— Par où commençons-nous ?

— Par ça, lui répondit Sam en sortant deux paires de gants de son sac à dos. Pas la peine de laisser nos empreintes en plus des autres.

Jolene lui montra du doigt la petite table dans le coin de la pièce d'où les câbles de l'imprimante pendaient comme de sombres pattes d'araignée.

— Voilà l'endroit où elle avait installé son ordinateur, mais on dirait qu'on ne va pas pouvoir le fouiller.

— Inspecte les tiroirs, les étagères, les cadres, les placards… Tu vas peut-être remarquer quelque chose qui a échappé aux policiers. Je vais commencer par le salon, tu te charges de la chambre ? Il y en a plusieurs ?

— Non, seulement une, ainsi qu'une salle de bains, lui répondit-elle en enfilant ses gants.

En entrant dans la pièce, elle observa le lit défait de sa cousine et les tiroirs de sa commode ouverts, dont le contenu débordait et se répandait par terre.

— La police n'y a pas été de main morte, constata-t-elle.

— Leur présence ici n'avait rien d'une visite de courtoisie, lui répondit Sam depuis l'autre pièce.

— Ils pourraient quand même être un peu plus respectueux, maugréa-t-elle à voix basse en ramassant la couette sur le sol.

Puis elle se dirigea vers la table de chevet et, ouvrant le tiroir, en sortit un vieux livre de poche écorné. Elle le jeta sur le lit et découvrit en dessous une boîte de préservatifs et une petite bouteille de lotion intime.

Mais alors qu'elle allait refermer le tiroir, elle sentit que quelque chose le bloquait. Elle essaya de forcer mais rien à faire, le tiroir ne se refermait pas. Glissant sa main dans le fond, elle saisit du bout des doigts, une feuille de papier qui semblait bloquer la fermeture. Avec délicatesse, elle tenta de l'attraper sans la déchirer.

Sam entra dans la chambre en râlant.

— Qu'est-ce que tu fabriques, ça fait au moins trois fois que je t'appelle !

— J'essaie d'attraper un morceau de papier qui bloque ce tiroir, lui expliqua-t-elle en réussissant enfin à l'extraire de la table de nuit.

En le regardant, elle découvrit une liste de noms, la plupart barrés. Le nom de Gabe Altamarino y apparaissait également mais il n'était pas rayé.

— Oh ! s'exclama-t-elle, j'espère qu'il ne s'agit pas d'une liste de ses conquêtes… Si c'est le cas, on dirait qu'elle appréciait aussi la compagnie des femmes. Non, ce doit être une liste des membres des alcooliques anonymes.

— Je peux y jeter un coup d'œil ? lui demanda Sam en avançant vers elle pour prendre le morceau de papier.

— Bien sûr, répondit-elle.

— Jolene, lui dit-il après avoir regardé la liste. C'est la liste des mules.

Jolene sentit les battements de son cœur s'accélérer et elle posa sa main sur sa bouche.

— Des mules ? Des passeurs de drogues ? Mais enfin pourquoi Melody posséderait-elle ce genre de liste dans le tiroir de sa table de nuit ? Son nom n'y est pas inscrit, si ?

Sam aplatit le papier puis le regarda une nouvelle fois.

— Ce sont les noms des personnes que je recherche… Et on dirait bien qu'ils sont tous morts.

15

Jolene s'assit sur le lit tandis que Sam regardait une nouvelle fois la liste des noms qui lui étaient presque tous familiers.

— Tu disais que ces personnes étaient portées disparues…

— Non, elles sont mortes, Jolene. Nous savons qu'elles sont mortes. Cette liste est légèrement différente de la mienne. Il y a des noms qui ne sont pas rayés mais qui font partie de ma propre liste et d'autres comme celui de Gabe que je n'avais encore jamais vu.

— Pourquoi Melody avait-elle ce papier en sa possession, Sam ? Elle n'était pas une mule…, s'interrogea Jolene en rangeant le livre de poche dans le tiroir de la table de chevet.

— Non, mais Gabe doit l'être, et maintenant nous pouvons être certains qu'elle savait ce qu'il se passait sur le site du chantier, lui dit-il avant de lui montrer ce qu'il avait dans la main. Tiens, regarde, moi aussi j'ai trouvé quelque chose. C'est pour cette raison que je t'appelais.

— Une flèche ? s'exclama Jolene en serrant les poings. Elle ressemble comme deux gouttes d'eau à celle que nous avons retrouvée plantée dans la tête du serpent.

— On dirait que c'est Melody et pas Wade qui a essayé de te dire de garder tes distances.

— Mais elle m'a révélé le nom de El Gringo Viejo par SMS… Tu crois qu'elle a changé d'avis ? Ou alors elle était si soûle qu'elle ne s'est pas rendu compte de ce qu'elle faisait ?

— Peut-être qu'une fois qu'elle a su que je t'aidais, elle a pensé qu'elle devrait te révéler ce nom… déclara-t-il en caressant les plumes qui étaient accrochées à l'extrémité de la flèche. Quoi qu'il en soit, je crois que le plus important maintenant, c'est de retrouver Gabe Altamarino.

— Je suspectais Melody de continuer à le fréquenter, malgré tout ce que faisait Wade pour les séparer, dit Jolene en regardant la liste une nouvelle fois. Son nom se trouvant sur cette liste, tu penses qu'il se cache ? S'il transportait lui aussi cette *pink lady* de l'autre côté de la frontière, comment a-t-il réussi à s'en sortir, alors que d'autres ont été éliminés ? Tout cela semble s'être produit il y a deux ans, mais je peux te garantir qu'il n'était pas discret quand il fréquentait Melody.

— Je ne sais pas, peut-être qu'il faisait partie des premières personnes qui ont passé de la drogue pour le compte de cet homme et qu'à cette époque ce dernier n'avait pas encore décidé d'éliminer tous ceux qui étaient au courant, lui répondit Sam en haussant les épaules. Peut-être que c'est Melody qui a volé ta carte ? Cela me rassurerait de savoir que c'est elle qui s'est introduite chez toi…

— Moi aussi, mais je ne pense pas que ce soit elle qui ait saboté mes freins, donc il y a forcément quelqu'un d'autre qui cherche à m'éloigner de toutes ces histoires. Qui cherche à nous éloigner… Surtout après ce qu'il s'est passé cette nuit.

En voyant Jolene ranger délicatement la liste dans son sac à main, Sam eut soudain envie de la lui arracher des mains pour la déchirer en mille morceaux. Il n'avait pas la moindre envie que Jolene possède ce genre de document ni qu'elle ait le moindre lien avec cette terrible affaire.

— Ne montre ce papier à personne, garde le bien en sécurité, lui recommanda-t-il.

— Tu peux compter sur moi.

Sam lui montra le placard de Melody dans lequel se trouvait une valise.

— Pendant que nous sommes là, ne devrais-tu pas emporter quelques affaires pour l'enterrement de Melody ?

Les larmes aux yeux, Jolene acquiesça en silence puis releva la tête vers lui et lui demanda :

— Va-t-on partir à la recherche de Gabe ? Comme je te l'ai dit, je crois qu'après leur prétendue rupture il est parti vivre à Tucson.

— Je vais faire mes recherches au poste, je peux te déposer chez ta grand-mère avant, si tu veux, lui proposa-t-il avant de lui montrer la flèche. Attends-moi là, je vais jeter ça…

Une dizaine de minutes plus tard, Sam prit la valise avec les affaires de Melody et la descendit dans l'escalier, Jolene sur les talons. Après l'avoir déposée dans le coffre, ils montèrent dans la voiture et prirent la direction de la réserve.

Une fois garé à côté de la brillante Tesla des Nighthawk, Sam coupa le moteur.

— Je vais t'aider à sortir la valise, annonça-t-il à Jolene, mais je ne veux pas rentrer, je ne crois pas que croiser Wade de nouveau soit une bonne idée.

— Je ne lui dirai pas un mot sur cette affaire aujourd'hui, lui répondit-elle en posant son doigt sur ses lèvres, je ne lui parlerai même pas de Gabe, sauf si tu veux que j'essaie d'obtenir quelques informations.

— Non, ne t'en fais pas, ce Gabe a un casier, n'est-ce pas ? Je ne devrais pas avoir de mal à retrouver sa trace. D'ailleurs si nous n'étions pas tombés sur Tucker et si celui-ci n'avait pas été presque immédiatement considéré comme le responsable de la mort de ta cousine, les agents auraient fini par l'interroger.

— Je me sens si coupable d'avoir attiré leur attention sur ce pauvre Tucker.

— En volant le sac à main de Melody, il s'est mis lui-même dans cette position.

— Mais il n'avait pas son téléphone…

— C'est vrai que personne ne l'a encore retrouvé, approuva Sam en sortant de la voiture pour aller chercher la valise.

Il la tira jusqu'à la porte d'entrée de Granny Viv puis demanda à Jolene de présenter ses sincères condoléances à toute la famille et d'éviter les ennuis.

— Compte sur moi, lui dit-elle avant de poser sa main sur son bras. Tu viens me rechercher après ?

— Bien sûr et si tu rentres chez toi avant tu veux que j'apporte le dîner ?

— Oh ! Je n'aurai probablement plus grand appétit, lui répondit-elle en souriant. Je crois que tout le voisinage livre de la nourriture à Gran et Wade depuis qu'ils ont appris la mort de Melody.

— OK, on se tient au courant alors, conclut-il avant de faire demi-tour pour retourner à sa voiture.

Laissant Jolene seule sous le porche, Sam espéra qu'elle comprenait les raisons pour lesquelles il préférait ne pas rentrer à l'intérieur. Les débordements d'émotions le mettaient mal à l'aise, et il préférait rendre hommage à Melody à sa manière.

En se garant devant le poste, il vit qu'une des équipes était sur le point de partir en patrouille. Il baissa sa vitre et héla Clay qui lui apprit qu'un de leurs drones avait détecté une activité suspecte dans l'un des tunnels condamnés.

Sam pensa qu'en effet il se passait bon nombre de choses étranges dans cette zone en ce moment mais il garda ses réflexions pour lui.

Suite à ce départ précipité, le poste de la police des frontières était bien calme et, après avoir salué d'un geste de la main un agent qui était au téléphone, Sam s'installa à son bureau et démarra son ordinateur. La première chose qu'il voulait faire était étudier la carte des tunnels Las Moscas pour voir lequel était le plus proche des terres yaqui. Quand le plan apparut à l'écran, il étudia avec la plus grande attention chacun des petits points rouges qui indiquaient les tunnels condamnés. Il en remarqua un qui se situait le plus à l'ouest et qui était donc le plus proche de la zone de construction du casino. Il zooma dessus et choisit la vue aérienne pour analyser le paysage. Il avait vu des formations similaires le long de la terre yaqui, juste avant qu'on ne leur tire dessus, la veille. Après avoir effectué quelques marques sur la capture d'écran, il lança l'impression de la zone sélectionnée.

Pour chercher un tunnel le long de la frontière, il allait devoir demander l'autorisation de la tribu yaqui, ce qui signifiait en d'autres termes, avoir l'approbation de Wade. Mais celui-ci allait-il vraiment prendre le risque qu'une telle image colle à son futur casino ?

Sam se leva, s'étira puis alla chercher sa feuille dans l'imprimante qui se trouvait dans le couloir. Sur le retour, il fit une halte et acheta un soda au distributeur. Il avait besoin de caféine. Passer la nuit à côté de Jolene sans bouger avait été la pire des tortures pour lui. Pensait-elle qu'il était fait de pierre ? S'il était vrai qu'il avait pu être aussi dur qu'un roc, jamais il n'avait été froid avec elle, et elle n'avait pas réussi à le duper, il la connaissait et savait qu'elle aussi avait eu bien du mal à trouver le sommeil.

Rester aussi immobile qu'une statue avait dû lui demander de gros efforts, et il ne pouvait s'empêcher de se demander pour quelles raisons elle avait agi de la sorte. Pourquoi l'avait-elle repoussé ? Elle s'était laissée aller la nuit précédente, et le désir avait pris le pas sur sa raison. À moins que la mort de sa cousine ne l'ait tant bouleversée qu'elle avait ressenti le besoin de se rapprocher de lui. Après tout, peut-être ne voulait-elle pas vraiment reprendre de relation avec lui…

Il ouvrit sa canette et en but la moitié d'un trait avant de retourner s'asseoir à son bureau. Il se connecta cette fois à la base de données du FBI et chercha des informations sur Gabe Altamarino. Mais en vain. Il n'y avait rien sur l'homme en question. Sam soupira et tenta d'orthographier son patronyme de différentes façons. Il trouva quelque chose en tapant Gabe Marino mais ni la photo ni le profil ne correspondaient à l'homme qui avait fréquenté Melody.

Comment était-ce possible ? Une des raisons pour lesquelles Wade s'était opposé à leur relation était justement que cet homme avait un casier judiciaire chargé. Alors où se trouvaient ces informations ? Les crimes liés à la drogue chez les personnes majeures ne pouvaient être effacés, mais peut-être que Gabe était encore mineur au moment des faits ?

Sam se frotta les yeux et se connecta à sa messagerie du bureau de San Diego.

Jorge, l'autre agent présent au poste, arriva vers lui, un dossier à la main.

— Tiens, je crois que ça pourrait t'intéresser, lui dit-il en lui tendant les documents.

— Qu'est-ce que c'est ? lui répondit Sam en se levant pour les attraper.

— C'est le rapport préliminaire de la scène de crime

de Melody Nighthawk, c'est bien toi qui l'as découverte ? Vous avez arrêté son assassin ?

— C'est bien moi, et je connaissais Melody, elle était la cousine d'une de mes amies.

— Le bureau du shérif vient de nous l'envoyer, autopsie classique, les résultats de la toxicologie et les relevés d'empreintes ne sont pas encore disponibles.

— Merci, lui dit Sam en se rasseyant pour examiner le contenu du dossier.

Après avoir survolé les premières pages, il s'arrêta à celle qui indiquait le nombre d'empreintes digitales relevées chez Melody et qui était aussi fournie que s'il s'agissait non pas d'un petit appartement mais du hall de la plus grande des gares. Ses propres empreintes apparaissaient, ainsi que celles de Jolene, de Wade, de Tucker et de tout un tas d'inconnus qui devaient probablement être les amis de la cousine de Jolene.

Il parcourut ensuite des yeux le rapport d'autopsie et vit que l'heure de la mort avait été fixée même si la cause du décès restait indéterminée. Le médecin légiste devait probablement attendre le résultat des tests toxicologiques avant de rendre son verdict officiel.

Arrivant enfin aux photos de l'autopsie, il les posa devant lui sur son bureau et étudia avec attention la blessure au crâne de la jeune fille. La perte de sang ne pouvait être la seule raison de sa mort…

Le médecin légiste avait fait des clichés des tatouages de Melody, et Sam sentit sa gorge se serrer quand il découvrit qu'elle en possédait un sur la cuisse qui disait « survivante ». Il regrettait profondément de ne pas être intervenu quand Jolene et lui l'avaient croisée et qu'il avait compris immédiatement qu'elle avait rechuté.

Il observa une autre photo d'un tatouage qui se situait

cette fois dans le bas du dos de la jeune fille et qui représentait les lettres du prénom Chris. Qui diable pouvait bien être ce Chris ? se demanda Sam en cherchant dans ses souvenirs s'il pouvait s'agir d'un des membres de la famille de Jolene. Peut-être un de ses amis…

Il revint à la page des relevés d'empreintes et regarda dans la liste si ce nom n'apparaissait pas parmi celles qui avaient été collectées chez Melody.

En voyant le nom de Christopher Contreras, Sam se demanda comment cet homme avait pu laisser tant de traces chez Melody et être à l'origine d'un de ses tatouages sans que personne ne le remarque ? Jolene ne lui avait jamais parlé de ce type…

Si la police avait identifié ses empreintes, il devait être répertorié dans la base, et Sam était prêt à parier qu'il n'était ni instituteur ni fonctionnaire. Quand il tapa le nom dans le moteur de recherche, le profil de l'homme s'afficha immédiatement, révélant de précieuses informations. Le sang battant à ses tempes, Sam trouva rapidement son adresse actuelle à Tucson. Après avoir lancé l'impression de ces informations, il appela Jolene qui répondit à la troisième sonnerie.

— Oui, Sam ?

— Tu es prête à partir ? lui demanda-t-il. Nous allons rendre une petite visite à un certain Christopher Contreras, qui s'appelle aussi Gabe Altamarino.

16

Jolene sortit sous le porche de la maison de sa grand-mère et prit une grande bouffée d'air frais. Les membres de la famille étaient encore venus nombreux aujourd'hui et, comparé à la température à l'intérieur, il faisait presque frais ici.

En voyant la voiture de Sam s'engager dans l'allée, elle s'élança à sa rencontre pour le bombarder de questions.

— Mais qui est ce Christopher Contreras ? lui demanda-t-elle en s'installant à la hâte sur le siège passager.

— Chris Contreras est sûrement Gabe Altamarino.

— Comment as-tu découvert ça ? poursuivit-elle en lui faisant signe de partir au plus vite.

Sam repartit en marche arrière puis lui tendit une feuille de papier.

— Est-ce bien Gabe sur cette photo ?

Sur l'image apparaissait un homme aux yeux sombres avec un bouc et des cheveux ondulés coiffés en arrière.

— Oui, c'est lui.

— C'est bien ce que je pensais, dit Sam en reposant la feuille sur ses genoux. Eh bien, son vrai nom n'est pas Gabe Altamarino mais Christopher Contreras.

— Tu as trouvé son nom dans la base de données de la police ?

— Non, et c'était d'ailleurs le problème. J'ai cherché

des informations sur Gabe mais je n'ai rien trouvé sur lui, même pas son casier judiciaire. Alors j'ai... J'ai eu accès au dossier de Melody et j'ai regardé les photos de l'autopsie.

Il garda le silence et lui serra la main.

— Je suis désolé, ajouta-t-il d'une voix douce.

— Qu'as-tu découvert ? lui demanda-t-elle, la gorge serrée.

— Melody avait un tatouage dans le bas du dos qui mentionnait le prénom Chris. Tu étais au courant ?

— Non, je n'ai pas vu Melody en maillot de bain depuis très longtemps, la dernière fois que nous sommes allées ensemble à la piscine, nous étions encore des petites filles. Mais comment as-tu réussi à faire le lien entre ce tatouage et Gabe ?

— Dans ce même dossier, il y avait aussi la liste des gens dont les empreintes ont été relevées dans l'appartement de Melody, les nôtres y compris, et c'est là que j'ai vu le nom de Christopher. Au premier abord, il ne me disait rien du tout, j'ai pensé qu'il devait s'agir d'un de ses amis mais, après avoir fait le lien avec le tatouage, tout a pris sens. Et quand j'ai entré ce nom dans le moteur de recherche de la base informatique, j'ai trouvé sa photo et quelques informations et j'ai pensé qu'il pouvait bien s'agir d'Altamarino.

— Ce qui expliquerait la raison pour laquelle il est encore vivant, remarqua Jolene en glissant les mains entre ses genoux. Il a dû comprendre que toutes les mules chargées du transport de la *pink lady* disparaissaient et il a pensé qu'il ferait bien de changer d'identité pour sauver sa peau.

— Exactement, et c'est quand il est devenu Gabe Altamarino qu'il a commencé à fréquenter ta cousine et, malgré les avertissements de Wade, il n'a jamais cessé de la voir, ajouta Sam en se frottant le menton. Cependant, ce que je n'arrive pas à comprendre c'est comment Wade a pu être au courant du passé criminel de Gabe alors que celui-ci avait changé d'identité.

— Je ne crois pas que Gabe ait cherché à cacher son passé, peut-être même qu'il en a parlé lui-même pour éviter que Wade n'enquête sur lui et ne risque de révéler qui il était vraiment.

— Gabe est celui qui a dû remettre cette liste de mules à Melody et lui demander de la garder dans un lieu sûr, il doit probablement connaître la raison de leur disparition, continua Sam en serrant les doigts sur le volant. Et il doit aussi avoir une idée du lien qui existe entre cette terre et la drogue, les disparitions et le casino.

— Mais tu crois qu'il va accepter de nous parler ? demanda Jolene en haussant les sourcils.

— Peut-être ne va-t-on tout simplement pas lui laisser le choix.

— Tu es certain que l'adresse que tu as trouvée à Tucson est la bonne ? S'il tente de se cacher, il est peu probable qu'il s'y trouve…

— Il n'a pas non plus vraiment le choix sur ce sujet, il est toujours en liberté conditionnelle. S'il ne se trouve pas chez lui, il retourne en prison. Et s'il est de nouveau incarcéré en tant que Chris Contreras…

— … Les trafiquants de drogue le retrouveront, conclut Jolene. Je me demande pour quelle raison Melody continuait de le voir.

— Tu sais que ta cousine était attirée par les mauvais garçons… C'est d'ailleurs pour cette raison qu'elle nous a présentés l'un à l'autre. Elle croyait que j'en étais un, moi aussi.

— Même si je suis heureuse qu'elle m'ait permis de te

rencontrer, j'aurais aimé qu'elle croise, elle aussi, le chemin de quelqu'un de bien.

— Malgré tout, elle n'avait pas complètement tort car je ne me suis pas avéré être quelqu'un de si bien que ça.

Jolene lui jeta un regard en coin en se demandant s'il cherchait les compliments. Ce n'était pourtant pas son style.

Il avait la mâchoire serrée, et elle pensa qu'il regrettait encore de lui avoir caché qu'il était retourné auprès d'Aimee.

Malgré tout, elle ne pouvait se mentir à elle-même, elle lui en voulait toujours et elle ignorait si cette rancœur pourrait un jour disparaître complètement.

— Au moins, toi tu n'as jamais enfreint la loi, lui dit-elle en se mordant la lèvre inférieure.

— Oui, c'est toujours ça de pris, ajouta-t-il en toussotant.

Tandis qu'ils roulaient en direction de Tucson, le soleil se couchait sur le désert, et les nuages s'étiraient dans le ciel dans de lumineuses teintes d'orange et de rose. Sam lui parla de sa vie à San Diego et de Jess. Jolene se demanda s'il croyait qu'elle pensait que sa fille était responsable de leur séparation. Même si elle n'aimait pas beaucoup penser à la relation qu'il avait avec elle, elle devait admettre qu'il semblait être un père remarquable et elle était charmée par cette nouvelle facette de sa personnalité.

— Où allons-nous chercher ce Gabe ou Chris, demanda-t-elle finalement alors qu'ils approchaient de la ville.

— Son adresse se trouve près de l'université.

— Je ne pense pas qu'il va vouloir nous parler.

— Me parler, Jolene, je préférerais que tu m'attendes quelque part pendant que je m'occupe de Contreras.

— Cela ne va pas marcher, et tu le sais, Sam, il ne te dira rien, rétorqua Jolene en levant une main pour l'empêcher de l'interrompre. J'ai une idée, laisse-moi t'expliquer.

— Je t'écoute même si je sens que je ne vais pas aimer ce que tu vas me proposer.

— Chris, enfin Gabe, me connaît, il me parlera. Et j'ai une vraie raison pour être venue le voir, je dois lui apprendre ce qui est arrivé à Melody et lui révéler qu'elle m'avait confié qu'ils se fréquentaient toujours. Fais-moi confiance, je peux le faire parler, dis-moi seulement ce que tu veux savoir exactement.

— C'est une mauvaise idée, déclara Sam en hochant la tête énergiquement. Si ça se trouve, c'est lui qui a tué Melody, la police a retrouvé ses empreintes dans tout l'appartement.

— Gabe n'avait aucune raison de la tuer, il savait qu'elle l'aimait et qu'elle aurait fait n'importe quoi pour lui. Elle avait même décidé d'ignorer les conseils de son frère et de continuer de le voir en cachette.

— Tu crois vraiment que Contreras accorde une quelconque importance à ce genre de chose ? lui demanda Sam en sortant de l'autoroute. Melody en savait trop et, en prime, elle était ta cousine, et tout le monde sait à Paradiso que tu aimes tirer les choses au clair.

— Sam, tu sais que j'ai raison. Il ne va rien te confier, laisse-moi y aller en premier et reste dans les parages au cas où les choses se gâteraient, lui demanda-t-elle en lui montrant l'intérieur de son sac à main où se trouvait l'arme de son père. Ne t'en fais pas pour moi, je suis équipée.

— Tu m'as bien dit que tu savais t'en servir, n'est-ce pas ? lui demanda-t-il en écarquillant les yeux.

— Oui, mon père m'a appris à tirer. Si ça te rassure, je peux t'appeler et rester en ligne de sorte que tu puisses écouter notre conversation.

— Non, c'est trop risqué. Mais je peux rester dehors, s'il devient agressif, tu n'auras qu'à sortir. Et s'il pose des questions sur le chantier du casino et l'intérêt que tu lui portes, rejoins-moi le plus vite possible. Si tu sens qu'il s'énerve, qu'il devient suspicieux…

— J'ai compris, Sam, le coupa-t-elle. Mais ça va marcher, bien mieux en tout cas que s'il voit les forces de l'ordre débouler chez lui pour l'accuser.

— Attendons de voir, conclut-il avant de frapper le volant de la paume de la main. Bon sang ! J'aurais dû emporter un micro ou de quoi vous écouter… Et ne me reparle pas de rester en ligne avec le téléphone, ça pourrait vraiment mal tourner.

Ils traversèrent le centre-ville de Tucson en silence puis prirent la direction du campus.

— À quelle distance se trouve-t-il de l'université ?

— Assez proche pour avoir un business florissant grâce aux étudiants si c'est ce qu'il est venu faire ici, répondit Sam. Son appartement se trouve près de Broadway.

Quelques minutes plus tard, Sam s'engagea dans la rue en question qui était très fréquentée. Le GPS leur indiqua que leur destination finale se trouvait à deux pâtés de maisons de là.

— On dirait que les cours vont commencer, dit Sam en stationnant un instant devant une épicerie, non loin de l'immeuble de Contreras. Bon, révisons notre plan. Je vais t'attendre ici et toi tu prends la voiture pour ne pas éveiller ses soupçons. Est-ce que tu penses qu'il va te reconnaître ?

— Probablement, oui, dit-elle en passant sa main dans ses cheveux. J'avais les cheveux plus courts mais je ne pense pas avoir beaucoup changé. Je lui dirai que je suis venue lui donner des nouvelles de Melody. Je lui expliquerai que j'étais en ville et que je voulais m'assurer qu'il soit rapidement au courant de ce qui lui était arrivé. Qu'en penses-tu ?

— J'en pense que je n'ai pas la moindre envie de t'envoyer là-bas toute seule.

— Je ne serai pas seule, Sam, le corrigea-t-elle en tapotant sur son sac à main. Monsieur Smith & Wesson m'accompagne.

— Maintenant, j'ai encore plus peur, lui répondit-il en levant les yeux au ciel, c'est un Glock, Jolene.

— Encore mieux, lui répondit-elle en ouvrant sa portière, ce sera donc madame Glock.

— OK, acquiesça Sam en lui montrant l'adresse sur le GPS, voilà l'endroit où tu dois te rendre. Moi je vais descendre et t'attendre ici.

Ils descendirent tous les deux du véhicule, et Jolene fit le tour pour venir s'installer au volant.

Avant qu'elle ne s'asseye, Sam posa sur sa main son épaule.

— Sois prudente, lui dit-il en plongeant son regard dans le sien.

— Je le serai, lui répondit-elle en se levant sur la pointe des pieds pour déposer un baiser rapide sur sa joue.

Puis elle monta en voiture, démarra et roula jusqu'au domicile de Gabe qui se trouvait un peu plus loin. Elle décida de se garer devant sa maison comme si de rien n'était, comme si elle n'avait aucune raison d'avoir peur qu'il puisse lui arriver quoi que ce soit.

Elle traversa la cour avant, parsemée de cactus, de graviers et de mauvaises herbes puis frappa à la porte en retenant son souffle. Personne ne répondit et, en frappant une nouvelle fois, elle regretta de ne pas avoir parlé de cette éventualité avec Sam. Et si Gabe ne se trouvait pas chez lui ou qu'il avait déménagé ?

La porte s'ouvrit soudain, et un homme qui n'était pas Gabe apparut, en bâillant et en grattant ses cheveux hirsutes.

— Salut, est-ce que Gabe est là ?

L'homme passa sa tête dans l'entrebâillement, et une odeur d'herbe et de sueur lui parvint aux narines.

— Si tu es une de ces étudiantes qui cherche à acheter de la drogue, tu devrais savoir qu'il ne faut pas venir à la maison.

— Je ne suis pas étudiante. Gabe fréquente, enfin fréquentait ma cousine, Melody. Comme je suis de passage à Tucson, je voulais lui parler.

— Ah, ouais, quelle sale nouvelle pour Melody, Gabe était effondré…

— Il est ici ? insista Jolene.

— Nan, il est parti sur l'avenue de la fac, se balader dans quelques bars et peut-être faire un peu de business.

— Ah, répondit Jolene en essayant de garder un air blasé. Tu connais le nom de ces endroits ?

— Il n'y en a pas beaucoup, tu devrais le trouver facilement, sinon reviens ici demain… Comment tu t'appelles ?

— Jolene, merci je vais essayer de le trouver.

Tandis qu'elle retournait vers la petite épicerie, elle décida de ne pas dire à Sam qu'elle avait donné son véritable prénom au colocataire de Gabe, elle était en effet consciente que c'était bête de sa part d'avoir agi de la sorte.

Elle retrouva rapidement Sam, appuyé contre un pilier en train de boire un café. Elle se gara devant lui, et il vint vers elle. Ouvrant la portière, il lui montra le second gobelet qu'il tenait dans sa main.

— Je t'ai pris un *latte*, comment ça s'est passé ? Il n'était pas chez lui ?

— Non, mais j'ai rencontré son colocataire qui m'a dit qu'il devait être en train d'arpenter les bars qui entourent la fac, je vais essayer d'aller le trouver là-bas.

Sam prit place sur le siège passager et posa les boissons dans les porte-gobelets avant de se tourner vers Jolene.

— Quel genre de type est son colocataire ?

— Le genre défoncé.

— Logique, approuva Sam en attachant sa ceinture. Ça va nous faciliter les choses, tu vas chercher Contreras dans les bars, et je te suivrai de loin. Quand tu l'auras repéré, envoie-moi un SMS et je vous rejoindrai dans le bar en me faisant passer pour un client lambda. Comme ça, je pourrai garder un œil sur toi. Je préfère que tu rencontres ce type dans un endroit public plutôt que chez lui.

— Ah, au fait, lui dit-elle en redémarrant, il est au courant pour la mort de Melody.

— Parce que quelqu'un l'a prévenu ou parce que c'est lui qui l'a tuée ?

Jolene se remit en route en silence et gara la voiture à quelques blocs de l'université pour éviter que Gabe puisse les voir sortir du même véhicule. Sam resta assis à l'intérieur tandis qu'elle s'engageait dans l'avenue qui menait à la fac.

Elle avança sans se retourner car elle savait qu'il assurait ses arrières et qu'il ne la quitterait pas des yeux. À ce sujet, elle lui faisait une confiance aveugle.

La plupart des bars se trouvaient à la suite les uns des autres sur le même côté de la rue.

Elle entra dans le premier, jeta un œil aux quelques clients qui s'y trouvaient et ressortit. Dans l'établissement voisin, il y avait plus de monde, et elle dut jouer des coudes pour avancer jusqu'au comptoir puis elle prit quelques minutes pour observer les groupes d'étudiants. Il n'y avait aucune trace de Gabe, elle quitta donc l'endroit et, avant de pénétrer dans le troisième, aperçut Sam qui s'était assis sur un banc de l'autre côté du trottoir pour siroter son café.

Il y avait un concert dans ce nouveau bar, et les étudiants criaient leurs commandes de bières au barman. Elle se fraya un chemin jusqu'à l'escalier qui menait à l'étage et qui surplombait le patio. Une fois arrivée en haut des marches, elle observa ces élèves qui commençaient leur année scolaire en faisant la fête, les garçons qui fanfaronnaient à tout va et les jeunes filles aux moues boudeuses et aux ventres dénudés. Parmi eux évoluaient quelques parents embarrassés et les habituels prédateurs qui cherchaient à profiter des jeunes filles naïves et des garçons égarés. Son regard s'arrêta soudain, elle venait de trouver Gabe. Elle se retourna et sortit son téléphone pour prévenir Sam par SMS. Puis elle se dirigea vers la table où il était assis en le regardant jusqu'à ce qu'il finisse par lever les yeux vers elle. Il sembla surpris pendant un court instant puis il congédia les deux jeunes gens qui étaient assis avec lui et se leva de sa chaise.

— Salut Gabe, tu te souviens de moi ? lui demanda Jolene en regardant la table qui était jonchée de bouteilles de bières vides.

— Ouais, lui répondit-il avant de tousser bruyamment. Tu es la cousine de Mel.

— Je peux m'asseoir un instant ? lui demanda Jolene en lui montrant la chaise vide en face de lui.

— Pas de problème, lui répondit-il en haussant les épaules, qu'est-ce que tu fais ici ? Comment va Mel ?

— Tu n'as pas besoin de faire semblant, Gabe, pas avec moi, dit-elle en posant ses mains sur la table poisseuse. Je sais que vous vous fréquentiez encore tous les deux et je sais que tu es courant de sa mort. J'ai vu ton colocataire.

À ces mots, Gabe regarda autour de lui puis reporta son attention sur elle en se mordant les lèvres.

— Comment m'as-tu trouvé ?

— Grâce à Melody, répondit-elle sans savoir si cette dernière connaissait l'adresse de Gabe à Tucson. Je suis venue rendre visite à une amie et j'ai pensé venir te voir pour t'apprendre ce qu'il s'était passé.

— J'ai entendu dire qu'un sans-abri l'avait tuée, déclara Gabe en agrippant le bord de la table de ses doigts tatoués. Le type qui squattait l'appartement voisin du sien. J'avais dit à Mel de le dégager, mais ce pauvre mec lui faisait de la peine.

— Elle était comme ça, approuva Jolene. Quand est-ce que tu l'as vue pour la dernière fois ?

— Je ne me souviens plus bien, lui répondit-il en serrant la mâchoire et en plissant les yeux. Tu as parlé de moi aux flics ?

— Non, lui répondit-elle en commençant à déchiqueter une serviette en papier. Pourquoi l'aurais-je fait, ils ont arrêté le coupable.

— Tu as parlé de moi à son frère, Wade ?

— Je n'ai rien dit à personne, Gabe, j'ai juste pensé que tu aimerais être au courant de sa mort.

— Je suis au courant, lui dit-il avant de vider le fond de sa bouteille de bière et de la reposer violemment sur la table.

Jolene tressaillit. Il tentait de l'effrayer mais elle n'avait pas encore fini.

— Est-ce que Melody se droguait ? Je sais qu'elle avait recommencé à boire.

— Tu crois que c'est ma faute ? lui répondit-il en s'essuyant la bouche d'un revers de main.

— Non.

Elle passa ses mains moites sur sa jupe et regarda

autour d'elle. Sam était au comptoir et discutait avec une jeune étudiante. Quand elle reposa son regard sur Gabe, celui-ci fronça les sourcils, et elle vit ses narines frémir avant qu'il ne s'avance sur la table pour venir lui attraper le poignet brusquement.

— Qu'est-ce que tu fous ici ? Qu'est-ce que tu cherches ?

Tandis que Jolene se dégageait, deux filles se mirent à crier derrière elle et une chaise tomba au sol. Gabe leva les yeux, bondit de sa chaise et sauta par-dessus le balcon.

Jolene se mit debout et se pencha à temps pour le voir atterrir sur un parasol en toile avant de rouler au sol.

— Reste là, lui ordonna Sam avant de se jeter lui aussi par-dessus la balustrade.

Après avoir atterri au même endroit, il bondit sur la terre ferme et se précipita aux trousses du fuyard.

— Vous partez ? demandèrent alors deux étudiants en montrant la table à Jolene.

— Oh oui, leur répondit-elle avant de se diriger vers la sortie par un chemin plus classique.

Une fois sur le trottoir, elle regarda autour d'elle en se demandant si Gabe était parti se cacher chez lui. Même s'il n'avait probablement pas envie que Sam le suive jusque là-bas, il ne pouvait prendre le risque de courir à travers le campus, très surveillé par la police locale. Elle remonta la rue en courant et en tournant au premier angle, constata qu'elle avait vu juste. Sam courait devant elle mais il semblait hésitant. Alors qu'elle allait l'appeler, des coups de feu retentirent dans la nuit.

Sam tomba au sol, et Jolene eut soudain l'impression que c'était son monde entier qui s'écroulait. Elle hurla, puis submergée par un violent flot d'adrénaline, se mit à courir plus vite que jamais.

Quand elle arriva au niveau de Sam, elle s'accroupit à côté de lui et, des sanglots dans la voix, essaya de lui parler.

— Tu es blessé ? Il t'a tiré dessus ?

— Je vais bien, lui répondit Sam en relevant la tête pour regarder au bout de la rue. Mais ils ont eu Contreras.

Jolene suivit son regard et aperçut le corps de Gabe, allongé sur le sol, un peu plus loin. Quelques voisins avaient sorti la tête mais n'osaient avancer, manifestement trop effrayés par ce dont ils venaient d'être témoins.

— D'où venaient les tirs ?

— J'ai vu une voiture ralentir devant moi et je suis presque certain que c'est de là que les coups de feu ont été tirés. Je ne sais pas pour quelle raison celui qui a tiré ne nous a pas visés, toi et moi, car il était en mesure de le faire.

— Gabe est peut-être encore en vie, dit Jolene en se redressant. Nous devons aller vérifier avant que la police n'arrive, j'étais loin d'en avoir fini avec lui.

Alors qu'elle allait s'élancer vers le corps, Sam la retint.

— Jolene, arrête !

Mais elle se dégagea, avança vers Gabe et s'agenouilla à côté de lui tandis que Sam la rejoignait en boitant.

Gabe respirait encore et se tordait de douleur tandis que des flots de sang jaillissaient de sa blessure au torse.

Jolene attrapa sa main et la serra fort dans la sienne en approchant son visage du sien.

— Gabe, que sais-tu de la *pink lady* ?

Il haleta puis ses lèvres se mirent à bouger tandis que du sang coulait de sa bouche.

Sam les avait rejoints et se tenait au-dessus d'eux en regardant les alentours, assurant leurs arrières.

— La *pink lady*, le casino, que sais-tu, Gabe ? insista-t-elle tandis que les sirènes de la police retentissaient au loin.

— La clé USB, dit Gabe en s'étranglant à moitié. Il y

a une vidéo sur la clé USB, impossible de s'en prendre à moi, EGV ne pouvait pas s'en prendre à moi, c'est une vidéo du drone.

Le corps de Gabe se raidit puis s'affaissa, et le flot de sang qui coulait de sa blessure sembla soudain se tarir.

Alors que la scène était maintenant éclairée d'une lumière bleue et rouge et que le bruit des sirènes était devenu assourdissant, Jolene leva les yeux pour regarder Sam.

— La clé USB ? De quoi parle-t-il ?

— Souviens-toi : « clé, bébé, canapé, café ». Tucker parlait d'une clé que lui avait confiée ta cousine. Elle doit contenir une vidéo à propos de quelque chose qui s'est produit sur le terrain du casino, et je mettrais ma main au feu que celle-ci se trouve dans l'appartement voisin de celui de Melody.

17

La police étant à présent sur les lieux, quelques curieux avaient eu le courage de se rapprocher. Quand le policier descendit du véhicule, il dégaina immédiatement son arme et cria à l'attention de Sam et Jolene :

— Que s'est-il passé ?

Sam baissa le regard vers le corps de Gabe puis sourit à Jolene qui était toujours agenouillée à son côté.

— Un homme a été tué par balle, lança-t-il.

— C'est vous qui avez tiré ?

— Non, répondit Sam en levant les mains en l'air. Nous avons seulement assisté à la scène. Quand nous avons entendu les coups de feu, nous nous sommes jetés au sol pour nous protéger.

— Est-elle avec vous ? demanda le policier en montrant Jolene du doigt.

— Oui, acquiesça Sam avant d'ajouter : on dirait que la victime a été touchée à la poitrine et à l'estomac, il a perdu beaucoup de sang mais ça semble s'être calmé à présent, je pense qu'il est mort.

— Vous faites partie des forces de l'ordre ?

— Contrôle des frontières, lui répondit Sam en sortant son badge de sa poche.

Les ambulanciers les avaient rejoints et essayaient de

relever Jolene qui, toujours assise sur le trottoir, les mains tachées de sang, semblait en état de choc.

— Ça va ? lui demanda Sam doucement en s'approchant d'elle. J'ai cru que mon cœur aller s'arrêter de battre quand je t'ai vue avec Contreras, mais tu avais raison de te fier à ton instinct, tu t'en es très bien sortie.

Les yeux pleins de larme, Jolene suivit un instant les gestes des ambulanciers sur le corps de Contreras avant de plonger à nouveau son regard dans celui de Sam.

— Nous devons récupérer cette vidéo.

— Chut, lui répondit Sam en fronçant les sourcils. Oui, nous allons la récupérer.

— Il y avait tellement de sang… dit-elle avant de se couvrir le visage de ses mains. Qu'as-tu dit à la police ?

— Pas grand-chose, lui répondit Sam en jetant un œil à l'agent par-dessus son épaule. Que nous avons entendu des coups de feu et que nous l'avons vu tomber. Et toi, qu'as-tu dit aux ambulanciers ?

— Rien mais… Non, rien.

Posant une main au sol, elle essaya alors de se relever et Sam lui prit le bras pour l'aider.

— Ça va, madame ? lui demanda le policier en regardant ses mains et son visage couverts de sang.

— Oui, merci.

— Vous êtes infirmière ?

— Non, lui répondit Jolene en secouant la tête. J'ai seulement essayé de voir si je pouvais faire quelque chose pour le soulager.

— Et vous avez réussi ?

— Non, il était trop gravement blessé, et je n'avais aucun moyen de stopper cette hémorragie.

Le policier leur posa quelques questions supplémentaires et, à la fin de leur conversation, Contreras fut déclaré mort.

— Nous avons bien pris en compte vos témoignages, agent Cross, dit le policier à Sam en lui tendant sa carte. J'ai vos coordonnées et voici les miennes. Si jamais quelque chose vous revient en mémoire, n'hésitez pas à me contacter. Cet homme était un *dealer* plutôt réputé à Tucson, les circonstances de sa mort n'ont donc malheureusement rien de vraiment surprenant. Madame, avant de partir, voulez-vous que les ambulanciers examinent vos mains et votre visage, vous êtes peut-être blessée ?

— Non, c'est seulement le sang de la victime, lui répondit Jolene en regardant ses doigts comme si elle les découvrait.

Sam posa sa main dans le bas de son dos et la guida jusqu'aux ambulanciers à qui il demanda s'ils pouvaient l'aider à se nettoyer, ce qu'ils firent rapidement. Puis il prit la main de Jolene dans la sienne, et ils marchèrent au milieu de la rue en direction de la voiture.

— As-tu vu le véhicule depuis lequel les coups de feu ont été tirés ? demanda Sam à Jolene.

— Non, je ne voyais que toi qui courais devant moi. D'ailleurs, j'ai vu que tu boitais, qu'est-il arrivé à ta jambe ?

— C'est à cause de mon saut du balcon sur ce fichu parasol. Ma réaction a peut-être été un peu excessive mais quand je l'ai vu prendre ton poignet, mon sang n'a fait qu'un tour et…

— De toute façon, il était sur le point de prendre la fuite, le rassura-t-elle en passant sa main autour de sa taille pour l'aider à avancer. Si tu as eu peur pour moi à cet instant, tu peux imaginer ce que j'ai ressenti quand je t'ai vu t'effondrer dans la rue.

— Tu as cru que c'était Contreras qui m'avait tiré dessus ?

— Oui, dit-elle en déglutissant avec peine. Je n'ai jamais eu aussi peur de ma vie.

— Tu étais dans un tel état de stress que tu n'as même

pas entendu que je te criais de te plaquer au sol, j'avais peur que la voiture fasse demi-tour et que les tireurs reviennent pour s'en prendre à nous.

— Heureusement, cela n'a pas été le cas, il faut dire que la mort d'un petit *dealer* de rue attire moins l'attention que celles de trois personnes reliées par une seule et même personne : Melody Nighthawk.

— Tu penses que tout cela est lié à notre affaire ?

— Quelqu'un surveillait Gabe… ou nous. Et ce quelqu'un voulait qu'il garde le silence, probablement au sujet de cette vidéo.

— Ils ont bien failli réussir leur coup.

Jolene jeta un regard par-dessus son épaule avant qu'ils ne tournent à l'angle de la rue.

— Que penses-tu de cette histoire de clé ? demanda-t-elle ensuite à Sam en l'aidant toujours à avancer. Elle doit être sacrément précieuse pour lui avoir permis de rester en vie ces deux dernières années.

— Nous allons vite voir de quoi il s'agit… Tu te souviens des mots que répétait Tucker et qui semblaient n'avoir aucun sens ?

— Vaguement, oui.

— Il parlait d'une clé que Melody lui avait prétendument confiée. Peut-être était-ce pour qu'il la cache à côté de chez elle. Il disait qu'elle était par terre. J'espère qu'elle se trouve toujours là-bas et pas dans une autre cachette de Tucker.

— Mais en confiant la clé à Melody pour qu'elle la cache, Gabe a mis sa vie en danger, conclut Jolene en laissant échapper un soupir.

Une fois arrivés devant la voiture, Sam sortit son téléphone puis s'accroupit devant le véhicule.

— Qu'est-ce que tu fais ? lui demanda Jolene en l'imitant.

— La personne qui a tiré sur Contreras savait où nous

allions le trouver, ce qui signifie qu'ils le surveillaient ou que quelqu'un nous a suivis. Je vais regarder sous le châssis si je trouve un traceur GPS. Nous avons la possibilité de les localiser avec nos téléphones depuis que plusieurs de nos agents ont été visés par des membres des cartels.

Tendant l'oreille pour percevoir le bip qui révélerait la présence d'un appareil, Sam rampa sur le sol pour ne rien laisser au hasard. Puis, satisfait, il se releva et épousseta son jean.

— Il n'y a rien, c'est donc bien Gabe qu'ils suivaient. Son changement de nom n'avait manifestement pas suffi…

À ces mots, il ouvrit la portière côté passager et fit signe à Jolene de s'installer, puis il alla s'asseoir au volant en grimaçant.

— Tu ne souffres pas trop ? lui demanda-t-elle en posant sa main sur sa jambe.

— Elle est juste endolorie, ça va aller, lui répondit-il en entrelaçant ses doigts avec les siens avant de porter sa main à ses lèvres. On s'abîme chaque jour un peu plus, tu ne trouves pas ?

— Peut-être mais je suis heureuse d'être embarquée dans cette histoire avec toi, Sam, lui répondit-elle en caressant sa joue. Maintenant, si tu veux bien, allons retrouver cette clé USB.

Il était presque minuit quand ils arrivèrent à Paradiso. De nouveau, Sam se gara à la même place sur le parking de l'immeuble de Melody.

— Tu ne crois pas qu'on devrait remettre ça à demain matin, demanda-t-il à Jolene, en laissant le moteur tourner.

— Tu es fou ? lui répondit-elle en détachant sa ceinture de sécurité. Melody et Contreras ont été tués à cause de cette vidéo. C'est la preuve que tu cherches.

— OK, mais peut-être devrais-je y aller seul, concéda-t-il.

— Sam, je suis impliquée autant que toi dans cette affaire, protesta-t-elle en posant sa main sur son avant-bras. Tout va bien se passer, il n'y a personne ici, on ne nous a pas suivis.

Alors qu'il ouvrait la bouche pour lui répondre, elle ouvrit la portière et sortit de la voiture. Elle comprenait qu'il ait eu peur quand on leur avait tiré dessus mais la situation était différente…

Elle traversa le parking sans attendre Sam, profitant du fait qu'il était blessé et ne pouvait pas la rattraper. Puis elle l'attendit au bas de l'escalier, tenant les clés de l'appartement de Melody dans la main. Elle ne craignait rien, elle avait tout à fait le droit de se trouver ici.

— Tu ne joues pas franc-jeu, lui reprocha Sam quand il arriva à son niveau, à bout de souffle.

— Tu vas pouvoir monter l'escalier ?

— Oui, oui, allons-y. Il vaut mieux que personne ne nous voit traîner par ici.

— Trop tard, lui dit-elle en jetant un œil par-dessus son épaule. Il y a là-bas un couple qui se tient devant une des voitures sur le parking.

— Alors, commençons par fouiller l'appartement de Melody puisque tu as les clés, proposa Sam. Puis, quand ils seront partis, nous inspecterons l'appartement vacant.

Une fois devant la porte, Jolene l'ouvrit et franchit le seuil. Sam se pressa derrière elle et lui chuchota :

— N'allume pas les lumières, restons le plus discret possible, j'ai pris ma lampe torche.

Puis il referma la porte derrière eux et alla tirer les rideaux avant d'allumer sa lampe.

— Bon, cet endroit a déjà été inspecté de fond en

comble… Enfin surtout les endroits ordinaires, explorons donc ceux qui n'ont rien de… conventionnel.

Jolene tapota le sol carrelé du bout de sa basket.

— Par terre, par terre, tu crois qu'elle pourrait se trouver sous le sol. Mais comment pourrait-on cacher quoi que ce soit sous du carrelage ?

— C'est ce que je me demande aussi… En même temps, les propos de Tucker n'ont jamais été vraiment cohérents. Allons regarder dans les placards.

Mais l'intégralité du sol de Melody était carrelée.

— Celui-ci a été posé il y a peu de temps, constata Jolene en s'accroupissant. Il n'y a aucune fissure, aucun carreau manquant. D'ailleurs, ça me revient, Melody m'avait justement parlé d'une fuite d'eau qui avait totalement détérioré son plancher. Manifestement, la société qui gère la location avait décidé de tout remplacer par du carrelage.

— Du plancher ? Le sol de certains appartements doit donc encore être en bois.

— Peut-être que le sol de celui qu'occupait Tucker a des lattes de parquet et que c'est là qu'il a caché la clé ?

— Allons-y, lui répondit Sam en éteignant sa lampe torche.

— Le couple qui était sur le parking est parti, indiqua Jolene en tirant un des rideaux pour regarder par la fenêtre. Mais comment allons-nous entrer dans cet appartement ?

— Laisse-moi quelques minutes, si Tucker Bishop a pu pénétrer dans cet endroit, je pense que je dois en être capable moi aussi.

Cinq minutes plus tard, Sam avait réussi à déverrouiller la porte de l'appartement voisin, et Jolene retint son souffle tandis qu'une puissante odeur de moisi leur parvenait aux narines.

— Si la police est venue ici, ils n'ont pas eu beaucoup de choses à fouiller, déclara-t-elle en découvrant l'espace vide.

— Voilà probablement le lit de Tucker, lui indiqua Sam en orientant le faisceau de sa lampe vers un des coins de la pièce où reposait une couverture sale.

— On dirait qu'ils ont aussi changé le sol ici, fit remarquer Jolene en tapant du pied sur le carrelage.

Sam s'aventura plus loin dans l'appartement puis l'appela doucement :

— Pas dans la chambre à coucher.

Jolene le rejoignit, et ils regardèrent un instant les lattes du parquet comme s'il s'agissait d'une carte au trésor. Mais où la clé pouvait-elle bien être cachée ?

Sam fit coulisser la porte du placard et attrapa un cintre.

— Sers-toi de ça pour taper sur le sol, de mon côté je vais me servir de l'extrémité de ma lampe torche. Essaie de voir si ça sonne creux quelque part ou si tu vois des irrégularités entre les lattes.

Chacun commença à inspecter le sol en partant d'un coin opposé de la pièce avec la plus grande attention. Bientôt Jolene arriva au niveau du mur où se trouvait la fenêtre et, quand elle tapa sur la latte, celle-ci ne fit pas le même son que les autres.

— Sam, je pense avoir trouvé quelque chose.

Il s'approcha d'elle et orienta le faisceau de sa lampe sur l'endroit qu'elle lui indiquait.

Quand elle appuya sur une des extrémités de la latte, l'autre se souleva légèrement. Sam sortit un couteau de sa poche et le glissa dessous pour faire levier. Bientôt Jolene pu tirer sur la latte, et Sam tenta d'éclairer la petite cavité qu'ils venaient de découvrir.

— Tu vois quelque chose ?

Les doigts tremblant, Jolene fouilla dans la zone sombre

et en sortit une clé USB attachée à un cordon assez long où était inscrit le logo de l'usine de transformation de noix de pécan où Melody avait travaillé.

— La voilà, dit-elle en laissant échapper un profond soupir.

Sur le trajet pour se rendre chez Jolene, Sam conduisit prudemment, les yeux rivés sur le rétroviseur pour vérifier qu'ils n'étaient pas suivis tandis qu'elle s'agitait sur son siège. La clé USB qu'elle tenait serrée dans sa main lui semblait aussi dangereuse qu'une grenade dégoupillée et, tant qu'ils l'auraient en leur possession, ils savaient tous les deux qu'ils seraient en danger.

Une fois chez elle, Jolene se hâta d'aller chercher son ordinateur portable et l'installa sur la table de la cuisine. Sam, accompagné de Chip, la rejoignit.

Elle inséra la clé dans le port USB puis double-cliqua sur le dossier qui était maintenant à l'écran. Une liste de vidéos apparut, rangées par ordre chronologique.

Sam plissa les yeux en les regardant, elles semblaient remonter à plus d'un an.

— Allez, jetons un œil, dit-il alors à Jolene en prenant une profonde inspiration.

Jolene ouvrit la première vidéo, et ils découvrirent des images des terres yaqui, précisément de la zone où devait se construire le futur casino. Les prises de vues avaient été effectuées par un drone.

— Pourquoi ont-ils filmé ces images ? demanda Jolene.

— Pour surveiller ce qu'il se passe là-bas, lui répondit Sam en haussant les épaules. Pour s'assurer que personne ne vient fouiner dans les parages… Comme nous.

— Ou comme mon père.

— Continue, lui demanda Sam en lui pressant doucement l'épaule. Je ne vois rien de compromettant pour le moment.

Ils étudièrent chaque vidéo avec la plus grande attention et Sam remarqua rapidement que la majeure partie de la zone surveillée se trouvait à proximité de la frontière, le long des crêtes. Que se serait-il passé si les tireurs ne les avaient pas interrompus ? se demanda-t-il. Auraient-ils trouvé un tunnel ? Et surtout qu'auraient-ils bien pu découvrir à l'intérieur de ce passage ?

En ouvrant la vidéo suivante, Jolene laissa échapper un petit cri et montra l'écran du doigt.

— Sam, regarde, il y a des gens.

Il se pencha vers l'écran mais ne put distinguer aucun visage.

— Ils n'ont pas l'air inquiets, ils ne se pressent pas.

Les vidéos suivantes étaient plus ou moins identiques mais les choses devinrent soudain plus intéressantes.

— Tiens, regarde, qu'est-ce qu'ils font maintenant ? dit-il en se rapprochant de l'écran.

— Il y a deux personnes qui portent une vieille bâche sale, et on dirait qu'elles… disparaissent dans la crête.

— Il y a un tunnel à cet endroit, c'est bien ce que je pensais ! Ils déplacent les corps à l'intérieur. Ils déterrent les mules qui ont fait passer la *pink lady* de l'autre côté de la frontière et cachent leurs cadavres dans ce passage. Mais ces images sont antérieures aux études qui ont été faites sur ce terrain en vue de la construction du casino. Ils savaient que celui-ci allait débuter et ils ont tout nettoyé avant.

Quand elle ouvrit la vidéo suivante, ils découvrirent cette fois que le drone s'était approché plus près.

— Stop ! s'écria tout à coup Sam en sentant les battements de son cœur s'accélérer.

— Tu connais cet homme ? lui demanda Jolene en appuyant sur le bouton pause.

— C'est Ted Jessup, El Gringo Viejo. Jolene, nous devons sans tarder remettre ces images à la DEA, au FBI et à la police du coin.

Jolene relança la vidéo avant de lui répondre :

— J'espère que les os de ces pauvres personnes sont toujours dans le tunnel… Mais ce Ted Jessup, où peut-il bien se trouver maintenant ?

— Attends ! cria de nouveau Sam en sentant de nouveau son cœur faire des siennes. Reviens en arrière, s'il te plaît.

Jolene fit ce qu'il lui demandait, et Ted Jessup apparut à l'image, en train de discuter avec d'autres personnes. Dont une femme. Une femme qu'il tenait enlacée par la taille.

— Peux-tu mettre sur pause ? demanda-t-il à Jolene. Et zoomer sur les visages ? Sur celui de cette femme en particulier ?

Jolene s'y reprit à plusieurs fois, mais bientôt ils purent tous les deux découvrir le visage d'une femme qui portait une longue tresse, une tresse brune avec quelques mèches grises.

— Je connais cette femme, déclara Sam. Elle s'appelle Karen Fisher et représente le consortium de financiers qui soutient le projet du casino. Elle était là à l'inauguration. Elle vit ici, en ville, et de toute évidence, c'est elle qui est derrière tout ça.

Jolene laissa échapper un profond soupir avant de murmurer :

— Nous l'avons, Sam. La Gringa Vieja.

18

Alors que Sam ajustait son nœud papillon devant le miroir, Jolene apparut derrière lui et l'enlaça, prenant garde de ne pas tacher sa chemise blanche impeccable avec son rouge à lèvres.

— Tu es sûr que c'est une bonne idée ? lui demanda-t-elle.

— Impossible de savoir en qui nous pouvons avoir confiance en ce moment, lui répondit-il en tapotant la clé USB qui se trouvait dans sa poche. Je ne veux pas risquer de perdre ou de détruire ces documents. Tu as vu ce qui est arrivé à Tucker alors qu'il était emprisonné sous la surveillance de la police et censé être en sécurité.

— Même si je suis soulagée que nous n'ayons pas reconnu mon cousin Wade sur ces images, je ne peux m'empêcher de me demander s'il est impliqué, qu'en penses-tu ?

— Tu veux savoir si je crois qu'il savait que cette terre était un cimetière de passeurs de drogue ? Non, mais il savait que ces gens voulaient avoir accès à ce terrain avant que la construction du casino ne débute, et je pense qu'il les a laissés faire en échange de leur argent et de leur soutien.

— Oui, c'est en effet le genre de chose dont il est capable, acquiesça Jolene en lissant les pans de sa robe blanche scintillante.

— Quand la petite amie de Rob Valdez, Libby, a identifié Ted Jessup à Rocky Point comme étant El Gringo

Viejo, a-t-elle dit s'il y avait une femme avec lui ? D'où sort cette Karen Fisher ?

Sam haussa les épaules pour remettre en place sa veste de smoking avant de lui répondre :

— Je n'en ai aucune idée, mais Jessup et elle semblaient très proches sur ces vidéos, tu ne trouves pas ? De toute évidence, c'est elle qui dirige l'empire financier que El Gringo Viejo a construit avec le trafic de drogues. Il a tout mis en place pour éviter d'être en contact avec le monde extérieur et il peut ainsi rester à l'écart.

— Nous pourrions tout simplement communiquer ces informations aux cartels, et ils s'occuperaient de régler le problème à leur manière... Ils ne semblent pas être tendres avec les traîtres.

— Cette satanée *pink lady* a fait suffisamment de victimes comme ça et, si nous pouvons faire arrêter Karen, elle parlera peut-être. Avec un peu de chance, la DEA et le FBI pourront alors mettre un terme au trafic de cette drogue terrible, lui répondit Sam avant de se retourner vers elle. De quoi j'ai l'air ?

— Le costume est un peu serré au niveau des épaules mais cela te donne l'air encore plus musclé.

— Très bien, c'est justement l'effet que je cherche à produire, lui répondit-il en levant les yeux au ciel. Toi, en revanche, tu es absolument parfaite. En fait, on dirait presque une de ces princesses étincelant de mille feux qui sont dans les livres de Jess. Que va-t-elle dire quand je vais lui apprendre que j'en connais une...

— Elle risque d'être déçue quand elle me verra, répliqua Jolene.

Sam avança vers elle et lui prit la main.

— Ça signifie que tu es partante pour la rencontrer ?

Jolene hocha la tête en gardant le silence, effrayée à l'idée de se mettre à pleurer et de ruiner son maquillage soigné.

— Terminons d'abord tout ça, déclara Sam en l'attirant vers lui pour déposer un baiser sur sa joue. Allons-y.

Alors qu'ils étaient en chemin pour le gala donné en l'honneur du futur casino à Tucson, Sam tambourina des doigts sur son volant en détaillant à nouveau leur plan.

— Tu es bien certaine que ce technicien audiovisuel que tu connais travaille là-bas ce soir ?

— C'est ce qu'il m'a dit, oui, mais si ce n'est pas le cas, il m'a dit qu'il préviendrait son remplaçant.

— Il n'a pas peur de perdre son travail ?

— Si tout se déroule comme prévu, il va être le héros de la soirée. Il n'a pas vraiment de raison de s'inquiéter pour son poste.

— J'ai prévenu tous les autres agents qui seront présents, même Nash.

— Comment a-t-il réagi ?

— Rien ne le surprend jamais. Il fera son boulot.

Une fois arrivés à Tucson, ils durent prolonger leur voyage de quelques kilomètres pour atteindre les collines de l'Hacienda del Sol. Là-bas, Sam laissa sa voiture à un voiturier.

En entrant dans le grand hôtel, Jolene pressa sa main contre son ventre noué par le stress. Ils suivirent les indications jusqu'à la salle de bal et, en entrant, Sam glissa sa main dans sa poche, en sortit la clé USB et la donna à Jolene qui la cacha dans son poing.

Ils avaient passé la nuit précédente à monter ensemble les morceaux les plus pertinents des vidéos. Dieu merci, elle n'avait pas vu son père sur ces films et elle en était intensément soulagée même si elle était presque certaine maintenant qu'il avait découvert ce tunnel, ces cadavres et tous les gens qui se cachaient derrière tout ça. Comme Melody, Tucker, Contreras et probablement beaucoup d'autres, il en avait payé le prix.

Wade savait-il que les gens qu'ils fréquentaient avaient assassiné son oncle, l'homme qu'il vénérait tant ? Il ne pouvait pas l'ignorer…

Jolene repéra l'installation vidéo, au fond de la pièce. Heureusement pour eux, la projection d'un film était au programme de la soirée, un document présentant la tribu yaqui et leur terre qui se trouvait à cheval entre les États-Unis et le Mexique.

— Mon contact est là, murmura-t-elle en pressant le bras de Sam.

Mais alors qu'elle traversait la pièce pour aller le rejoindre, Wade l'attrapa par l'épaule.

— Tu es magnifique, ma cousine. Je suis étonné de te voir ici.

— Oh ! J'ai changé d'avis et j'ai finalement décidé de venir. Je suis revenue à la raison, tu sais, lui répondit-elle en serrant la clé USB dans sa main.

Quelque chose s'alluma dans les yeux sombres de Wade.

— Je suis heureux de l'entendre car on vient de me donner des informations sur les ossements qui ont été découverts sur le chantier.

— Ah bon ? lui répondit Jolene en essayant de garder son sang-froid.

— Il s'agit seulement de vieux os provenant d'un site archéologique qui ne se trouve même pas en Arizona. C'est drôle, non ? Quoi qu'il en soit, je vais pouvoir annoncer ce soir que le chantier va bien pouvoir se dérouler comme prévu.

— C'est super, acquiesça Jolene en lui adressant un grand sourire. Mais peut-être que tout le monde ne pourra pas embarquer dans cette grande aventure.

Sur ces mots, elle se retourna et attrapa une flûte de champagne sur le plateau d'un serveur. Gran n'était pas présente ce soir, elle n'avait jamais été très friande de ce genre d'événement, mais d'autres membres de la tribu s'étaient déplacés et se tenaient regroupés à l'écart dans un coin de la pièce. Jolene marcha droit vers eux.

Elle pouvait sentir que Wade ne l'avait pas quittée des yeux et ne voulait surtout pas qu'il la voie discuter avec le technicien vidéo. Tout en bavardant avec des membres de sa famille, elle le vit du coin de l'œil se rendre vers le maire et ses amis et entamer une discussion animée.

Sans perdre une seconde, elle s'excusa et quitta le groupe pour se rendre au plus vite au fond de la pièce.

— Derek ?

— C'est vous, Jolene ? demanda l'homme assis derrière l'ordinateur en levant les yeux vers elle.

— Oui, c'est à moi que vous avez parlé, acquiesça-t-elle avant de lui glisser la clé et un billet de cinq cents dollars.

— Est-ce que quelqu'un va venir me voir quand ils vont se rendre compte que le film initial a été remplacé ? lui demanda-t-il en faisant la grimace.

— Oh ! croyez-moi, ils auront d'autres chats à fouetter.

Elle s'apprêtait à retourner auprès de Sam quand le jeune homme la retint.

— Attendez ! Je vais mettre le film sur mon ordinateur et vous rendre la clé, comme ça si quelqu'un tente d'arrêter la diffusion, vous aurez l'original.

— J'ai une sauvegarde chez moi mais c'est un conseil

judicieux, merci beaucoup, vous méritez bien votre récompense.

— Je le fais pour notre ami commun, pas pour l'argent, vous savez, dit-il tout en chargeant la vidéo sur son ordinateur. Voilà, c'est fait !

Jolene reprit la clé et la glissa dans sa pochette en soie assortie à sa robe, puis elle vida d'un trait sa flûte de champagne. Il n'y avait plus de retour en arrière possible, à présent.

Elle retrouva Sam alors que les lumières baissaient doucement et qu'une musique douce commençait à retentir dans la salle.

— Tout est en place, lui chuchota-t-elle à l'oreille en lui prenant le bras.

Sam fit alors un signe du menton à Nash qui, très élégant dans son smoking impeccable, se tenait près de Karen Fisher.

Celle-ci était vêtue d'une robe moulante argentée, et ses cheveux poivre et sel étaient réunis en une longue tresse qui tombait sur une de ses épaules. Elle ne ressemblait vraiment pas à une dangereuse trafiquante de drogue.

Alors que les serveurs déambulaient dans la salle en proposant des hors-d'œuvre et du champagne, les discours débutèrent. Wade annonça tout d'abord à un public conquis que après l'analyse des ossements trouvés sur le site les travaux allaient pouvoir commencer car ceux-ci ne provenaient nullement d'une sépulture yaqui.

Sam se tourna vers elle en écarquillant les yeux, et elle lui répondit doucement :

— Il vient de me l'apprendre, je n'ai pas eu le temps de te prévenir.

Puis Wade reprit :

— Le Desert Sun Casino va créer de nombreux emplois

et sera un nouveau tremplin pour notre économie locale, comme l'usine de transformation de noix de pécan l'a été à sa création. En tant que Yaquis, nous pouvons être fiers car nous sommes les meilleurs gardiens de notre terre. Maintenant, grâce aux membres de la tribu, nous avons pu réaliser une vidéo qui retrace notre histoire et qui explique notre culture et notre héritage. Nous allons la diffuser pour partager tout cela avec vous.

— C'est à nous, murmura Sam à l'oreille de Jolene.

Ils se séparèrent. Sam se dirigea près de la scène où se trouvait Karen Fisher, et Jolene longea le mur du fond pour retourner vers l'installation technique. Derek lui tendit un micro, et elle se glissa derrière un rideau vert.

Jetant un coup d'œil entre les pans du rideau, elle attendit le lancement de la vidéo, puis elle alluma le micro tandis que les images apparaissaient sur le grand écran suspendu sur la scène.

L'assemblée se mit à pousser des cris d'exclamation en découvrant la vue aérienne de cette terre désertique si majestueuse. Alors que les images des derniers bancs de nuage rose et orange du coucher de soleil disparaissaient pour laisser place aux images de la crête qui longeait la frontière, Jolene commença à parler.

— Le Desert Sun Casino verra peut-être le jour mais auparavant, il faut que vous sachiez que cette terre a été utilisée pour d'autres affaires antérieures à ce projet, des affaires sinistres. En effet, de terribles secrets sont enfouis sous le sable car la terre yaqui a été le théâtre d'un sombre trafic, celui d'une drogue redoutable. C'est également le lieu où ceux qui s'étaient chargés de faire passer la frontière à cette drogue ont été assassinés.

Des cris s'élevèrent dans l'assemblée. Dans le silence feutré de la grande salle, des injonctions fusèrent, ordonnant de rallumer les lumières et d'interrompre la diffusion du film.

Mais Jolene continua à parler. Quand apparurent sur l'écran les visages de Ted Jessup et de Karen Fisher qui dirigeaient ensemble le déplacement des dépouilles vers la zone frontalière, l'ambiance changea.

Alors qu'elle prenait une profonde inspiration et s'apprêtait à identifier les personnes visibles à l'écran, des coups de feu retentirent.

Jolene se coucha sur le sol, derrière le rideau, et tira sur le bas du pantalon de Derek :

— Baissez-vous, lui conseilla-t-elle.

Puis elle ferma les yeux et pria pour que Sam n'ait pas été la cible de ces tirs. Quelques secondes plus tard, les lumières se rallumèrent, et Jolene ouvrit les yeux tandis que des bras forts la soulevaient.

— Ça va ? lui demanda Sam en la serrant contre lui.

Elle lui répondit d'un hochement de tête puis parcourut la salle des yeux. Un homme était à terre, et Nash était en train de passer les menottes à Karen Fisher dont la robe était couverte de sang.

— Nous l'avons fait, dit-elle doucement à Sam en le regardant, l'air hagard. Qui est l'homme allongé au sol ?

— Le garde du corps de Karen. Quand il a vu son visage apparaître sur l'écran, il a essayé de la faire sortir de la salle. Mais Nash les en a empêchés, et le type a sorti son arme. Il n'a même pas eu le temps de viser, je me suis jeté sur lui et ses balles sont allées se loger dans le plafond avant que Clay ne lui tire dessus. Il n'est pas mort mais c'en est bien fini de Karen Fisher et de Ted Jessup.

— Et Wade ?

— Il semble en état de choc, lui répondit Sam en lui caressant les cheveux tendrement. Il va devoir s'expliquer sur certaines transactions financières douteuses mais je crois qu'il ignorait tout de ce qui s'est passé sur cette terre…

— Tant mieux, soupira Jolene avant de plonger ses yeux dans les siens. Maintenant que j'ai rendu justice à mon père et aux autres, je suis heureuse de savoir que ce casino ne se construira pas sur des mensonges et des secrets.

— Je suis d'accord avec toi, rien ne mérite de l'être.

Épilogue

— Combien de temps vas-tu encore passer à San Diego avant de rentrer en Arizona, Sam ? lui demanda Nash en retournant les hamburgers sur la grille du barbecue.

Sam détourna son regard de Jolene, assise sur les marches de la piscine de Nash et qui tenait Jess sur les genoux.

— Rob doit d'abord être muté, lui répondit-il avant de se tourner vers ce dernier. Rob, quand dois-tu quitter Paradiso déjà ?

Rob Valdez, le plus jeune des gardes-frontières, lui répondit tout en continuant d'étaler de la crème solaire sur le dos de sa petite amie, Libby.

— Mon transfert pour Los Angeles devrait être approuvé dans quelques mois. Pourquoi ? Vous avez hâte de vous débarrasser de moi ?

— J'ai surtout hâte de revenir à Paradiso. Ta vie risque d'être différente à Los Angeles. Mais cette promotion est probablement une bonne chose pour ta carrière.

— Oui, la plupart des membres de ma famille vivent là-bas et je suis heureux de me rapprocher d'eux.

— Grâce à toi et à Jolene, ajouta Libby en se redressant pour s'asseoir, je n'ai plus à m'inquiéter au sujet de Ted Jessup, nous sommes maintenant libres de faire ce que nous voulons.

— J'aurais tellement aimé être présente à cette soirée

de gala, dit la fiancée de Nash, Emily, qui déambulait dans le jardin avec leur fils Wyatt dans les bras. J'aurais adoré voir la réaction de Karen Fisher quand elle a découvert son visage sur cette vidéo. Je n'ai jamais aimé cette femme.

Elle vint s'asseoir à côté de Jolene. Clay et sa femme, April, qui venaient d'arriver les y rejoignirent.

— Est-ce que vous êtes encore en train de parler de El Gringo Viejo ? Si cela ne vous embête pas, je préférerais l'oublier pendant quelque temps. Je vous rappelle que c'est lui qui a tué mon père, et qui est responsable de la mort de la mère de Libby et du père de Jolene. Ce type est un dangereux criminel.

Sur ces mots, il alla chercher une bière fraîche dans le frigo de Nash et ajouta :

— Apparemment, sa copine Karen s'est vraiment retournée contre lui quand elle a été interrogée par le FBI.

— Le chantier du casino va bientôt démarrer, n'est-ce pas ? demanda Libby à Jolene en venant s'asseoir au bord de la piscine.

— Oui, mon cousin a pu fournir les preuves des financements, et ces documents ont été précieux pour la DEA, donc ils ont été plutôt arrangeants avec lui. En revanche, je crois qu'il a perdu la confiance de notre tribu. Ils cherchent à élire un nouveau chef.

— Pourquoi pas toi, Jolene ? lui demanda Nash en déposant le plat avec les hamburgers sur la table.

— C'est vrai, pourquoi pas ? répéta Sam en marchant vers elle. Ton père était un membre très respecté de la tribu et tous les membres de la communauté te font confiance, surtout depuis que tu as fait éclater la vérité, le soir du gala.

— Non, ce genre de choses n'est pas pour moi, leur répondit-elle en secouant la tête.

Alors que tous rejoignaient la table pour commencer à déjeuner, Sam dit à Jolene en regardant Jess :

— Je crois qu'elle t'aime beaucoup.

— C'est réciproque, lui répondit-elle en glissant une mèche de cheveux mouillés de la petite fille derrière son oreille. Sa mère est d'accord pour que vous déménagiez tous les deux ?

— Elle est ravie, mais la grand-mère de Jess l'est un peu moins.

Emily vint vers eux en tendant les bras vers Jess.

— Voulez-vous que je prépare une assiette pour cette petite princesse ?

— Merci, lui répondit Sam en lui tendant l'enfant qu'elle prit par la main.

Puis il s'assit à côté de Jolene, et celle-ci passa ses bras autour de son cou.

— Tu es bien certain de vouloir revenir vivre à Paradiso ? Peut-être que comme Rob, un poste en Californie serait plus intéressant pour ta carrière.

— J'adore Paradiso, j'aime vivre près de ce désert incroyable et imprévisible, j'adore la chaleur étouffante et les puissantes moussons mais surtout, ce que j'aime le plus ici, c'est la femme qui m'a fait revenir, la femme qui m'a appris à aimer cette terre mystérieuse et qui, je l'espère, saura aussi transmettre sa passion à ma fille.

Jolene prit son visage entre ses mains et déposa un baiser fougueux sur sa bouche avant de lui répondre :

— Les leçons commencent demain.

Vous avez aimé ce roman ?
Retrouvez en numérique les autres titres de votre série
« Patrouilleurs en mission » !

1. *Une mariée à protéger*
2. *Menaces sur un bébé*
3. *Les mystères du désert*
4. *Des secrets sous le sable*

K.D. RICHARDS

La fascination du risque

Traduction française de
KAREN DEGRAVE

BLACK ROSE

HARLEQUIN

Titre original :
PURSUIT OF THE TRUTH

1

Un frisson parcourut Nadia Shelton lorsqu'elle sortit de son immeuble. Elle balaya les passants du regard en se demandant si quelqu'un l'observait. Comme tous les matins, elle ne vit que des New Yorkais se bousculant sur les trottoirs, marchant un peu plus vite aujourd'hui qu'hier parce qu'il pleuvait à verse.

Nadia serra son sac à main et sa mallette contre son corps dans l'espoir de les protéger un peu et tint plus fermement son parapluie. Un nouveau frisson la parcourut quand elle se mêla à la foule des piétons. Ce n'était pas le moment d'être paranoïaque. Elle avait déjà dix minutes de retard. Soit, ce n'était pas extrêmement grave puisqu'elle était sa propre patronne, mais elle n'avait pas envie d'être en retard à son premier rendez-vous de la journée.

Tu aurais dû y penser au moment où tu te pomponnais pour un certain spécialiste de la sécurité aux yeux noisette, se rappela-t-elle sévèrement.

Nadia aperçut son reflet dans la grande vitrine du restaurant du coin de la rue. Elle ralentit en passant devant pour se regarder. Sa robe fourreau couleur prune mettait ses hanches en valeur et montrait un soupçon de sa poitrine généreuse - c'était une robe sexy, mais convenable pour une journée de travail. Le manteau beige que Nadia avait enfilé en sortant allait très bien avec. Elle s'était habillée pour se sentir attirante. D'après son reflet dans la vitrine, elle avait réussi.

Dieu savait qu'elle méritait bien un peu de bonheur. Les derniers mois avaient été les plus éprouvants de sa vie.

Alors qu'elle allait détourner les yeux, le reflet d'un homme qui se trouvait de l'autre côté de la rue attira son attention. Il se tenait sous l'auvent d'une librairie qui n'était pas encore ouverte.

Elle essaya de distinguer ses traits, mais la vitrine déformait son image et le défilé des passants rendait difficile de bien le voir. Il portait un jean, un sweat-shirt à capuche foncé et des bottes noires. Nadia pressa le pas et sentit son cœur battre plus vite.

Elle jeta un coup d'œil par-dessus son épaule. L'homme n'était plus sous l'auvent.

Tu es paranoïaque, se dit-elle.

Cet homme ne voulait sûrement qu'échapper à la pluie quelques instants.

Il n'y avait aucune raison pour qu'on la surveille. N'importe quel autre jour, elle n'aurait sans doute même pas prêté attention à cet homme. Mais il y avait eu d'autres incidents étranges, depuis quelque temps. Une image lui revint à l'esprit. Comme elle avait toujours vécu à New York, elle avait vu un bon nombre de rats, y compris morts, mais elle n'en avait jamais vu d'aussi horriblement mutilé.

Elle secoua la tête pour chasser ce souvenir. C'était probablement le chat du voisin qui lui avait laissé ce petit cadeau. Cela ne pouvait pas être plus grave.

Et qu'en était-il de sa voiture rayée et des coups de fil anonymes tard le soir ? Étaient-ce aussi des farces du chat du voisin ?

Arrête, s'ordonna-t-elle.

Le garage dans lequel elle mettait sa voiture, dont elle se

servait rarement, n'était pas Fort Knox. C'étaient sans doute des adolescents qui l'avaient rayée. Les appels anonymes pouvaient aussi être des plaisanteries d'adolescents. Ou des faux numéros. Mais tous les soirs depuis deux semaines ?

Elle slaloma entre les parapluies en se mordillant la lèvre. Elle s'inquiétait trop. La pression d'être brutalement devenue la présidente des hôtels Shelton la rendait nerveuse, anxieuse et irritable.

Nadia inspira et expira longuement. Elle songea à sa thérapeute, qui lui conseillait d'être moins dure avec elle-même. Il s'était produit de grands changements depuis un an, et elle aurait besoin de temps pour inventer une nouvelle normalité.

Pendant six ans, elle avait géré la compagnie que son père avait bâtie en partant de rien avec son frère aîné, Nathan. Leur père en avait fait une chaîne de trois hôtels à New York. En tant que vice-présidente des opérations, Nadia s'était concentrée sur les affaires courantes, surtout celles de leur hôtel amiral à Harlem, où se trouvait son bureau. Nathan, qui occupait le poste de président, gérait les grands projets. Il était le visage de la chaîne.

Tout avait changé quand Nate était mort dans un accident de voiture onze mois plus tôt.

Nadia avait hérité des hôtels Shelton et de tous les problèmes qui allaient avec. Maintenant qu'elle était présidente, c'était à elle qu'il revenait de préserver l'héritage de la famille. Tout le monde ne l'en croyait pas capable.

Quand elle atteignit le dernier carrefour avant la rue de son hôtel, le feu des piétons passa au rouge.

— Excusez-moi ! cria un homme près de son oreille, ce qui la fit sursauter.

Il la contourna. Il tenait sa mallette au-dessus de sa tête

pour se protéger de la pluie. Les sourcils froncés, Nadia le regarda traverser la rue en courant.

Elle fronça encore plus les sourcils quand son regard tomba sur l'abribus près duquel elle s'était arrêtée et qui arborait une publicité pour les hôtels Aurora. Ces hôtels classés haut de gamme n'étaient pas ses concurrents directs, mais elle était brièvement sortie avec leur président. La relation avait mal tourné, au point que l'homme et sa compagnie ne lui inspiraient désormais que de l'amertume.

Elle détourna les yeux de l'affiche. En attendant au milieu de la foule que le feu passe au vert, elle tira son téléphone de sa poche. Elle venait à peine de le déverrouiller quand de grandes mains se posèrent sur ses épaules. Elle voulut se retourner, mais ces mains la poussèrent avant qu'elle n'ait le temps de voir la personne qui se trouvait derrière elle.

Elle se fit mal aux mains et aux genoux en tombant.

Entendant des pneus crisser et des coups de klaxon, elle tourna la tête vers un taxi qui fonçait sur elle.

Le véhicule s'arrêta à quelques centimètres d'elle. Le conducteur, livide, la regarda avec des yeux exorbités à travers le pare-brise.

Un homme en combinaison orange coiffé d'un casque de chantier s'agenouilla auprès d'elle.

— Êtes-vous suicidaire ? lui lança-t-il. Qu'est-ce qui vous a pris de vous engager comme ça sur la chaussée ?

Encore sous le choc de ce qu'il venait de se passer et terrifiée par ce qui aurait pu arriver, Nadia essaya de se concentrer sur lui. Elle se releva en grimaçant puis s'examina pour mesurer les dégâts.

Elle avait les deux mains égratignées, et son genou gauche saignait. Heureusement, elle n'avait subi aucun dommage irréparable. Elle ne pouvait pas en dire autant de ses vêtements. Sa robe était tachée et son manteau, autrefois beige, bon pour la poubelle.

— Avez-vous essayé de vous tuer ? lui demanda l'ouvrier avec un regard sévère.

Elle se ressaisit suffisamment pour lui rendre son regard avant de répondre :

— Non. Quelqu'un m'a poussée.

— Je n'ai vu personne près de vous, dit l'homme d'un air méfiant.

— Eh bien je peux vous assurer qu'il y avait quelqu'un, grommela Nadia en scrutant le trottoir.

Quelques personnes avaient ralenti pour observer la scène mais, à la mode new-yorkaise, la plupart des gens passaient sans lui accorder un regard.

Le taxi klaxonna.

— Vous voulez bien vous écarter ? rugit le chauffeur, qui s'était visiblement remis de sa terreur.

Nadia offrit un sourire à la vieille dame qui lui rendit son sac à main et chercha vainement son parapluie des yeux. Vu l'état dans lequel se trouvaient ses vêtements, elle n'accorda pas beaucoup d'importance à la disparition du parapluie. Comme le talon de sa chaussure gauche était cassé, elle accepta l'aide de l'ouvrier pour traverser la rue, mais elle déclina sa proposition de l'escorter jusqu'à son bureau. Elle n'avait plus que quelques dizaines de mètres à faire, et son apparition dans cet état attirerait assez l'attention comme cela.

Elle fit quelques pas, puis s'arrêta. Les New Yorkais se pressaient, comme d'habitude. Tous ceux qui avaient assisté à son plongeon humiliant étaient passés à autre chose depuis longtemps. Malgré cela, un frisson parcourut Nadia. Elle boitilla le reste du chemin sans cesser d'avoir l'impression qu'on l'observait.

Ryan West refusa le café que lui proposa Olivia Bennett, l'assistante de Nadia Shelton, et s'installa dans l'un des deux fauteuils du bureau de Nadia. Il balaya la pièce du regard et songea qu'elle reflétait parfaitement la personne qui y travaillait.

Les murs étaient blancs. Il y avait des bibliothèques alignées contre celui de gauche et des photos du Ponte Vecchio, du viaduc de Millau et du pont de Brooklyn accrochées sur celui de droite. Ryan était assis en face d'un bureau en forme de L posé sur un tapis aux motifs contemporains bleus et gris qui ajoutait une touche de couleur à la pièce. Il y avait un vase de fleurs fraîches sur la table de réunion, placée dans un coin. Ce bureau était féminin, élégant et professionnel, comme la femme qui l'occupait.

Ryan consulta sa montre. Il était 9 h 01. Nadia était officiellement en retard à leur rendez-vous. Ryan fit tourner sa tête sur ses épaules pour se détendre. Il avait chargé son frère Shawn de commencer l'évaluation du système de sécurité de l'hôtel pendant qu'il attendait Nadia. C'était la première fois qu'elle était en retard, mais ce n'était pas ce qui contrariait Ryan. La raison de sa contrariété, c'était le fait d'être impatient de la voir.

— Ressaisis-toi, grommela-t-il. C'est une cliente.

Il était bien décidé à rester professionnel avec Nadia, mais des chuchotements persistants dans sa tête minaient sa détermination. S'il n'avait pas le charme de son petit frère Shawn ni l'intelligence de son frère aîné Brandon, qui était devenu avocat, il s'y connaissait en sécurité. Il s'était investi tout entier dans West Security et il en avait fait une agence fiable et reconnue.

En tant que vice-président de West Security, il se chargeait rarement des rendez-vous trimestriels avec les clients. Plus précisément, il ne le faisait que pour les hôtels Shelton depuis dix-huit mois. L'employée qui s'en occupait précédemment était partie en congé maternité à cette époque, et il l'avait provisoirement remplacée. Ce remplacement provisoire était devenu permanent à l'instant où il avait rencontré Nadia Shelton.

Leur premier rendez-vous avait eu lieu dans ce même bureau. Il se souvenait de la main tendue de Nadia et de son sourire dévastateur comme si la scène s'était produite la veille. Alors qu'il n'était pas particulièrement romantique, il avait eu l'impression de recevoir une décharge électrique quand il lui avait serré la main.

Après cela, il avait été de plus en plus nerveux dans les jours qui avaient précédé leurs rendez-vous. C'était la raison pour laquelle il portait son plus beau costume, qui commençait à être froissé parce qu'elle avait - il consulta sa montre - six minutes de retard.

Il devrait déléguer à nouveau cette tâche à un employé. Il avait déjà commis cette erreur, ce qui avait eu des effets désastreux sur son cœur. Et il n'avait pas l'excuse d'être jeune et idiot, cette fois. Quand il mettait les pieds dans ce bureau, il se torturait en désirant une femme qu'il ne pouvait pas avoir. Cela devait cesser. Il ne devait mettre en danger ni la réputation de son agence ni son cœur. Pas une deuxième fois.

— Mon Dieu !

Ryan bondit et fonça vers la porte, mais il hésita à l'ouvrir. Devait-il rester où il était ou proposer son aide ? D'après le ton d'Olivia, elle n'était pas en danger. Il était possible que l'incident ne le regarde pas.

Quelqu'un répondit à Olivia, mais trop doucement pour

qu'il sache qui ou comprenne quoi. Des ombres passèrent devant la porte en verre opaque du bureau.

— Veux-tu que j'appelle une ambulance ? demanda Olivia.

Ryan ouvrit la porte et suivit les voix jusqu'à une petite salle de bains située après les bureaux.

Nadia était adossée au lavabo, la robe couverte de boue et le chignon à moitié défait. Olivia tapotait son genou gauche ensanglanté avec un mouchoir.

Le juron qui échappa à Ryan attira l'attention des deux femmes.

— Allez chercher la trousse de secours ! ordonna-t-il à Olivia plus durement qu'il ne le voulait.

Il savait qu'il y en avait une. West Security ne s'occupait pas que de la sécurité physique et informatique de ses clients. Son agence s'assurait aussi qu'ils étaient convenablement équipés en extincteurs et trousses de secours, ce que beaucoup de gens négligeaient.

Olivia interrogea Nadia du regard.

Quelques secondes s'écoulèrent avant que Nadia n'acquiesce. Olivia contourna Ryan et quitta la pièce.

Ryan examina Nadia de la tête aux pieds. En plus de son entaille au genou, elle avait les mains et le coude droit écorchés. Le talon de sa chaussure gauche ne tenait littéralement plus qu'à un fil.

— Que s'est-il passé ? demanda-t-il en s'accroupissant pour regarder son entaille de plus près.

— Je suis la dernière victime de la guerre de la circulation, répondit Nadia. Quelqu'un m'a poussée sur la chaussée.

Ryan se raidit.

— Avez-vous vu qui ?

Elle secoua la tête puis grimaça.

Ryan se releva et plongea son regard dans celui de Nadia.

— Vous êtes-vous cogné la tête ? demanda-t-il.

Il contempla ses beaux yeux noisette aux reflets dorés. Plusieurs mèches bouclées s'étaient détachées de son chignon.

— Non, murmura-t-elle, comme hypnotisée.

Après un long moment, elle s'éclaircit la voix et baissa les yeux.

— Mes mains ont amorti la chute, mais je crois que je me suis froissé quelque chose dans l'épaule, ajouta-t-elle.

— Puis-je ? demanda-t-il.

Elle acquiesça.

Il lui massa les épaules et la nuque avec douceur, ce qui réveilla brutalement sa libido. Il écarta ses mains avant de faire quelque chose de stupide.

— Je crois que ce n'est pas trop grave, dit-il. Expliquez-moi ce qu'il s'est passé exactement.

Nadia s'écarta du lavabo et se dirigea vers la porte. Il lui prit le coude pour l'aider à marcher. Son parfum de jasmin enveloppa Ryan tandis qu'ils regagnaient le bureau de Nadia, et il dut lutter contre une nouvelle vague de désir.

— C'était sans doute un accident, répondit-elle sans conviction.

— Mais vous pensez que ça n'en était peut-être pas un.

Elle ne répondit pas immédiatement. Elle s'assit dans le fauteuil qu'il occupait quelques minutes plus tôt et leva les yeux vers lui.

— J'ai eu l'impression qu'on avait fait exprès de me pousser, dit-elle.

Olivia les interrompit en entrant dans le bureau avec la trousse de secours.

— Merci, Olivia. Tu peux reprendre ton travail, lui dit Nadia avec un sourire rassurant.

Olivia jeta un regard curieux à Ryan.

— Si tu en es sûre…, répondit-t-elle. Dans ce cas, je vais aller voir où en est l'autre M. West avec l'inspection.

— Excellente idée, dit Nadia, toujours souriante. Je te remercie.

Ryan prit la trousse de secours à Olivia qui jeta un autre regard curieux, à Nadia, cette fois, avant de s'en aller.

Ryan s'agenouilla devant celle-ci, prit une lingette antiseptique dans la trousse et se mit à tapoter son genou éraflé. Quand il leva la tête vers son visage, elle avait les yeux écarquillés.

— Que faites-vous ? balbutia-t-elle.

— Pouvez-vous décrire les gens qu'il y avait autour de vous quand on vous a poussée ? demanda-t-il avant de lui retirer sa chaussure cassée, ce qui fit battre la chamade à son cœur.

— Je ne sais pas… Un ouvrier du bâtiment m'a aidée à me relever. Et il y avait une vieille dame qui m'a rendu mon sac.

Elle grimaça quand il passa la lingette sur son entaille.

— Désolé, murmura-t-il.

Quand il repassa la lingette sur la blessure, il souffla doucement sur le genou de Nadia pour atténuer l'effet de l'antiseptique.

— Nadia ? s'inquiéta-t-il. Ça va ?

— Bien sûr… Ah oui ! L'ouvrier et la vieille dame. Il y avait aussi le chauffeur de taxi qui a failli me rouler dessus, mais il ne peut pas m'avoir poussée.

Ryan mit un grand pansement sur l'entaille et reporta son attention sur les bras de Nadia.

— Prenez-vous toujours le même chemin pour venir travailler ? demanda-t-il.

Nadia inclina la tête sur le côté.

— Je vis à quatre pâtés de maisons d'ici. Il n'y a pas beaucoup d'options.

Quatre pâtés de maisons… Cela signifiait qu'elle vivait près du Sentinel, le bar que Shawn et lui venaient d'acheter.

Il soigna les éraflures de ses bras. Il était impossible de déterminer si elle avait été poussée intentionnellement ou si un passant l'avait bousculée sans le faire exprès, mais Ryan désirait de tout son être qu'elle n'ait plus jamais la moindre entaille ni le moindre bleu.

Ryan se releva et s'écarta de Nadia. Il ne pouvait rien se passer entre eux, non seulement parce qu'elle était une cliente, mais aussi parce qu'elle était tout à fait hors de sa portée. Cela ne l'empêchait pas d'admirer sa beauté. Il était professionnel, certes, mais il était aussi un homme de trente-six ans en parfaite santé.

Quand il rencontra le regard de Nadia, il crut un instant y lire le reflet du désir qu'il ressentait.

Nadia se leva, retira sa deuxième chaussure et passa derrière son bureau.

— Il faut que j'appelle la boutique du hall pour me faire apporter d'autres vêtements, dit-elle. Et si vous rejoigniez Olivia et votre frère ? On fera le point tout à l'heure.

Il aurait aimé l'interroger plus longuement sur l'incident, mais rien ne l'y autorisait, et il ne pouvait pas changer ce qui s'était produit.

Il jeta un dernier coup d'œil à Nadia avant de quitter la pièce. Elle tenait son téléphone entre son épaule et son oreille et pianotait sur le clavier de son ordinateur.

C'était sûrement un accident, se dit-il en sortant.

Mais il ne put empêcher une petite voix de lui répondre :

Et si ça n'en était pas un ?

2

Chez Lana, la boutique de vêtements pour femmes du hall de l'hôtel, s'adressait à des femmes qui avaient moins de courbes et moins d'imagination en matière de mode que Nadia. Néanmoins, comme elle n'était pas en position de jouer les difficiles, Nadia y acheta un tailleur noir qui avait la vertu de couvrir ses bleus et ses bosses en plus de celle de lui aller. En y ajoutant une paire de chaussures noires à talons plats bien trop chère, elle ressembla de nouveau à une présidente de groupe hôtelier.

Malheureusement, les événements du matin lui avaient fait prendre trop de retard pour qu'elle s'entretienne avec Ryan. Elle n'admettait qu'en son for intérieur qu'elle attendait leurs rendez-vous trimestriels avec plus d'impatience que ceux qu'elle avait avec ses autres sous-traitants.

Une chose était sûre : Ryan West n'avait pas pu trouver séduisante la femme sale, égratignée et échevelée qu'il avait soignée ce matin. Nadia repensa à son apparence en arrivant et se sentit rougir.

Elle devait se concentrer sur son travail. Elle n'avait pas de temps à consacrer à une relation amoureuse. De toute manière, vu son tableau de chasse, elle ferait peut-être bien de renoncer aux hommes purement et simplement.

Elle étudia les documents que son comptable lui avait envoyés la veille. Les résultats de l'année qui venait de s'achever étaient bons. Meilleurs que ceux de l'année précédente, quand Nate dirigeait le groupe. Leur père adorait les hôtels Shelton, mais il avait eu du mal à évoluer. À sa mort, six ans plus tôt, Nate et elle s'étaient accordés sur le fait que la survie du groupe exigeait des changements. Nate n'avait pas accueilli avec enthousiasme son idée d'orientation écologique, mais il s'était engagé aussi pleinement qu'elle dans cette mutation dès qu'elle l'avait convaincu.

Elle ne voulait pas seulement que Shelton demande à ses clients de réutiliser leurs serviettes et de ne pas exiger que les draps soient changés tous les jours. Ils avaient mis en place un programme de compostage, équipé toutes les chambres de lampes qui s'allumaient et s'éteignaient automatiquement, changé de produits ménagers et complètement repensé la liste de leurs fournisseurs. C'était un projet gigantesque et onéreux. Heureusement, ils payaient les échéances du prêt dans les temps. Les bénéfices des hôtels étaient moins importants qu'elle ne l'avait espéré, mais la saison des congrès commençait, et ils étaient complets pour plusieurs mois. Il ne manquait que Nate.

Ils avaient rêvé de faire progresser la chaîne ensemble… Elle devrait le faire seule.

Son téléphone sonna. Le numéro du poste d'Olivia apparut sur l'écran.

— Je suis désolée de te déranger, dit Olivia quand Nadia décrocha. Mais Michael Dexter est à la réception. Il demande à te voir.

Nadia fronça les sourcils. Un instant, elle envisagea de demander à Olivia de répondre qu'elle n'était pas là. Elle n'avait aucune envie d'avoir affaire à Mike Dexter, le président des hôtels Aurora. Elle avait commis l'erreur de sortir brièvement avec lui l'année précédente, peu après avoir rompu ses fiançailles. Mike ne s'intéressait pas qu'à son argent, contrairement à son ex-fiancé, mais elle avait vite compris qu'il était tout aussi égoïste. Il n'avait fallu que quelques semaines à Nadia pour se rendre compte qu'il voulait une femme qui orne son bras en public et l'adule en privé.

Elle n'était pas cette femme. Mike s'en était à peine aperçu. Il était trop occupé à essayer de l'impressionner et à lui répéter qu'ils étaient faits l'un pour l'autre, puisqu'ils travaillaient tous les deux dans l'hôtellerie. Il avait paru sincèrement surpris quand elle l'avait quitté. Les rares fois où ils s'étaient revus, au cours d'événements mondains, il avait été presque impoli. Elle ne voyait pas ce qu'il venait faire dans son hôtel.

Ce n'était pas sa journée.

Néanmoins, la curiosité l'emporta. Quelques minutes plus tard, Olivia fit entrer Mike dans le bureau de Nadia. Avec ses pommettes hautes et ses yeux bleu pâle, Mike ne se distinguait des nombreux mannequins qui peuplaient New York que par sa taille inférieure à la moyenne.

Nadia se leva et lui offrit un sourire poli.

— Mike. À quoi dois-je cette visite ? lui demanda-t-elle.

Elle ne contourna pas son bureau pour l'accueillir et ne lui tendit pas la main. C'était plus un intrus qu'un invité.

— Ne puis-je pas m'arrêter pour dire bonjour à une amie ? répliqua-t-il.

Nadia l'observa sans cacher sa méfiance. La fine ligne de peau claire à la racine de ses cheveux prouvait que son bronzage avait été acheté en magasin et ses boucles poivre et sel étaient un peu trop parfaites pour être naturelles.

Il était impossible que Mike ne soit venu jusqu'à Harlem que pour lui dire bonjour. Il avait une idée derrière la tête et elle ferait bien d'être prudente tant qu'elle ignorait laquelle.

— Je ne savais pas qu'on était amis, répondit-elle. Que fais-tu là, Mike ?

Le sourire de Mike se crispa.

— J'avais oublié à quel point tu étais directe.

Nadia le fixa sans rien dire.

— Très bien, reprit-il en renonçant à sourire. J'ai une proposition à te faire. Aurora est une chaîne de luxe, mais nous cherchons à nous développer dans le milieu de gamme. Le conseil d'administration m'a autorisé à te faire une offre très généreuse.

Nadia inclina la tête sur le côté.

— Quel genre d'offre ? demanda-t-elle.

Mike tira une enveloppe d'une poche de sa veste et la lui tendit par-dessus le bureau avec un grand sourire.

— Je suis sûr que tu seras enchantée, dit-il.

Nadia prit l'enveloppe et l'ouvrit. Elle contenait une lettre, signée par les membres du conseil d'administration d'Aurora, qui proposait de lui acheter ses hôtels à un prix non négligeable.

— Bien sûr, les détails restent à mettre au point, mais c'est pour ça que nous payons nos avocats, n'est-ce pas ? ajouta Mike. Cette lettre couvre l'essentiel : l'argent.

Nadia se raidit et s'assit. Elle aurait mis Mike à la porte à cet instant s'il n'était venu que pour une raison personnelle. Son professionnalisme l'empêcha de le faire.

— Les hôtels Shelton ne sont pas à vendre, déclara-t-elle.

— Pourquoi n'examines-tu pas notre offre de plus près au lieu de prendre une décision hâtive ?

Mike déboutonna sa veste et s'installa dans le fauteuil qui faisait face au bureau. Il étendit ses jambes. Il avait l'air certain qu'elle reviendrait à la raison et accepterait sa proposition.

— C'est inutile, répondit-elle en le regardant droit dans les yeux. Je te le répète : je ne vendrai pas mes hôtels.

Mike se redressa.

— Je m'attendais à ce qu'une femme d'affaires avisée comme toi rejette la première proposition, dit-il. Alors combien ?

L'agacement eut raison de la courtoisie professionnelle de Nadia.

— Je ne sais pas comment te le dire plus clairement, répliqua-t-elle sèchement. Mes hôtels ne sont pas à vendre.

— Et si je te proposais aussi un poste chez Aurora ? suggéra Mike. Ce serait une sacrée promotion pour toi.

Son outrecuidance abasourdit Nadia. Mike prit son silence pour de l'hésitation.

— Que dirais-tu de vice-présidente des opérations ? ajouta-t-il avec un sourire arrogant.

— Que c'est un pas en arrière en partant du poste de présidente de ma propre chaîne.

Mike pouffa.

— Allons ! Shelton est un bon produit, mais ce n'est pas vraiment une chaîne. Tu n'as que trois hôtels, et ils sont tous à New York. N'as-tu pas plus d'ambition que ça ?

— Non.

Elle faisait tant d'efforts pour contrôler sa colère que ses mains se mirent à trembler. Elle en avait assez de jouer son jeu. Si elle passait plus de temps avec l'ego démesuré de Mike, elle risquait de dire ou de faire quelque chose d'irréparable.

— Et si j'avais plus d'ambition, ce serait pour les hôtels Shelton, l'entreprise que mon père a bâtie en partant de rien, ajouta-t-elle.

Mike leva une main en signe d'apaisement.

— Je ne suis pas venu ici pour me disputer avec toi. Je

me suis battu pour toi. Il m'a fallu du temps pour convaincre le conseil d'administration. Je croyais t'aider. Néanmoins, maintenant qu'on m'a chargé d'acquérir les hôtels Shelton, il n'est pas question que j'échoue.

Nadia se sentit sur le point de perdre son calme. Elle ne lui avait pas demandé de se battre pour elle et elle ne voyait pas comment il pouvait s'imaginer l'aider en proposant d'acheter ses hôtels.

Elle se leva.

— Il est temps que tu t'en ailles, Mike, déclara-t-elle.

Il se leva lentement, avec un sourire si crispé que des rides apparurent aux coins de sa bouche.

— Tu veux vraiment te lancer dans un bras de fer avec moi ? demanda-t-il.

Nadia posa ses mains sur le bureau et se pencha vers Mike.

— Je ne veux rien, grommela-t-elle. Shelton m'appartient, et ça ne changera pas. Maintenant, va-t'en.

Elle contourna le bureau et se dirigea vers la porte.

Mike lui barra la route.

— Ton refus a-t-il un rapport avec notre relation personnelle ? demanda-t-il. Je sais que tu avais espéré que quelque chose se développe entre nous, mais…

Il lui effleura la joue.

— Parfois, ça ne marche pas, c'est tout, conclut-il.

Nadia recula d'un pas, les poings serrés.

— Puisque c'est moi qui ai rompu, je pense que je survivrai, riposta-t-elle.

Mike pinça les lèvres.

— Je comprends qu'il est difficile de faire abstraction des sentiments, mais je m'attendais à une attitude plus professionnelle de ta part, répondit-il. C'est une bonne proposition.

Il marcha vers la porte.

— Réfléchis-y, lui lança-t-il par-dessus son épaule avant de la franchir. On en reparlera bientôt.

Nadia le regarda disparaître.

— Pas si ça ne tient qu'à moi, murmura-t-elle.

3

Les journées de Nadia étaient longues, en général, mais celle-ci avait été plus longue que les autres à cause de son démarrage tardif et de la visite de Mike. Après sa matinée chargée, elle avait fait le bilan du congrès d'agents immobiliers de la semaine précédente et commencé à préparer celui des photographes de la semaine suivante. Cela lui avait évité de penser à l'embarras qu'elle avait éprouvé en présence de Ryan et à la fureur que lui avait inspirée Mike.

Mais, sur le trajet du retour, elle ne put s'empêcher de songer à sa surprise quand Ryan était entré dans la salle de bains. Comme toujours, il s'était présenté à leur rendez-vous dans un costume élégant, qui devait être taillé sur mesure et mettait admirablement ses muscles en valeur. Dire qu'elle portait une robe déchirée et qu'elle avait les genoux en sang… Ryan l'avait déchaussée avec une grande délicatesse. Alors que ce geste n'avait rien d'intrinsèquement sensuel, c'était l'une des expériences les plus troublantes de la vie de Nadia. Et il avait soufflé sur son genou. Heureusement qu'elle était assise, à ce moment-là, parce qu'elle avait craint de défaillir. Elle ne voulait surtout pas que Ryan West sache qu'il la séduisait au point que ses jambes la soutenaient à peine en sa présence. Le fait qu'il l'ait vue dans cet état l'embarrassait terriblement et aurait dû lui rappeler qu'elle avait décidé de tirer un trait sur les hommes.

Elle devait admettre qu'elle se sentait un peu seule, parfois, mais cela valait mieux que d'avoir le cœur brisé quand les gens qu'on aimait nous quittaient.

Elle prit soin de rester loin du bord des trottoirs quand elle tombait sur des feux rouges et elle regagna son immeuble sans incident. Après avoir récupéré son courrier dans sa boîte aux lettres, elle prit l'ascenseur pour monter au troisième étage.

Elle avait presque atteint son appartement quand elle s'aperçut que la porte était entrebâillée.

Elle s'approcha prudemment et s'arrêta net quand elle vit une ombre bouger à l'intérieur.

— As-tu trouvé quelque chose ? chuchota un homme.

— Rien, répondit un autre homme, à la voix plus grave.

— Alors attendons-la, dit le premier.

L'ombre bougea encore, puis un homme en jean et en T-shirt noir passa devant la mince ouverture de la porte.

Nadia ne vit pas son visage, mais elle vit très bien l'arme que tenait sa main gantée.

Surprise, elle lâcha son sac à main et sa mallette, qui tombèrent en produisant des sons étouffés par la moquette du couloir.

Elle recula sur la pointe des pieds, ses clés toujours à la main.

Après quelques pas, elle se retourna et se mit à courir. Comme elle ne pouvait pas prendre le risque d'attendre l'ascenseur, elle fonça vers l'escalier de secours.

Le son de la barre qui permettait d'ouvrir la porte lui parut résonner comme un coup de tonnerre.

Pourvu qu'ils n'aient pas entendu, songea-t-elle.

Nadia dévala l'escalier en produisant un vacarme qui la

fit grimacer. Elle avait atteint le palier du deuxième étage quand un nouveau coup de tonnerre résonna. Il fut suivi par des pas bruyants et précipités.

Plus vite ! Avance !

Elle accéléra sans plus se soucier d'être entendue et en se réjouissant d'avoir acheté des chaussures plates.

Au rez-de-chaussée, un panneau lui indiqua qu'elle déclencherait l'alarme en ouvrant la porte. Quand elle appuya sur la barre et déboucha dans l'allée qui longeait l'arrière de l'immeuble, elle n'entendit que le son habituel de la circulation. Ce n'était pas le moment de maudire la négligence du gérant de l'immeuble.

Elle fonça vers le bout de l'allée. Elle avait acheté cet appartement parce qu'il était près de son lieu de travail et parce que l'immeuble se trouvait dans une rue calme bordée d'arbres. Ce quartier habité par des gens qui travaillaient et des familles avec de jeunes enfants lui offrait la sérénité à laquelle elle aspirait après ses journées trépidantes. Malheureusement, les rues étaient désertes à 22 heures. Il lui était impossible de se fondre dans la foule.

Il faut que tu atteignes la Cinquième Avenue.

Il y avait toujours du monde sur la Cinquième Avenue, qui traversait une bonne partie de Manhattan. Elle était bordée de bars et de restaurants qui seraient ouverts à cette heure et où il serait facile de trouver un téléphone pour appeler la police.

La porte par laquelle Nadia s'était enfuie s'ouvrit alors qu'elle avait presque atteint le coin de l'immeuble.

Elle ralentit un peu pour jeter un coup d'œil par-dessus son épaule. Elle vit apparaître un homme chauve qui était presque aussi large que la porte. Il la fixa avec une méchanceté évidente, même à cette distance. Nadia faisait régulièrement des séances de yoga, mais ses muscles avaient souffert de sa chute, et elle était à bout de souffle, autant à cause de la peur que de sa course folle. Elle se força quand même à courir aussi vite qu'elle le pouvait.

À plusieurs dizaines de mètres, au passage piéton du coin de la Cinquième Avenue, des gens attendaient que le feu passe au vert.

— Au secours ! cria Nadia.

Un coup de klaxon couvrit sa voix. Le feu passa au vert et les gens se remirent à marcher en ayant l'air de ne pas entendre ses pas précipités derrière eux.

Nadia réussit à accélérer encore. Quand elle atteignit le coin de la rue, elle jeta un nouveau coup d'œil par-dessus son épaule.

Le chauve la suivait toujours, maintenant accompagné d'un autre homme aussi large que lui.

Nadia traversa et se fraya un chemin dans la foule en se maudissant d'avoir laissé tomber son sac dans le couloir de l'immeuble. Elle pouvait demander à un passant de lui prêter son téléphone, mais s'arrêter pour expliquer la situation lui ferait perdre un temps qu'elle pouvait employer à distancer ses poursuivants. Il valait mieux qu'elle trouve d'abord un endroit sûr.

Les magasins étaient fermés, mais il y avait des bars et des restaurants un peu plus loin. Elle continua à courir, les yeux fixés sur l'enseigne lumineuse la plus proche. Les lettres s'allumèrent l'une après l'autre, puis le nom du bar clignota en vert : Sentinel.

Ç'aurait été comique dans un film. À cet instant, Nadia le prit comme un signe de la providence parce qu'un protecteur était exactement ce dont elle avait besoin.

Parvenue à la porte de l'établissement, elle s'arrêta pour savoir si elle était encore suivie. Le chauve slalomait entre les groupes de passants. Quand il tourna la tête vers elle, elle s'engouffra dans le bar en espérant qu'il ne l'avait pas vue.

Les murs étaient couverts d'un lambris marron foncé assorti aux poutres. Le volume de la musique obligeait les clients à parler fort. Des bouteilles de liqueurs de toutes les couleurs étaient alignées derrière le bar.

Il y avait pas mal de monde pour un lundi soir, mais pas assez pour qu'elle soit sûre de ne pas se faire repérer.

Le signe universel des toilettes était suspendu à l'entrée d'un couloir, au fond de la salle. Il y avait une sortie de secours au bout du couloir. Si elle réussissait à atteindre cette porte, elle pourrait semer ses poursuivants en passant dans la rue adjacente.

Alors qu'elle contournait les tables en direction de la sortie de secours, la porte du bar s'ouvrit et le chauve apparut. Dès qu'elle le vit, Nadia se rapprocha de trois femmes qui partaient vers les toilettes en riant. Les femmes la regardèrent bizarrement quand elle se mit à rire aussi, mais elles ne firent aucun commentaire. Le chauve cherchait une femme seule. Nadia espéra qu'il n'accorderait que peu d'attention à leur groupe.

Les trois femmes et elle avaient presque atteint le couloir lorsque la porte du fond s'ouvrit à son tour. L'autre homme entra avec un courant d'air froid.

Nadia se plaça derrière la plus grande des femmes. Elle n'avait que quelques secondes pour réagir avant que celles-ci n'entrent dans les toilettes. Elle ne pouvait pas les y accompagner sans se faire repérer par le deuxième homme. Alors elle serait coincée.

Elle jeta un coup d'œil du côté de la porte d'entrée. Le chauve balayait toujours la clientèle du regard. Il ne l'avait pas vue, mais ce n'était qu'une question de temps.

Sur sa gauche, des gens qui fêtaient quelque chose se pressaient autour d'une table. Trois hommes robustes se tenaient près de la table voisine.

Elle se glissa entre les deux plus grands et se planta devant l'un d'eux pour se cacher.

— Bonsoir, dit-il dans son dos.

Nadia tourna la tête pour voir le visage de l'homme qu'elle employait comme bouclier et tressaillit en découvrant des yeux noisette qui lui étaient familiers.

— Que faites-vous là ? balbutia-t-elle.

— C'est moi qui devrais vous poser cette question, répondit Ryan en haussant un sourcil.

— Je...

Elle fixa l'homme sur lequel elle fantasmait depuis deux ans sans savoir comment lui expliquer pourquoi elle s'était quasiment jetée dans ses bras.

À travers le petit espace qui séparait Ryan de l'homme qui se trouvait à côté de lui, elle vit que le chauve parcourait la salle en examinant toutes les femmes une par une.

— Je sais que cette situation est étrange, mais ne bougez pas, s'il vous plaît, dit-elle. Deux hommes m'ont suivie ici et je dois me cacher jusqu'à ce qu'ils s'en aillent.

Les traits de Ryan se durcirent.

Son voisin, qui avait écouté leur conversation, se rapprocha de lui pour qu'elle soit mieux dissimulée.

Elle lui offrit un sourire reconnaissant.

— Je vous présente mon collègue, Gideon Wainwright, dit Ryan. Gideon, Nadia.

Gideon la salua d'un signe de tête.

Il y avait trop de bruit dans le bar pour que quelqu'un d'autre les ait entendus, mais des clients regardèrent Nadia avec curiosité. Un homme mince avec une barbiche blonde, qui se trouvait à la table voisine, se pencha vers eux comme s'il voulait poser une question.

Ryan le regarda en secouant la tête. L'homme se figea puis reporta son attention sur la conversation de sa table.

— Où sont les hommes qui vous suivent ? demanda Gideon à Nadia avec un accent du sud qui la surprit.

Avec sa masse de muscles, il ressemblait plus à Arnold Schwarzenegger qu'à Matthew McConaughey.

— Il y a un chauve, qui m'a suivie depuis la rue, répondit-elle. L'autre homme est entré par la sortie de secours.

Gideon balaya la salle du regard. Nadia ne voyait plus les hommes qui la cherchaient, mais Gideon les vit, à en juger par son expression.

— Pourquoi vous suivent-ils ? demanda Ryan en posant ses mains sur ses épaules.

Elle s'appuya contre lui. Elle était toujours tendue et effrayée, mais un peu moins depuis qu'elle n'était plus seule.

Elle savait instinctivement que Ryan ne laisserait pas ces hommes l'atteindre.

— Je ne sais pas, murmura-t-elle. Ils étaient dans mon appartement quand je suis rentrée, tout à l'heure. La porte n'était pas complètement fermée, et je les ai entendus dire qu'ils m'attendaient. J'ai aussi aperçu l'un d'eux. Comme il avait une arme à la main, je me suis enfuie.

Le seul souvenir de la scène la fit frissonner.

— Vous avez fait ce qu'il fallait, dit Ryan en lui massant les épaules. Vous êtes en sécurité, maintenant.

— Ils s'en vont, annonça Gideon. Je les suis.

Il s'éloigna sans attendre que Ryan lui réponde.

Nadia se détendit d'un seul coup. Elle se serait effondrée si Ryan n'avait pas enroulé un bras autour de sa taille.

Il se tourna vers la table voisine.

— Continuez à vous amuser. On revient, dit-il avant d'entraîner Nadia vers l'autre bout du bar.

En chemin, Ryan s'arrêta près du bar pour demander à sa barmaid, Stacey, de lui faire apporter une tasse de thé dans son bureau. Il estimait que Nadia avait besoin de quelque chose de plus fort, mais il ne savait pas si elle buvait de l'alcool.

— Vous avez le droit d'entrer là ? s'inquiéta Nadia quand il l'entraîna dans son bureau.

Il déplaça la pile de documents qui encombrait le canapé en cuir noir et invita Nadia à s'y asseoir.

— C'est mon bureau, répondit-il. Shawn et moi possédons ce bar.

Il alla chercher son fauteuil pour le placer en face du canapé.

Nadia fronça les sourcils.

— Je croyais que vous travailliez dans l'agence de sécurité de votre père.

— C'est le cas. Le bar n'est…

Il ne savait pas vraiment ce que c'était. Quand le propriétaire précédent avait décidé de prendre sa retraite en Arizona, Shawn et lui n'avaient pas voulu voir fermer leur lieu de sortie préféré. Ils l'avaient acheté sans trop réfléchir. Heureusement pour eux, Stacey était une très bonne gestionnaire en plus d'être une excellente barmaid.

— … Qu'un peu de diversification, acheva-t-il. Maintenant, parlez-moi des hommes qui vous ont suivie.

Nadia croisa les bras, ce qui souleva sa poitrine.

Concentre-toi !

— Je ne sais vraiment pas ce qu'ils me veulent. Je ne les avais jamais vus avant ce soir.

On frappa à la porte et l'une des nouvelles serveuses

apporta la tasse de thé qu'il avait commandée à Stacey. Il attendit qu'elle soit sortie de la pièce pour dire :

— Reprenez depuis le début.

Nadia soupira. Elle expliqua qu'elle avait trouvé les deux hommes dans son appartement en rentrant chez elle et qu'ils l'avaient ensuite pourchassée jusqu'à ce qu'elle se réfugie dans le bar. Le fait que Gideon et lui se soient trouvés là pour lui servir de bouclier était un heureux hasard.

On frappa encore à la porte. Gideon et Shawn entrèrent sans attendre que Ryan les y invite.

— On a suivi les types jusqu'à un garage sur le boulevard Martin Luther King, dit Gideon. Comme on risquait de se faire repérer si on y entrait aussi, on est restés près de la porte et on a relevé la plaque d'une voiture noire qui est sortie peu de temps après.

Ryan hocha la tête.

— Bien. Trouvez à qui cette voiture appartient.

— C'est déjà fait. Elle a été volée à Jersey City il y a cinq jours, répondit Shawn.

Cinq jours. Cela signifiait soit que ces types avaient l'habitude de rouler dans des voitures volées, soit qu'ils avaient volé celle-ci en prévision de leur intrusion chez Nadia. Aucune des deux hypothèses n'était bonne pour elle.

— Voyez-vous quelqu'un qui pourrait vouloir vous faire du mal ? demanda-t-il. Des ennemis ? Un ex-petit ami ?

Imaginer Nadia avec un autre homme que lui lui fut désagréable.

Nadia se massa les tempes.

— Je n'ai pas d'ennemi et je ne suis sortie avec personne depuis plus d'un an.

Elle grimaça. Elle avait dû lui livrer cette dernière information par inadvertance.

Ryan ne put s'empêcher d'esquisser un sourire, qu'il fit disparaître quand Shawn lui jeta un regard curieux.

— Qui hériterait des hôtels s'il vous arrivait quelque chose ? demanda-t-il à Nadia.

Elle écarquilla les yeux.

— Il n'y a plus que mon oncle Erik, le demi-frère de mon père, et moi dans la famille, à présent. Mais je ne peux pas imaginer que mon oncle me veuille du mal.

Ryan ne prit pas la peine de lui rappeler ce que les membres d'une même famille étaient capables de se faire les uns aux autres pour de l'argent. Il se renseignerait sur l'oncle Erik.

— Avez-vous entendu ces hommes prononcer votre nom quand ils étaient dans votre appartement ? demanda-t-il.

— Non. Ils ont simplement dit qu'ils attendaient que je rentre.

Alors ils avaient pu se tromper d'appartement... Mais l'instinct de Ryan lui assurait le contraire.

Ryan se tourna vers Shawn et Gideon.

— Pouvez-vous aller inspecter l'appartement de Nadia ?

— Bien sûr, répondit Shawn.

— Une minute ! intervint Nadia. Je vous remercie de m'avoir aidée ce soir, mais je ne peux pas vous demander d'en faire plus. Je suis certaine que le contrat que vous avez avec les hôtels Shelton n'inclut pas ma sécurité personnelle.

— Ne vous en faites pas pour ça, dit Ryan.

Shawn esquissa un sourire.

Nadia leur donna son adresse et ses clés, qu'elle avait miraculeusement gardées en main pendant sa course folle.

Quand Shawn et Gideon quittèrent la pièce, elle se leva et se mit à faire les cent pas.

— Pourquoi voulez-vous inspecter mon appartement ? s'inquiéta-t-elle.

— Nous ne savons pas qui était dans la voiture dont nous avons relevé la plaque, répondit Ryan. Il n'est pas question que je vous renvoie chez vous sans avoir une idée claire de la situation.

Nadia pouffa amèrement.

— J'espère que vous y parviendrez, parce que je n'y comprends rien, pour ma part.

Elle tenait plutôt bien le coup, vu ce qu'elle venait de vivre, mais c'était grâce à l'adrénaline. Cela ne durerait pas et la retombée pouvait être brutale quand elle comprendrait qu'elle n'était pas passée loin de se faire enlever - ou pire. C'était l'une des raisons pour lesquelles il voulait la garder auprès de lui.

— Avez-vous contrarié quelqu'un, récemment ? lui demanda-t-il. Avez-vous entrepris des négociations qui auraient mal tourné ?

— Les hôtels Shelton s'en sortent bien depuis que Nate et moi leur avons fait prendre un tournant écologique, mais nous ne sommes qu'un petit poisson dans l'industrie hôtelière. Personne n'a de raison de s'attaquer à nous.

Pourtant, quelqu'un l'avait fait. Deux fois dans la même journée. Il ne croyait absolument pas que le fait qu'on ait poussé Nadia sur la chaussée soit sans rapport avec les événements de la soirée. Les deux attaques étaient à la fois personnelles et pas très bien exécutées, ce qui laissait supposer qu'elles avaient été commises par quelqu'un que Nadia connaissait.

— Vous ne voyez vraiment personne qui pourrait vous en vouloir ? insista-t-il.

Elle arrêta de faire les cent pas et se tourna vers lui.

— L'un de mes ex est venu me voir, tout à l'heure. Ce n'était pas une visite de courtoisie, mais je suis certaine qu'il n'était pas l'un des hommes qui m'ont suivie.

— Comment s'appelle-t-il ?

— Mike Dexter. C'est le président des hôtels Aurora. Il est passé me voir aujourd'hui, mais je ne le crois pas mêlé à ce qu'il s'est passé, précisa-t-elle en secouant la tête.

Ryan retint le nom et se promit d'enquêter sur cet individu. Même si la plupart des gens pensaient que leurs proches ne s'en prendraient jamais à eux, Ryan avait travaillé assez longtemps dans la sécurité pour savoir qu'ils se trompaient souvent.

— Mike et moi avons rompu il y a plus d'un an, ajouta Nadia en le regardant droit dans les yeux. Je m'occupe de la chaîne toute seule depuis la mort de Nate. Je n'ai pas le temps d'avoir une vie privée.

West Security avait envoyé des fleurs quand Nate était mort, et Ryan s'était rendu aux funérailles. Nadia, qui avait été un modèle de grâce et de patience, avait consolé les nombreux amis de Nate. Mais Ryan avait bien perçu la profondeur de son chagrin, ce qui l'avait beaucoup ému. Il avait signé le livre de condoléances et s'était abstenu de la saluer pour ne pas l'importuner.

— Vous avez changé certaines choses, depuis un an, dit-il. Avez-vous des employés que cela contrarie ?

Nadia sourit tristement.

— Nos employés adoraient Nate. Certains préféraient sa manière de diriger les hôtels, qui était… plus souple que la mienne. Mais je n'arrive pas à croire que l'un d'eux m'ait attaquée ou ait envoyé des hommes dans mon appartement à cause de ça.

C'était peu probable, en effet, mais Ryan avait vu beaucoup de gens faire des choses irrationnelles. Il ne rayerait aucun suspect de la liste sans avoir enquêté sur lui. Il demanda des noms à Nadia. Après une longue hésitation, elle lui donna ceux de deux directeurs adjoints de ses hôtels.

Remplacer Nate avait dû être particulièrement difficile. Il lui avait fallu endosser le rôle de présidente en même temps qu'elle portait le deuil de son frère. Elle semblait s'en être bien sortie.

Mais l'expérience avait enseigné à Ryan que les apparences pouvaient être trompeuses.

— Comment encaissez-vous la mort de Nate ? demanda-t-il.

Nadia se rassit sur le canapé et baissa les yeux.

— Aussi bien que possible, j'imagine, soupira-t-elle. C'était un accident de voiture, et ça remonte à onze mois. Certains jours, il m'arrive d'oublier qu'il n'est plus là, et puis tout me revient d'un coup…

Ils se turent un long moment. Ryan avait envie de la serrer contre lui et de lui promettre de régler tous ses problèmes, mais elle avait enroulé ses bras autour de son torse et elle évitait son regard.

Il demanda à la cuisine de faire apporter des sandwichs dans son bureau et se réjouit de voir Nadia reprendre des couleurs en mangeant. Ils avaient à peine fini de dîner quand Shawn et Gideon entrèrent dans la pièce, sans frapper, cette fois.

— L'appartement est sens dessus dessous, annonça Shawn. Mais je ne sais pas si ces types voulaient juste tout saccager ou s'ils cherchaient quelque chose. J'ai trouvé ça dans le couloir.

Shawn tendit son sac à main à Nadia en plus de ses clés.

— Il ne manque rien, dit-elle avec soulagement après l'avoir ouvert. Il y a mes cartes de crédit, mes papiers et même le liquide que je garde sur moi en cas d'urgence.

Ryan fronça les sourcils.

— Ce n'était donc pas un cambriolage, commenta-t-il.

Nadia pâlit tant que Ryan se réjouit qu'elle soit assise. Il quitta son fauteuil pour aller s'asseoir à côté d'elle.

— Merci, dit-il à Shawn et Gideon en indiquant la porte d'un signe de tête.

Il les congédiait un peu sèchement, mais ses associés n'étaient pas du genre à se vexer pour un rien. Shawn et Gideon s'en allèrent sans dire un mot.

Nadia prit sa tête entre ses mains.

— Je ne comprends pas ce qu'il se passe, balbutia-t-elle.

— Je sais, répondit-il en lui caressant le dos. Je pense que vous ne devriez pas retourner dans votre appartement avant qu'on n'ait tiré les choses au clair.

Nadia essuya une larme.

— Je peux m'installer dans une chambre de l'hôtel pour la nuit, dit-elle.

Ryan n'était pas sûr que ce soit une bonne idée. Ceux qui s'en prenaient à Nadia savaient qui elle était. Il était facile de supposer qu'elle dormait dans l'un de ses hôtels si elle ne rentrait pas chez elle.

Il n'aspirait qu'à l'emmener chez lui et à ne plus la laisser sortir tant qu'elle serait menacée. La petite partie de son cerveau qui était encore objective lui rappela qu'il était trop impliqué affectivement. Néanmoins, son appartement était bien plus sûr que celui de Nadia ou qu'un hôtel. Et il se croyait capable de rester professionnel si la sécurité de Nadia en dépendait.

— Vous pouvez vous installer chez moi, proposa-t-il. Si ces gens savent où vous vivez, ils savent sans doute aussi où vous travaillez.

Elle le regarda avec un air inquiet.

— Est-ce vraiment…

— Mon appartement est grand, et vous ne trouverez pas un endroit plus sûr dans toute la ville, la coupa-t-il.

Elle pouffa.

— Ça, je veux bien le croire !

Alors elle se détendit et lui offrit un sourire reconnaissant qui la rendit encore plus belle.

— D'accord, dit-elle. Merci.

— Ne vous inquiétez pas, répondit-il. Je vous promets de vous protéger.

4

Ils commencèrent par appeler la police et par retourner dans l'appartement de Nadia pour signaler l'intrusion. La policière qui prit leurs dépositions ne s'inquiéta pas autant que Ryan l'aurait voulu. Elle ne semblait pas croire que Nadia soit personnellement visée et préférait l'hypothèse de cambrioleurs qui se seraient enfuis à son arrivée. Quand Nadia insista sur le fait que les hommes l'avaient suivie jusqu'au bar, la policière considéra cet élément comme une hallucination due à l'hystérie.

Comme ils ne pouvaient pas prouver que les hommes qui étaient entrés au Sentinel après Nadia étaient ceux qui avaient forcé la porte de son appartement, ils se contentèrent d'accepter la carte de visite de la policière. Ryan ne prit pas la peine de mentionner que Nadia avait été poussée sur la chaussée dans la matinée. Nadia elle-même semblait ne pas avoir encore relié les deux incidents.

En général, Ryan se servait d'une application de covoiturage pour circuler en ville pendant son temps libre, mais il ne voulait pas faire courir le moindre risque à Nadia. Il avait réquisitionné un véhicule de l'agence, qu'on lui avait apporté pendant que Nadia et lui s'entretenaient avec la policière. Il s'en servit pour emmener Nadia chez lui.

Tout en conduisant, il observa Nadia à la dérobée. Elle avait posé sa tête contre la vitre et fermé les yeux. Même épuisée et terrifiée, c'était toujours la plus belle femme qu'il avait jamais vue. Elle était lumineuse. Malgré lui, il envisagea une fois de plus de violer les règles qu'il s'était imposées et d'essayer de la séduire.

Quand il posait les yeux sur elle, il voyait une femme aux courbes parfaites qu'il avait souvent rêvé d'attirer dans ses bras.

Ressaisis-toi !

Son père, James West Senior, ferait une crise d'apoplexie s'il savait que Ryan voyait une cliente de cette manière. Les hôtels Shelton étaient l'un des plus anciens clients de West Security. Le père de Nadia et le sien avaient signé leur premier contrat ensemble plus de vingt ans plus tôt. À l'époque, son père s'était concentré sur les alarmes et les caméras de sécurité dans les espaces commerciaux.

Le père de Ryan avait espéré que ses quatre fils prendraient sa suite, mais James Junior avait décidé d'entrer dans l'armée et Brandon de faire des études de droit. Seuls Shawn et Ryan, les deux plus jeunes, avaient marché sur ses traces.

Shawn et Ryan avaient développé l'agence depuis qu'ils y travaillaient. Elle offrait désormais toutes sortes de services à des résidences, des commerces et des particuliers. Ils avaient aussi obtenu une licence de détectives privés qui leur permettait de mener des enquêtes pour leurs clients.

James Senior laissait ses fils gérer l'agence depuis quelque temps. Néanmoins, même s'il préférait les parcours de golf au bureau, il veillait au grain. Surtout, il était encore actionnaire majoritaire et il avait clairement fait comprendre à Shawn et à Ryan qu'il n'hésiterait pas à les mettre à la porte s'ils prenaient de mauvaises décisions.

Ryan était tout à fait certain que son père verrait le fait qu'il sorte avec une de leurs meilleures clientes comme une mauvaise décision.

Ryan jeta un nouveau coup d'œil à Nadia, qui s'était endormie.

Il resterait professionnel, mais il n'était pas question qu'il la laisse gérer son problème toute seule. Des gardes du corps présents vingt-quatre heures sur vingt-quatre coûtaient des dizaines de milliers de dollars. Les hôtels Shelton s'en sortaient bien, mais Ryan doutait que Nadia puisse s'offrir ce service très longtemps. Il trouverait une solution. Son frère et ses employés n'apprécieraient pas de travailler gratuitement, mais ils seraient ravis qu'il leur doive un service.

Ryan entra enfin dans le garage de son immeuble. Il ne vivait qu'à deux kilomètres du Sentinel, mais il y avait tant de circulation, même à minuit, que le trajet lui semblait toujours trop long.

Il se gara sur la place qui lui était réservée et coupa le moteur.

Nadia dormait toujours.

Alors qu'il songeait à la porter jusque dans son appartement, elle ouvrit les yeux et se redressa.

— Désolée, dit-elle. Je suis de meilleure compagnie, d'habitude.

— Vous êtes épuisée, répondit-il. Venez. Vous dormirez mieux dans la chambre d'amis.

Il glissa une clé magnétique dans le lecteur de l'ascenseur et le bouton du dernier étage s'alluma.

— Le dernier étage… La sécurité paie bien, on dirait, commenta Nadia en haussant un sourcil.

Cette remarque mit Ryan mal à l'aise. West Security était prospère, mais cela n'avait pas grand-chose à voir avec l'endroit où il vivait. Après avoir quitté l'armée, il était retourné vivre chez son père. Même s'il adorait ce dernier, cet arrangement lui avait paru insupportable en moins de deux semaines. À ses yeux, la principale qualité de son appartement était d'être près de son lieu de travail. Il ne l'avait même pas choisi lui-même. Comme Camille, la femme de son frère James, était agent immobilier, il s'était contenté de l'informer de son budget et de ses maigres exigences. Il n'avait fait qu'une brève visite de l'appartement avant de signer l'acte de vente.

Les portes de l'ascenseur s'ouvrirent sur un couloir blanc qui avait un appartement de chaque côté. Avant d'acheter, Ryan avait quand même pris le temps d'enquêter sur son futur voisin. C'était un pionnier des jeux en ligne qui était riche comme Crésus et vivait comme un reclus. Ryan et lui n'avaient pas échangé plus de dix mots en cinq ans. Du point de vue de Ryan, c'était le voisin idéal.

Ryan ouvrit sa porte. L'entrée n'était qu'un espace délimité par un long mur qui cachait le reste de l'appartement.

Il posa ses clés dans le panier placé sur une table posée contre le mur puis entraîna Nadia dans le salon. Après un mois de pression, il avait fini par laisser Camille décorer l'appartement. Le résultat était lisse et contemporain, avec beaucoup d'angles et de cuir noir. Camille avait fait une concession à ses goûts en plaçant des livres d'histoire de l'art sur la table basse. L'effet général était loin de l'atmosphère rustique qu'il préférait. Mais comme il consacrait l'essentiel du temps qu'il passait là à dormir ou à regarder des matchs sur l'écran géant du salon, il n'avait pas vu l'intérêt de payer quelqu'un pour redécorer.

Tandis que Nadia balayait la vaste pièce du regard, il ne put s'empêcher de se demander à quoi l'appartement ressemblerait si elle y vivait. Il chassa cette idée de son esprit avant qu'elle ne l'entraîne sur une pente dangereuse. Il hébergeait Nadia parce qu'elle était en danger ; elle ne s'installait pas chez lui.

— Je vais vous montrer votre chambre, dit-il.

Il l'entraîna vers les deux chambres. Malgré la taille respectable de la pièce qui servait à la fois de salon et de cuisine, il n'y avait que deux chambres, qui avaient chacune un grand placard et une salle de bains attenante. La chambre d'amis était meublée d'un lit, de tables de nuit et d'une commode en acajou. On pouvait voir la baignoire sur pieds de la salle de bains par la porte entrouverte.

Nadia se mordit la lèvre.

— Ça m'ennuie de vous demander un service de plus, mais je n'ai pas emporté de vêtements, dit-elle. Puis-je vous emprunter un T-shirt pour la nuit ?

Contrarié de ne pas avoir pensé à lui suggérer de préparer un sac, Ryan secoua la tête. Nadia n'était pas la seule à avoir besoin de repos.

— Bien sûr, répondit-il.

Il alla chercher un T-shirt et une paire de chaussettes dans sa chambre. Ses pulls seraient bien trop grands pour Nadia, mais le T-shirt ferait l'affaire.

— On s'occupera du problème des vêtements demain, dit-il en lui tendant ce qu'il avait trouvé.

— Je pourrai retourner dans mon appartement demain, non ? s'inquiéta-t-elle.

Si les deux incidents de la journée étaient bien liés, comme il le pensait, ceux qui en voulaient à Nadia étaient tenaces. Il y avait peu de chances qu'elle puisse reprendre le cours normal de sa vie rapidement. Il ne voulait pas lui mentir, mais il se faisait tard et ils avaient tous les deux besoin de se reposer pour avoir les idées claires le lendemain.

Avant que le bon sens ne le retienne, il effleura la joue de Nadia.

— Je ne sais pas, chérie, mais on fera de notre mieux pour que vous rentriez chez vous le plus vite possible, lui assura-t-il.

Il glissa un bras autour de sa taille et l'attira contre lui. Nadia écarquilla les yeux. Il aurait suffi à Ryan de se pencher vers elle pour effleurer ses lèvres. Lui rendrait-elle son baiser ou penserait-elle qu'il profitait de la situation ?

Cette deuxième hypothèse l'incita à la lâcher et à reculer d'un pas.

— Si vous avez besoin de quoi que ce soit, je serai en face, conclut-il.

Il fila dans sa chambre, ferma résolument la porte derrière lui et s'y adossa.

Que lui arrivait-il ? C'était une cliente. En danger, en plus. Il l'avait amenée chez lui pour la protéger, pas pour se jeter sur elle. Non seulement c'était un grave manque de professionnalisme, mais il n'était pas du genre à profiter de la vulnérabilité des femmes.

Il alla s'asseoir sur son lit, qui occupait une grande partie de la pièce, et ouvrit son ordinateur. Shawn lui avait envoyé des informations sur le propriétaire de la voiture volée. Il s'agissait d'un dentiste de quarante-trois ans, père de quatre enfants, qui avait un casier judiciaire vierge et ne semblait pas avoir le moindre lien avec Nadia ni les hôtels Shelton.

Ryan avait aussi reçu un e-mail de Gideon, qui avait fait des captures d'écran des caméras du Sentinel. Ils avaient une bonne image de l'homme qui était entré par la porte et une moins bonne de celui qui était passé par-derrière. Ryan se promit d'investir dans des caméras de meilleure qualité. Le message de Gideon tenait en une ligne :

J'essaie de les identifier.

Tant mieux. Plus vite ils découvriraient qui étaient ces hommes, plus vite ils comprendraient la situation.

Ryan ouvrit un second e-mail de Shawn, qui contenait le résultat de ses recherches sur Nadia et Nathan Shelton.

West Security faisait toujours des recherches sur les dirigeants des entreprises pour lesquelles elle travaillait. Alors que Ryan avait demandé des centaines de rapports au fil des ans, il eut l'impression qu'il s'apprêtait à fouiner dans la vie de Nadia et fut mal à l'aise pour la première fois.

Il fit abstraction de ce sentiment et lut le rapport.

Calvin Shelton, le père de Nadia, avait commencé comme portier dans un hôtel qui n'existait plus et il avait gravi les échelons jusqu'à en devenir le gérant. Au milieu des années 1970, Calvin avait acheté l'hôtel de Harlem, qui était devenu le navire amiral de sa petite chaîne.

Il s'était marié à la cinquantaine. Sa femme, qui était bien plus jeune que lui, lui avait donné Nathan et Nadia avant de mourir d'un cancer. Il avait dirigé ses trois hôtels jusqu'à sa mort, six ans plus tôt. Alors Nadia et Nathan avaient pris la relève. Il y avait onze mois, Nadia était devenue la seule propriétaire des hôtels Shelton quand Nathan était mort dans un accident de voiture pendant des vacances dans le Maine.

Nadia avait fait des études d'architecture, ce qui expliquait les photos de ponts célèbres qui ornaient les murs de son bureau. Elle avait aussi un diplôme en administration des entreprises, ce qui confirmait ce qu'il savait déjà : elle était trop intelligente pour sortir avec lui.

Le téléphone de Ryan sonna.

— Comment ça se passe ? demanda Shawn sans préambule quand Ryan décrocha.

— Tout va bien. Nadia est allée se coucher.

— Et tu n'es pas avec elle ?

— Ce n'est pas drôle.

— Allons ! Tu as le béguin pour Nadia Shelton depuis au moins un an. Elle dort dans ta chambre d'amis, et tu vas me dire que l'idée de la rejoindre ne t'a même pas traversé l'esprit ?

— Je n'ai pas le béguin pour Nadia Shelton, se défendit Ryan en essayant de faire abstraction du fait qu'il avait failli l'embrasser. Elle a des ennuis. Je fais mon travail.

— C'est ça ! pouffa Shawn.

— N'appelles-tu que pour me taper sur les nerfs ?

— Non : te taper sur les nerfs est un bonus. As-tu reçu mes e-mails ?

— Je suis en train de les lire.

Ryan entendit Shawn taper sur un clavier.

— Je t'envoie une vidéo du Sentinel, annonça Shawn.

Ryan l'ouvrit. On y voit un homme très musclé et barbu observer la clientèle à la recherche de quelqu'un.

— Le deuxième homme est entré par-derrière, comme Nadia nous l'a dit, mais on n'a que des images floues de lui, dit Shawn.

— Il faut…

— Je sais, le coupa Shawn. J'ai déjà commandé de nouvelles caméras. Par ailleurs, je ne reconnais pas le type qu'on voit clairement. Je ferai circuler sa photo demain. As-tu lu la partie du rapport qui concerne Nathan Shelton ?

Ryan s'empressa de le faire. Nate, qui avait quatre ans de plus que Nadia, avait étudié le commerce et la finance. C'était un entrepreneur riche et séduisant qui avait enchaîné les relations brèves avec des femmes célèbres. Il était officiellement célibataire au moment de sa mort. Il avait été arrêté deux fois quand il avait une vingtaine d'années, une fois pour possession de *marijuana*, l'autre à cause d'une bagarre dans un bar. Dans les deux cas, la police avait abandonné l'enquête avant qu'elle ne soit confiée à un juge.

— Deux arrestations il y a vingt ans…, dit Ryan. Ça n'explique pas ce qu'il se passe aujourd'hui.

— Va plus loin, répondit Shawn. Le frère de Mlle Shelton avait quelques mauvaises fréquentations.

Le rapport sur Nate, très détaillé, comprenait des informations sur ses principaux associés, dont plusieurs trempaient dans des trafics de drogues et d'armes ou blanchissaient de l'argent sale. Rien n'indiquait que Nate ait été impliqué dans leurs activités.

— Regarde qui est sur la photo que j'ai mise dans le rapport, lui suggéra Shawn.

Ryan examina la photo, sur laquelle cinq hommes se tenaient devant ce qui devait être une boîte de nuit. Le rapport fournissait l'identité des cinq hommes et l'un d'eux, celui qui se tenait à côté de Nate, intéressa particulièrement Ryan. Brian Leroy.

— Nate et Brian Leroy avaient l'air de bien s'entendre, commenta Ryan.

Leroy se faisait passer pour un petit investisseur. En réalité, son argent provenait de la mafia. Quand Leroy investissait dans une entreprise, ses propriétaires en perdaient progressivement le contrôle. Ceux qui lui résistaient avaient des accidents inexplicables qui leur rendaient impossible de travailler - ou pire.

— C'est une piste, dit Shawn. Si Shelton fréquentait Leroy, il pouvait être impliqué dans n'importe quoi.

Il hésita avant d'ajouter :

— Rien n'indique que Nadia connaisse Leroy, mais tu devrais lui demander si sa tête lui dit quelque chose.

Ryan résista à la tentation de s'emporter. Il ne croyait

pas un instant que Nadia ait un lien avec quelqu'un comme Leroy. Mais il ferait mal son travail s'il ne suivait pas la suggestion de Shawn. Même si Nadia n'avait pas de contact direct avec Leroy, elle pouvait l'avoir vu en compagnie de Nate et savoir s'ils faisaient affaire.

— Je le ferai, promit-il. De ton côté, pourrais-tu faire des recherches sur Mike Dexter ? Et aussi, par un tour de magie, m'obtenir le rapport de police sur la mort de Nathan Shelton ?

— Autre chose pendant que j'agite ma baguette ? demanda Shawn.

— Ce sera tout pour le moment, répondit Ryan.

— Je verrai ce que je peux faire. Je ne te promets rien. Pourquoi veux-tu ce rapport, d'abord ?

— Juste pour maîtriser les bases du dossier.

Après avoir raccroché, Ryan lança un moteur de recherche. West Security s'offrait les services de plusieurs bases de données très performantes, mais cela valait toujours la peine de faire des recherches sur Internet. Si les gens savaient quelle quantité d'informations les concernant circulait sur la toile, ils ne toucheraient plus jamais un ordinateur.

Sa recherche sur Nathan produisit plus de résultats que Ryan ne pouvait en lire. Il parcourut les titres des articles. La plupart concernaient des événements mondains auxquels Nathan avait participé et des donations des hôtels Shelton. Il était évident que Nathan aimait s'occuper des relations publiques. Ryan ne trouva pas d'autre photo de Nathan avec Leroy ni aucun indice d'une quelconque activité criminelle. Il y avait plusieurs articles sur sa mort. Ryan cliqua sur l'un des liens.

Alors que Nathan était en vacances dans le Maine, sa voiture avait quitté la route et plongé d'une falaise. La police attribuait l'accident à une erreur du conducteur, ce qui n'avait pas pu être confirmé. Le corps de Nathan, qu'on supposait avoir été emporté par le courant jusqu'à la mer, n'avait jamais été retrouvé. Il y avait une série de liens à la fin de l'article. La plupart concernaient la vie sociale très active de Nate.

Un article attira l'attention de Ryan : le faire-part des fiançailles de Nadia. Il y avait deux ans et demi de cela, Nadia avait promis d'épouser le docteur Wallace Hardee.

Ryan fit une recherche sur Hardee. Il trouva le même faire-part et un article sur le travail du docteur dans une unité pédiatrique.

Un médecin… Cela semblait exactement le genre d'homme que les femmes comme Nadia épousaient. Alors pourquoi s'étaient-ils séparés ?

Ryan ferma son ordinateur, le posa sur le lit et alla dans la salle de bains. Les mains posées sur le bord du lavabo, il fixa son reflet dans le miroir.

Il avait bien failli embrasser Nadia. En plus d'être une cliente, elle était tout à fait hors de la portée de quelqu'un qui avait abandonné ses études en première année de fac. Il ne devait plus l'oublier et il devait s'abstenir de toucher Nadia.

Elle serait en sécurité tant qu'elle serait avec lui. Ryan en était certain.

Mais mettait-il son propre cœur en danger ?

Nadia mit un certain temps à s'endormir. Lorsqu'elle y parvint enfin, ses rêves furent peuplés d'hommes menaçants qui la pourchassaient. Une grosse main venait de lui saisir le bras quand la sonnerie lointaine d'un téléphone l'arracha à son cauchemar.

Elle se traîna dans la salle de bains. Son reflet dans le miroir était un cauchemar d'une autre sorte. Elle avait les yeux cernés, les lèvres desséchées, et ses cheveux étaient tout emmêlés. Elle ne pouvait pas faire grand-chose sans ses affaires de toilette habituelles, mais une douche chaude serait un bon début. Elle trouva des serviettes dans un placard, ainsi que des savons et des brosses à dents encore emballés et un peigne, dont elle se servit pour dompter sa crinière.

Elle retira son T-shirt et entra dans la douche. Des jets multiples massèrent son corps endolori.

Quand elle eut fini de se sécher, elle se sentit de nouveau humaine. Elle avait besoin d'une tasse de café et de quoi calmer son estomac qui gargouillait. Ensuite, elle essaierait de comprendre qui s'en prenait à elle et pourquoi.

Elle remit le tailleur qu'elle avait acheté la veille et sortit de la chambre. Des odeurs de café et de cannelle l'assaillirent dès qu'elle se retrouva dans le couloir.

Elle s'arrêta net, hypnotisée, quand elle entra dans la cuisine. Ryan se tenait devant la gazinière. Il portait une chemise noire qui mettait ses biceps en valeur et son jean moulait des fesses qui auraient pu être sculptées par Michel-Ange.

Ryan cessa de surveiller les toasts qu'il faisait frire pour la regarder de la tête aux pieds. Si elle n'avait pas eu une idée claire de ce dont elle avait l'air, elle aurait cru lire du désir dans son regard insistant.

— Café ? proposa Ryan.

— Volontiers, répondit-elle.

Elle s'arracha à sa contemplation et se dirigea vers la cafetière.

Une tasse pleine à la main, Nadia se hissa sur un tabouret. Elle n'avait pas accordé beaucoup d'attention à l'appartement, la veille au soir. Elle fut impressionnée par la baie vitrée qui offrait une vue magnifique sur l'Hudson.

Le salon, qui se trouvait un peu en contrebas de l'autre côté de la pièce, avait aussi une baie vitrée qui permettait de contempler la ville.

Ryan posa devant elle une assiette de toasts saupoudrés de sucre et garnis de morceaux de melon. Il alla ouvrir le réfrigérateur et revint avec sa propre assiette et une bouteille de sirop d'érable.

Nadia attaqua ses toasts.

— C'est délicieux, complimenta-t-elle Ryan. Où avez-vous appris à cuisiner ?

— Ma mère est morte quand j'avais dix-huit ans, répondit-il. L'un de mes frères aînés était dans l'armée, l'autre à la fac. Comme papa travaillait beaucoup, j'ai arrêté mes études pour m'occuper de mon petit frère.

— Je suis désolée pour votre mère, dit-elle. Et je suis désolée que vous ayez dû arrêter vos études.

Il pouffa.

— Je passais plus de temps à faire la fête qu'à étudier, de toute manière.

Cela fit rire Nadia.

— Qu'étudiiez-vous ?

— L'histoire de l'art.

Elle haussa un sourcil.

— C'est vrai ?

— C'est vrai, répondit-il. Quand j'étais gosse, j'ai fait une sortie scolaire au Metropolitan. On dit qu'on peut aller n'importe où en lisant un livre…

Nadia hocha la tête et but une gorgée de café.

— C'est pareil avec l'art, reprit-il. Quand j'ai abandonné mes études, j'ai trouvé un emploi à temps partiel comme agent de sécurité de ce musée. Ça me faisait quelque chose de traverser ces salles… J'avais l'impression d'être transporté dans le passé.

— Je comprends que ça vous ait plu. Mais pourquoi avez-vous choisi de travailler pour une autre agence de sécurité que celle de votre père ? demanda-t-elle.

Ryan se figea, sa fourchette en l'air, et fronça les sourcils.

— Je suis désolée. Ça ne me regarde pas, s'empressa-t-elle de dire.

— Mon père et moi n'avons pas toujours eu la relation que nous avons aujourd'hui, répondit-il. Quand ma mère est morte… Disons simplement qu'il valait mieux qu'on ne travaille pas ensemble à cette époque-là.

— Ça a dû être dur de perdre votre mère aussi jeune, murmura-t-elle.

— C'est toujours dur de perdre quelqu'un qu'on aime, répondit-il en la regardant droit dans les yeux.

Le cœur de Nadia se serra. Elle attendit que Ryan ait avalé sa bouchée pour dire :

— Je ne vous ai jamais remercié d'être venu aux funérailles de Nate.

Ryan parut surpris.

— Vous pensiez que je n'avais pas remarqué votre présence ? s'étonna-t-elle.

Il était impossible que Ryan West entre dans une pièce sans que toutes les femmes qui s'y trouvaient s'en aperçoivent. Mais il ne semblait pas conscient de son charme, ce qu'elle trouva touchant.

— Tant de gens se pressaient pour vous présenter leurs condoléances… Je n'ai pas voulu alourdir votre fardeau.

— Ça n'aurait pas été le cas.

Ils se fixèrent un long moment. Le cœur affolé, Nadia songea qu'il était forcément conscient de l'effet qu'il lui faisait.

Ryan baissa les yeux quand son téléphone tinta.

La neutralité de son expression ne permit pas à Nadia

de deviner si c'était une bonne ou une mauvaise nouvelle. La question qu'il lui posa ensuite la prit de court.

— Que pouvez-vous me dire sur le Dr Wallace Hardee ?

— Je… Quoi ? balbutia-t-elle en posant une main sur son cœur. Pourquoi me posez-vous cette question ?

Elle n'avait pas parlé à Wallace depuis presque deux ans et elle n'avait aucune envie de le faire.

— Vous étiez fiancée avec lui, n'est-ce pas ? demanda Ryan en l'observant attentivement.

Elle baissa les yeux.

— Oui, mais c'était il y a longtemps.

Elle ne voulait rien cacher à Ryan, mais sa relation avec Wallace était une humiliation qu'elle n'avait pas encore surmontée. Elle n'était pourtant plus une jeune fille naïve quand ils étaient sortis ensemble… Elle aurait dû comprendre qu'il n'était qu'un manipulateur et un coureur de dot.

— Parfois, la colère met du temps à donner le courage d'agir aux gens, dit Ryan.

— Vous ne pensez pas que Wallace…

Elle secoua la tête.

— C'est absurde, reprit-elle. Je peux vous assurer que Wallace ne se soucie pas assez de moi pour faire une chose pareille.

Énoncer cette vérité rouvrit la blessure de Nadia.

— Je me renseignerai quand même sur lui, répondit Ryan. Par précaution.

Nadia soupira.

— Je croyais être amoureuse de Wallace quand j'ai accepté sa demande en mariage. Et je croyais qu'il m'aimait. J'ai mis plus de temps que je n'aurais dû à m'apercevoir qu'il ne s'intéressait qu'à la taille de mon compte en banque.

Wallace n'avait même pas pris la peine d'appeler ni

d'envoyer ses condoléances lorsque Nate était mort. Elle ne pouvait que se réjouir de l'avoir quitté avant le mariage.

— C'est un idiot, dit Ryan.

Elle pouffa.

— Je suis d'accord.

Ryan plongea son regard dans le sien une nouvelle fois.

— Vous méritez un homme qui brûle d'amour pour vous, qui ne pourrait pas passer une journée sans vous voir et sans vous embrasser. Le Dr Hardee était l'homme le plus chanceux du monde et il était trop stupide pour en avoir conscience.

Nadia était à peu près sûre qu'elle avait cessé de respirer et qu'elle allait encore s'humilier en présence de Ryan en s'évanouissant.

Heureusement, elle fut sauvée par un bip.

Ryan consulta son téléphone et envoya un court texto.

— Je vais faire la vaisselle, annonça-t-il.

Nadia se concentra sur sa tasse et son assiette jusqu'à ce que son cœur se calme.

— Pourriez-vous me déposer chez moi, s'il vous plaît ? demanda-t-elle. J'ai besoin de me changer avant d'aller à l'hôtel.

Ryan se raidit.

— Je vous accompagne, dans ce cas.

— J'apprécie votre professionnalisme et le fait que vous m'ayez hébergée pour la nuit, mais je suis sûre que je peux retourner chez moi, maintenant.

Et elle avait besoin de passer un peu de temps loin de lui pour reprendre ses esprits.

— J'ai chargé deux de mes hommes de surveiller votre appartement la nuit dernière, dit Ryan en rangeant son téléphone.

Elle posa sa tasse un peu trop brutalement.

— Comment ça ? s'écria-t-elle.

— J'ai fait surveiller votre immeuble parce que j'ai craint que ces types ne reviennent, expliqua Ryan. Et j'avais raison de le craindre.

La peur gagna Nadia.

— Ils sont revenus, murmura-t-elle.

— Ils ne sont pas entrés, précisa Ryan. Une voiture de police est passée à ce moment-là, et ils ont filé. Malheureusement, mes hommes n'ont pas réussi à leur mettre la main dessus.

Elle enroula ses doigts autour de sa tasse pour les empêcher de trembler.

— Vous pouvez aller chercher ce dont vous avez besoin, mais je pense qu'il n'est pas prudent que vous retourniez vivre dans votre appartement tant qu'on ne sait pas qui vous menace. Vous devriez aussi envisager d'éviter les hôtels Shelton.

Elle secoua la tête.

— C'est impossible. Il y a un congrès la semaine prochaine dans l'hôtel de Harlem et trois mariages ce week-end dans celui de Manhattan.

— Et vos employés ne peuvent pas gérer ça ? demanda Ryan, les sourcils froncés.

Elle avait une excellente équipe, mais elle était la présidente des hôtels Shelton.

— Les gens comptent sur moi, dit-elle. Il faut que j'aille travailler.

— Je ne vous conseille pas de vous cacher, simplement de ne pas prendre de risques inutiles, insista Ryan. Ceux qui vous cherchent commenceront par votre appartement et vos hôtels.

Elle ne pouvait pas se cacher indéfiniment... Mais elle serait stupide de sous-estimer le danger qu'elle courait.

Elle finit son café.

— Très bien. J'éviterai mon appartement et je prendrai en considération vos suggestions concernant ma sécurité dans les limites du raisonnable.

— « Dans les limites du raisonnable » signifie que vous irez travailler ?

Elle hocha la tête.

— C'est bien ça.

Ryan soupira profondément et se leva.

— Je peux m'en arranger, conclut-il. Commençons par faire un saut chez vous. J'ai déjà annulé tous mes rendez-vous pour pouvoir rester avec vous.

5

Ryan passa le trajet jusqu'à l'appartement de Nadia à prendre des dispositions pour accroître la sécurité des hôtels Shelton, ce qui lui permit de ne pas trop penser au moment où il avait failli embrasser Nadia. Il la désirait depuis des mois. Maintenant qu'il avait découvert à quel point elle avait été forte face à la trahison du Dr Hardee et à la mort de Nate, il se savait en danger de tomber follement amoureux d'elle.

Il rêvait de l'embrasser depuis qu'il avait posé les yeux sur elle et il avait ressenti un plaisir immense en l'attirant contre lui. Il avait eu l'impression que la place naturelle de Nadia était dans ses bras.

Il se gara devant l'immeuble de Nadia. Les renforts qu'il avait requis étaient déjà là. Il pensait qu'il ne faudrait que quelques minutes à Nadia pour remplir un sac de voyage, mais il préférait être prudent. Gideon sortit de sa voiture et vint ouvrir la portière de Nadia.

Ryan tendit la clé de la voiture à Dale Jackson, un autre de ses employés, qui se chargerait de surveiller la porte de l'immeuble, avant de rejoindre Gideon et Nadia à grands pas.

Gideon inspecta l'entrée pendant que Ryan et Nadia attendaient dehors.

— Rien à signaler ! lança-t-il quelques secondes plus tard.

— Ça me paraît un peu excessif, grommela Nadia tandis qu'ils se dirigeaient vers l'ascenseur.

— Laissez-nous employer nos méthodes, juste pour me faire plaisir, répondit Ryan.

Nadia vivait dans un immeuble ancien rénové qui avait quatre appartements sur chaque palier. Le rapport que Ryan avait lu la veille lui avait appris que Nadia avait acheté le sien quatre ans plus tôt.

Ils sortirent de l'ascenseur au troisième étage.

Ryan retint Nadia par l'épaule et l'écarta de la porte alors qu'elle s'apprêtait à l'ouvrir.

— Laissez Gideon entrer le premier, dit-il.

Elle fronça les sourcils mais ne protesta pas.

Ryan prit ses clés et déverrouilla. Quand il lui fit un signe de tête, Gideon entra dans l'appartement l'arme au poing. Deux ou trois minutes s'écoulèrent avant que celui-ci ne lance :

— Rien à signaler !

Le plancher était couvert de bibelots cassés, d'éclats de verre et de poignées de rembourrage du canapé. Il y avait aussi les pages déchirées d'un livre çà et là. L'appartement avait été complètement saccagé.

Gideon sortit monter la garde dans le couloir tandis que Nadia ramassait une photo encadrée. Elle laissa échapper un petit gémissement.

— Ça va ? s'inquiéta Ryan en s'approchant d'elle.

— Je ne m'attendais pas à un tel chaos, admit-elle, les larmes aux yeux.

Il enroula un bras autour de ses épaules. Après une brève hésitation, elle s'appuya contre lui.

— Si vous alliez vous changer et préparer un sac ? suggéra-t-il.

Elle leva la tête vers lui.

— Préparer un sac ? répéta-t-elle. Pour quoi faire ?

— Vous pouvez rester chez moi jusqu'à ce que le problème soit résolu.

— Je ne sais pas, répondit-elle en s'écartant de lui.

Il haussa un sourcil.

— Vous avez dit que vous prendriez mes suggestions en considération, lui rappela-t-il. Occuper provisoirement ma chambre d'amis est dans les limites du raisonnable.

Elle soutint son regard un long moment avant d'acquiescer.

— Je me suis souvenue de quelque chose sur le trajet, dit-elle. J'ai aussi reçu des coups de téléphone anonymes et quelqu'un a rayé ma voiture la semaine dernière.

— Vous avez une voiture ?

— Dans le garage de l'immeuble voisin. Je ne m'en sers pas souvent, mais c'est pratique quand j'ai envie de m'échapper de New York pendant quelques jours, expliqua-t-elle en haussant les épaules. Et ce n'est pas le pire. Il y a trois jours, j'ai trouvé un rat mutilé devant ma porte. J'ai pensé que c'était le chat du voisin qui l'avait laissé là, mais…

— Vous n'en êtes plus si sûre, acheva-t-il à sa place.

Pendant que Nadia se préparait, Ryan inspecta l'appartement saccagé. Les placards de la cuisine étaient ouverts et leurs contenus éparpillés. En essayant de redresser une chaise, il s'aperçut que l'un de ses pieds était cassé. Il se mit à faire les cent pas en s'efforçant de donner un sens aux informations dont il disposait. Pourquoi pousser Nadia sur la chaussée puis s'introduire chez elle, apparemment avec l'intention de l'enlever ? Possédait-elle quelque chose que quelqu'un voulait ou cette personne voulait-elle Nadia elle-même ?

— Ryan ! l'appela Nadia.

Il la rejoignit dans une petite pièce qui servait de bureau et où régnait le même désordre que partout ailleurs.

— Mon ordinateur a disparu, dit Nadia en lui montrant un élégant bureau blanc.

Un câble d'alimentation était encore branché dans la prise, mais il n'y avait pas d'ordinateur à l'autre bout.

— Manque-t-il autre chose ? demanda-t-il en lui prenant le sac de voyage noir qu'elle portait.

Elle secoua la tête.

— Je ne crois pas. C'est difficile à dire, vu le désordre... Mais s'il manque autre chose, ça ne me frappe pas.

— Y a-t-il quoi que ce soit sur cet ordinateur qui vaille la peine d'entrer chez vous par effraction ou d'essayer de vous enlever ?

— Tous les dossiers de l'entreprise sont conservés sur un serveur sécurisé et mes informations personnelles sont protégées par un mot de passe...

Elle soupira. Elle semblait épuisée alors que la journée ne faisait que commencer.

— Je changerai mon mot de passe quand je serai au bureau, ajouta-t-elle. Mais je ne pense pas qu'il y ait grand-chose à tirer de cet ordinateur.

Le téléphone de Nadia sonna. Elle le tira de son sac, décrocha et blêmit. Le téléphone toujours à l'oreille, elle se précipita hors de la pièce.

Ryan la poursuivit et la retint par le bras avant qu'elle ne sorte de l'appartement.

— Qu'y a-t-il ? demanda-t-il. Quel est le problème ?

Nadia lui arracha son bras et ouvrit la porte avant de répondre :

— Il y a un incendie dans un de mes hôtels !

Nadia se précipita à l'hôtel en question, suivie par Ryan. Ils entrèrent en trombe dans le hall.

Dès qu'elle la vit, Olivia s'écarta des deux hommes auxquels elle parlait pour venir à sa rencontre.

— Tout est sous contrôle, dit-elle à Nadia. Le feu est éteint, et nous avons évacué le premier étage par précaution.

Nadia soupira de soulagement. Personne n'avait été blessé. L'assurance couvrirait le coût des réparations.

— Mademoiselle Shelton ? lui lança le plus grand des deux hommes en s'approchant. Je suis le lieutenant John Parsmons et voici Gene Gould, inspecteur des incendies.

Il lui montra l'autre homme qui venait de les rejoindre.

— L'incendie a été éteint, mais nous devons condamner la zone pendant notre enquête, poursuivit le policier.

— Une enquête ? s'écria Nadia.

— Oui, mademoiselle. Malheureusement, il semblerait que l'incendie ait été allumé intentionnellement, dans une poubelle de la chambre.

— Qui se trouvait dans cette chambre ? demanda Ryan.

Olivia secoua la tête.

— Elle était inoccupée.

— Inoccupée ? répéta Nadia. Alors comment quelqu'un a-t-il pu y entrer ?

— Le registre indique que la porte a été ouverte à 8 h 43 ce matin, dit Olivia.

— Avec quelle clé ? demanda Nadia.

— Avec celle de personne, répondit Olivia. Je veux dire… La porte a été ouverte avec une clé magnétique de client, mais il n'y a aucune trace de la création de cette clé dans le registre.

— Nous regarderons ça de plus près, déclara l'inspecteur Gould, que cette conversation semblait agacer. Par chance, les clients de la chambre voisine ont senti la fumée assez vite et vous avez d'excellents gicleurs. Les dégâts sont surtout dus à l'eau et à la fumée et sont limités à cette chambre.

Nadia savait que l'inspecteur était bien intentionné, mais elle ne se sentait pas chanceuse. Un incendie volontaire dans son hôtel était une très mauvaise nouvelle, même si elle se réjouissait que personne n'ait été blessé.

Gould et Parsmons retournèrent sur le lieu du sinistre. Nadia, Ryan et Olivia se rendirent dans le bureau de cette dernière.

— Combien de chambres la police a-t-elle condamnées ? demanda Nadia.

— Quatre, répondit Olivia en s'installant à son bureau. Mais seulement deux étaient occupées. J'ai déplacé ces clients au quatrième étage.

— Très bien, dit Nadia. Les premiers clients du congrès des photographes arriveront lundi. Ils ont réservé presque toutes nos chambres… Il faudra en mettre certains dans des suites, si elles ne sont pas réservées aussi.

— Je vérifie, annonça Olivia.

Elle se mit à pianoter sur son clavier.

— Je reviens, dit Nadia.

Ryan la suivit.

— Où allons-nous ? demanda-t-il.

— Il faut que je voie les dégâts.

Ryan la retint par le bras avant qu'elle ne regagne le hall.

— Ce n'est peut-être pas prudent, objecta-t-il.

Elle pinça les lèvres et dégagea son bras.

— Je ferai attention, mais c'est mon hôtel, répliqua-t-elle. Il faut que je sache ce qu'il s'est passé dans cette chambre.

Elle était responsable des clients de l'hôtel et de ses employés. Elle devait s'assurer qu'ils étaient en sécurité.

Ryan ouvrit la bouche, mais elle n'attendit pas de savoir ce qu'il avait à dire.

Elle entra dans le hall, prit un passe-partout dans un tiroir du bureau de la réception et se dirigea vers les ascenseurs avec Ryan sur les talons. Heureusement, il n'était pas nécessaire de les condamner, puisque la chambre incendiée était au bout du couloir.

Quand il avait rénové l'hôtel quinze ans plus tôt, son père avait divisé chaque étage en cinq parties séparées par des portes coupe-feu. Comme la chambre incendiée se trouvait tout au bout du couloir, il serait facile d'empêcher les clients trop curieux de s'en approcher.

L'odeur de fumée et de tissu brûlé que Nadia sentit en sortant de l'ascenseur s'intensifia à mesure qu'elle s'approchait de la chambre 232. En dehors de la moquette détrempée, tout semblait normal dans le couloir.

Ce n'était pas le cas dans la chambre.

— Oh non, gémit Nadia après avoir ouvert la porte.

Le feu avait consumé une bonne partie des rideaux. L'un des murs était noirci et le béton du sol était visible là où la moquette avait brûlé.

Le lieutenant Parsmons tourna la tête vers Ryan et elle.

— Vous n'êtes pas censés être là, dit-il en agitant le stylo avec lequel il prenait des notes.

Nadia ignora sa remarque.

— Avez-vous trouvé des indices ? demanda-t-elle. Savez-vous qui a fait ça ?

Parsmons soupira.

— L'enquête commence à peine, mademoiselle Shelton. Mais puisque vous êtes là, êtes-vous sûre que cette chambre était bien inoccupée ?

Nadia plissa les yeux.

— Si Olivia dit qu'elle l'était, elle l'était, grommela-t-elle.

Parsmons la fixa un long moment et la culpabilité la gagna. Le policier ne faisait que son travail. Elle n'avait pas le droit de se défouler sur lui.

— Je peux vérifier, si vous voulez, ajouta-t-elle plus aimablement.

Parsmons hocha la tête.

— Merci.

— Pourquoi demandez-vous ça ? l'interrogea Ryan.

— Parce qu'il y a des cendres dans un verre, là-bas, répondit-il en indiquant la commode.

— Il est interdit de fumer dans l'hôtel, intervint Nadia avant de prendre conscience que cela n'avait pas beaucoup de sens.

Les clients faisaient toutes sortes de choses illégales ou contraires au règlement de l'hôtel et fumer n'était sans doute pas la plus grave.

— Quelqu'un n'a pas reçu le message, ironisa Parsmons. C'est sûrement une femme de ménage qui s'en est grillé une. Elle a dû laisser tomber des cendres dans la poubelle et *pouf* !

Nadia secoua la tête.

— Aucun employé des hôtels Shelton ne fumerait dans une chambre.

Parsmons lui jeta un regard incrédule, mais il n'insista pas.

— Cet incendie n'est pas le seul incident étrange qui se soit produit ces derniers temps, dit Ryan.

— Ah bon ? répondit le policier.

Ryan ignora le regard réprobateur de Nadia et informa Parsmons de l'intrusion dans son appartement et de sa chute dans la rue.

— Je jetterai un œil sur vos dépositions concernant l'intrusion, mais je ne vois pas le rapport avec l'incendie, déclara Parsmons en se grattant la nuque.

Ryan pinça les lèvres.

— Vous pensez qu'il s'agit d'une coïncidence alors que les trois incidents se sont produits en vingt-quatre heures ? insista-t-il.

Parsmons haussa les épaules.

— Vous voulez que je vous dise combien il y a eu de cambriolages en ville la nuit dernière ? répliqua-t-il. Les coïncidences existent.

Ryan grimaça. Il était évident qu'il n'avait pas une très haute opinion du policier, et Nadia ne pouvait pas le lui reprocher. Parsmons semblait vouloir accuser son personnel, ce qui aurait un effet désastreux sur les clients, la presse et sa compagnie d'assurances - une compagnie d'assurances à laquelle elle devait signaler l'incendie dès que possible.

— Il faut que je retourne travailler, annonça-t-elle en se massant les tempes.

— Nous aurons sans doute besoin d'interroger vos employés, dit Parsmons alors que Ryan et elle s'apprêtaient à sortir de la chambre.

Nadia se tourna vers lui et fit un effort pour répondre calmement.

— Bien sûr. Tous les membres de mon entreprise n'aspirent qu'à vous aider à boucler cette enquête.

Olivia n'était plus dans son bureau lorsqu'ils y retournèrent, et Nadia trouva une enveloppe par terre en entrant dans le sien.

Elle fronça les sourcils et la ramassa.

— Qu'est-ce que c'est ? demanda Ryan.

— Une lettre. Olivia les met dans ma boîte personnelle, d'habitude.

Ryan la lui prit.

— Il n'y a ni timbre ni adresse d'expéditeur, constata-t-il. Par ailleurs, je présume qu'Olivia a la clé de votre bureau et qu'elle n'a aucune raison de glisser du courrier sous la porte.

L'inquiétude de Ryan fut contagieuse.

— Oui, Olivia a la clé, répondit Nadia.

— Je peux l'ouvrir ?

Elle acquiesça. Alors qu'elle regardait l'enveloppe comme si c'était un serpent venimeux, des histoires de colis piégés et de toxines lui revinrent à l'esprit.

Ryan se munit d'un coupe-papier et ouvrit délicatement l'enveloppe. La feuille qui en tomba atterrit sur le bureau. On n'y avait écrit que trois mots :

Où est Nate ?

6

— Quelle plaisanterie cruelle ! s'écria Nadia en levant les yeux vers Ryan.

Ryan lui accordait volontiers que c'était cruel, mais son instinct lui disait que ce n'était pas une plaisanterie.

— Qu'est-ce qui est une plaisanterie cruelle ? demanda un homme d'un certain âge au ventre impressionnant en entrant dans le bureau.

Nadia se retourna et lui offrit un sourire.

— Oncle Erik ! Que fais-tu là ?

L'homme haussa un sourcil.

— Même si j'ai été informé de l'incendie par des sources de seconde main, je suis venu voir si je pouvais me rendre utile, répondit-il.

Nadia se raidit.

— J'ai été très occupée, comme tu peux le deviner, répliqua-t-elle.

Le regard d'Erik se posa sur Ryan.

— Qui êtes-vous ?

— C'est Ryan West, répondit Nadia un peu sèchement. Il gère la sécurité de mes hôtels.

Erik cligna les yeux.

— West… Oui, je m'en souviens, maintenant.

— Le cabinet d'Erik s'occupe de la comptabilité des hôtels, expliqua Nadia.

— Qu'est-ce que c'est que ça ? demanda Erik en montrant la feuille du doigt.

Les mâchoires de Nadia se crispèrent.

— On ne sait pas au juste, répondit-elle à son oncle. Sans doute une mauvaise plaisanterie.

Erik tendit la main vers la lettre.

— Il vaudrait mieux que vous n'y touchiez pas, monsieur, intervint Ryan en retenant son bras.

Erik le repoussa et le fusilla du regard.

— Nate est mort, dit-il. Pourquoi quelqu'un le chercherait-il ?

Ryan n'était pas certain que ce soit une bonne idée que Nadia raconte tout ce qu'il lui était arrivé, même à un membre de sa famille. Le responsable de ces attaques s'était introduit chez elle et dans une chambre inoccupée de l'hôtel sans éveiller de soupçons. Dans ces conditions, tous les proches de Nadia étaient suspects.

Malheureusement, il n'avait pas le temps de le dire à Nadia. Il se contenta donc d'observer attentivement les réactions d'Erik tandis que Nadia l'informait des derniers événements. Cela ressemblait au scénario d'un film : elle avait failli se faire écraser, elle avait été pourchassée par deux brutes, son lieu de travail avait été la cible d'un pyromane et elle avait reçu une lettre inquiétante et perturbante, le tout en moins de trente-six heures.

L'expression d'Erik passa de la surprise à la colère.

— Je savais bien que tu n'arriverais pas à gérer la chaîne toute seule, commenta-t-il avec mépris avant de se tourner vers Ryan. Et vous ? Que faites-vous pour assurer la sécurité de ma nièce ?

Ryan soutint son regard. Si Erik n'avait pas été l'oncle de Nadia, il l'aurait traîné dehors et il lui aurait longuement expliqué comment on s'adressait à une dame.

Nadia, qui dut sentir que la discussion partait mal, se plaça entre Ryan et son oncle.

— Ryan s'occupe de la sécurité des hôtels, pas de la mienne, intervint-elle.

— Je m'occuperai aussi de la sécurité de Nadia jusqu'à ce qu'on comprenne ce qu'il se passe, déclara Ryan.

Erik soutint le regard de Ryan, qui lut de la colère et une autre émotion qu'il ne réussit pas à identifier dans ses yeux.

— Oncle Erik, vois-tu pourquoi quelqu'un m'enverrait une lettre pareille presque un an après la mort de Nate ? demanda Nadia.

Erik baissa les yeux et recula d'un pas.

— Bien sûr que non. Pourquoi le saurais-je ?

— Nate et toi étiez si proches..., insista Nadia en prenant la main de son oncle. Nate était-il impliqué dans quelque chose dont je devrais m'inquiéter ?

Erik se redressa et repoussa la main de Nadia.

— Nate était un homme d'affaires brillant, répondit-il. Il ne fréquentait pas des voleurs et des pyromanes. Je n'en reviens pas que tu insinues une chose pareille !

— Je n'insinue rien, soupira Nadia.

— Je ne resterai pas une minute de plus à t'écouter dire du mal de ton frère, déclara Erik avant de foncer vers la porte.

— Oncle Erik !

Erik disparut sans lui répondre.

Nadia se tourna vers Ryan.

— Est-il toujours aussi chatouilleux quand il est question de Nathan ? demanda-t-il en haussant un sourcil.

Nadia se massa les tempes et Ryan résista à la tentation de les couvrir de baisers pour dissiper son mal de tête.

— Oui. Ne vous souciez pas de lui. Il ne s'est pas encore remis de la mort de Nate.

Nadia jeta un coup d'œil à la lettre puis se dirigea vers la petite table de réunion, au coin du bureau.

Ryan n'était pas certain que la réaction d'Erik ne soit due qu'au chagrin. Quoi qu'il en soit, quelqu'un pensait que Nathan Shelton était en vie, et Ryan devait découvrir qui.

Ryan donna la lettre au lieutenant Parsmons après l'avoir photocopiée et avoir fait promettre à Nadia qu'elle ne quitterait pas son bureau jusqu'à son retour.

Quelques secondes après son départ, Olivia entra dans la pièce et s'assit en face de Nadia.

— J'ai réussi à déplacer les clients qui avaient réservé les chambres condamnées dans une autre partie de l'hôtel, annonça-t-elle.

Elle soupira.

— Même quand la police s'en ira, nous ne pourrons pas les utiliser avant plusieurs semaines, ajouta-t-elle.

— Je sais, répondit Nadia en tapotant un crayon sur son bureau. On se débrouillera. Par ailleurs, l'incendie n'est pas notre seul problème.

Elle parla à Olivia des hommes qui s'étaient introduits chez elle la veille et de la lettre.

Olivia écarquilla les yeux et se couvrit la bouche.

— Ça fait beaucoup ! s'écria-t-elle. C'est pour ça que Ryan West est ici ?

— Oui. Il pense que ces incidents sont liés et que j'ai besoin d'être protégée.

— Et ce qu'il s'est passé hier matin ? demanda Olivia. C'est aussi lié au reste ? Je t'ai entendue dire à Ryan qu'on t'avait poussée.

Nadia se raidit.

— Je n'y avais pas pensé. J'ai l'impression que la journée d'hier remonte à une éternité.

— C'est gentil de la part de Ryan de s'occuper de ta sécurité lui-même, dit Olivia en inclinant la tête sur le côté.

Nadia jeta un regard sévère à son amie.

— Il ne fait que son travail.

— Mais tu as dormi chez lui la nuit dernière, non ? insista Olivia avec un sourire espiègle.

— Parce qu'il n'était pas prudent que je passe la nuit chez moi, répliqua Nadia en baissant les yeux. N'as-tu donc rien à faire ?

Des coups frappés à la porte attirèrent leur attention. Mike se tenait dans l'embrasure, vêtu de l'un de ces costumes gris qui semblaient à la mode depuis quelque temps. Il examina Olivia de la tête aux pieds.

Olivia plissa les yeux.

— Je viens voir si tu as réfléchi à ma proposition, dit Mike lorsqu'il reporta enfin son attention sur Nadia.

Olivia jeta un regard interrogateur à Nadia.

— Je croyais avoir été claire, répondit celle-ci. Je ne vendrai pas les hôtels Shelton.

— Allons, Nadia…, dit Mike. Je sais que tes bénéfices sont ridicules. Opérer un tournant écologique était une bonne idée, mais tu n'as pas les reins assez solides pour t'en sortir sur le long terme. Tu as besoin de l'aide d'Aurora.

— Je ne sais pas ce que tu crois savoir, mais Shelton va bien, répliqua Nadia. Je n'ai pas besoin de l'aide d'Aurora et je n'en veux pas.

— Bien ? s'écria Mike d'un ton incrédule. Tu ne peux même pas empêcher tes employés de mettre le feu à ton hôtel.

Nadia serra les poings.

— Je ne sais pas d'où tu tiens tes informations, mais l'incendie n'a pas été déclenché par l'un de mes employés.

— Ce n'est pas ce que dit la rumeur.

— Je dirige des hôtels, Mike, riposta Nadia. Je ne peux pas passer mon temps à écouter des rumeurs, contrairement à toi.

Olivia pouffa.

— Je serais prudente, si j'étais vous, mademoiselle Bennett, lui lança Mike avec un regard menaçant. Je serai bientôt votre patron.

Olivia écarquilla les yeux.

Nadia perdit patience. Mike lui avait fait une offre et elle l'avait rejetée. Même si elle avait des difficultés financières, elle ne vendrait pas ses hôtels à Aurora. Elle préférerait faire faillite que de confier ce que son père lui avait légué à Mike.

Elle se leva et alla se planter devant lui.

— Va-t'en ! ordonna-t-elle. Et ne reviens pas. Les hôtels Shelton ne sont pas à vendre.

— Je ne t'ai jamais trouvée particulièrement jolie, mais j'avoue que tu es sexy quand tu t'énerves, dit Mike en lui effleurant la joue.

Nadia repoussa sa main.

— Olivia, appelle la sécurité, s'il te plaît.

Olivia sortit du bureau à grands pas. Si Mike redoutait de se faire éjecter de l'hôtel par la force, il n'en montra rien. Sa présence exaspérait Nadia, mais elle s'efforça de le cacher. Mike se servirait de tout ce qu'il percevait comme des faiblesses contre elle.

Lorsqu'il se pencha vers elle, elle s'interdit de reculer.

— Tu sais, Nadia, ça ne me dérangerait pas de te voir t'agiter dans d'autres contextes… Ce n'est pas parce qu'on ne s'apprécie pas qu'on ne peut pas se donner du plaisir. Qui sait ? Je réussirais peut-être même à te convaincre de te rendre à la raison en ce qui concerne la vente.

Mike lui saisit le bras, l'attira contre lui et pressa ses

lèvres contre les siennes sans la moindre subtilité. Il avait peut-être l'habitude de fréquenter des femmes qui acceptaient de se faire malmener, mais Nadia n'était pas l'une d'elles.

Elle enfonça un talon aiguille dans l'un des pieds de Mike tout en repoussant ce goujat.

Mike grimaça puis recula brusquement avec un air surpris.

Nadia crut un instant avoir provoqué la réaction de Mike, puis elle vit Ryan derrière lui. Celui-ci le força à se retourner pour lui décocher un coup de poing dans la mâchoire qui le fit reculer jusqu'au bureau.

Olivia, qui se tenait à la porte, poussa un petit cri.

Alors que Mike se redressait, Ryan fonça vers lui en le fusillant du regard.

— Non, Ryan ! intervint Nadia.

Elle le retint par le bras avant qu'il ne frappe Mike une seconde fois, même si une part d'elle aurait aimé voir cela.

— Qui est ce barbare ? rugit Mike. Je veux qu'il soit renvoyé immédiatement !

— Dans tes rêves, répondit Nadia. C'est moi qui dirige, ici. Je t'ai demandé de partir. Non seulement tu ne l'as pas fait, mais tu m'as agressée. Maintenant va-t'en avant que je ne te fasse arrêter !

Mike sortit un mouchoir de sa poche pour essuyer sa lèvre ensanglantée.

— Ce n'est pas terminé, Nadia, la menaça-t-il.

— Allez-vous-en ! grogna Ryan.

— Loin de là, ajouta Mike avec un regard méchant avant de quitter la pièce.

— Mon Dieu ! s'écria Olivia en se précipitant auprès de Nadia. Ça va ?

Elle aurait un bleu sur le bras, à l'endroit où Mike

l'avait attrapée, mais la colère de Ryan l'incita à garder cette information pour elle. Les dégâts n'étaient pas irréparables. Physiquement, du moins. Mike n'aimait pas être défié, surtout par quelqu'un qu'il estimait lui être inférieur. S'il était décidé à acheter les hôtels Shelton avant cela, ce serait désormais son obsession.

— Est-ce que ça va ? demanda Ryan à son tour.

— Oui, je vais bien, les rassura Nadia.

— Vous devriez appeler la police et porter plainte, dit Ryan.

Nadia se massa les tempes. Elle l'aurait fait sans hésiter dans d'autres circonstances, mais une plainte contre Mike attirerait la presse, et c'était bien la dernière chose qu'elle voulait pour le moment.

— De quoi parlait-il ? demanda Olivia. Va-t-il devenir mon patron ?

Nadia soupira. Elle aurait préféré ne parler de la proposition d'Aurora à personne. Puisqu'elle n'avait pas l'intention de l'accepter, à quoi bon inquiéter ses employés ? Mais la visite de Mike lui rendait impossible de garder cette information pour elle.

— Ce n'est rien, répondit-elle. Aurora m'a fait une offre que j'ai rejetée. Les hôtels Shelton ne sont pas à vendre, à aucun prix, mais Mike pense qu'il peut me faire changer d'avis. Il se trompe. Je ne vendrai jamais la chaîne. Comme je ne veux pas que les employés se mettent à paniquer, la proposition d'Aurora ne sortira pas de ce bureau. C'est bien compris ?

Ryan et Olivia acquiescèrent.

— Bien, dit Nadia. Nous avons du travail. Il est temps de nous y mettre.

Olivia quitta la pièce, et Nadia s'installa à son bureau.

Ryan, qui prit place à la table de réunion, observa Nadia avec une expression indéchiffrable.

— Qu'y a-t-il ? finit par demander Nadia en soupirant.

— Comment est-on passé d'une proposition d'acheter les hôtels Shelton au fait que le président d'Aurora se jette sur vous ? demanda sèchement Ryan.

Elle ne fut pas surprise que Ryan ait reconnu Mike. Son agence de sécurité était l'une des meilleures. En revanche, elle eut du mal à comprendre sa mauvaise humeur.

— Mike et moi sommes brièvement sortis ensemble, expliqua-t-elle. Le fait que je l'ai quitté est sans doute l'une des raisons pour lesquelles il veut acheter mes hôtels.

— Il ne renoncera pas facilement, la prévint Ryan. Ni à vos hôtels ni à vous.

— Mike ne veut pas de moi.

— Je n'en suis pas si sûr, répondit Ryan d'un air impénétrable.

7

Il était près de midi - c'est-à-dire bien plus tard que d'habitude - quand Nadia trouva enfin le temps de s'entretenir avec les gérants de ses hôtels. Elle convoqua dans son bureau celui de l'hôtel de Harlem pour faire le bilan du congrès qui venait de s'achever et préparer le suivant. Ils parlèrent aussi de l'incendie et des arrangements qu'ils devaient prendre pour que les événements à venir se déroulent sans accroc. Nadia était certaine que son équipe était capable de relever le défi.

Après ce rendez-vous, elle appela les gérants de ses deux autres hôtels, puis sa compagnie d'assurance. L'homme qu'elle eut au téléphone lui parut compatissant, mais Nadia avait entendu d'innombrables histoires d'assureurs qui trouvaient n'importe quel prétexte pour ne pas payer. Elle ne pouvait qu'espérer que la police termine vite son enquête et prouve que ses employés n'étaient pour rien dans l'incendie.

Ryan et elle déjeunèrent rapidement dans le café du hall avant qu'elle ne se plonge dans des vérifications de factures, la rédaction du rapport mensuel d'occupation et la préparation d'une formation pour son personnel. En fin d'après-midi, la raideur de sa nuque l'obligea à faire une pause. Elle fit rouler sa tête sur ses épaules. Ryan travaillait toujours sur son ordinateur à la table de réunion.

Il s'était habillé de manière plus décontractée que d'habitude. Il portait un pantalon noir et un pull bordeaux qui mettait ses épaules et ses biceps en valeur. Même si le costume de la veille lui allait très bien, Nadia préférait ce style.

— Que lisez-vous si attentivement ? lui demanda-t-elle.

Ryan leva les yeux.

— Un rapport sur la situation actuelle de votre ex-fiancé, Wallace Hardee. Il vit au Texas et il est fiancé à une héritière du pétrole.

— Alors il aura la femme fortunée qu'il voulait, finalement, commenta-t-elle.

— J'ai aussi demandé un rapport sur Michael Dexter.

— Je ne veux même pas savoir ce qu'il contient, répondit Nadia en levant les yeux au ciel.

Ryan lui décocha un sourire qui la troubla.

— Ce à quoi on peut s'attendre de la part d'un homme d'affaires qui a réussi, dit-il. Il ne brille pas par sa moralité, mais rien ne sort de l'ordinaire.

— Mike n'aime pas s'entendre dire non, mais je ne le crois pas capable d'employer des méthodes criminelles pour me forcer à vendre mes hôtels.

— J'ai aussi lu le rapport de la police sur l'accident de Nate, ajouta Ryan après une brève hésitation.

L'estomac de Nadia se noua. Elle n'avait jamais vu ce rapport. De toute manière, elle en savait déjà plus qu'elle ne le voulait sur la mort de son frère.

— Pourquoi ?

Ryan se leva et s'approcha du bureau.

— J'essaie juste de comprendre qui était votre frère.

Même si Nate était le président de la chaîne, c'était Nadia qui s'occupait de la gestion quotidienne des hôtels. Elle n'était même pas sûre que Nate ait eu affaire à West

Security. Si Ryan et lui s'étaient croisés, leur contact avait dû être minimal.

— La lettre prouve que quelqu'un croit Nate vivant, poursuivit Ryan. Nous devons découvrir pourquoi et si cette personne a raison.

Nadia bondit, contourna son bureau et s'arrêta si près de Ryan qu'elle dut lever la tête pour soutenir son regard.

— Nate est mort, déclara-t-elle.

— Quelqu'un ne le croit pas, répondit Ryan, impassible.

Elle soupira.

— Si vous voulez vraiment savoir qui était Nate, on devrait aller dans son appartement.

Ryan haussa les sourcils.

— J'ai vu que son appartement avait été transféré à votre nom, mais je supposais que vous l'aviez loué. Il est très bien situé.

Nadia tendit la main vers la photo de Nate et elle posée sur le bureau et effleura le visage souriant de son frère.

— Je n'ai pas pu me résoudre à me débarrasser de ses affaires. Et c'est pratique pour oncle Erik. Ça lui fait un endroit où dormir quand il a une réunion tardive ou s'il n'a pas envie de retourner dans le Connecticut.

Elle tourna la tête vers Ryan.

— Mais cet appartement était le sanctuaire de Nate, ajouta-t-elle. Si quelque chose peut nous aider à comprendre ce qu'il se passe, ça se trouve là-bas.

— Je peux y aller seul, proposa Ryan.

— Non. Je veux vous accompagner.

Elle prit son sac à main dans un tiroir du bureau.

Il était plus de 17 heures. Le personnel de nuit était déjà arrivé et Olivia repartie chez elle. Nadia verrouilla son bureau, puis Ryan et elle se rendirent dans le parking de l'immeuble voisin, où Ryan s'était garé dans la matinée.

Ryan les conduisit à l'appartement de Nate en luttant tout du long contre la circulation de l'heure de pointe.

L'immeuble de Nate ressemblait plus à celui de Ryan qu'à celui de Nadia. Il avait trente-deux étages et offrait tous les services qu'un riche célibataire pouvait désirer : des femmes de ménage, un concierge, un service d'étage, un spa et une salle de sport. Situé au vingt-septième étage, l'appartement de Nate, s'il n'était pas très grand, jouissait d'une vue spectaculaire sur la ville. La cuisine à l'américaine, à droite de l'entrée, occupait un côté d'un salon d'une taille décente. Contre le mur d'en face, il y avait une bibliothèque noire aux rayonnages chargés de livres et de photos de Nate en compagnie de personnages importants : le maire, un conseiller municipal et même un secrétaire d'État.

Un couloir étroit, au fond du salon, menait au reste de l'appartement.

— Nate se servait de la deuxième chambre comme bureau, dit Nadia. Je pense qu'on devrait commencer par là.

Ryan la suivit dans la pièce en question. Le mobilier noir et argenté, minimaliste et masculin, reflétait parfaitement les goûts de Nate. Un bureau aux pieds cintrés était flanqué de deux autres bibliothèques noires. Il y avait une armoire de classement en métal dans un coin.

— Je peux regarder ce qu'il y a là-dedans ? demanda Ryan en indiquant l'armoire.

Nadia soupira.

— C'est pour ça qu'on est là, non ?

Elle alla s'asseoir dans le fauteuil de Nate. Son regard s'attarda sur une photo de son frère et d'elle à l'un des rares galas de charité où il avait voulu qu'elle l'accompagne. C'était l'une des dernières fois qu'elle l'avait vu.

Elle détourna les yeux de la photo et alluma l'ordinateur de Nate. C'était la deuxième fois qu'elle venait dans cet appartement depuis la mort de son frère et la première qu'elle entrait dans le bureau. Elle avait l'impression que le parfum de Nate flottait encore dans l'air, même si son bon sens lui disait que c'était impossible. Son cœur se serra.

Elle essaya de refouler son chagrin, puis elle se réjouit pour la première fois que Nate ne l'ait pas écoutée et qu'il ait continué à employer une combinaison du prénom de leur mère et de l'adresse de leur enfance comme mot de passe. Elle passa les dossiers en revue sans trop savoir ce qu'elle cherchait. Celui qui était intitulé « Projet du Bronx » la surprit et la contraria.

Nate lui avait promis de ne pas avoir de documents qui concernaient l'entreprise sur son ordinateur personnel. Non seulement leur dispersion compliquait les choses, mais cela augmentait les risques que des informations sensibles tombent entre les mains de concurrents.

Elle laissa échapper un grognement.

— Avez-vous trouvé quelque chose ? demanda Ryan.

— Rien d'utile. On dirait que Nate voulait acheter un immeuble dans le Bronx. Il ne m'en a jamais parlé, répondit-elle sans essayer de cacher sa contrariété.

Ryan s'approcha et regarda l'écran par-dessus son épaule.

— Il n'a peut-être pas trouvé le temps de vous en parler.

— Peut-être, lui accorda Nadia. Et vous ? Avez-vous trouvé quelque chose ?

Ryan secoua la tête.

— Rien que des documents personnels : des déclarations d'impôts, le titre de propriété de cet appartement, des courriers de l'assurance…

Elle soupira.

— J'aurais dû être au courant de ses projets. Mon oncle

Erik était l'exécuteur testamentaire de Nate. Je l'ai laissé s'occuper de tout. Dans les premiers temps, j'arrivais à peine à gérer les hôtels.

— C'est bien compréhensible, dit Ryan en posant une main sur son épaule.

Quand elle avait visité l'appartement avec son oncle, celui-ci avait tout fait pour qu'ils en ressortent le plus vite possible. Il estimait sans doute que c'était la meilleure manière de gérer leur deuil. Nadia n'essaya pas de lutter contre le chagrin, cette fois. Il faudrait bien qu'elle se débarrasse des affaires de Nate un jour ou l'autre, qu'elle décide de louer ou de vendre cet appartement. Mais cela l'obligerait à accepter l'idée qu'il était parti pour de bon.

Elle ferma les yeux quand Ryan lui effleura la joue.

— Avons-nous terminé ? demanda-t-elle. J'ai remué assez de souvenirs pour la journée.

Ryan laissa retomber son bras et recula.

— J'aimerais jeter un coup d'œil dans la chambre, dit-il.

Nadia éteignit l'ordinateur avant qu'ils ne quittent le bureau.

Elle ouvrit la porte de la chambre et poussa un cri. Ryan jura, dégaina et la détourna du cadavre qui gisait par terre, les yeux fixés sur le plafond.

8

Le premier policier qui arriva prit les dépositions de Ryan et de Nadia, puis il leur ordonna de rester dans le couloir, devant la porte de l'appartement. Le lieutenant Parsmons apparut peu après. Il ne leur jeta qu'un bref coup d'œil avant d'entrer dans l'appartement de Nate. Il s'écoula presque une heure avant qu'il n'en sorte avec un autre homme, qu'il leur présenta comme le lieutenant Beard.

Le lieutenant Beard emmena Ryan à l'autre bout du couloir pendant que Parsmons demandait à Nadia de lui raconter ce qu'il s'était passé.

Même s'il était encore tôt, Nadia était épuisée. Elle répéta ce qu'elle avait dit au premier policier.

— Reprenez depuis le début, ordonna le lieutenant Parsmons quand elle eut terminé.

Elle soupira profondément et résista à la tentation de se laisser glisser contre le mur pour s'asseoir par terre.

— Comme je vous l'ai dit, on est venus en espérant trouver un indice qui nous aurait permis de comprendre ce qu'il m'est arrivé ces derniers temps.

— Et vous arriviez de l'hôtel ?

— Oui. J'ai passé toute la journée à l'hôtel.

— Et vous êtes allés directement dans le bureau quand vous êtes entrés dans l'appartement ? demanda Parsmons sans quitter son calepin des yeux. Vous n'êtes pas allés dans la chambre d'abord ?

— Non, répondit Nadia, les dents serrées. Il nous a paru plus logique de commencer par le bureau.

— Ah, dit Parsmons. Et ensuite ?

Pour la deuxième fois, Nadia lui raconta comment les événements s'étaient succédé. Elle lui expliqua qu'ils n'avaient rien trouvé d'utile dans le bureau, qu'ils étaient ensuite allés dans la chambre et qu'ils y avaient découvert le cadavre.

— Qui a les clés de cet appartement ? demanda Parsmons.

— Mon oncle et moi. Il arrive que mon oncle y passe la nuit quand il n'a pas envie de rentrer chez lui à Greenwich.

— Mais le bien est à votre nom, n'est-ce pas ? Légalement, il vous appartient ?

Nadia se massa le front pour atténuer une migraine naissante.

— Oui, mais c'est la première fois que j'y mets les pieds depuis des mois.

— Ah, répéta Parsmons.

— La journée a été longue, dit Ryan derrière elle juste avant de poser sa main dans ses reins. Si vous n'avez pas d'autre question, j'aimerais emmener Nadia se reposer.

Le soulagement envahit Nadia.

— J'ai une dernière question, déclara le lieutenant Parsmons en regardant Ryan. L'un d'entre vous sait-il qui est le mort ?

— Non, dit Ryan.

— Oui, répondit Nadia au même instant.

Les deux hommes la regardèrent avec étonnement.

— Je ne le connais pas à proprement parler, mais

il ressemble à l'un des hommes qui m'ont poursuivie jusqu'au Sentinel hier soir, expliqua-t-elle.

— Et vous ne l'avez pas reconnu ? demanda Parsmons à Ryan.

Celui-ci fronça les sourcils.

— Non, mais j'étais concentré sur Nadia, répondit-il avant de tapoter l'écran de son téléphone. J'ai fait une copie des enregistrements des caméras de sécurité du bar.

Il tint son téléphone de manière que tout le monde puisse voir la vidéo.

— Ça peut être lui, dit-il en montrant l'homme qui était entré par-derrière.

— Pouvez-vous m'envoyer cette vidéo ? demanda Parsmons.

Il tendit sa carte de visite à Ryan.

Ryan tapota de nouveau son écran puis rangea son téléphone dans sa poche.

Parsmons ferma son calepin.

— Je dois dire que je trouve ça très étrange, déclara-t-il. Il y a un incendie dans votre hôtel, mademoiselle Shelton, on vous fait parvenir une lettre mystérieuse et voilà qu'un homme qui a essayé de vous enlever - d'après vos dires - est retrouvé mort dans un appartement que vous possédez.

— Si vous avez quelque chose en tête, exprimez-vous clairement, lieutenant, grommela Ryan en enroulant un bras autour des épaules de Nadia.

Parsmons plissa les yeux.

— Très bien. Mademoiselle Shelton, vous avez accès à tous les lieux concernés : votre appartement, cet appartement, l'hôtel. Vous semblez être le dénominateur commun. Pourquoi ?

— Je n'en sais rien, lieutenant, répondit Nadia avec méfiance.

— Moi non plus, mais j'ai l'intention de le découvrir, conclut Parsmons en agitant un doigt sous le nez de Nadia.

Nadia n'aspirait qu'à s'éloigner de l'appartement de Nate lorsque Parsmons les y autorisa enfin. Comme elle ne voulait pas que son oncle Erik apprenne qu'elle avait trouvé un cadavre par quelqu'un d'autre et s'inquiète, elle l'appela dès qu'elle se retrouva chez Ryan.

— Comment vas-tu ? s'écria oncle Erik. Dis-moi où tu es. J'arrive.

Nadia balaya la chambre d'amis de Ryan du regard. Elle ne pouvait pas dire à son oncle qu'elle passait la nuit chez un homme qu'elle connaissait à peine. Il ferait une crise cardiaque. Elle n'aurait pas pu l'expliquer, mais elle était certaine d'être en sécurité chez Ryan en dépit du fait qu'ils n'avaient eu qu'une relation professionnelle jusque-là.

— Non, ne reviens pas en ville, répondit-elle. Tu n'as pas à t'inquiéter pour moi. Je dors chez un ami. Je voulais juste te prévenir. La police essaiera sûrement de te contacter et tu ne pourras pas utiliser l'appartement de Nate pendant quelque temps.

— Pendant combien de temps ?

Nadia serra les dents.

— Je ne sais pas, mais tu peux toujours passer la nuit dans l'un des hôtels si tu as besoin de rester en ville pendant la durée de l'enquête.

— Je sais, grommela Erik. J'allais t'appeler, par ailleurs. Je dois m'absenter pendant un jour ou deux.

— Un problème ?

— Rien de grave. Je dois seulement aller voir un client en personne.

Nadia promit de lui donner des nouvelles avant de raccrocher et de soupirer profondément. Elle s'allongea, les jambes au bord du lit, et prit un moment pour apprécier la souplesse du matelas et le silence. Son oncle était toujours tendu et toutes les conversations qu'elle avait avec lui la fatiguaient. Vu la réserve d'énergie dont elle disposait aujourd'hui, ce coup de téléphone l'avait épuisée.

Alors qu'elle était tentée de se mettre au lit, une odeur d'oignons et de gingembre se glissa sous la porte. Son estomac gargouilla. Elle se leva et alla dans la cuisine.

Ryan était en train de remplir deux assiettes de poulet frit.

— J'ai pensé que vous auriez faim, dit-il.

— Vous avez vu juste, dit-elle en s'asseyant. Ça a l'air délicieux. Merci.

Ryan s'installa en face d'elle, mais il ne commença pas tout de suite à manger.

— On ne trouve pas un cadavre tous les jours, finit-il par dire. Comment le prenez-vous ?

Comment répondre ? se demanda-t-elle. Le choc de trouver un cadavre s'était mêlé à toutes les autres émotions que lui avait inspirées le fait de retourner dans l'appartement de Nate. Au bout du compte, elle se sentait surtout à bout de force.

— Aussi bien qu'on peut l'espérer, j'imagine.

Ils mangèrent dans un silence plaisant pendant un long moment.

— Il faut que j'aille dans le Maine, demain, annonça Ryan. J'ai chargé l'un de mes meilleurs hommes de veiller sur vous en mon absence.

— Qu'allez-vous faire dans le Maine ? demanda-t-elle, même si elle se doutait de la réponse.

— Je veux parler au shérif qui a enquêté sur l'accident de Nate, dit Ryan en la regardant droit dans les yeux.

— Pourquoi ? Vous avez lu le rapport. Que voulez-vous savoir d'autre ?

Ryan hésita.

— Le rapport est le document officiel, expliqua-t-il. Il ne me fournit pas les opinions et les impressions du shérif. Je ne peux les obtenir qu'en lui parlant en personne.

— Je ne comprends pas ce que vous espérez trouver, dit Nadia en secouant la tête.

— Je ne trouverai peut-être rien mais je suis minutieux. C'est l'une des raisons pour lesquelles je fais bien mon travail. Je serai de retour dans la soirée.

— Je vous accompagne, déclara Nadia.

Elle s'essuya les mains et posa sa serviette à côté de son assiette.

Ryan fronça les sourcils.

— Ce n'est pas nécessaire.

— Si, ça l'est, insista-t-elle. Vous pensez visiblement que Nate était impliqué dans quelque chose avant sa mort et que ce qui m'arrive en ce moment est lié à ça. J'ai du mal à y croire mais j'ai confiance en vous. Et, si vous avez raison, j'ai besoin de savoir de quoi il s'agit.

Elle soutint le regard insistant de Ryan. Qu'elle le veuille ou non, elle était concernée. Elle n'allait pas jouer les demoiselles en détresse et se tourner les pouces pendant que Ryan résolvait le problème.

— Très bien, finit-il par lui accorder. Comme il y a un peu plus de trois heures de route, nous partirons à 6 heures. J'aimerais qu'on soit sur le chemin du retour avant que la nuit ne tombe.

Ils se turent de nouveau pendant un long moment.

Cette fois, ce fut Nadia qui brisa le silence.

— J'adore votre vue, dit-elle.

À travers sa baie vitrée, on voyait même les lumières du New Jersey, de l'autre côté de l'Hudson.

Ryan tourna sa chaise.

— J'ai laissé ma belle-sœur présélectionner des appartements. J'ai choisi entre les trois meilleurs, et c'est cette vue qui m'a permis de me décider.

— Voilà qui est efficace, commenta-t-elle.

Ryan pouffa.

— Mes besoins sont minimaux, répondit-il : un grand mur pour mon écran géant, une cuisine décente et une bonne baignoire suffisent à me rendre heureux.

Une image de Ryan dans la baignoire se logea dans la tête de Nadia. Elle n'aurait pas parié qu'il préférait le bain à la douche, mais elle aurait du mal à chasser cette image de son esprit maintenant qu'elle le savait.

— Ça me rappelle le chalet, dans le Maine, où nos parents nous traînaient, mes frères et moi, tous les étés, reprit Ryan, ce qui arracha Nadia à sa rêverie.

— Vous devez être la seule personne qui pense au Maine en contemplant New York, plaisanta-t-elle.

— C'est à cause de l'eau et des lumières. Le chalet était sur une colline, près d'un grand lac. Le soir, j'adorais m'asseoir sur le perron pour regarder la ville en contrebas. J'imaginais ce que les gens étaient en train de faire dans leurs maisons… C'étaient toujours des activités plus intéressantes que de rêvasser sur un perron.

— Ça paraît pourtant merveilleux, répondit-elle. Quand j'étais petite, on allait chez ma tante, à Atlanta, pendant les vacances. On a arrêté d'y aller après la mort de ma mère et on a perdu le contact avec cette partie de la famille.

Nadia était adolescente quand sa tante Celia était morte. À présent, elle ne reconnaîtrait même plus ses cousins.

Après la mort de leur père, ç'avait été Nate et elle contre le reste du monde. Elle était seule, maintenant.

Elle refoula le chagrin qui menaçait de l'engloutir. Elle avait son oncle Erik. Même s'ils étaient en désaccord sur beaucoup de choses, elle pouvait toujours compter sur lui.

Nadia observa Ryan à la dérobée. Elle pouvait aussi compter sur lui.

— Vous n'êtes plus partie en vacances après la mort de votre mère ? demanda-t-il.

Elle haussa les épaules et avala sa dernière bouchée.

— Papa travaillait beaucoup. Quand on a été assez grands, Nate et moi avons travaillé aussi. Comme mon père estimait qu'on devait comprendre parfaitement l'entreprise dont on hériterait un jour, on a occupé à peu près tous les postes possibles.

Ryan inclina la tête sur le côté et dit :

— J'essaie de vous imaginer dans un uniforme de femme de chambre…

Elle en eut une bouffée de chaleur.

— Je suis désolé, s'empressa d'ajouter Ryan en rougissant. Je n'aurais pas dû dire ça.

Il se leva et prit son assiette.

— Ce n'est pas grave.

Bien au contraire, songea-t-elle. Découvrir qu'il la désirait lui donnait plus d'assurance dans sa féminité qu'elle n'en avait ressentie depuis très longtemps.

— Si, c'est grave, répondit-il en posant son assiette dans l'évier. Ce n'est pas professionnel.

Elle le rejoignit avec sa propre assiette.

— Ce n'est pas comme si je vous payais, dit-elle pour essayer d'alléger l'atmosphère.

Comme sa plaisanterie n'eut pas l'effet qu'elle espérait, elle aborda le sujet plus sérieusement.

— Je sais que vous m'avez dit de ne pas me soucier de ça, mais je veux que vous me facturiez ma protection personnelle. Même si j'aurai sans doute besoin d'étaler les paiements.

Ryan se tourna vers elle.

— Arrêtez, répliqua-t-il sèchement. J'étais sincère quand je vous ai dit de ne pas vous en soucier.

Elle fronça les sourcils. S'il pensait qu'une flatterie suffisait à lui faire perdre la tête, il se trompait lourdement.

— Pourquoi ? Je sais que les hôtels Shelton emploient vos services depuis longtemps, mais vous me connaissez à peine. Pourquoi m'aideriez-vous gratuitement ?

— Pourquoi ? répéta-t-il. Parce que, à chaque fois que je vous vois, il m'est de plus en plus difficile de me retenir de faire ça.

Il enroula un bras autour de sa taille, l'attira contre lui et pressa ses lèvres contre les siennes.

Elle ne put s'empêcher de tressaillir avant de s'abandonner au plaisir de son baiser. Alors qu'il caressait ses lèvres du bout de la langue, elle glissa ses doigts dans ses cheveux et gémit.

Ryan la souleva en grognant pour la poser sur le comptoir et se placer entre ses jambes.

Alors son téléphone sonna.

Il s'écarta d'elle comme s'il s'était brûlé. Ils se fixèrent intensément le temps de deux sonneries avant que Ryan ne s'arrache au sort qui les pétrifiait pour regarder son téléphone.

— Je dois prendre cet appel, dit-il avant de quitter la cuisine sans jeter un dernier coup d'œil à Nadia.

Elle se précipita dans sa chambre, les larmes aux yeux. De toute évidence, Ryan pensait avoir commis une erreur en l'embrassant. Cela n'aurait pas dû la blesser.

Ils avaient une relation professionnelle. La doubler d'une relation personnelle dans la situation présente serait très déraisonnable.

Alors pourquoi avait-elle l'impression d'avoir perdu quelque chose à l'instant même où elle s'était rendu compte qu'elle le voulait ?

9

Ryan était dans la cuisine à 5 heures et quart le lendemain matin. Son téléphone sonna sur le comptoir, et le visage de Shawn apparut sur l'écran.

Ryan mit la cafetière en marche avant de décrocher.

— Qu'y a-t-il ? demanda-t-il sans préambule.

— Le mort s'appelle Andrei Ledebev, répondit Shawn. Son frère Taras et lui viennent d'arriver à New York, mais ils sont bien connus dans le monde du crime. Ils travaillent avec Brian Leroy.

— C'est une mauvaise nouvelle, commenta Ryan.

— Il y a pire. Il semblerait que Leroy se soit associé à Lincoln Smith.

La véritable mafia ne ressemblait en rien à ce qu'on voyait dans les films. Le crime organisé était passé au XXIe siècle comme tout le monde. Les gangsters d'aujourd'hui avaient des diplômes universitaires, des bureaux et des costumes à trois mille dollars. La diversité ethnique et la parité étaient mieux respectées parmi eux qu'au Congrès. La cupidité était un vice bien partagé et les malfrats comme Lincoln Smith travaillaient avec n'importe qui s'il y avait de l'argent à gagner.

Les mafieux new-yorkais, en particulier, s'engageaient dans des domaines très variés, pour beaucoup parfaitement légaux, jusqu'à ce que les mafieux s'en mêlent, du moins.

Leroy se présentait comme un investisseur. En réalité, il n'était qu'un usurier bien élevé et sophistiqué. Comme il s'était surtout entouré de petites frappes sans envergure, travailler avec Smith était pour lui une sorte de promotion.

— Non, ce n'est pas une bonne nouvelle, mais ça nous fournit un lien avec Nate, répondit Ryan en mettant des tranches de pain dans le grille-pain.

— Les attaques contre Nadia pourraient avoir été commanditées par Leroy ou par Smith, dit Shawn. Mais pourquoi ?

— On aura peut-être la réponse à cette question quand on aura découvert quelle était la relation entre Nate et Leroy. Eugene a-t-il tiré quelque chose des caméras du Shelton ?

Il avait demandé à Eugene Paul, leur spécialiste des nouvelles technologies et des communications, d'examiner ce qu'avait enregistré la caméra du couloir de la chambre incendiée. Ryan avait regardé les images lui-même. Malheureusement, le pyromane avait gardé la tête baissée. Ils n'étaient pas aidés par le fait que la caméra n'était pas d'excellente qualité. C'était un problème que Ryan avait immédiatement résolu en exigeant que toutes les caméras des trois hôtels Shelton soient remplacées à ses frais. Il commençait à devoir beaucoup de services, mais il serait ravi de les rendre si cela garantissait la sécurité de Nadia.

— Il y travaille, mais je ne me ferais pas trop d'illusion, si j'étais toi, répondit Shawn.

— Dis-lui d'insister et de regarder les enregistrements des autres caméras de l'hôtel, pendant qu'il y est.

— Tu as conscience du temps que ça prendra, j'espère ?

— Je sais, mais j'aimerais qu'Eugene le fasse quand même, dit Ryan en se massant la nuque. Quelque chose cloche dans cette histoire d'incendie.

— Que veux-tu dire par « quelque chose cloche » ?

— Si je le savais, je te le dirais, grommela Ryan alors que Nadia entrait dans la cuisine. Il faut que je te laisse.

Le bas du T-shirt vert de Nadia frôlait la ceinture d'un jean noir moulant. Même si sa tenue n'était pas ouvertement sexy, Ryan se laissa hypnotiser par le balancement de ses hanches et sentit son cœur s'affoler.

Elle s'arrêta au bout du comptoir, à plusieurs mètres de lui. Son expression neutre et polie ne permit pas à Ryan de deviner ce qu'elle pensait de leur baiser de la veille.

— J'ai préparé des toasts pour la route, dit-il. Vous pouvez mettre votre café là-dedans.

Il sortit une bouteille Thermos d'un placard et la lui tendit.

— Merci, répondit Nadia en le prenant.

Il attendit qu'elle ait rempli la Thermos et beurré ses toasts.

— Êtes-vous prête ?

— Oui, dit-elle avant de se diriger vers la porte sans lui accorder un regard.

Ryan soupira. C'était exactement pour cela qu'il voulait rester professionnel avec Nadia. Sauf qu'il ne s'était pas contenté de franchir cette ligne, il avait sauté par-dessus avec enthousiasme. Il ne pouvait s'en prendre qu'à lui-même si ce trajet était inconfortable. Et un trajet inconfortable valait toujours mieux qu'un cœur brisé.

Le téléphone de Nadia sonna. Elle y jeta un coup d'œil et laissa échapper un grognement.

— Qu'y a-t-il ? s'inquiéta Ryan.

— C'était oncle Erik. Je lui ai laissé un message pour lui dire qu'on allait à Rhode Island.

Elle rejeta l'appel et glissa le téléphone dans la poche de sa veste.

— Je n'ai pas besoin de l'entendre pour savoir ce qu'il en pense, grommela-t-elle. Allons-y.

Le jour se levait quand ils quittèrent la ville en silence. D'après le GPS, ils avaient trois heures et demie de route devant eux. Nadia passa la première heure et demie la tête tournée vers la vitre du passager.

Ryan finit par s'arrêter dans une station-service, surtout parce qu'il avait besoin d'échapper à la tension qui régnait dans la voiture.

— Je vais prendre un café et peut-être un sandwich, annonça-t-il. Voulez-vous quelque chose ?

Elle continua à observer les voitures par la vitre du passager comme si celles-ci devaient faire l'objet d'une interrogation écrite un peu plus tard.

— Non. Je vous attends ici.

Ryan ouvrit sa portière puis la claqua sans être sorti de la voiture, ce qui fit sursauter Nadia et l'incita à tourner la tête vers lui pour la première fois depuis le départ.

— Écoutez… Je suis désolé pour hier soir, dit Ryan. Je n'aurais pas dû vous embrasser.

— Ce n'est pas grave, répondit Nadia en se tournant vers la vitre une fois de plus.

Il fut tenté de poser sa main sur celle de Nadia et se l'interdit. Il voulait réparer le mal qu'il avait fait, pas envoyer des signaux contradictoires à Nadia.

— Regardez-moi, s'il vous plaît, dit-il.

Elle resta immobile de longues secondes avant de se retourner.

— J'ai compris, déclara-t-elle. Vous avez commis une erreur, et ça ne se reproduira pas. Vous n'avez pas à craindre que j'en parle à votre père ou que je vous intente un procès.

Le chagrin que Ryan lut dans son regard le désola.

— Je n'ai pas peur que vous m'intentiez un procès et je ne pense pas avoir commis une erreur en vous embrassant, répliqua-t-il. Ça fait des mois que j'en ai envie.

Elle le regarda avec un air incrédule, ce qu'il avait bien mérité.

— Le problème, c'est que ce n'était pas professionnel, poursuivit-il. Ce n'est pas le bon moment pour que je me laisse distraire. Je dois rester concentré sur votre protection.

La colère succéda à l'incrédulité dans le regard de Nadia.

— Je suis désolée de vous distraire autant ! lança-t-elle avant de poser sa main sur la poignée de la portière.

Il lui attrapa le bras pour l'empêcher de sortir de la voiture.

— Ce n'est pas ce que je voulais dire, soupira-t-il.

Il lâcha son poignet et se passa la main sur le visage.

— Écoutez… Vous me plaisez, avoua-t-il. Et je pense que je vous plais aussi, même si vous avez l'air de vouloir m'arracher la tête. Dans l'immédiat, vous avez besoin que quelqu'un se concentre sur votre protection et le fait de découvrir qui est responsable de ce qui vous est arrivé. Je ne peux pas être cette personne si je passe mon temps à me demander quand j'aurai l'occasion de vous embrasser encore.

Nadia soutint son regard un long moment avant de répondre :

— Vous avez raison. Nous devrions conserver une relation strictement professionnelle. Mais nous pouvons être amis, n'est-ce pas ?

Elle lui tendit sa main.

Ryan la serra, même s'il n'avait aucune envie qu'ils soient amis.

— Oui, nous pouvons être amis, dit-il en ignorant le frisson de désir qui le parcourut.

Ils entrèrent ensemble dans la station-service. Nadia permit à Ryan de payer pour le petit déjeuner, ce qu'il prit comme un bon signe. Ils mangèrent rapidement et furent de nouveau sur la route une demi-heure plus tard.

Ils n'avaient fait que quelques kilomètres quand le GPS signala qu'un accident avait généré un bouchon sur l'autoroute un peu plus loin. Ryan suivit les indications de la voix mécanique et s'engagea sur une nationale. Cela rallongerait un peu leur trajet, mais il y avait peu de circulation sur cette route.

— On a identifié l'homme qu'on a trouvé mort dans l'appartement de Nate, dit Ryan en jetant un bref coup d'œil à Nadia.

Il espérait que la tenir informée des développements de l'enquête les aiderait à repartir du bon pied.

— J'ai entendu votre conversation téléphonique, ce matin, répondit-elle entre deux gorgées du jus d'orange qu'elle avait emporté.

— Les noms Taras et Andrei Ledebev vous disent-ils quelque chose ?

Le front de Nadia se plissa.

— Je ne crois pas, répondit-elle après avoir réfléchi presque une minute. Le mort est l'un des deux ?

— Andrei. Mais ils travaillaient tous les deux pour Brian Leroy.

Nadia fronça les sourcils.

— La compagnie de construction de Leroy a répondu à l'un de nos appels d'offres, il y a quelques années. Mais Leroy ne ferait quand même pas tout ça parce qu'il n'a pas remporté le marché…

— Non. En revanche nous savons que Nate et Leroy se fréquentaient. Nous avons trouvé une photo sur laquelle ils apparaissent tous les deux.

— Ça ne veut rien dire.

Comme ils venaient juste de se réconcilier, Ryan jugea prudent d'abandonner le sujet.

En jetant un coup d'œil dans le rétroviseur, il vit une camionnette noire s'approcher d'eux. Il n'y avait pas d'autre véhicule dans les environs.

La camionnette les colla. Malgré sa proximité dangereuse, Ryan ne réussit pas à voir son conducteur à travers le pare-brise teinté.

Il accéléra.

La camionnette en fit autant.

— On nous suit, dit-il à Nadia. Assurez-vous que votre ceinture est bien attachée.

Nadia se retourna pour regarder la camionnette.

— À quoi joue-t-il ?

— Voyez-vous le conducteur ? demanda Ryan en accélérant encore.

— Non. Le pare-brise est trop foncé.

La camionnette percuta leur pare-chocs. Leur voiture fit un écart, mais Ryan réussit à en garder le contrôle. Il écrasa l'accélérateur.

La camionnette accéléra aussi et les heurta une deuxième fois, ce qui projeta Nadia contre le tableau de bord.

— Nadia ! s'écria Ryan. Ça va ?

Elle laissa échapper un grognement. Ryan lui jeta un bref coup d'œil et vit qu'elle avait une entaille sur le front.

— Je crois, répondit-elle.

La camionnette les percuta encore.

Cette fois, Ryan perdit le contrôle de la voiture qui glissa hors de la route.

Ryan freina alors que la voiture cahotait au milieu des buissons. Des chênes se dressaient en bas du talus. Ryan donna un brusque coup de volant juste avant le choc.

— Ryan !

Il réprima un juron et se toucha le ventre, là où il avait mal. Un éclat de la vitre lui avait fait une profonde entaille au-dessus de la hanche.

— Je vais bien, assura-t-il à Nadia. Et vous ?

— Juste une bosse à déplorer, répondit-elle avant de se retourner. La vitre arrière est toute fendillée. Je ne vois rien à travers.

— Nous devons sortir de la voiture, grogna Ryan.

Il essaya d'atteindre l'attache de sa ceinture de sécurité et gémit. Il passa les secondes qui suivirent à se concentrer sur sa respiration pour surmonter la douleur.

— Vous devriez rester immobile, dit Nadia avant de ramasser son téléphone tombé à ses pieds pour appeler les urgences.

Elle expliqua à l'opérateur où ils se trouvaient et lui fournit une description de la voiture qui leur avait fait quitter la route.

Malgré la douleur, Ryan se pencha pour prendre son revolver dans la boîte à gants. Il n'était peut-être pas capable de sortir de la voiture, mais il pouvait les défendre si on les attaquait. Il posa l'arme sur sa cuisse, à portée de main, et attendit l'arrivée des secours.

Ils entendirent des sirènes une dizaine de minutes plus tard.

— Rangez ça dans la boîte à gants, s'il vous plaît, dit-il en tendant son revolver à Nadia.

Elle recula comme si l'arme risquait de la mordre.

— Je n'aime pas les armes à feu.

Ryan esquissa un sourire.

— Je ne vous demande pas de vous en servir, juste de la ranger. Il vaudrait mieux qu'elle soit dans la boîte à gants quand la police arrivera.

On lui poserait sans doute quelques questions, mais il ne devrait pas avoir d'ennuis puisqu'il avait un permis.

Dans la voiture qui refusait de s'arrêter, Ryan avait eu l'impression qu'ils tombaient dans un profond ravin. En remontant sur la route avec l'aide de Nadia, il s'aperçut qu'ils n'avaient fait que glisser sur quelques dizaines de mètres le long d'une pente assez douce. Il expliqua la situation au premier policier qui l'interrogea.

Deux ambulances les attendaient.

Un infirmier aida Ryan à s'étendre sur une civière.

— Il faut que cette dame et moi allions à l'hôpital ensemble, lui dit Ryan.

Sa blessure saignait un peu moins, mais elle le faisait toujours horriblement souffrir au moindre mouvement.

— Désolé, monsieur, répondit l'infirmier. Il n'y a pas assez de place pour deux civières dans l'ambulance.

Ryan ne voulait pas être séparé de Nadia, mais il pouvait à peine bouger et il ne voulait pas forcer Nadia à rester assise, au cas où sa blessure serait plus grave qu'elle n'en avait l'air. Il appela le policier qui avait pris sa déposition et lui expliqua que Nadia avait été victime de plusieurs agressions. Le policier lui promit que quelqu'un resterait posté auprès d'elle en permanence.

Ryan aurait préféré la protéger lui-même, mais c'était la meilleure solution dans l'immédiat. Malheureusement, si la personne qui lui avait fait quitter la route espérait les séparer, elle avait obtenu ce qu'elle voulait.

Comme les victimes de l'accident qui les avait incités à changer d'itinéraire avaient été admises dans le même hôpital, Ryan et Nadia durent attendre un bon moment avant qu'un médecin ne les examine. Au grand soulagement de

Ryan, le policier tint parole, et l'un de ses collègues resta auprès de Nadia à chaque instant.

Ryan appela Shawn et l'informa des derniers événements. Il ne fut pas surpris de voir son frère entrer dans sa chambre d'hôpital deux heures plus tard. Quand il lui avait expressément demandé de ne pas venir, il savait déjà que c'était en vain.

Ryan fronça les sourcils.

— Je t'avais demandé de ne pas venir, rappela-t-il à Shawn.

— Le médecin a déjà autorisé Nadia à quitter l'hôpital, répondit son frère. Gideon est avec elle.

Ryan en fut soulagé, ce qui tempéra un peu la contrariété que lui inspirait la présence de Shawn.

— J'attends qu'on m'apporte les documents à signer pour sortir, dit-il.

Shawn s'assit sur la chaise qui se trouvait près du lit.

— J'ai des nouvelles, annonça-t-il. La police a trouvé la voiture qui vous a poussés dans le ravin. Elle a été louée. Sous un faux nom, mais la carte d'identité qui a été présentée était d'assez bonne qualité pour duper l'employé.

Ryan avait refusé les analgésiques qu'une infirmière lui avait proposés. Maintenant qu'un mal de tête le gagnait, il le regrettait.

— Ça n'a aucun sens, grommela-t-il. Comment cette personne nous a-t-elle trouvés ?

— Tu es sûr qu'on ne vous a pas suivis ?

Ryan fusilla son frère du regard.

— On ne nous a pas suivis.

— Alors quelqu'un savait que vous alliez à Rhode Island aujourd'hui, dit Shawn.

Ryan se fiait aux employés de West Security par principe, mais il savait que Nadia avait informé Olivia et les gérants de ses trois hôtels de son absence. Ryan n'avait pas estimé nécessaire de garder leur destination secrète. Plusieurs personnes savaient qu'ils allaient à Rhode Island : Olivia, Erik et plusieurs employés de West Security, pour commencer. Il avait dit à Shawn qu'on ne les avait pas suivis, mais il n'en était pas tout à fait certain. Il se gifla mentalement. Comment avait-il pu baisser la garde ?

— Ne t'en fais pas : on trouvera le coupable, lui assura Shawn en posant une main sur son épaule.

— Nadia aurait pu se faire tuer à cause de moi.

— Mais elle est en vie.

Shawn se passa la main dans les cheveux et croisa les bras avant d'ajouter :

— Écoute… Je savais que tu avais un faible pour Nadia Shelton, mais j'ai l'impression que c'est plus grave que ça. Ai-je besoin de te rappeler que ça peut très mal finir pour toi ?

Shawn l'avait ramassé à la petite cuillère la dernière fois. La seule fois où il avait manqué de professionnalisme en tombant amoureux d'une femme qu'il était payé pour protéger. Il y avait une alchimie extraordinaire entre eux, et il avait eu le coup de foudre. Mais les sentiments qu'elle éprouvait pour lui s'étaient dissipés quand le danger était passé.

— Je contrôle la situation, répondit-t-il.

Shawn soupira profondément.

— C'est peut-être encore plus grave que ce que je croyais. Écoute… Nadia est une femme formidable. Elle est intelligente, élégante et elle a un corps qui…

Ryan émit un grognement d'avertissement.

Shawn leva les mains.

— Tout ce que je dis, c'est que tu es son chevalier en

armure étincelante, pour le moment. Mais quand tout sera terminé, tu ne seras plus qu'un garde du corps, et elle sera toujours l'héritière d'une chaîne d'hôtels. Ce n'est pas conciliable. Tu comprends ?

Ryan comprenait. Il comprenait aussi que son frère voulait le protéger et il lui en était reconnaissant. Il avait pensé la même chose des dizaines de fois dans les deux derniers jours. Nadia était hors de sa portée.

Malheureusement, une petite voix dans sa tête lui soufflait qu'il était trop tard. Il tenait déjà trop à Nadia. Il ne pouvait plus qu'essayer d'être le seul à en sortir le cœur brisé.

— Je comprends, répondit-il. Et je t'assure que je ne suis pas trop impliqué.

Shawn le fixa avec un air incrédule.

Comme Ryan n'était pas d'humeur à poursuivre cette conversation, il demanda :

— Eugene a-t-il tiré quelque chose des enregistrements de l'hôtel ?

— Il les a bien nettoyés, mais ça n'a pas permis d'identifier le pyromane, répondit Shawn. Puisque vous avez trouvé le corps d'Andrei Ledebev peu après, je me suis demandé si ce n'était pas lui…

— Et ?

Shawn secoua la tête.

— Non. La corpulence du pyromane ne correspond ni à la sienne ni à celle de son frère.

Ryan se passa la main sur le visage.

— Je trouve que l'incendie ne colle pas avec le reste. Si Nadia a bien été poussée intentionnellement sur la chaussée, et mon instinct n'en doute pas, alors toutes les attaques sauf l'incendie ont été physiques et personnelles. L'incendie, lui, semble viser plutôt l'hôtel.

— Oui, mais Nadia est l'hôtel, en un sens. Elle le possède. Elle le dirige. Elle y a son bureau. On peut considérer l'hôtel comme une extension de Nadia.

Même si le raisonnement de Shawn se tenait, Ryan continuait à penser que l'incendie était à part. Le médecin entra dans la chambre avec l'autorisation de sortie de Ryan à cet instant. La discussion sur l'incendie devrait attendre.

Ryan écouta le médecin lui recommander de se reposer sans même faire semblant d'avoir l'intention de suivre ses conseils. Après avoir signé l'autorisation, il alla retrouver Gideon et Nadia.

Nadia se précipita vers lui dès qu'il entra dans la salle d'attente.

— Comment allez-vous ? demanda-t-elle en posant une main sur son bras.

Ryan lut de l'inquiétude dans son regard et en fut touché. Il essaya de sourire, mais il ne dut réussir qu'à grimacer, à en juger par l'expression de Nadia.

— Il me fallait juste quelques points de suture, répondit-il. Je suis comme neuf. Et vous ?

— Je risque d'avoir mal à la tête pendant un jour ou deux. Je n'aurai besoin que de quelques comprimés d'ibuprofène.

— Vous avez tous les deux eu de la chance, intervint Shawn. Ç'aurait pu être bien pire. Vous voulez toujours aller à Rhode Island, je présume ?

Ryan et Nadia hochèrent la tête d'un même mouvement.

— Très bien, conclut Shawn. En route pour Northpath.

Le reste du trajet fut sans incident. Nadia fit semblant de dormir presque d'un bout à l'autre. Elle savait qu'elle avait besoin d'être protégée, mais elle avait aussi besoin de temps pour encaisser tout ce qu'il lui était arrivé dans les derniers jours. Même si Ryan ne lui avait rien dit d'inquiétant, elle pressentait que la situation empirerait encore avant de s'améliorer.

Nadia fit semblant de se réveiller quand Shawn se gara devant un hôtel de taille moyenne. La rue était bordée de bâtiments en briques rouges parfaitement identiques et aussi bien alignés que des membres de la garde royale d'Angleterre. Les lampadaires avaient un charme antique, et le soleil offrait ses derniers rayons à ceux qui avaient le courage de braver le froid pour boire l'apéritif en terrasse.

Shawn entra dans l'hôtel et en ressortit cinq minutes plus tard pour leur annoncer qu'il leur avait loué deux suites de deux chambres. Il leur restait juste le temps d'y déposer leurs affaires avant d'aller au poste de police.

Pendant le trajet, elle avait entendu Ryan téléphoner au shérif Charlotte Haley. Celle-ci semblait s'être montrée compréhensive quand Ryan lui avait expliqué qu'ils avaient eu un accident de voiture, et elle avait accepté de reporter leur rendez-vous à 18 heures. Ils étaient donc attendus au bureau du shérif dans un peu moins d'une demi-heure.

La police ne les avait pas autorisés à récupérer les sacs qui se trouvaient dans le coffre de leur voiture accidentée. Shawn et Gideon proposèrent d'aller acheter ce qu'il leur manquait pendant que Ryan et elle s'entretiendraient avec le shérif. Comme ils n'avaient qu'une voiture, Shawn commença par les déposer devant le bâtiment en pierre dont l'entrée était encadrée par des colonnes imposantes.

Un policier les guida à travers un véritable labyrinthe jusqu'au bureau spacieux du shérif Charlotte Haley.

— Je suis ravie que vous soyez arrivés en un seul morceau, dit-elle quand ils entrèrent dans la pièce.

Elle s'enfonça dans son fauteuil et les observa attentivement.

Ryan et Nadia s'assirent en face d'elle. Le shérif était une femme robuste aux cheveux roux grisonnants.

— Nous espérions arriver plusieurs heures plus tôt, répondit Ryan. Malheureusement, comme je vous l'ai expliqué au téléphone, nous avons eu des ennuis. Quelqu'un nous a forcés à quitter la route sur le trajet.

Ryan fournit les détails de l'accident au shérif qui prit un air inquiet.

— Et le conducteur n'a pas essayé de savoir si vous étiez morts ? demanda Haley.

— Pas à notre connaissance, répondit Ryan, les sourcils froncés.

— Personne ne vous a abordée à l'hôpital, mademoiselle Shelton ?

— Non, répondit Nadia.

Elle regarda le shérif et Ryan tour à tour. Ils semblaient savoir quelque chose qu'elle ignorait.

— Qu'est-ce qui m'échappe ? demanda-t-elle.

Haley jeta un bref coup d'œil à Ryan.

— Si la personne qui nous a fait quitter la route voulait nous tuer, elle aurait pu le faire après l'accident, dit celui-ci.

— Mais elle ne l'a pas fait, intervint Nadia.

— L'accident pouvait avoir pour but de vous séparer de votre garde du corps, dit Haley. Cela aurait rendu plus facile de vous enlever, surtout dans un hôpital, mais puisque personne n'a rien tenté…

Le shérif haussa les épaules.

— Qu'est-ce que ça veut dire ? demanda Nadia.

Ryan changea de position. Le médecin des urgences avait recousu sa plaie et lui avait prescrit des analgésiques que Ryan avait refusés. Nadia était certaine qu'il souffrait, mais il ne s'était pas plaint une seule fois.

Ni Ryan ni le shérif ne lui répondirent.

— Ryan ? insista-t-elle.

— Je ne sais pas, dit-il en secouant la tête. Cet incident me paraît différent des autres. Celui qui vous attaque est persistant depuis le début. Alors pourquoi nous aurait-il laissés tranquilles à un moment où nous ne pouvions pas nous défendre ?

— C'est un mystère, mais vous êtes venus pour parler de l'accident du frère de Mlle Shelton, intervint Haley.

— Nous ne voulons pas prendre trop de votre temps, shérif, répondit Ryan. J'ai déjà lu le rapport de l'accident. C'est votre opinion personnelle qui m'intéresse.

Le shérif plissa les yeux.

— Je préfère ne pas vous demander comment vous vous êtes procuré une copie de mon rapport.

Nadia aurait bien aimé connaître la réponse, mais Ryan resta muet et impassible.

— Si vous l'avez lu, vous savez l'essentiel, finit par ajouter le shérif.

— Ça dépend comment on définit essentiel, répondit Ryan. Vous avez précisé que le câble des freins semblait usé.

— Oui, dit prudemment le shérif.

— « Semblait » usé, répéta Ryan. Pas « était » usé.

Nadia les regarda l'un après l'autre. Ils recommençaient à laisser des choses dans l'ombre.

— Comme je ne parle pas couramment votre langage codé, pourriez-vous dire à voix haute ce que vous sous-entendez, s'il vous plaît ? grommela-t-elle.

— Qu'est-ce qui vous incite à penser que l'accident de Nate n'en était peut-être pas un, shérif ? demanda Ryan sans prendre de gants.

Nadia tressaillit.

— Vous êtes doué, le complimenta Haley qui semblait bien moins surprise qu'elle.

Le shérif fixa Ryan un long moment avant d'ajouter :

— Je ne peux rien prouver, sinon j'aurais suivi la piste jusqu'au bout. J'ai fait examiner le câble par un expert, mais le résultat n'était pas concluant. Néanmoins, je n'ai jamais vu un câble usé de cette manière… Ce qui ne veut pas dire que ça ne peut pas être naturel.

— Mais ça vous a incitée à réfléchir, l'enccuragea Ryan.

— Oui, répondit Haley avant de se tourner vers Nadia. Et comme je n'ai pas trouvé la raison pour laquelle votre frère était venu dans notre petite ville…

Elle posa ses bras sur le bureau et laissa sa phrase en suspens, le regard interrogateur.

— Je ne sais pas pourquoi Nate était ici, dit Nadia. J'ai supposé…

Elle hésita. Elle ne voulait pas dire quelque chose qui risquerait de ternir la réputation de Nate, même s'il était mort. Son frère avait des défauts, mais c'était quelqu'un de bien.

Elle s'éclaircit la voix.

— J'ai supposé qu'il était venu avec une femme, reprit-elle. La mort de Nate m'a bouleversée. J'ai été complètement abattue pendant plusieurs jours. C'est notre oncle Erik qui s'est occupé de tous les documents et qui a rapporté les affaires de Nate à New York.

— Erik Jackson, intervint Haley. Je l'ai interrogé. Il était bouleversé, lui aussi.

— Il était très proche de Nate, confirma Nadia. Oncle Erik n'a répondu à aucune de mes questions sur la raison du séjour de mon frère à Northpath. J'aimais Nate, mais j'étais bien consciente de ses faiblesses… Comme son penchant pour les aventures avec des femmes mariées.

— Shérif, je voulais vous interroger sur un autre point de votre rapport, dit Ryan, changeant de sujet. Vous y avez mis beaucoup d'informations concernant les marées et le débit de la rivière. Pourquoi ?

— Eh bien… Vous savez que nous sommes partis de l'hypothèse que le corps de M. Shelton avait été emporté par la marée descendante. C'est possible et les hydrologues coûtent cher. Comme je ne pouvais pas prouver qu'il y avait quelque chose de louche dans cet accident, je n'ai pas pu justifier cette dépense.

Le cœur de Nadia s'affola.

— Mais j'ai passé ma vie entière dans cette ville, poursuivit le shérif. Je connais les marées aussi bien que les rues. Cette nuit-là, elle n'était pas assez forte pour emporter le corps de M. Shelton jusqu'à la mer. Je l'ai dit à votre oncle quand je l'ai vu. Comme vous êtes à l'aise financièrement, je pensais que vous demanderiez à un hydrologue de faire un rapport.

Haley baissa la tête pour regarder Nadia par-dessus ses lunettes et ajouta :

— Pour être honnête, je m'attendais à vous voir entrer dans mon bureau il y a des mois, mademoiselle Shelton.

10

Quand Ryan et Nadia sortirent du bureau du shérif, Shawn et Gideon attendaient dans la voiture devant le bâtiment. Il n'avait pas échappé à Nadia que les voitures étaient des espaces problématiques pour Ryan et elle. Quand ils se retrouvaient dans un véhicule, au moins l'un d'eux était contrarié par l'autre. Ou quelqu'un essayait de les tuer.

Si Shawn et Gideon s'aperçurent de la tension qu'il y avait entre Ryan et elle, ils ne firent aucun commentaire. Nadia n'avait pas osé demander à Shawn d'acheter des vêtements pour elle, mais il l'avait fait quand même. Quand elle entra dans la voiture, elle trouva sur la banquette un sac qui contenait une chemise de nuit modeste, un chandail couleur pêche et un jean qui - miraculeusement - semblait lui aller. Shawn avait même acheté un débardeur et un paquet de trois culottes en coton, ce qui épargnerait à Nadia de laver celle qu'elle portait dans le lavabo de la salle de bains. Elle se promit de faire un chèque à Shawn pour couvrir ces dépenses.

Lorsqu'ils arrivèrent à l'hôtel, ils se donnèrent rendez-vous un quart d'heure plus tard pour le dîner et chaque paire se rendit dans sa suite.

Nadia emporta son sac de vêtements dans la plus grande des deux chambres sans se soucier de ce que Ryan en penserait.

— Vous m'en voulez.

Elle se retourna et trouva Ryan dans l'embrasure de la porte, les bras croisés.

— Qu'est-ce qui vous fait croire ça ? répliqua-t-elle en arrachant l'étiquette du chandail si brutalement qu'elle y fit un trou.

Elle réprima un juron.

Ryan s'approcha d'elle, sortit un couteau suisse de sa poche et le lui tendit.

— Je n'étais pas certain que le shérif avait des doutes sur l'accident, dit-il. Ce n'était qu'une intuition.

— Pourquoi ne m'en avez-vous pas parlé ?

Ryan soupira, prit sa main pour y déposer le couteau suisse puis alla s'asseoir au bord du lit.

— Parce que vous êtes la sœur de Nate, répondit-il. Vous êtes impliquée émotionnellement. Je ne voulais pas risquer de vous blesser avec des théories qui étaient peut-être sans fondement.

— Il vous a semblé préférable que ça me saute à la figure dans le bureau du shérif ? s'écria-t-elle, incrédule.

Elle s'assit à côté de lui et se massa les tempes. Un mal de tête qui n'avait sans doute rien à voir avec sa bosse la gagnait.

— Ça va ? s'inquiéta Ryan. Voulez-vous un analgésique ?

— C'est moi qui devrais vous demander ça, répondit-elle en se tournant vers lui. Je n'y comprends rien. Le shérif Haley et vous pensez-vous que l'accident de Nate puisse avoir été intentionnel ? Qu'il puisse s'agir d'un meurtre ?

— C'est possible.

Elle n'arrivait pas à y croire. Malgré tout ce qu'elle avait subi ces derniers jours, elle avait du mal à imaginer que Nate puisse avoir été impliqué dans quelque chose qui aurait mené à son assassinat.

Elle scruta le visage de Ryan.

— Mais ce n'est pas ce que vous avez en tête, dit-elle. Alors quoi ?

Il fronça les sourcils.

— Pourquoi votre oncle ne vous a-t-il pas fait part de la théorie du shérif Haley concernant la mort de Nate, à votre avis ?

Nadia serra les dents. Elle détestait qu'on ignore ses questions. Si Ryan espérait qu'elle oublie celle qu'elle venait de poser, il se trompait lourdement. Mais la direction que prenaient ses pensées éveillait assez sa curiosité pour qu'elle joue le jeu un moment.

— À mon avis ? Parce qu'il pense, tout comme vous, qu'il doit me protéger de toute information qui risquerait de blesser ma sensibilité de faible femme.

Elle avait le souffle court, et ce n'était pas entièrement dû à la colère. Même quand Ryan l'agaçait, elle restait sensible à son charme. Le fait qu'ils soient assis côte à côte au bord d'un lit n'arrangeait rien.

Ryan soupira.

— Je n'ai jamais dit que vous étiez faible.

— Vous me traitez comme si j'étais faible. Ça revient au même. J'aurais dû m'intéresser de plus près à l'enquête sur la mort de Nate.

Le regret la gagna.

— Si ce n'était pas un accident, je dois à Nate de découvrir ce qu'il s'est passé, ajouta-t-elle.

Ryan lui prit la main.

— Vous étiez en deuil. Vous ne devez pas vous en vouloir.

C'était plus facile à dire qu'à faire. Elle s'en voulait et elle avait la ferme intention de se rattraper dès qu'ils auraient regagné New York. Pour commencer, elle engagerait un hydrologue. Mais, dans l'immédiat, il y avait une chose qu'elle devait bien faire comprendre à Ryan.

— Écoutez… Je suis bien consciente de la situation, dit-elle. Je ne serais pas dans cette chambre d'hôtel avec vous si Nate avait été un citoyen modèle. Ne me cachez plus rien, s'il vous plaît.

Ryan soutint son regard pendant de longues secondes.

— Je suis désolé, finit-il par répondre. Je vous dirai tout à partir de maintenant.

Ils se fixèrent encore un moment, puis Ryan se leva et quitta la chambre.

Nadia le suivit dans le salon de la suite.

— Pour mieux répondre à votre question, mon oncle peut avoir voulu me protéger, mais il peut aussi ne pas avoir accordé de crédit à la théorie du shérif, dit-elle.

Ryan prit une bouteille d'eau dans le réfrigérateur et lui en proposa une, qu'elle refusa.

— Vous avez vu comment il réagit dès que quelqu'un critique Nate, ajouta-t-elle.

Ryan fronça les sourcils.

— A-t-il toujours été aussi protecteur avec lui ?

Elle s'assit sur le grand canapé beige et se laissa hypnotiser par la gorge de Ryan lorsqu'il se mit à boire. Elle aurait aimé y déposer une série de baisers…

— Nadia ?

Elle s'arracha à sa rêverie et rencontra le regard amusé de Ryan.

— Ça va ? demanda-t-il.

— Oui. Désolée…

Elle s'éclaircit la voix et se reconcentra sur ce dont ils parlaient avant qu'elle ne se laisse distraire.

— Oncle Erik et Nate ont toujours été proches. Erik

considérait presque Nate comme son fils, expliqua-t-elle. Leur lien s'est encore resserré après la mort de mon père.

Elle espéra ne pas avoir trahi sa pointe de jalousie. Son oncle ne l'avait jamais rejetée, mais il n'avait pas essayé de se rapprocher d'elle non plus. Pas comme il l'avait fait avec Nate. C'était peut-être parce qu'il lui était plus facile de s'identifier à Nate, qui était un homme, mais elle ne pouvait pas nier que cela l'avait toujours un peu contrariée.

— Je pense que vous devriez engager cet hydrologue, dit Ryan.

— J'avais prévu de le faire dès qu'on serait rentrés à New York. J'avoue que je ne sais pas où en chercher un… Mais je suppose qu'on trouve tout sur Internet.

Ryan esquissa un sourire.

— West Security peut sans doute vous aider à en trouver un bon.

— Vous vous méfiez d'Internet, le taquina-t-elle.

— On y trouve toutes sortes d'informations sur tous les sujets et sur les gens, répondit-il sérieusement. Des bonnes et des mauvaises. Mais nous avons besoin de quelqu'un qui soit doué et qui travaille vite. J'ai le pressentiment que le temps joue contre nous.

— Que devrions-nous faire d'autre ?

Ryan haussa un sourcil.

— « Nous » ne devrions rien faire. Nous ne formons pas une équipe, Nadia. Je suis chargé de vous protéger et de découvrir qui vous attaque.

La colère gagna Nadia.

— Nous venons juste d'avoir cette discussion et vous m'avez promis de ne plus rien me cacher.

— Et je tiendrai parole, mais je ne vous mettrai pas en danger pour autant. Je vous transmettrai toutes les informations que nous découvririons. En revanche, il n'est pas question que vous jouiez les Nancy Drew.

— Nancy… Vous savez quoi ? Ça ne marchera pas, dit-elle en se levant. Vous revenez déjà sur notre accord et vous recommencez à me traiter comme le maillon faible. Si vous ne pouvez pas gérer le fait que je participe, je trouverai une agence qui en sera capable. Vous êtes viré.

— Vous ne voulez plus que West Security se charge de votre protection personnelle ? demanda Ryan, les yeux brillant de colère.

Nadia planta ses poings sur ses hanches.

— C'est ce que signifie : « Vous êtes viré. »

— Très bien, répondit-il en s'approchant d'elle. Alors plus rien ne m'empêche de faire ça.

Il glissa une main derrière sa nuque et se pencha vers elle. Il se figea, les lèvres à quelques millimètres des siennes, pour attendre sa permission.

Elle n'hésita pas un instant avant de l'embrasser.

Ryan se montra à la fois passionné et délicat. Nadia lui caressa le torse puis enroula ses bras autour de son cou pour l'attirer sur le canapé. Ryan glissa ses mains sous son T-shirt pour lui caresser les seins, ce qui la fit gémir de plaisir. Elle s'apprêtait à ouvrir sa braguette quand on frappa à la porte.

— Ryan ? appela Shawn depuis le couloir. Tu es là ? On va dîner, ou quoi ?

Ryan interrompit leur baiser.

— Une minute ! lança-t-il à son frère.

Le regard étincelant de désir, il demanda à Nadia :

— Suis-je toujours viré ?

Nadia, qui prit sa question comme une gifle, se dégagea de ses bras.

— C'est pour ça que vous m'avez embrassée ? Pour garder votre boulot ?

— Non, je...

Elle recula encore quand il tendit la main vers elle.

— Nadia...

— Ryan, que se passe-t-il, là-dedans ? insista Shawn.

Nadia soutint le regard de Ryan pendant quelques secondes de plus sans réussir à le déchiffrer, puis elle fonça vers la porte. Quand elle l'ouvrit, elle trouva Shawn le poing levé, prêt à frapper une nouvelle fois.

— Tout va bien ? demanda-t-il en les regardant, Ryan et elle, tour à tour.

— Oui.

Elle se força à sourire avant de contourner Shawn pour s'éloigner de Ryan le plus vite possible.

Aucun d'eux n'était d'humeur à chercher un autre restaurant que celui de l'hôtel. Ryan rapporta leur conversation avec le shérif à Shawn et Gideon. Shawn déplora que la voiture de Nate ait été détruite. Il n'était plus possible d'examiner le câble des freins, maintenant, mais il assura à Nadia qu'il connaissait un hydrologue qui pourrait les aider. Tous quatre se mirent d'accord pour repartir à 5 heures le lendemain.

Le téléphone de Nadia sonna dès que Ryan et elle rentrèrent dans leur suite.

— As-tu les infos de New York, là-haut ? demanda Olivia dès que Nadia décrocha.

— Je ne sais pas, mais je peux les trouver en *streaming*. Pourquoi ?

Nadia s'assit sur le canapé et ouvrit son ordinateur qu'elle avait posé sur la table basse un peu plus tôt.

— Il y a un reportage sur l'incendie de l'hôtel, répondit

Olivia. Le journaliste laisse entendre que c'est l'un de nos employés qui l'a provoqué.

Nadia se rendit sur le site qu'elle fréquentait régulièrement pour regarder les informations.

« … L'incendie de l'hôtel Shelton de Harlem n'est pas accidentel. La police n'a fait aucun commentaire mais, d'après nos sources, elle s'intéresse de près au personnel de l'établissement. »

Nadia vit sa photo apparaître à l'écran.

« D'après nos sources, la présidente Nadia Shelton a subitement quitté la ville le lendemain de l'incendie. Nous aurions aimé interroger Mlle Shelton, mais nous n'avons pas pu la joindre. »

Nadia coupa le son.

— À entendre ce journaliste, on croirait que j'ai déclenché l'incendie moi-même, grommela-t-elle.

— Que veux-tu que je fasse ? demanda Olivia.

Nadia pinça les lèvres. Elle devait faire taire cette rumeur avant que la situation ne devienne incontrôlable.

— Fais une déclaration, répondit-elle. Dis que la chaîne coopère avec la police et que tous nos hôtels sont sûrs et opérationnels.

— Et si des clients posent des questions ?

Nadia se massa les tempes.

— Dis-leur qu'il y a eu un petit incendie dans une zone qui est maintenant fermée au public et que l'hôtel est tout à fait sûr. Nous passons la nuit à Rhode Island, mais je serai rentrée demain matin.

— Très bien, répondit Olivia avec soulagement.

— Et merci de garder la boutique en mon absence, ajouta Nadia.

— Aucun problème, patronne, répondit Olivia.

Nadia imagina facilement le grand sourire de son assistante.

Elle raccrocha et se tourna vers Ryan qui s'était assis à côté d'elle pendant sa conversation avec Olivia.

— Je ne suis pas sûre de pouvoir supporter ça très longtemps, soupira-t-elle en posant son téléphone à côté de l'ordinateur. J'ai toujours rêvé de diriger la chaîne avec Nate. Il était doué pour les relations publiques. Il savait gérer la presse, le marketing… Je ne me sens pas vraiment capable de faire face à des caméras pour convaincre les gens que tout va bien. Je n'en suis pas convaincue moi-même.

Ryan lui prit la main.

— Vous y arriverez, lui assura-t-il. Je sais que vous travaillez dur et j'ai vu à quel point vous aimiez cette chaîne. Vous avez dû gérer beaucoup de problèmes en très peu de temps, mais vous tenez encore debout.

Elle retira sa main de la sienne. Elle n'était sûre que d'une chose : elle n'était pas pleinement lucide. Et le fait que Ryan la touche n'arrangeait rien.

— Je devrais peut-être vendre à Aurora. Mike a raison concernant l'étroitesse de nos marges. Si les gens se mettent à penser que nos hôtels ne sont pas sûrs, nous subirons une baisse de fréquentation. Nous ne pourrons pas y survivre, même si ça ne dure pas longtemps.

— Et si c'était la raison de ce reportage ? suggéra Ryan.

Elle fronça les sourcils.

— Que voulez-vous dire ?

— Mike Dexter était dans votre bureau hier. Il a dit qu'il serait mauvais pour votre image qu'on raconte que l'un de vos employés avait déclenché l'incendie.

Elle en resta bouche bée le temps que le scénario gagne en vraisemblance dans son esprit.

— Ce sale… Il est tout à fait capable de livrer un faux tuyau à la presse.

— D'après nos recherches, c'est un homme d'affaires impitoyable et dénué de moralité, répondit Ryan. Cela dit, nous n'avons pas la preuve qu'il soit la source des journalistes.

— C'est lui, la source. Quand je rentrerai à New York, je…

Elle laissa sa phrase en suspens. Elle ne pouvait rien faire - à Mike, du moins. Il n'admettrait jamais qu'il était la source, et le mal qu'il voulait faire aux hôtels Shelton était déjà fait. Elle ne pouvait que sauver les meubles en montrant qu'elle contrôlait la situation. Et elle le ferait dès qu'elle serait de retour le lendemain.

Ryan se taisait. En baissant les yeux, Nadia fut surprise de voir qu'il avait repris sa main et lui caressait doucement la paume. C'était à la fois apaisant et sensuel. Elle repensa à leur baiser et se sentit rougir.

Arrête !

Elle n'avait pas besoin qu'un homme lui fasse perdre la tête. Ils étaient attirés l'un par l'autre. Soit. Ils ne pouvaient rien y faire, mais ils n'étaient pas obligés d'obéir à leur libido. Par ailleurs, Ryan lui avait clairement dit à l'aller qu'il voulait que leur relation reste professionnelle.

Et toi ? Que veux-tu ?

Elle chassa cette pensée de son esprit. Peu importait ce qu'elle voulait. Ryan avait été clair, et elle avait besoin de son aide, comme il le lui avait rappelé.

— À propos de ce que j'ai dit tout à l'heure…, commença-t-elle.

— Je ne vous ai pas embrassé pour garder mon travail, la coupa Ryan.

Elle avait envie de le croire.

— Peut-on juste oublier tout ça ?

— Nadia…

— S'il vous plaît, insista-t-elle.

Il fronça les sourcils, mais il acquiesça.

— Je ferais bien d'aller me coucher, dit-elle. Nous nous levons tôt, demain.

Elle se leva et se dirigea vers la chambre en sentant qu'il la suivait des yeux.

— Nadia, dit-il alors qu'elle posait la main sur la poignée de la porte.

Elle se retourna et soutint son regard.

— Bonne nuit, dit-il avec une expression indéchiffrable.

11

Le lendemain matin, Nadia ne sortit pas de sa chambre avant que Shawn et Gideon ne soient entrés dans leur suite, ce qui empêcha Ryan d'aborder les événements de la soirée. Pour être honnête, il n'avait pas la moindre idée de ce qu'il voulait lui dire. Le professionnalisme et le bon sens lui conseillaient de ne pas s'engager dans une relation personnelle avec une cliente. De plus, il ne voulait pas commettre la même erreur deux fois. Mais son cœur lui disait tout autre chose, et il craignait d'être déjà trop impliqué pour redresser la barre.

Le trajet jusqu'à New York fut silencieux, mais pas inconfortable. Ryan déposa Shawn et Gideon au quartier général de West Security après que Shawn eut assuré à Nadia qu'il lui fournirait rapidement les coordonnées de l'hydrologue. Ryan avait promis à Nadia de la tenir informée de leurs progrès et il avait l'intention de le faire. Mais il ne voulait pas lui faire porter le fardeau de théories qu'il ne pouvait pas prouver. En étudiant les relevés de la marée la nuit de l'accident de Nate, l'hydrologue pourrait sans doute répondre à beaucoup de questions concernant sa mort. Pour commencer : Nate Shelton était-il mort ?

Ryan comprenait bien pourquoi Nadia ne voyait pas où menaient les indices. Nate était son frère. Elle l'aimait et elle avait confiance en lui. Mais l'absence de corps, le fait qu'il soit peu probable que la marée l'ait emporté jusqu'à la mer et la possibilité que les freins de la voiture aient été sabotés constituaient trop de coïncidences au goût de Ryan. Nate Shelton était assez riche pour disparaître et se réinventer, et il connaissait des gens qui pouvaient l'y aider. La question était pourquoi ? Pourquoi un homme d'affaires aisé qui avait de la famille tournerait-il le dos à son existence tout entière ?

C'était une question à laquelle Ryan n'avait pas de réponse - pas encore.

Après un bref passage par son appartement, où Nadia et lui se changèrent, Ryan conduisit cette dernière à l'hôtel. Ils y arrivèrent peu après 10 heures. La porte latérale d'un fourgon gris garé un peu plus loin s'ouvrit aussitôt. Une femme armée d'un micro sortit du véhicule et fonça vers Nadia.

— Mademoiselle Shelton ? Je suis Alexandra Maloney, de WNYC News.

Il y avait un cameraman barbu derrière elle.

Ryan se plaça entre Maloney et Nadia. La journaliste ne se découragea pas.

— Avez-vous un commentaire à faire sur l'incendie de votre hôtel et le fait que la police suspecte l'un de vos employés de l'avoir allumé intentionnellement ?

Nadia garda la tête haute tout en évitant de regarder la journaliste. Ryan posa une main dans ses reins pour l'entraîner vers l'hôtel.

— D'après mes sources, la police s'intéresse particulièrement à vous, mademoiselle Shelton, insista la journaliste.

Ryan venait juste d'ouvrir la porte de l'hôtel, et cette phrase attira l'attention de tous ceux qui se trouvaient dans le hall.

Il sentit Nadia se raidir. Elle se retourna et fit un pas vers la journaliste.

— Vos sources se trompent, madame Maloney, dit-elle. Il y a eu un petit incendie dans une chambre. Il a été vite éteint, et aucun client n'a jamais été en danger. Les dégâts sont minimes et limités à la chambre concernée. Cet hôtel est parfaitement sûr, tout comme les deux autres hôtels Shelton. Nous travaillons normalement.

Nadia décocha un sourire glaçant à la journaliste avant d'entrer dans l'hôtel.

Olivia, qui les attendait dans le hall, les escorta jusqu'au bureau de Nadia.

— Tu t'en es bien sortie, dit-elle. Tu étais calme et tu as donné l'impression que l'incendie était un incident sans gravité, l'une de ces choses qui se produisent de temps à autre.

— Oui, l'une de ces choses qui se produisent juste après une effraction dans mon appartement et juste avant que je ne trouve un corps dans celui de mon frère, grommela Nadia.

Olivia baissa les yeux.

Nadia soupira et reprit :

— Je suis désolée. La mauvaise humeur ne résoudra rien.

— Je pense que tu as droit à un peu de mauvaise humeur, répondit Olivia avec le sourire. Et ça me permet d'espérer que tu ne sois pas aussi parfaite que tu en as l'air.

Nadia rendit son sourire à Olivia.

— Je suis loin d'être parfaite. Nous devons être prudents. La nouvelle de l'incendie est une chose, mais si la presse a vent des autres attaques et du mot qui sous-entend que Nate est en vie, nous nous retrouverons au cœur d'un véritable maelström.

— Avez-vous trouvé des informations utiles à Rhode Island ? demanda Olivia.

Ryan laissa Nadia mettre Olivia au parfum et s'écarta pour appeler Shawn. Il obtint les coordonnées de l'hydrologue, une professeure à l'université. Dès que Ryan lui annonça la somme qu'il proposait pour ses services, celle-ci accepta avec enthousiasme de fournir son opinion.

Il venait juste de raccrocher quand le lieutenant Parsmons apparut.

— Du nouveau dans l'enquête sur l'incendie ? lui demanda Ryan.

Nadia et Olivia sortirent du bureau de Nadia et les rejoignirent.

— Nous pensons qu'il s'agit d'un incendie criminel, mais ce n'est pas encore officiel, répondit le lieutenant. Vous devez savoir aussi bien que moi que les enregistrements des caméras de surveillance ne sont pas très utiles. Mais je ne suis pas ici à cause de l'incendie.

— Ah bon ? dit Nadia. Qu'est-ce qui vous amène, alors ?

— Je suis venu arrêter Ryan West pour coups et blessures, répondit Parsmons.

— C'est une plaisanterie ! s'écria Nadia.

Ryan soutint le regard de Parsmons. L'expression du lieutenant indiquait qu'il était tout à fait sérieux.

— Qui suis-je accusé d'avoir agressé ? demanda-t-il en se doutant de la réponse.

— Michael Dexter. Vous avez le droit de garder le silence…

Ryan n'écouta pas le reste de ses droits. Ce n'était pas nécessaire. Il aurait aimé pouvoir dire que c'était la première fois qu'on l'arrêtait, mais c'était loin d'être le cas.

— Par égard pour Mlle Shelton, je ne vous menotterai que dans la voiture, déclara Parsmons.

Nadia, qui semblait hypnotisée quand le lieutenant récitait les droits de Ryan, revint brusquement à la vie.

— Ce n'est pas juste ! intervint-elle. Mike m'a agressée. Ryan n'a fait que me défendre.

Parsmons plissa les yeux.

— Ce n'est pas la version de M. Dexter, répondit-il. Dans tous les cas, il a porté plainte. J'ai les mains liées.

— Ça ira, dit Ryan. Appelez Shawn pour lui expliquer la situation, s'il vous plaît.

Il ne fut même pas sûr que Nadia l'ait entendu.

—Vous avez peut-être les mains liées, lieutenant Parsmons, mais pas moi ! lança-t-elle en fusillant le policier du regard.

Nadia retrouva Shawn et un autre des frères West, Brandon, au poste de police. Brandon lui expliqua que le fait d'avoir refusé de travailler dans l'agence de sécurité de leur père pour faire des études de droit s'était révélé utile à de nombreuses reprises. Ryan fut libéré sous caution à peine quelques heures après son arrestation.

Shawn les ramena chez Ryan.

Quand Nadia aida Ryan à s'asseoir sur le canapé, il laissa échapper un grognement de douleur.

— Comment vous sentez-vous ? demanda-t-elle. Voulez-vous un analgésique ?

— Non, merci. Ça va.

Elle alla chercher un verre d'eau dans la cuisine et l'apporta à Ryan.

— Je n'en reviens pas que Mike ait porté plainte contre vous, dit-elle. Je suis désolée. C'est à cause de moi que vous vous retrouvez dans cette situation.

Ryan prit le verre.

— Ne vous excusez pas. Je n'aurais pas dû perdre mon

calme. Je l'ai humilié, et les gens comme lui cherchent à se venger quand on les humilie.

Il but une gorgée.

— Je ne le laisserai pas s'en tirer comme ça, grommela-t-elle.

Ryan prit sa main pour l'attirer à côté de lui.

— Et si on remettait cette discussion à plus tard ? suggéra-t-il.

Elle posa sa tête sur son épaule et le laissa enrouler un bras autour d'elle. Ils avaient parlé de garder une relation strictement professionnelle la veille encore, mais elle s'en moquait à cet instant. La vie s'acharnait contre elle. Elle avait besoin de sentir la chaleur de Ryan et elle voulait qu'il comprenne qu'elle était là pour lui. Et, s'ils étaient honnêtes avec eux-mêmes, ils avaient dépassé le stade professionnel depuis plusieurs jours. Elle vivait chez lui ! Pouvait-on faire moins professionnel que cela ?

— Vous êtes sans doute fatiguée, dit Ryan. Vous devriez aller vous reposer.

Elle posa sa main sur son torse et sentit son cœur battre. Elle était probablement fatiguée, mais c'était la dernière chose qu'elle avait à l'esprit. En étant aussi près de Ryan, elle ne ressentait que du désir.

— Je ne suis pas sûre d'en être capable, répondit-elle.

— Vous ne devez pas vous sentir coupable, dit-il, la comprenant de travers.

— Je sais, mais vous avez été blessé et arrêté, tout ça en deux jours, parce que vous m'aidez.

— Vous ne devez pas voir les choses comme ça, protesta-t-il en l'attirant plus près de lui. Vos problèmes seront bientôt réglés. Je vous le promets.

— Pour le moment, j'ai du mal à réfléchir, avoua-t-elle. Parce que j'ai envie de faire ça…

Elle lui caressa la joue et pressa ses lèvres contre les siennes.

Le désir la submergea. Elle voulait plus que des baisers. Ils n'étaient pas des adolescents qui s'embrassaient en cachette dans le sous-sol de leurs parents. Et l'érection de Ryan, qu'elle sentait contre sa cuisse, prouvait que son désir était partagé.

Ryan s'écarta, mais son excitation se lisait dans son regard.

— J'ai envie de vous, dit-elle. Et je sais que vous avez envie de moi.

Elle n'était pas aussi directe avec les hommes, d'habitude, mais elle en avait assez de tourner autour du pot.

— Bien sûr que j'ai envie de vous, répondit-il. Seulement je ne veux pas que vous ayez des regrets. Pour l'instant, vos émotions sont amplifiées par la situation. Quand ce sera terminé, je ne serai plus qu'un garde du corps, et vous serez toujours l'héritière d'une chaîne d'hôtels.

— Je vous désire depuis six trimestres.

— Quoi ?

— J'ai su que vous me plaisiez dès notre premier rendez-vous trimestriel. Le drame dans lequel je suis plongée m'a juste fait prendre conscience que la vie était courte et que je ferais bien d'essayer d'obtenir ce que je veux.

— Et que voulez-vous ?

— Vous.

Elle ne s'était jamais sentie aussi vulnérable. Elle crut pendant quelques instants qu'il allait la repousser, mais il glissa une main derrière sa nuque et l'embrassa.

Le parfum de Ryan l'enivra. Elle avait envie de caresser chaque centimètre de sa peau. Elle passa une jambe par-dessus les siennes pour s'asseoir sur ses cuisses.

Elle n'avait jamais été aussi audacieuse. Si elle franchissait ses limites habituelles, c'était parce qu'elle voulait prouver à Ryan que c'était bien ce qu'elle voulait.

Elle déboutonna sa chemise sans cesser de l'embrasser. Il n'interrompit leur baiser que pour lui retirer son T-shirt avec autant d'impatience qu'elle en manifestait.

Nous irons moins vite une autre fois, songea-t-elle.

L'idée que ce n'était que la première expérience d'une longue série l'excita encore plus. Quand Ryan prit l'une des pointes de ses seins dans sa bouche tout en glissant ses doigts sous sa culotte en dentelle, elle l'encouragea d'un gémissement.

— Tu es parfaite, murmura Ryan avant de reporter son attention sur son autre sein. Tu ne sais pas combien de nuits j'ai rêvé de faire ça. De te toucher... De te faire l'amour...

— Autant de nuits que j'ai rêvé de te faire l'amour, répondit-elle.

Elle perdit ses mots quand il glissa un doigt en elle et elle ne fut plus capable de penser à autre chose qu'à son désir qu'il la pénètre.

Après l'avoir embrassé passionnément, elle se leva pour se débarrasser de son jean et de sa culotte. Il se déshabilla aussi et sortit un préservatif de son portefeuille avant de poser son pantalon par terre.

Elle lui prit le préservatif pour le dérouler sur son érection avant de se replacer au-dessus de lui.

— Tu es sûre ? demanda-t-il en prenant son visage entre ses mains.

Elle répondit en l'accueillant lentement en elle.

Ryan poussa un grognement sourd qui la fit sourire, puis il prit ses hanches et donna un coup de reins. Elle imposa un rythme langoureux et se cambra de plaisir. Ryan en profita pour mordiller l'une de ses pointes de seins.

— Ryan ! cria-t-elle.

Emportés par la passion, ils firent l'amour sur un rythme de plus en plus frénétique jusqu'à ce qu'ils atteignent l'orgasme au même instant.

Ils restèrent immobiles plusieurs minutes, le temps de reprendre leur souffle. Elle ne se souvint qu'il était blessé que lorsqu'elle roula sur le côté.

— Oh ! j'avais oublié ta blessure ! s'écria-t-elle. Est-ce que je t'ai fait mal ?

Il prit sa main et déposa un baiser sur sa paume.

— Bien au contraire, répondit-il.

Elle se sentit rougir.

— Ça va ? demanda-t-il en la regardant droit dans les yeux.

Elle comprit le sens véritable de sa question : avait-elle des regrets ?

Elle se pressa contre lui et résista à la tentation de caresser son membre qui frémissait.

— Je vais mieux que bien, répondit-elle avec un sourire espiègle. Veux-tu que je te le prouve ?

— Et si c'était moi qui te montrais une chose ou deux ? répliqua-t-il avant de l'allonger sur le canapé.

Elle éclata de rire et s'abandonna à ses attentions.

12

Nadia se réveilla en sursaut. Il lui fallut un moment pour comprendre où elle était. Dans la chambre de Ryan. Ils avaient gagné son lit après avoir commandé un dîner au restaurant chinois du coin de la rue. Ils avaient fait l'amour deux fois de plus avant de s'endormir pleinement satisfaits. Curieusement, Ryan n'était pas à côté d'elle.

Des ombres bougèrent dans la pièce. Elle ne savait pas ce qui l'avait réveillée, mais un craquement dans la pièce voisine lui affola le cœur. Quelque chose n'allait pas.

Une ombre bougea près du lit et une main se plaqua sur sa bouche avant qu'elle ne crie.

Quand ses yeux se furent habitués à l'obscurité, elle reconnut le visage de Ryan.

— Roule au pied du lit et reste immobile, chuchota-t-il.

Le cœur tambourinant dans la poitrine, elle se glissa entre le lit et la table de nuit.

Ryan s'adossa au mur. Il avait quelque chose de métallique à la main… Une arme.

Elle venait à peine d'identifier l'objet quand la porte de la chambre s'ouvrit lentement.

— Pas un geste ! ordonna Ryan.

L'homme dont elle devinait la silhouette à la porte se tourna vers Ryan. Il était armé aussi.

Deux détonations assourdies se succédèrent rapidement.

L'intrus jura. Son arme tomba par terre, il posa sa main droite sur son épaule gauche et s'enfuit de la chambre.

Ryan le poursuivit.

— Reste là ! lança-t-il à Nadia.

Elle n'était pas sûre qu'elle aurait été capable de bouger si elle l'avait voulu. La terreur la paralysait.

Elle entendit un choc dans la pièce voisine.

Elle ne pouvait pas rester sans rien faire… Ryan avait peut-être besoin d'aide.

Elle regarda l'arme que l'intrus avait laissée tomber. Elle ne connaissait rien aux armes - elle n'en avait jamais touchée une avant la veille - mais elle ne pouvait pas laisser Ryan se débrouiller tout seul. Elle ramassa le revolver et sortit de la chambre.

Ryan et l'intrus se battaient dans le salon. L'intrus donna un coup de poing dans l'estomac de Ryan qui se plia en deux. L'homme ramassa un livre d'art sur la table basse et frappa Ryan à la tempe. Ryan tomba sur le canapé, visiblement étourdi.

— Plus un geste ! cria-t-elle en visant l'intrus.

L'homme la regarda méchamment et fit un pas dans sa direction.

Elle continua à braquer l'arme sur lui, mais ses mains tremblaient terriblement.

L'homme s'arrêta. Il était évident qu'il évaluait ses chances de lui arracher l'arme sans recevoir une balle.

Quand Ryan se releva, l'intrus fit volte-face et s'enfuit de l'appartement.

Ryan se tourna vers elle.

— Ça va ? demanda-t-il.

— Je crois, oui.

Ryan lui prit le revolver et le posa sur la table basse.

— Assieds-toi, lui dit-il en l'entraînant jusqu'au canapé.

Il faut que je m'assure qu'il n'y a plus personne dans l'appartement et que j'appelle la police.

Elle le retint par le bras.

— Pourquoi m'arrive-t-il tout ça ? demanda-t-elle.

Ryan lui effleura la joue.

— Je ne sais pas, chérie. Mais je te promets de le découvrir et de faire en sorte que ça s'arrête.

Le lieutenant Parsmons fut contrarié que Nadia et Ryan soient impliqués dans un nouvel incident, comme il appelait tout ce qui était arrivé à Nadia dernièrement. Il décréta que l'appartement de Ryan était une scène de crime.

Ils épuisaient rapidement leurs options d'hébergement, mais Ryan les relogea dans une maison sécurisée qui appartenait à West Security, située à une heure de New York.

Épuisée, Nadia se coucha immédiatement.

Le matin arriva plus vite qu'elle ne l'aurait voulu. Ryan essaya de la convaincre de prendre un jour de congé, mais elle n'avait pas envie de tourner en rond dans cette maison toute la journée et elle ne voyait pas de raison de ne pas aller travailler tant que Ryan était auprès d'elle. Ryan commença par l'emmener dans son appartement pour qu'elle puisse se changer.

Comme la fois précédente, Gideon les attendait devant l'immeuble. Shawn était avec lui. Shawn monta la garde dans le hall et Gideon dans le couloir. Nadia ne savait pas ce que ses voisins pensaient des hommes baraqués qui la suivaient partout depuis quelques jours, mais c'étaient des New Yorkais. Ils s'en moquaient sans doute éperdument.

Ryan l'accompagna dans l'appartement, mais il resta dans le salon quand elle alla se changer dans la chambre.

— Il me paraît évident que le type qui est entré dans

ton appartement est lié au cadavre qu'on a trouvé dans celui de Nate, lui lança-t-elle à travers la porte.

Elle sortit son tailleur rouge du placard - son tailleur préféré - avant de se lancer à la recherche du chemisier noir qu'elle mettait systématiquement avec. Elle avait toujours confiance en elle dans cette tenue.

Ryan et elle avaient à peine échangé trois mots sur le trajet. C'était sans doute le fait qu'il y ait une porte entre eux qui la rassurait assez pour qu'elle aborde le sujet.

— C'est aussi ce que je pense, répondit Ryan.

— Je suppose aussi que j'étais visée, puisque je l'étais les fois précédentes, dit-elle en enfilant le chemisier.

L'idée de ce qui aurait pu se passer si elle n'avait pas été avec Ryan la fit frémir.

Elle se glissa dans la jupe et remonta la fermeture Éclair.

— C'est probable, lui accorda Ryan d'une voix qui trahit sa tension.

Elle prit une paire d'escarpins noirs et la veste du tailleur.

— Comment savait-il que j'étais chez toi ? demanda-t-elle en ouvrant la porte.

Elle faillit percuter Ryan qui était appuyé contre le mur, les bras croisés.

Il ne tressaillit même pas. Il l'examina de la tête aux pieds, le regard chargé de désir.

— Joli tailleur, finit-il par dire d'une voix rauque.

Nadia en perdit le souffle. Après un long moment, elle déglutit et répondit péniblement :

— Merci.

Ryan lui décocha un sourire irrésistible et s'écarta.

Elle passa devant lui les yeux baissés et alla s'asseoir sur le canapé pour enfiler ses chaussures.

— Pour te répondre, il n'était pas très difficile de deviner où tu étais, dit Ryan.

Il fallut un moment à Nadia pour se souvenir qu'elle avait posé une question.

— S'ils ont surveillé ton appartement, ils savent que tu n'y es plus, poursuivit Ryan. Et puisque je te suis comme ton ombre… Je n'aurais jamais imaginé que quelqu'un soit assez stupide pour entrer chez moi par effraction. Ça prouve que ces types sont plus désespérés que je ne le croyais.

Nadia se leva et enfila sa veste.

— Ce n'est pas une bonne chose, n'est-ce pas ?

— Non. Et c'est la raison pour laquelle je ne veux pas qu'on reste ici plus longtemps que nécessaire.

Il prit le sac qu'elle avait préparé avant de se changer et se dirigea vers la porte.

Ayant accompli leur devoir, Gideon et Shawn retournèrent au quartier général de l'agence tandis que Ryan conduisait Nadia à l'hôtel. Quand ils arrivèrent, les clients faisaient la queue pour rendre leur clé, et Olivia aidait l'employée de la réception.

Nadia fonça dans son bureau avec Ryan sur les talons.

La taille des hôtels Shelton ne leur permettait pas d'avoir une abondance d'employés. Calvin Shelton avait toujours tenu à ce que ses employés soient capables d'accomplir plusieurs tâches et à ce que ses enfants les maîtrisent toutes.

Nadia ouvrit la porte de son bureau avec l'intention d'y déposer sa mallette avant d'aller prêter main-forte à la réception.

L'homme qui était assis dans son fauteuil lui fit abandonner ce projet.

Ryan attira aussitôt Nadia derrière son dos et porta sa main à son arme.

— Je ne ferais pas ça, si j'étais vous, dit l'homme en

indiquant la porte par laquelle ils venaient d'entrer d'un signe de tête.

Un autre homme, qui était presque aussi large que la porte, se tenait dans l'embrasure, l'arme au poing.

— Je veux juste quelques minutes du temps précieux de Mlle Shelton, dit celui qui occupait le fauteuil. Bien sûr, je m'attends à ce que vous vouliez rester, monsieur West. Asseyez-vous, je vous en prie.

L'homme leur montra les chaises qui faisaient face au bureau avec une bienveillance autoritaire. Ryan et Nadia y prirent place.

— Savez-vous qui je suis ? demanda l'homme.

— Nous n'avons pas beaucoup de photos de vous, mais je dirais que vous êtes Lincoln Smith, répondit Ryan.

Smith s'inclina.

— C'est un plaisir de vous rencontrer tous les deux.

Ryan semblait savoir qui était Lincoln Smith, mais cet homme était un parfait inconnu pour Nadia.

— Je suis désolée, intervint-elle. Votre nom ne me dit rien.

Smith parut surpris qu'elle prenne la parole. Malgré son air menaçant, Nadia le fusilla du regard. Il était dans son bureau, assis dans son fauteuil. S'il pensait qu'elle se contenterait de jouer les plantes vertes, il se trompait lourdement.

— Il est toujours humiliant de s'apercevoir qu'on n'est pas aussi connu qu'on le croit, répondit-il froidement. Mais vous devez connaître mon associé, M. Brian Leroy.

— Oui, dit Nadia en fronçant les sourcils.

— Il est bien dommage que M. Leroy n'ait pas obtenu le contrat de la rénovation de votre nouvel hôtel… Mais ce sont les règles du jeu. On ne peut pas obtenir tous les contrats.

À en juger par son ton, il trouvait cela vraiment regrettable.

— Quoi qu'il en soit, votre frère m'a fait une proposition bien plus intéressante que j'ai acceptée, poursuivit-il en regardant Nadia droit dans les yeux.

— Je ne comprends pas, lui avoua Nadia. Quelle proposition ?

Smith inclina la tête sur le côté.

— Il vaut mieux que vous en sachiez le moins possible. Mais vous pouvez m'aider : j'ai besoin de savoir où est votre frère.

La colère gagna Nadia.

— Au cimetière de Serenity Valley.

Ryan lui jeta un regard suppliant qu'elle ignora.

— Je n'aime pas qu'on se joue de moi, l'avertit Smith.

— Moi non plus, intervint Ryan.

Smith regarda Ryan et Nadia tour à tour.

— Je suppose que vous êtes l'auteur du mot que j'ai reçu et le responsable des incidents dont mon hôtel et moi-même avons été victimes ces derniers jours ? dit Nadia.

Le front de Smith se plissa.

— Je ne sais pas ce qu'il s'est passé dans votre hôtel. J'ai chargé quelques employés de localiser votre frère. Ils se sont servis de vous comme appât.

— Nadia n'a rien à voir avec vos affaires avec Nate Shelton, protesta Ryan.

Smith haussa les épaules.

— Ce sont des sous-traitants. Je me moque de leurs méthodes tant qu'ils obtiennent des résultats.

Ryan fusilla Smith du regard.

— Heureusement pour vous, mademoiselle Shelton, vous avez beaucoup de ressources, et mes hommes sont très maladroits. J'espérais que quelques avertissements - les appels anonymes, votre voiture endommagée - vous effraieraient assez pour que vous contactiez votre frère, ce qui aurait permis à mes hommes de le localiser. En revanche, la personne qui vous a attaqués au domicile de M. West hier soir pour venger la mort d'Andrei Ledebev n'agissait pas pour mon compte.

— Nous n'avons rien à voir avec la mort de cet homme, le coupa Nadia.

Smith agita la main.

— Aucune importance. Ce sont les risques du métier. Taras ne se remet pas de la mort de son frère et il a agi sans réfléchir. Je m'occuperai de lui.

Un frisson parcourut Nadia. Elle ne voulait pas savoir ce qu'il entendait par là.

— Il vous aurait suffi de faire une recherche sur Internet pour savoir où mon frère se trouve, dit-elle. Il est mort il y a presque un an.

Smith la fixa un long moment, et son hostilité se mua en incrédulité.

— Vous ne savez vraiment pas, murmura-t-il.

Nadia interrogea Ryan du regard. Comprenait-il ce que Smith voulait dire ?

Ryan lui prit la main.

Smith fit un signe à l'homme qui se tenait derrière eux. Celui-ci s'approcha, tira une photographie de la poche de sa veste et la posa sur le bureau.

Ryan et Nadia se penchèrent.

C'était la photo d'un homme qui avait une barbe et la tête rasée, mais Nadia reconnut Nate.

Un nouveau frisson la parcourut.

— C'est Nate, balbutia-t-elle.

— Ça ne prouve pas qu'il soit en vie, dit Ryan en pressant ses doigts.

— Regardez l'horodatage, répondit simplement Smith.

D'après la date qui y figurait, cette photo avait été prise un mois plus tôt.

— Ça peut se falsifier, dit Ryan.

— Quelle raison aurais-je de la falsifier ? demanda Smith en écartant les bras.

Ryan ne répondit rien.

— C'est impossible, murmura Nadia.

Cette photo prouvait que Nate était en vie un mois plus tôt. Si Smith disait vrai, il était probablement en vie en ce moment même.

— Je suis désolé, dit Smith avec un regard compatissant. Je vous croyais au courant. Mes hommes l'ont presque attrapé, mais… je dois durcir mes critères de recrutement, visiblement.

Smith parut se perdre dans ses pensées. Quand son regard revint se poser sur Nadia, il avait perdu toute sa compassion.

— Que ce soit une surprise pour vous ne change rien à la situation, déclara-t-il. Votre frère m'a volé.

Ces mots firent l'effet d'un coup de poing dans l'estomac à Nadia.

— Quoi ? Comment ?

— Comme je vous l'ai déjà dit, il vaut mieux que vous en sachiez le moins possible. Puisqu'il est évident que vous ignorez tout du problème, je vous laisserai en dehors de ça si vous me livrez Nathan dans les quarante-huit heures.

Nadia ne voyait pas du tout en quoi cela la laissait en dehors du problème, mais elle n'eut pas le temps de le faire remarquer à Smith.

— Et si elle ne vous livre pas Nate ? demanda Ryan.

L'expression de Smith devint d'une dureté terrifiante.

— Vous ne voulez le savoir ni l'un ni l'autre.

13

Smith partit comme il était arrivé : sans se faire arrêter par les membres de la sécurité de l'hôtel.

Ryan appela Dale, l'employé qu'il avait posté dans le hall, dès que Smith sortit du bureau de Nadia.

Dale les rejoignit dix minutes plus tard. Il avait cherché Smith dans le hall et aux environs de l'hôtel sans succès. Il leur expliqua qu'une cliente était venue lui dire qu'elle avait vu un homme entrer dans sa chambre alors qu'elle sortait de l'ascenseur. Il avait inspecté la chambre, qu'il avait trouvée vide, puis il était allé regarder les enregistrements des caméras de sécurité.

Ryan le renvoya dans la salle de contrôle avec l'ordre de découvrir comment Smith était entré dans le bâtiment. Même s'il avait distrait Dale, Smith n'avait pas pu accéder à la zone des bureaux sans une clé. C'était la deuxième fois que quelqu'un s'était se servait d'une clé qu'il n'était pas censé avoir dans cet hôtel. Ryan voulait colmater cette faille de sécurité de toute urgence.

— Je n'en reviens pas que Nate soit en vie…

C'étaient les premiers mots que Nadia prononçait depuis le départ de Smith.

— S'il l'est, répondit Ryan. On ne doit pas s'en tenir à la parole de Smith. C'est peut-être une ruse.

Il avait l'intention de faire examiner la photo par les techniciens de l'agence le plus tôt possible.

— Il l'est. C'est bien Nate, dit Nadia en montrant la photo. J'ai été certaine que c'était vrai dès que j'ai reconnu son visage. Comment a-t-il pu faire ça ?

Si Nate avait vraiment volé Smith, il avait une très bonne raison de disparaître. Smith n'était pas au sommet de la mafia. Si ses supérieurs découvraient qu'il s'était fait voler, sa position pouvait devenir très précaire. Smith avait plusieurs raisons - personnelles, financières et politiques - de vouloir faire un exemple de Nate. Ou de quelqu'un proche de Nate.

La gorge de Ryan se serra.

Il refoula sa peur. Elle ne l'aiderait pas à protéger Nadia, ce qui était son seul but dans l'immédiat. Et le meilleur moyen de le faire était de trouver Nate.

Il appela Gideon et Shawn pour leur expliquer ce qu'il venait de se passer. Après avoir copieusement juré, Gideon se lança dans des recherches sur les vies de Nate et de Nadia pour trouver une piste.

Même quand on était très motivé, il était difficile de disparaître tout à fait. Les humains étaient des créatures d'habitudes. Ils avaient tendance à graviter autour de choses, de lieux et de gens qui leur étaient familiers d'une certaine manière. Même si Nate vivait dans une autre ville, sous un autre nom et exerçait une autre profession, il écoutait sans doute la même musique qu'avant et fréquentait le même genre de restaurants. C'étaient des pistes que West Security pouvait suivre. Bien sûr, ils disposaient de plus de deux jours, en général, pour qu'elles les mènent quelque part.

— As-tu un scanner ? demanda-t-il à Nadia. Je voudrais envoyer cette photo à mes techniciens. Ils découvriront peut-être où elle a été prise.

Nadia lui montra la machine. Il ne fallut que quelques secondes à Ryan pour envoyer la photo à son équipe technique. Pourquoi n'avait-il pas pensé à demander à Smith où elle avait été prise ?

Il appela Eugene Paul, le chef de l'équipe. Pendant toute sa conversation, Nadia sembla perdue dans ses pensées.

— La liste, dit Nadia quand il raccrocha.

— Quelle liste ?

— Smith et Nate s'étaient engagés dans une affaire. Et Nate avait une liste de bâtiments du Bronx à vendre dans son ordinateur.

— Tu crois qu'il y a un lien ? demanda Ryan en réfléchissant à cette possibilité. C'est peut-être une piste, mais je ne me souviens pas des adresses et l'appartement de Nate est toujours considéré comme une scène de crime.

— Je me souviens du 1437 Ambrose Avenue.

Nadia alla s'installer à son bureau et entra l'adresse dans un moteur de recherche.

— J'appelle l'agent immobilier pour avoir des informations sur cet immeuble, annonça-t-elle en tendant la main vers le téléphone.

Ryan s'approcha pour regarder l'écran. L'agent immobilier s'appelait Carol Alvarez.

Celle-ci décrocha dès la deuxième sonnerie.

— Bonjour, je m'appelle Nadia Shelton, lui dit Nadia. Je m'intéresse à l'un des immeubles que vous vendez, le 1437 Ambrose Avenue.

— Représentez-vous un acheteur ? demanda Alvarez avec méfiance.

— Non, je ne suis pas un agent immobilier, je suis la présidente des hôtels Shelton. Je suis toujours à la recherche de nouvelles opportunités, et cet immeuble a attiré mon attention.

Alvarez devint enthousiaste.

— C'est une propriété qui a beaucoup de potentiel, répondit-elle. Tout le pâté de maisons est à vendre.

Ryan chercha le site d'Alvarez sur Internet et trouva quatre autres immeubles à vendre dans la même rue.

— Même si les immeubles sont proposés séparément, le propriétaire préférerait nettement les vendre ensemble, poursuivit Alvarez. Bien sûr, vous ne voulez peut-être pas les acheter tous… Mais nous avions un autre acheteur potentiel, il y a peu de temps. Il serait peut-être disposé à former un partenariat avec quelqu'un comme vous.

— Un autre acheteur ? répéta Nadia.

— Oui. Il a acquis une option exclusive sur l'achat des immeubles l'année dernière. Malheureusement, il n'a pas obtenu le financement.

— Puis-je vous demander combien l'acheteur a payé pour l'option ?

— Dix millions, répondit Alvarez.

Nadia se tourna vers Ryan, les yeux écarquillés.

Il lui fit signe de poursuivre la conversation.

— Et combien le vendeur demande-t-il pour le lot ? reprit Nadia.

— Cent dix millions.

Dans d'autres circonstances, l'air abasourdi de Nadia aurait été comique.

— Mademoiselle Shelton ? Vous êtes toujours là ?

— Oui, je suis là, répondit Nadia. Eh bien… J'en suis au début de mes recherches. Je vous rappellerai si je décide d'aller plus loin.

— Bien sûr, répondit Alvarez sans vraiment cacher sa déception.

Alors qu'elle s'apprêtait à raccrocher, Nadia replaça le combiné près de son oreille.

— Mademoiselle Alvarez ?

— Oui ? répondit l'agent immobilier avec espoir.

— Pourriez-vous me fournir l'identité de l'autre acheteur, s'il vous plaît ?

Alvarez hésita.

— Si j'envisage un partenariat, j'aimerais savoir avec qui je serai amenée à travailler, insista Nadia.

— J'imagine que ça ne le dérangera pas, soupira Alvarez. C'était la compagnie LLC. Abebe Holdings.

Nadia se raidit.

— Et avez-vous le nom d'un contact dans cette compagnie.

Ils entendirent des bruits de papier à l'autre bout de la ligne.

— Le voilà, dit Alvarez. Erik Jackson.

Ryan n'essaya pas de dissuader Nadia de l'accompagner pour interroger Erik. Comme il ne savait pas à quel point ce dernier était impliqué, il aurait préféré lui parler seul à seul, mais il comprenait que Nadia éprouve le besoin d'exiger des réponses d'un homme en qui elle avait eu confiance.

Sa présence facilita aussi leur entrée dans l'immeuble. L'agent de sécurité se contenta de décocher un sourire à Nadia avant de les laisser passer.

Ils prirent l'ascenseur jusqu'au quarante et unième étage. Nadia n'avait presque rien dit depuis qu'ils avaient quitté son bureau. Elle vibrait de colère.

Elle sortit de l'ascenseur avant que les portes ne soient complètement ouvertes et s'élança dans le couloir. La secrétaire d'Erik, une quinquagénaire au carré gris, tourna la tête vers elle. Son expression accueillante céda la place à la stupeur quand Nadia ouvrit la porte du bout du couloir si brutalement qu'elle cogna le mur.

Ryan rattrapa la porte alors qu'elle rebondissait. Nadia était déjà plantée devant le bureau de son oncle, les poings sur les hanches.

— Où est Nate ? lança-t-elle. Je sais qu'il est en vie. Je sais qu'il s'est engagé dans un projet qui a mal tourné avec Lincoln Smith.

Erik, qui était au téléphone, s'empressa de raccrocher.

— Calme-toi, Nadia, dit-il en se levant. Je ne sais pas ce que tu crois savoir, mais…

Erik avait un pansement sur la joue droite et une attelle au poignet gauche. Ryan le regarda droit dans les yeux et y lut de la culpabilité.

— Je sais ! cria Nadia. J'ai parlé à l'agent immobilier, Carol Alvarez. Je suis au courant pour les immeubles du Bronx, Abebe Holdings et l'option à dix millions de dollars. Tu es le contact sur les documents d'Alvarez, oncle Erik.

Craignant un peu que Nadia ne saute à la gorge de son oncle, Ryan posa une main sur son épaule.

Erik ne se serait sans doute pas beaucoup défendu… Il parut vieillir subitement et se laissa tomber dans son fauteuil.

— Comment l'as-tu découvert ? demanda-t-il après un long silence.

— Quelle importance ? répliqua Nadia.

La colère gagna Ryan. Erik ne semblait pas mesurer la gravité de la situation.

— Lincoln Smith a rendu visite à Nadia ce matin, dit-il.

Erik blêmit.

Il commençait peut-être à comprendre quels risques ses mensonges et ceux de Nate faisaient courir à Nadia. Lincoln Smith était un tueur et il était entré dans le bureau de Nadia.

— Il m'a montré une photo de Nate. Une photo prise il

y a un mois, ajouta Nadia. Pourquoi, oncle Erik ? Pourquoi avez-vous fait ça, Nate et toi ?

Le cœur de Ryan se serra. Nadia ne méritait pas d'être mise dans cette situation par des gens à qui elle se fiait.

Erik soupira profondément.

— Nous n'avions pas le choix, répondit-il. Nate voulait se faire un nom indépendamment de l'héritage de Calvin. Il a vu ce projet comme un moyen d'y parvenir. Tu ne peux pas comprendre le besoin qu'un homme a de faire ses preuves.

— Des tas de gens, des hommes et des femmes, ont envie de faire leurs preuves, oncle Erik ! rugit Nadia. Ils ne font pas tous affaire avec la mafia pour autant !

Erik baissa les yeux.

— Je pense que Nate n'a pas compris avec qui il négociait. Au début, du moins. C'est son ami Brian Leroy qui lui a proposé l'affaire.

Ryan résista à la tentation de traiter Erik de menteur. Ils avaient l'essentiel de l'histoire, mais Ryan était certain qu'Erik savait où était Nate ou avait un moyen de le contacter. Comme ils avaient besoin de cette information, Ryan contrôla sa colère.

— Quand Nate a compris que son partenaire n'était pas aussi honnête qu'il le croyait, il était trop tard, poursuivit Erik. Et tout a dégénéré dès que le crédit a été refusé.

Nadia s'assit en face de son oncle. Ryan se posta derrière elle.

— D'où Nate a-t-il sorti les dix millions de dollars de l'option ? demanda-t-elle.

Erik soupira.

— Smith les lui a prêtés. À cause de sa réputation, il avait besoin que Nate négocie à sa place. Nate était censé apporter la moitié des cent dix millions de l'achat et Smith l'autre.

— Cinquante-cinq millions ? s'écria Nadia. Où Nate espérait-il trouver une telle somme ?

Erik posa ses bras sur son bureau et plongea son regard dans celui de Nadia.

— Il faut que tu saches qu'il n'avait pas l'intention d'hypothéquer les hôtels Shelton. Il voulait faire ses preuves tout seul.

Ryan s'interdit d'intervenir, mais le fait qu'Erik justifie encore les décisions stupides de son neveu le mettait hors de lui.

— Et je devrais lui donner une médaille pour ça ? s'écria Nadia.

Le regard d'Erik devint dur.

— Pourrait-on revenir à la question de Nadia ? intervint Ryan. Comment Nate espérait-il rassembler cinquante-cinq millions de dollars ?

— Nate est un Shelton, répondit Erik. Il a des amis, des relations... Mais ç'a été plus difficile qu'il ne s'y attendait. Il était encore loin du compte alors que l'option était sur le point d'expirer. Smith allait perdre dix millions de dollars... Il n'aurait pas simplement fait une croix dessus.

— Alors Nate a simulé sa mort pour se cacher, acheva Ryan à sa place.

Erik acquiesça.

— Nate a pensé qu'il échapperait à Smith s'il mourait dans un accident de voiture. Il y en a tous les jours, dit-il en haussant les épaules.

— Mais Smith n'y a pas cru ? demanda Ryan.

— Il a eu l'air d'y croire. Et puis Nadia m'a parlé des hommes qui étaient entrés chez elle et de l'incendie à l'hôtel. Mais je n'étais pas sûr que ça ait un rapport avec Smith jusqu'à…

Ryan devina ce qui allait suivre.

— Jusqu'à quoi ? demanda Nadia, qui semblait perdue.

— Jusqu'à ce qu'Andrei Ledebev entre dans l'appartement de Nate alors que ton oncle s'y trouvait, répondit Ryan à la place d'Erik.

— C'était de la légitime défense ! gémit Erik, le regard suppliant. Il m'a attaqué. Je n'ai pas eu le choix.

Dans ces circonstances, l'appartement de Nate était sans doute le pire endroit où Erik aurait pu passer la nuit pour rester à New York. Smith l'avait forcément fait surveiller dès qu'il avait compris que Nate était en vie.

Nadia blêmit et se couvrit la bouche.

Ryan espéra qu'elle n'était pas sur le point de vomir. Il avait besoin qu'elle tienne le coup encore un peu. Ensuite il l'emmènerait en lieu sûr et mettrait la main sur Nate. Il ne savait pas trop ce qui se produirait ensuite. Le mieux pour Nadia serait qu'il livre Nate à Smith, mais cela revenait à signer l'arrêt de mort de Nathan, et Ryan était certain que Nadia s'y opposerait. Malgré ce que Nate avait fait, Ryan n'avait pas envie de devenir complice d'un homicide. Mais chaque chose en son temps.

Ryan regarda Erik droit dans les yeux.

— Où est Nate ? lui demanda-t-il.

L'oncle de Nadia parut prêt à se défendre pendant quelques instants, puis il perdit sa combativité comme un ballon se dégonfle.

— Je ne sais pas, répondit-il en baissant les yeux.

Nadia bondit.

— Assez de mensonges, oncle Erik ! cria-t-elle en abattant son poing sur le bureau.

Erik sursauta.

— Je ne le sais vraiment pas, se défendit-il. Mais il m'appelle une fois par semaine pour me dire qu'il va bien.

— Quel est le numéro ? demanda Ryan.

Erik secoua la tête.

— C'est toujours un numéro différent.

— Alors vous ne l'appelez jamais ?

— Je l'ai appelé quelques fois, toujours sur le dernier numéro dont il s'était servi. Parfois ça marche, parfois non. Je l'ai appelé hier pour lui parler de la lettre que Nadia a reçue.

— Donnez-moi le numéro dont vous vous êtes servi, ordonna Ryan.

Erik pinça les lèvres, mais il sortit son portable de sa poche et gribouilla un numéro sur un Post-it.

— Que pouvez-vous nous dire d'autre ? l'interrogea Ryan.

— Rien ! Nate doit être prudent. J'ai l'impression qu'il déménage souvent.

— Nate t'a-t-il parlé d'un endroit où il était ? demanda Nadia.

Erik hésita.

— Smith sait que Nate est en vie, oncle Erik ! insista Nadia. Pour qu'il s'en tire, il faut qu'on le retrouve et qu'il parle à la police.

— Je ne sais vraiment pas où il est, mais il s'est plaint de son patron, il y a quelque temps, répondit Erik. Il s'était disputé avec lui. Je ne sais plus à quel propos… mais ça n'a pas d'importance. Erik m'a rapporté que son patron avait crié : « C'est comme ça qu'on fait les choses au Delaney et ce sera toujours comme ça. »

— L'hôtel Delaney ? s'écria Nadia. À Atlanta ?

Erik semblait avoir pris dix ans depuis qu'ils étaient entrés dans son bureau.

— Je ne sais pas, répondit-il. Je ne sais même pas s'il parlait d'un hôtel… Mais c'est ce que j'ai supposé.

Ryan chercha le site de l'hôtel Delaney sur son téléphone.

— C'est un début, dit-il. Une dernière chose… Comment vous êtes-vous fait ces blessures ?

Erik hésita.

— J'ai eu un accident de voiture, répondit-il en évitant le regard de Ryan.

— Il ne sera pas difficile de découvrir où vous étiez hier, le prévint Ryan.

Le silence régna dans la pièce pendant de longues secondes.

— Oncle Erik ? insista Nadia.

Erik releva la tête. Il avait les larmes aux yeux.

— Je voulais juste vous empêcher d'aller à Northpath.

Nadia tressaillit.

— C'est toi qui nous as fait quitter la route ?

— Quand tu m'as laissé ce message pour me dire que vous alliez parler au shérif de Northpath, j'ai paniqué. Elle était méfiante depuis le début. Je ne pouvais pas la laisser vous mettre des idées dans la tête.

Des larmes roulèrent sur les joues de Nadia. Elle se leva, jeta un regard méprisant à son oncle et se dirigea vers la porte.

Ryan la suivit.

— Tu ne me croiras peut-être pas, mais ton frère et moi t'aimons ! lui lança Erik. Nous avons fait tout ça pour te protéger.

Nadia se tourna vers son oncle.

— C'est faux, répondit-elle. Nate s'est retrouvé dans cette situation à cause de son ego. Maintenant, sa lâcheté risque de me coûter la vie.

Elle quitta la pièce sans laisser à son oncle le temps de répondre.

Ryan lui emboîta le pas et desserra les poings. Il aurait aimé avoir une conversation en tête à tête avec Erik, mais il n'avait pas le temps de lui faire comprendre à quel point l'idée de simuler la mort de Nate était stupide, en plus d'avoir profondément blessé Nadia.

— Je dois mettre au point une stratégie pour ramener Nate à New York, annonça-t-il à Nadia quand ils montèrent en voiture.

Elle hocha la tête.

— Je m'en remets à toi, répondit-elle.

— Tant mieux, parce que je pense que tu devrais rester ici pendant que je serai à Atlanta.

— Je t'ai déjà dit que je ne voulais pas être laissée de côté, répondit-elle en secouant la tête.

— Je ne te laisse pas de côté, mais nous ne savons pas ce qui nous attend, se défendit-il. On ne peut pas appeler Nate pour lui dire qu'on arrive. Il est forcément sur ses gardes, puisqu'il est en fuite. Je refuse de te mettre en danger.

— Je t'accompagne, dit Nadia avec détermination.

Il secoua la tête, les mâchoires crispées.

— Nate ne te connaît pas. Comment réagira-t-il quand il te verra ? insista Nadia. Si je suis avec toi, il saura que tu ne travailles pas pour Smith.

Son argument tenait la route, mais l'instinct de Ryan lui soufflait qu'elle devait rester à New York.

— Ma priorité, c'est ta sécurité, pas celle de Nate, répliqua-t-il.

— Et moi, je me soucie de la sécurité de Nate.

Après tout ce que son frère lui avait fait subir, elle le faisait encore passer avant elle-même. Voilà pourquoi il l'aimait.

Il l'aimait.

Il savait qu'il n'aurait pas dû, mais il ne pouvait pas s'en empêcher.

— S'il te plaît, ajouta Nadia, brisant le fil de ses pensées.

Ils avaient encore l'essentiel des quarante-huit heures que Smith leur avait accordées pour trouver Nate. Malheureusement, ils n'étaient pas sûrs que celui-ci soit encore à Atlanta – ni même qu'il y ait jamais mis les pieds. Il était possible que ce voyage soit une perte de temps, mais c'était leur seule piste.

— Très bien, capitula-t-il. À condition que tu fasses exactement ce que je te dirai. Je ne veux pas que tu prennes de risques.

— Merci, murmura Nadia.

Sur le trajet du retour, elle appela Olivia pour l'informer qu'elle ne retournerait pas à l'hôtel de la journée.

Quand ils arrivèrent, il commença par faire le tour de la maison pour s'assurer que les portes et les fenêtres n'avaient pas été forcées. Alors il fit ce qu'il voulait faire depuis qu'ils avaient quitté le bureau d'Erik Jackson : il prit Nadia dans ses bras.

Elle se raidit un bref instant avant de se blottir contre lui et d'enfouir son visage au creux de son cou. Il la laissa sangloter dans ses bras plusieurs minutes.

— Je suis désolée, finit-elle par dire. On a essayé de me pousser sous une voiture, j'ai été pourchassée par des malfrats, et on nous a fait quitter la route, le tout en moins d'une semaine, et voilà que je m'effondre quand j'ai de bonnes nouvelles. Nate est vivant. Je devrais être extatique.

Il déposa un baiser sur son front.

— Tu auras besoin d'un moment pour digérer tout ça, répondit-il. Ce que tu ressens est normal.

— Je vais m'allonger un peu, annonça-t-elle. Quand partons-nous pour Atlanta ?

— Je dois mettre deux ou trois choses au point avec Shawn, mais nous partirons ce soir.

Elle hocha la tête.

— Je serai prête. Encore merci.

Elle alla dans la chambre et ferma la porte derrière elle.

Ryan n'avait aucune envie de courir après Nate. Il n'aspirait qu'à prendre Nadia dans ses bras et l'emmener loin de cette folie.

Malheureusement, ce n'était pas encore une option. Pour commencer, il devait tirer son frère de la situation aberrante dans laquelle il s'était mis. Mais ramener Nate à New York n'était qu'une première étape. L'arracher aux griffes de Smith serait bien plus dur.

Il devait réussir. Et, quand ce serait terminé, il avouerait ses sentiments à Nadia. Parce qu'il savait, maintenant, que ce n'était pas une passade générée par l'adrénaline.

Il était vraiment amoureux.

14

Ryan appela le numéro qu'Erik lui avait donné et tomba directement sur un répondeur. Nate Shelton n'était pas stupide. Mais même les téléphones jetables avaient des GPS, à présent. Ils pouvaient donc être localisés, même si c'était plus difficile que de localiser un téléphone normal parce qu'ils n'étaient pas associés à un contrat. Par chance, West Security avait d'excellents techniciens.

Ryan réserva une suite au Delaney pour deux jours. Comme ils ne pourraient sans doute pas interroger beaucoup d'employés à l'heure où ils arriveraient, ils auraient une bonne raison de passer toute la journée du lendemain à l'hôtel. Vu le peu de temps dont ils disposaient, il espérait qu'ils n'auraient pas besoin d'y passer aussi la deuxième nuit.

Ryan laissa Nadia dormir le plus longtemps possible. Il la réveilla un peu plus d'une heure avant qu'ils ne doivent partir pour l'aéroport. Elle prit une douche et fit un sac. Elle était prête cinquante minutes plus tard. Ryan les conduisit jusqu'à un aéroport privé du Bronx.

Nadia écarquilla les yeux quand il se gara près d'un jet blanc stationné devant un hangar.

Ils sortirent de la voiture et récupérèrent leurs sacs dans le coffre.

— Toutes les agences de sécurité possèdent-elles un jet privé ? demanda Nadia.

Il esquissa un sourire.

— C'est un prêt, expliqua-t-il. Il y a quelque temps, nous avons sauvé le fils d'un client qui avait été enlevé. Le client était si reconnaissant qu'il a proposé de nous prêter son avion si on en avait besoin.

— Tu as demandé une faveur pour m'aider ?

Il ne les comptait plus et il était prêt à en demander cent fois plus pour la protéger, mais ce n'était pas le moment de le lui dire.

— Oui, répondit-il simplement.

— Merci, murmura Nadia en lui effleurant le bras.

Même si ce n'était pas le moment, il eut brusquement envie de lui avouer ce qu'il ressentait.

— Nadia, je ferais…, commença-t-il.

— Monsieur West ? l'interrompit une femme mince qui portait un uniforme bleu et blanc. Êtes-vous prêts à embarquer ?

La femme tendit la main vers l'avion avec un sourire professionnel.

À regret, Ryan regarda Nadia se diriger vers l'appareil et la suivit avec les sacs.

Ce n'était pas la première fois que West Security empruntait un jet à ce client, mais il en possédait au moins trois, et Ryan n'était jamais monté dans celui-ci. Les parois étaient lambrissées et les sièges en cuir beige particulièrement confortables. Beaucoup de gens rêvaient de parcourir le monde à bord d'un jet privé. Ryan repensa aux circonstances dans lesquelles il avait rencontré ce client et songea à la maxime « Méfie-toi de ce que tu désires… ».

Ryan et Nadia s'installèrent, et le pilote les fit décoller quelques minutes plus tard.

Quand ils eurent atteint leur altitude de croisière et que l'hôtesse de l'air l'y autorisa, Ryan essaya d'appeler Nate une deuxième fois. Il tomba encore sur le répondeur et raccrocha sans laisser de message.

Ryan s'enfonça dans son fauteuil pour se détendre un peu. Il se réveilla en sursaut quand l'avion entra dans une zone de turbulences. Il consulta sa montre : il avait dormi presque une heure et demie. Il comptait travailler pendant le trajet, mais il avait surtout besoin de repos, apparemment.

Il tourna la tête vers Nadia qui regardait par le hublot.

— Tu es réveillé, dit-elle en lui souriant.

— Oui. Désolé.

— Ne sois pas désolé. Tu dois être épuisé.

— J'avais l'intention de travailler pendant le vol, mais j'ai fait quelques recherches sur le Delaney avant de partir. Vu ton expérience dans le secteur, j'imagine que tu peux m'en dire plus que ce que j'ai trouvé sur Internet. C'est une légende, d'après ce que j'ai compris.

Le sourire de Nadia s'élargit.

— Oui. L'hôtel a été construit dans les années 1920. Pendant longtemps, toutes les célébrités qui allaient à Atlanta y séjournaient.

— Et maintenant ?

— Les temps ont changé. La famille qui avait fait construire l'hôtel l'a vendu, et il a perdu de son lustre. Et puis il y a eu la Grande Dépression.

— Mais l'hôtel a survécu.

— Oui. Il a fini par être racheté par une grande chaîne internationale.

— Aurora ? demanda Ryan en haussant un sourcil.

Nadia éclata de rire.

— Mike aurait adoré !

Elle cita une autre chaîne d'hôtels célèbre.

— Je suis sûre que tu trouveras l'hôtel fascinant, puisque tu aimes l'art, ajouta-t-elle. C'est un monument historique.

Il a été rénové et il vise une clientèle qui est prête à payer un peu plus pour goûter le charme de son architecture.

« Un peu plus » était un euphémisme. La suite qu'il avait réservée était hors de prix.

— Tu sais, on ne peut pas être sûrs que Nate se trouve au Delaney, ni qu'il y ait jamais mis les pieds, poursuivit-elle. Oncle Erik peut s'être trompé ou il pouvait s'agir d'un autre hôtel du même nom.

Ryan scruta son visage. Elle était en proie à des sentiments conflictuels. Elle voulait trouver Nate, mais elle savait que cela ne suffirait pas à résoudre ses problèmes. Cela pouvait même les aggraver. Smith la forçait à choisir entre la sécurité de son frère et la sienne. Serait-elle capable de faire à Nate ce qu'il lui avait fait sans le vouloir ? Serait-elle capable de sacrifier son frère pour sauver sa propre vie ?

— Non, nous ne sommes sûrs de rien, mais il serait logique que Nate soit allé à Atlanta, répondit-il. La ville lui est familière, puisque vous y êtes allés pendant votre enfance. Elle est aussi assez grande pour qu'il y passe inaperçu. Et il serait aussi logique qu'il travaille dans un hôtel, puisqu'il a de l'expérience dans ce secteur.

Nadia ne parut pas convaincue.

Il détacha sa ceinture et alla s'asseoir à côté d'elle.

— Nous allons passer une bonne nuit et commencer les recherches à l'aube, dit-il en lui prenant la main. Qui sait ? Demain, à la même heure, nous serons peut-être rentrés à New York avec Nate.

— Alors quoi ? demanda-t-elle en plongeant son regard dans le sien.

Il n'avait pas de réponse à lui fournir. Pas de réponse qui la satisferait, du moins. Il l'attira contre lui, et elle posa sa tête sur son épaule.

— Je sais que je me répète, mais merci, murmura-t-elle. Je n'aurais pas pu traverser tout ça sans ton aide.

Il déposa un baiser sur ses cheveux.

— Tu es la femme la plus forte que je connaisse, répondit-il. Tu t'en serais très bien sortie toute seule, mais je me réjouis que tu n'aies pas eu à le faire. Et je serai toujours là pour toi.

Ils restèrent dans cette position jusqu'à l'atterrissage.

Il était tard quand ils arrivèrent au Delaney. La suite que Ryan avait réservée n'avait pas deux chambres séparées, contrairement à celle de Northpath. Comme il ne voulait pas faire pression sur Nadia, il décida de dormir sur le canapé. De toute manière, il ne comptait pas dormir beaucoup. Il voulait approfondir ses recherches et peut-être faire un tour dans l'hôtel, au cas où un ou deux employés auraient été disposés à lui parler.

Mais Nadia et lui se sentirent épuisés après avoir dîné. Nadia refusa de le laisser sur le canapé, et ils s'endormirent dans les bras l'un de l'autre.

Quand il se réveilla, le rayon de soleil qui se glissait entre les rideaux caressait l'épaule de Nadia. Ryan effleura sa peau soyeuse, ce qui éveilla sa libido. Un autre matin, quand ils auraient plus de temps et qu'ils auraient échappé à l'enfer dans lequel Nate les avait plongés, il lui laisserait toute liberté. Dans l'immédiat, il avait beaucoup à faire.

Il se leva et sortit de la chambre sans faire de bruit.

Il voulait trouver Nate le plus vite possible. Il croyait presque entendre une horloge égrener les secondes du compte à rebours. Smith ne faisait pas de menaces en l'air. La situation virerait à la catastrophe s'ils ne lui livraient pas Nate.

Ryan alluma son téléphone et relut le rapport sur ce dernier avec l'espoir de trouver un indice. Il fit aussi des recherches sur l'hôtel et ses employés en se réjouissant de la tendance des gens à étaler leur vie sur les réseaux sociaux.

Quand il entendit de l'eau couler dans la salle de bains, il consulta sa montre. Il travaillait depuis une heure et vingt minutes. Même s'il n'avait pas de véritable piste, il avait bien avancé.

Il appela le service d'étage. Il venait juste de raccrocher lorsque la porte de la chambre s'ouvrit.

— J'ai commandé le petit déjeuner, annonça-t-il à Nadia.

— Merci, répondit-elle.

— Si tu as terminé avec la salle de bains, je vais prendre une douche avant qu'on ne nous l'apporte.

— Oui, j'ai terminé, dit-elle en allant s'asseoir sur le canapé.

Ryan se doucha, se rasa et se changea. Quand il revint dans le salon, Nadia fermait la porte de la suite.

Il y avait un chariot couvert d'une nappe blanche et chargé de plats sous cloche au milieu de la pièce. Nadia avait déplacé le vase de fleurs qui ornait la grande table pour qu'ils y déjeunent plus à l'aise.

Ryan s'en voulut.

— J'aurais dû attendre l'arrivée du petit déjeuner pour prendre ma douche, dit-il. Je ne veux pas que tu ouvres la porte. On ne peut pas savoir qui est de l'autre côté.

Nadia se figea, une cloche à la main.

— Tu crois qu'on est en danger ici ?

Il lui prit la cloche et acheva de découvrir les plats.

— Je ne veux pas que tu prennes de risques, c'est tout. Alors n'ouvre plus la porte, d'accord ?

Elle hocha la tête et s'assit avec un air pensif.

Ils mangèrent en silence pendant plusieurs minutes.

— Tu en sais plus sur les hôtels que moi, finit-il par dire. Si Nate travaillait ici, quel poste aurait-il, à ton avis ?

Nadia avala sa bouchée de toast avant de répondre :

— Comme je te l'ai expliqué, mon père a tenu à ce qu'on soit qualifiés pour tous les postes. Mais je suppose qu'il n'a pas visé un poste trop haut placé. Puisqu'il ne peut pas se servir de son nom, il ne peut pas fournir des références suffisantes.

— Effectivement.

— Du coup, j'imagine qu'il exerce des fonctions basiques : la réception, le ménage, la maintenance…

— Il préfère sans doute ne pas trop se montrer, précisa Ryan.

Même s'il était à des milliers de kilomètres de Manhattan, il y avait toujours un risque que quelqu'un le reconnaisse derrière le bureau de la réception.

— Dans ce cas, la blanchisserie et la maintenance sont les postes les plus probables, dit Nadia. La plonge, aussi, si l'hôtel gère l'un des restaurants du hall.

— Très bien. Nous commencerons par interroger les employés de ces secteurs, conclut Ryan avant de finir son omelette.

Nadia n'avait presque rien mangé.

— Ce ne sera pas facile, l'avertit-elle. Par principe, il n'est pas aisé de parler à ces employés.

Ryan se leva.

— On improvisera. Mais je veux d'abord visiter l'hôtel pour me faire une idée du terrain.

Ils prirent les deux clés qui leur avaient été remises.

Les articles que Ryan avait lus ne rendaient pas justice au Delaney. Le hall - dont le plafond se trouvait quatre étages plus haut et dans lequel des torrents de lumière se déversaient par des baies vitrées - abritait plusieurs magasins et quatre restaurants proposant des cuisines variées. Ils se promenèrent dans l'hôtel pendant presque une heure avant de se retrouver au sous-sol, où étaient situées une vingtaine de salles de conférences. Aucune n'était occupée à ce moment-là. Ils finirent par tomber sur deux grandes portes blanches sur lesquelles était écrit : « Accès réservé au personnel autorisé ».

— La blanchisserie, les locaux de la maintenance et les réserves doivent se trouver derrière ces portes, dit Nadia en s'en approchant.

Ryan la retint par le bras.

— Une minute. Attendons un peu pour voir.

Elle lui jeta un regard interrogateur, mais elle se laissa entraîner jusqu'à des fauteuils d'où ils pouvaient voir les portes.

Des employés de l'hôtel en uniformes noir et blanc les franchirent dans un sens et dans l'autre.

— Qu'attendons-nous, au juste ? demanda Nadia au bout de dix minutes.

— Si Nate a choisi un emploi discret, il s'est sans doute lié à ses collègues de travail, répondit-il. D'après leurs uniformes, les employés qu'on a vu passer ne sont pas des plongeurs ni des techniciens.

— Tu as raison. Ils doivent juste passer par là pour gagner du temps.

— On ne trouvera pas les gens qu'on cherche en restant là, dit-il.

Nadia claqua des doigts.

— Et si on essayait l'entrée du personnel ? J'aurais dû y penser plus tôt.

Elle consulta sa montre.

— Il est 9 heures moins le quart. On a encore une chance de tomber sur quelqu'un qui commence son service, ajouta-t-elle.

— Allons-y !

Ils prirent l'ascenseur pour remonter dans le hall et sortirent de l'hôtel.

Celui-ci occupait tout le pâté de maisons, mais une allée le coupait en deux. Ils s'y engagèrent et trouvèrent, entre deux bennes à ordures, une porte métallique qui s'ouvrait grâce à un lecteur de cartes magnétiques.

— Allons prendre le petit déjeuner, suggéra Ryan en indiquant le café qui se trouvait en face de l'entrée de l'allée.

Nadia cligna les yeux.

— On vient juste d'en prendre un, lui rappela-t-elle.

— Prenons-en un autre, insista-t-il en l'entraînant vers l'établissement.

Ils s'installèrent dehors. Comme il commençait déjà à faire bon, ils n'étaient pas les seuls clients en terrasse.

— Je vois, dit Nadia. Nous attendons encore.

Ryan esquissa un sourire.

— Une grande partie du travail d'un détective privé consiste à attendre, expliqua-t-il.

Nadia éclata de rire.

— Alors ce métier n'est vraiment pas fait pour moi !

Ils n'attendirent pas longtemps avant que la porte s'ouvre. Un employé vêtu de blanc sortit du bâtiment et alluma une cigarette.

— Bingo ! dit Ryan.

Nadia et lui abandonnèrent leurs cafés pour traverser la rue.

L'homme les regarda approcher.

— Vous n'êtes pas censés être là, leur lança-t-il.

D'après son badge, il s'appelait Brian.

— Nous voulons juste vous poser quelques questions, répondit Ryan en lui souriant.

— Quelles questions ?

— Nous cherchons quelqu'un qui travaille peut-être ici ou qui a pu travailler ici dans les derniers mois.

Brian tira une bouffée de sa cigarette et l'écrasa par terre.

— Je ne me mêle pas de ce qui ne me regarde pas, grommela-t-il.

— Je vous en prie, intervint Nadia en se plaçant devant Ryan. Je cherche mon frère. Il a des ennuis, et je veux l'aider.

Brian examina Nadia de la tête aux pieds en s'attardant sur sa poitrine. Ryan s'éclaircit la voix et lui jeta un regard menaçant.

Brian tourna la tête vers lui avec un sourire coupable.

— S'il vous plaît, insista Nadia. Pouvez-vous me dire si vous connaissez cet homme ?

Elle lui montra une photo de Nate sur son téléphone.

Brian soupira et regarda la photo.

— On dirait Jamal, finit-il par répondre. Il avait la tête rasée et une barbe, mais je crois bien que c'est lui. Il ne travaille plus ici.

Ils tenaient enfin une piste, songea Ryan.

— Quel est le nom de famille de Jamal ? demanda-t-il.

— Fredricks, je crois, répondit Brian après quelques secondes de réflexion.

— Savez-vous où il travaille, à présent ? l'interrogea Ryan.

— Non. Il a démissionné il y a quatre ou cinq mois, et ce n'était pas un ami. On se croisait, c'est tout.

— Jamal était-il proche de quelqu'un en particulier ? demanda Nadia.

Brian hésita.

— On ne dira pas à cette personne de qui on tient son nom, promit Nadia.

Brian hésita encore puis haussa les épaules.

— Très bien. Jamal est sorti avec l'une des femmes de

ménage. Karen Vernon. Mais je crois qu'elle ne travaille pas aujourd'hui.

L'excitation de Ryan faiblit. Ils n'avaient pas beaucoup de temps… Il ne leur restait plus qu'à espérer qu'il y avait peu de Karen Vernon à Atlanta.

— Merci, dit-il.

Il tendit sa main à Brian après y avoir glissé un billet de vingt dollars.

Brian lui serra la main et prit le billet sans ciller avant de passer une carte magnétique dans le lecteur.

— Eh ! leur lança-t-il alors qu'ils s'éloignaient.

Ils se retournèrent.

— Je crois qu'elle vit avec sa mère à Myers Grove, ajouta Brian avant d'entrer dans le bâtiment.

— En route pour Myers Grove ? demanda Nadia à Ryan.

— En route pour Myers Grove.

15

Myers Grove était une banlieue populaire située à une demi-heure du centre-ville. Les maisons étaient petites et bien entretenues. Ryan avait appelé Shawn pendant le trajet pour qu'il fasse des recherches sur Karen Vernon et sur Jamal Fredricks.

Karen, qui avait trente-deux ans, travaillait à l'hôtel depuis sept ans et s'était élevée au rang d'assistante de la gouvernante. Avec un ex-mari et un casier vierge, c'était une citoyenne modèle.

Ryan frappa à la porte de la maison où Karen vivait avec sa mère et son fils de dix ans.

Une trentenaire aux longs cheveux châtains lui ouvrit.

— Bonjour, dit-elle. Que voulez-vous ?

— Madame Vernon ? Je m'appelle Ryan West et voici Nadia Shelton, répondit Ryan. Je suis détective privé. J'aimerais vous poser quelques questions sur Jamal Fredricks.

Karen recula d'un pas.

— Pourquoi ? demanda-t-elle avec méfiance.

Nadia prit le relais.

— Je suis sa sœur, dit-elle. Il faut que je le retrouve. C'est très important.

Ryan la laissa prendre la conversation en main. Il avait interrogé assez de gens pour savoir quand quelqu'un était sur le point de lui claquer une porte au nez. Si jouer sur les sentiments de cette femme leur permettait d'obtenir des réponses plus rapidement, tant mieux.

— Je ne peux pas vous aider. Je suis désolée, balbutia Karen en reculant encore.

— S'il vous plaît, insista Nadia. L'homme que vous connaissez sous le nom de Jamal est mon frère, Nathan Shelton. Il a des ennuis.

Karen regarda Nadia pendant de longues secondes.

— C'est vrai que vous lui ressemblez, finit-elle par dire.

Elle soupira et s'écarta pour les laisser entrer.

Elle les invita à s'asseoir sur le canapé d'un salon exigu pendant qu'elle préparait du café.

Karen revint avec trois tasses sur un plateau. Elle servit Ryan et Nadia avant de s'installer dans le fauteuil qui faisait face au canapé.

— Vous n'avez pas eu l'air surprise d'entendre que l'homme que vous connaissez sous le nom de Jamal avait une autre identité, lui fit remarquer Ryan.

Karen soupira.

— Je présume que vous savez déjà que Jamal… Nate et moi sommes sortis ensemble, puisque vous êtes là. Nous avons eu le coup de foudre. Ma mère pensait que nous allions trop vite, mais l'attirance - et pas seulement physique - est parfois irrésistible.

Ryan et Nadia se regardèrent.

Karen les observa l'un après l'autre et sourit.

— Vous voyez donc ce que je veux dire, reprit-elle. Au bout de quelques semaines, Jamal m'a révélé sa véritable identité et m'a expliqué pourquoi il était à Atlanta.

— Et vous êtes restée avec lui ? s'étonna Nadia.

— Tout le monde fait des erreurs, répondit Karen en haussant les épaules. Il méritait une deuxième chance et nous nous aimions.

Ryan posa sa tasse et demanda :
— Savez-vous où il est, maintenant ?
Karen baissa les yeux.
— Non.
— On doit le retrouver le plus vite possible, insista Ryan. L'homme dont il vous a parlé sait qu'il est en vie.
Karen prit un air inquiet.
— Il avait l'impression qu'on le suivait..., dit-elle. C'est pour ça qu'il a quitté Atlanta.
— Quand ?
— Il y a un mois.
Au moment où les hommes de Smith l'avaient pris en photo, donc. Son instinct lui avait sans doute sauvé la vie, mais sa chance ne tiendrait pas éternellement.
— Je vous en prie, intervint Nadia. Si vous savez où est Nate, dites-le-nous pour qu'on puisse l'aider.
Karen soupira encore.
— Je n'en suis pas sûre. Il m'appelle au moins une fois par semaine, mais il ne me donne jamais de détails, et on utilise des téléphones jetables.
— Vous n'en êtes pas sûre, mais vous croyez savoir, insista Ryan.
— Je l'ai conduit à la gare routière et je lui ai acheté un billet, admit Karen.
— Comme ça, son nom n'est pas apparu sur la liste des passagers, dit Ryan.
Heureusement, Nate n'était pas stupide. Cela lui permettrait peut-être de rester en vie jusqu'à ce qu'ils le retrouvent.
— Vous lui avez acheté un billet pour où ? demanda Nadia.
— Washington.
Une autre grande ville où Nate pouvait passer inaperçu, songea Ryan.

Ryan se leva et téléphona à Shawn pour qu'il recherche un Jamal Fredricks à Washington ou dans les environs. Il n'était pas sûr que Nate ait gardé ce nom, mais les faux papiers d'identité de bonne qualité coûtaient cher. Il n'était pas non plus certain que Nate soit resté dans le car jusqu'au terminus, mais c'était une piste.

L'adrénaline faisait battre le cœur de Ryan à toute allure. Ils étaient sur le point de trouver Nate. Il ne leur manquait plus qu'un peu de chance.

Ils remercièrent Karen pour son aide et promirent de la tenir informée. Nadia réfléchit à leur conversation pendant que Ryan les ramenait au Delaney. Son frère était-il vraiment tombé amoureux ? Elle avait du mal à croire que ce célibataire endurci avait trouvé l'amour dans le chaos qu'était sa vie actuelle, mais des choses plus étranges se produisaient tous les jours. Le fait qu'il ait révélé sa véritable identité à Karen semblait prouver qu'il était effectivement amoureux. Nadia espéra que Ryan et elle trouveraient un moyen de le garder en vie et de lui permettre d'en profiter.

Le téléphone de Ryan sonna quand ils entrèrent dans le hall de l'hôtel.

— Je t'écoute, Shawn, dit Ryan en décrochant.

Il attira Nadia dans un coin tranquille et inclina le téléphone pour qu'ils puissent tous les deux entendre son frère.

— Aucun Jamal Fredricks à Washington, dit Shawn. Mais j'ai fait des recherches dans la plus grande ville par laquelle le car est passé, Richmond, en Virginie, et j'en ai trouvé trois. Seul l'un d'eux a déposé une demande de permis de conduire en Virginie récemment.

— Je ne te demanderai pas comment tu as obtenu ces informations aussi vite, commenta Ryan.

— Je t'envoie ce que j'ai et je continue à creuser, répondit son frère. Vous allez à Richmond ?

Nadia consulta sa montre. L'après-midi commençait à peine, et Richmond n'était qu'à une heure et demie de vol.

— Oui, répondit Ryan avant de raccrocher.

— On va donc à Richmond, dit Nadia.

Ryan acquiesça.

— J'appelle le pilote tout de suite puis je préviendrai la réception qu'on s'en va.

— Très bien, répondit-elle. Je monte faire mon sac.

— Verrouille bien la porte et n'ouvre à personne, lui rappela Ryan.

— C'est promis.

Elle prit l'ascenseur. Parce qu'elle ne songeait qu'à la possibilité qu'ils retrouvent Nate avant la fin de la journée, elle ne s'aperçut qu'il y avait quelqu'un derrière elle qu'après avoir fait glisser sa carte dans le lecteur de la chambre.

Une grande main la poussa au moment où la porte s'ouvrit.

Elle tomba brutalement à quatre pattes et resta abasourdie quelques instants avant de se relever pour faire face à son agresseur.

Elle reconnut Taras Ledebev, l'homme qui les avait attaqués dans l'appartement de Ryan.

— Où est ton petit ami ? lui lança-t-il.

— Il sera là dans une minute. Je m'enfuirais, si j'étais vous.

Taras ricana.

— Je n'ai pas l'intention de m'enfuir, petite. Je vais vous faire payer la mort de mon frère.

Nadia balaya la pièce du regard à la recherche d'une arme. Elle avait espéré repérer un couteau, mais leur petit déjeuner avait été débarrassé en leur absence. Elle n'avait plus à sa disposition que le journal qui avait été apporté avec et le vase de fleurs, mais les deux objets étaient posés sur un guéridon, de l'autre côté du canapé.

— Nous n'avons rien à voir avec la mort de votre frère, dit-elle en espérant gagner assez de temps pour qu'une idée lui vienne.

— Il est juste mort par hasard dans l'appartement de ton frère ? grogna Taras. Je ne suis pas stupide.

— Si, vous êtes stupide, si vous croyez que j'ai tué votre frère et que vous pouvez nous tuer, Ryan et moi, dans un hôtel bondé.

On frappa à la porte.

— Service d'étage ! cria quelqu'un dans le couloir.

Taras se retourna.

La porte s'ouvrit brusquement, et Ryan s'engouffra dans la pièce. Il fonça sur Taras et lui décocha un coup de poing dans la mâchoire.

Taras ne resta étourdi que quelques instants avant de dégainer un couteau à cran d'arrêt.

Ryan para la première attaque de Taras, et les deux hommes tombèrent. Taras réussit vite à s'asseoir sur les jambes de Ryan, et il leva son couteau. Ryan attrapa son poignet à deux mains.

Nadia lutta contre la panique. Elle ne pouvait pas rester plantée là et regarder Ryan se faire poignarder.

Elle alla chercher le vase sur le guéridon et l'abattit sur le crâne de Taras.

Celui-ci roula sur le côté. Il était sonné, mais encore conscient. Il se releva et courut vers la porte.

Ryan se releva à son tour.

— Reste ici ! cria-t-il à Nadia avant de se lancer à la poursuite de Taras.

Nadia s'assit sur le canapé et massa ses genoux endoloris.

Ryan revint cinq minutes plus tard, mais Nadia s'était tellement inquiétée qu'elle avait l'impression d'être restée seule pendant des heures.

— Il s'est enfui, dit Ryan en verrouillant la porte.

— Est-ce qu'on appelle la police ?

Ryan hésita.

— Contentons-nous de le signaler à un responsable de l'hôtel, répondit-il. Puisque rien n'a été volé, il sera sans doute ravi qu'on ne fasse pas venir la police. On en parlera à Parsmons quand on sera rentrés à New York.

Nadia se leva et s'approcha de Ryan en boitant un peu.

— Tu es blessée ! s'écria-t-il.

— Ce n'est rien, lui assura-t-elle. Ça passera. Comment Taras savait-il qu'on était à Atlanta ?

Ryan fronça les sourcils.

— Je ne m'en suis pas aperçu, mais il a dû nous suivre jusqu'à l'aéroport de New York, répondit-il.

— Et maintenant ?

— J'appelle la réception, et tu fais ton sac. On a un avion à prendre.

Il fallut près de deux heures au responsable de l'hôtel qui vint les voir pour prendre leurs dépositions et répertorier les dégâts de la suite, mais il fut ravi de gérer le problème sans que la police ne s'en mêle.

Quand Ryan et Nadia atteignirent l'aéroport, le jet était prêt à décoller. Même si le vol était de courte durée, ils n'arrivèrent à Richmond qu'en fin d'après-midi.

Ryan donna son nom à la réception de l'hôtel dans lequel Shawn leur avait réservé une chambre.

L'employé pianota sur le clavier de son ordinateur.

— Soyez le bienvenu, monsieur West, dit-il. Votre suite est prête et vos amis sont déjà là.

— Mes amis ?

— Oui…, répondit l'employé, déconcerté. M. Shawn West et son compagnon de voyage. M. West m'a chargé de vous dire qu'ils occupent la suite 4123, qui se trouve dans le même couloir que la vôtre.

Ryan prit juste le temps de déposer leurs sacs dans leur suite avant de foncer vers celle de Shawn.

Celui-ci ouvrit la porte avec un grand sourire.

— Que fais-tu là ? s'écria Ryan.

— Bonjour, répondit Shawn. Et si tu entrais pour m'engueuler sans que tout l'hôtel t'entende ?

Shawn s'écarta.

— Bonjour Shawn, bonjour Gideon, dit Nadia en franchissant la porte.

Gideon, qui était assis à la table du salon, la salua d'un signe de tête.

Shawn alla s'asseoir en face de lui et laissa son frère fermer la porte.

— Que faites-vous là, tous les deux ? demanda Ryan.

— On vous aide, répondit Shawn. J'ai l'adresse de Jamal Fredricks. Un détective privé avec lequel j'ai travaillé est en train de surveiller la maison. Il n'a pas repéré Nate, mais il est possible que celui-ci ne soit pas encore rentré, s'il a un emploi.

— Qu'est-ce que c'est que ça ? demanda Nadia en indiquant la carte qui était étalée sur la table.

— Une vue aérienne du quartier de Nate, répondit Shawn.

— Bien, grommela Ryan. Plus on aura d'informations, mieux ce sera. Si Nate est malin, il s'est procuré de quoi se défendre. Je ne veux pas que l'un de nous se fasse tirer dessus bêtement.

— Nate n'a pas d'arme, intervint Nadia.

Son frère et elle avaient perdu des amis dans l'épidémie

de violence qui avait ravagé New York dans les années 1980 et 1990.

— Il déteste les armes à feu autant que moi, expliqua-t-elle.

— Les gens font des choses qu'ils n'auraient jamais imaginé faire quand ils se retrouvent dans des situations comme celle de votre frère, dit Shawn en la regardant droit dans les yeux.

Elle ne sut pas quoi répondre.

— Et si on se mettait au travail ? suggéra Ryan après un long silence.

Nadia se joignit aux trois hommes autour de la table, mais elle garda le silence pendant qu'ils élaboraient différents scénarios. Certains revenaient à enlever tout bonnement Nate s'il refusait de rentrer à New York. Elle n'aimait pas cette idée, mais elle ne voyait pas ce qu'ils pouvaient faire d'autre si son frère refusait de coopérer.

— Et que se passera-t-il ensuite ? demanda-t-elle subitement.

Ramener Nate à New York ne suffirait pas à mettre un terme à ce cauchemar. Ils devraient encore gérer Smith et elle n'avait pas l'intention de lui livrer Nate comme on conduit un agneau à l'abattoir.

Les trois hommes se regardèrent.

— Le mieux pour vous serait qu'on le livre à Smith, répondit Gideon d'une voix neutre.

— Non ! s'écria-t-elle en bondissant.

Ryan fusilla Gideon du regard.

— Quelles sont les autres options ? grogna-t-il.

Gideon resta parfaitement impassible.

— Nous pouvons essayer de passer un accord avec Smith ou prévenir la police et lui tendre un piège, répondit-il.

— Ça m'étonnerait que Smith soit prêt à négocier,

intervint Shawn. Et on ne peut pas lui faire confiance, de toute manière.

— Alors on prend la deuxième option, déclara Nadia.

— Il ne sera pas facile non plus d'obtenir la coopération de la police, dit Ryan en secouant la tête. Parsmons n'est toujours pas convaincu que les incidents sont liés. On perdra beaucoup de temps à le convaincre… si on y arrive.

— On perdra aussi le contrôle de la situation, ajouta Shawn.

— La police ne peut pas monter une opération de ce genre aussi vite que nous, dit Gideon. Et il y a toujours un risque que quelqu'un parle à la presse. J'ai une amie à la section de New York du FBI. J'ai déjà travaillé avec elle. Je suis sûr de pouvoir la convaincre de faire équipe avec nous.

Personne ne répondit.

— Quoi ? lança Gideon sur un ton défensif.

— Je suis surpris que tu aies un ami, le taquina Ryan.

— Et je suis surpris que cet ami soit une femme, enchaîna Shawn. Tu les fais fuir, en général.

Nadia apprécia ce moment de légèreté et réprima un sourire.

Gideon, qui ne semblait pas partager son sentiment, fronça davantage les sourcils.

— Vous voulez que je l'appelle, oui ou non ? grommela-t-il.

— Oui, s'empressa-t-elle de répondre. Merci, Gideon.

Elle crut voir l'expression de Gideon s'adoucir, mais il baissa trop vite la tête pour qu'elle en soit certaine.

Les trois hommes rangèrent les documents étalés sur la table.

— Tout le monde est prêt ? demanda Ryan.

Shawn hocha la tête, et Gideon grogna.

— Je suis prête, répondit Nadia en essuyant ses mains moites sur son pantalon.

Alors que Shawn et Gideon se dirigeaient vers la porte, Ryan prit les mains de Nadia.

— Es-tu sûre de vouloir nous accompagner ? Même si tout se passe bien, ce sera un moment difficile pour toi, l'avertit-il.

Elle se hissa sur la pointe des pieds pour l'embrasser.

— Je dois le faire, répondit-elle. Ça ira.

Ryan l'attira dans ses bras et l'embrassa passionnément. Une minute plus tard, un raclement de gorge les incita à s'écarter l'un de l'autre.

— Ce sera bientôt fini. Ne t'en fais pas, lui assura Ryan.

16

Il faisait nuit quand Ryan gara la voiture qu'ils avaient louée à l'aéroport derrière une Nissan noire. Ryan et Shawn sortirent de la voiture en laissant Gideon avec Nadia.

Un homme d'une taille impressionnante émergea de la Nissan pour venir à leur rencontre.

Shawn leur avait parlé de Jeremiah Griffin pendant le trajet. Cet ancien policier devenu détective privé devait une faveur à Shawn. Il surveillait le petit bungalow que Nate avait loué depuis plusieurs heures.

— Un homme qui correspond à la description de votre cible est entré dans la maison à 18 h 28, dit Griffin sans préambule. Il semble regarder la télévision dans la première pièce depuis.

Ryan consulta sa montre. Il était 20 h 57. Nate était chez lui depuis près de deux heures et demie - assez longtemps pour se détendre.

— Comment veux-tu t'y prendre ? demanda Shawn.

— Puisque nous ne pouvons pas l'appeler, il va falloir frapper à la porte, répondit Ryan.

— Et s'il n'ouvre pas ? s'inquiéta Jeremiah.

— Vous n'êtes plus dans la police, n'est-ce pas ? dit Ryan en haussant un sourcil.

Jeremiah esquissa un sourire.

— C'est ce qu'on m'a dit.

Ryan envoya Jeremiah et Shawn couvrir la porte de derrière et gravit les marches du perron. Il avait dégainé son arme, mais il la garda le long de sa cuisse pour ne pas attirer l'attention des voisins.

Il frappa à la porte.

— Nate ! Je m'appelle Ryan West. Je viens de la part de Nadia. Ouvrez !

Un rideau bougea.

— Je ne suis pas très discret devant votre porte, ajouta Ryan. Si vous me laissiez entrer pour qu'on discute ?

— Qu'est-ce qui me prouve que c'est bien Nadia qui vous envoie ? demanda Nate depuis l'autre côté de la porte.

Ryan secoua la tête. Nate venait d'indiquer sa position en parlant. S'il avait eu affaire à un homme de main de Smith, il se serait déjà fait tuer.

Ryan envoya un texto à Gideon. Quelques secondes plus tard, Nadia et Gideon sortirent de la voiture.

— Regardez par la fenêtre ! lança Ryan.

Le rideau bougea une nouvelle fois.

— Ça pourrait être une ruse, dit Nate. Vous pourriez l'avoir enlevée pour m'inciter à ouvrir la porte.

Ryan serra les dents. Nate était lâche et commençait à lui taper sur les nerfs.

— Si j'avais voulu vous tuer, vous seriez déjà mort, répondit-il. Maintenant, ouvrez la porte !

De longues secondes s'écoulèrent avant que la porte ne s'ouvre lentement.

Nate écarquilla les yeux quand il vit l'arme que Ryan pointait sur lui.

— Y a-t-il quelqu'un avec vous ? demanda Ryan.

— Non.

— Asseyez-vous ! ordonna Ryan en indiquant le canapé du petit salon.

Ryan inspecta les autres pièces de la maison, puis il fit entrer Shawn et Jeremiah par la porte de derrière.

Ryan s'assit en face du canapé tandis que Shawn et Jeremiah montaient la garde près des fenêtres.

— C'est vrai que vous venez de la part de Nadia ? demanda Nate.

— Oui. Elle s'inquiète pour vous.

Ryan envoya un nouveau texto à Gideon.

Moins d'une minute plus tard, Nadia entra dans la maison. Ses yeux tombèrent aussitôt sur Nate.

— Nate, murmura-t-elle.

Elle traversa la pièce et se jeta dans les bras de son frère sans lui laisser le temps de se lever.

Ryan avait envie de leur laisser un moment pour se retrouver, mais ils étaient pressés. Ils devaient convaincre Nate que le seul moyen de les sortir, Nadia et lui, de la situation dans laquelle il les avait placés était qu'il rentre à New York et collabore avec la police pour faire tomber Smith.

— Je suis désolé de vous interrompre, mais il faut qu'on parle, intervint Ryan.

Nadia s'écarta de son frère et surprit tout le monde en lui décochant un coup de poing dans la mâchoire.

Ryan bondit et saisit le bras de Nadia avant qu'elle ne frappe Nate une deuxième fois.

— Comment as-tu pu faire ça ? s'écria-t-elle. Comment as-tu pu être aussi stupide et égoïste ?

— Je suis désolé, balbutia Nate en se frottant la joue. Les choses m'ont échappé si vite…

— Assieds-toi, dit Ryan à Nadia en l'entraînant vers le fauteuil qu'il venait de quitter.

Il s'aperçut qu'elle tenait la main avec laquelle elle venait de frapper son frère.

— Je vais voir s'il y a de la glace dans le congélateur, dit Jeremiah qui s'en était aussi rendu compte.

— Votre oncle nous a raconté l'essentiel de l'histoire, mais je pense que vous devez une explication à votre sœur, commença Ryan.

— Il doit une explication à tout le monde, le corrigea Nadia en fusillant son frère du regard. Ryan et moi nous sommes retrouvés à l'hôpital à cause de tes mensonges, Nate !

— Oncle Erik m'a raconté ce qu'il s'était passé. Je ne me doutais pas que ça irait aussi loin, se défendit Nate.

Ryan l'observa. Nate n'était plus le président de chaîne hôtelière plein d'assurance qu'il avait vu en photo sur Internet. Il avait maigri, et ses yeux étaient cernés. Les onze derniers mois avaient laissé des traces… mais Ryan ne parvint pas à le plaindre.

— Comment t'es-tu retrouvé dans un partenariat avec Lincoln Smith ? demanda Nadia.

Nate déglutit.

— Tu as parlé à Smith ?

Jeremiah revint dans la pièce avec un torchon rempli de glaçons qu'il tendit à Nadia. Elle le remercia d'un signe de tête.

— Smith s'est introduit dans le bureau de Nadia et a exigé qu'elle vous livre dans un délai de quarante-huit heures, répondit Ryan à la place de Nadia.

Nate jeta un regard affolé à sa sœur.

— Et tu vas le faire ?

— Bien sûr que non, soupira Nadia.

Les épaules de Nate s'affaissèrent.

— C'était censé être un petit projet immobilier, expliqua-t-il. Mais il est devenu de plus en plus important. J'ai cru que je pouvais le gérer. Je voulais prouver que je n'étais pas juste le fils de mon père. Mais je n'ai pas réussi à rassembler ma part de la somme avant l'expiration de l'option. Je n'avais même pas dix millions pour rembourser Smith. Je sais qui est cet homme… Je savais qu'il ne me laisserait pas m'en tirer comme ça.

Ryan eut envie de le gifler. Smith était un criminel mais il n'était pas stupide. Le faux accident de voiture ne pouvait pas marcher. Nate avait eu beaucoup de chance de survivre aussi longtemps.

— Nous vous ramenons à New York, annonça Ryan. Nadia ne veut pas vous livrer à Smith, alors que ce serait la meilleure option pour elle et que vous le méritez.

Nate releva vivement la tête.

— Vous croyez que je ne le sais pas ? Je me rends bien compte que je suis lâche.

— On va essayer de vous sortir de ce cauchemar, mais vous devez nous accompagner à New York, reprit Ryan. Alors ? Que comptez-vous faire ? Nous suivre ou laisser votre sœur faire face à Smith toute seule ?

Ils ramèneraient Nate à New York d'une manière ou d'une autre, mais il rentrerait peut-être de son plein gré s'il comprenait bien dans quelle situation il avait placé sa sœur.

Nate fixa ses pieds pendant de longues secondes.

— Nate ? l'encouragea Nadia.

Il releva la tête et soutint le regard de sa sœur.

— Je vous suis, soupira-t-il.

17

Il était presque 2 heures du matin quand ils rentrèrent dans la maison sécurisée du New Jersey. Nadia était émotionnellement épuisée. Nate ne lui avait pas adressé un mot pendant le trajet et une part d'elle s'en réjouissait. Pourraient-ils jamais retrouver une relation normale alors qu'il y avait tant de colère et de distance entre eux ? Elle devait se contenter d'être soulagée qu'il soit en vie pour le moment.

Nate resterait dans cette maison avec Ryan et elle jusqu'à ce que la situation s'éclaircisse. Comme il était tard, Shawn décida d'y dormir aussi.

Nadia se coucha et fixa le plafond. Malgré son épuisement, elle ne se sentait pas capable de dormir.

Après de longues minutes, la porte s'ouvrit doucement.

— Es-tu réveillée ? chuchota Ryan.

— Oui, répondit-elle en se redressant. J'espérais que tu viendrais.

Ryan se glissa dans le lit et l'attira dans ses bras.

— Comment te sens-tu ? murmura-t-il. Honnêtement ?

— J'ai du mal à croire que c'est réel. Je commençais juste à m'habituer à l'idée que Nate était mort et le voilà de retour.

Elle glissa une jambe sur celles de Ryan et posa une main sur son torse.

— Je suis contente qu'il soit en vie, mais…

Ryan déposa un baiser sur son front.

— Il vous faudra du temps pour vous retrouver, la coupa-t-il. Ne sois pas trop pressée.

— Je ne veux pas parler de Nate ou de mafieux pour le moment, dit-elle en plongeant son regard dans celui de Ryan. Je veux juste oublier.

Elle glissa sa main dans le pantalon de pyjama de Ryan.

— Aide-moi à tout oublier, s'il te plaît, murmura-t-elle.

Ryan l'embrassa langoureusement et couvrit son corps de caresses avant de lui retirer sa chemise de nuit. Alors il prit le temps de découvrir ses zones érogènes du bout des lèvres et des doigts.

Le fait qu'ils essaient d'être silencieux pour ne pas éveiller leurs frères aiguisa la libido de Nadia.

— S'il te plaît, Ryan, gémit-elle.

Il emprisonna ses poignets d'une main au-dessus de sa tête.

— Je suis désolé, mademoiselle Shelton, mais ce corps splendide m'appartient, pour le moment. Je veux le connaître tout entier.

Il continua à la caresser jusqu'à lui faire perdre la raison. Alors il la pénétra si lentement qu'elle faillit avoir un orgasme sur-le-champ.

Ils restèrent immobiles un moment, puis Ryan se mit à aller et venir, lentement, d'abord, puis de plus en plus vite.

Il pressa ses lèvres contre les siennes quand elle atteignit le sommet de la jouissance et l'y rejoignit quelques instants plus tard.

En reprenant leur souffle, ils se murmurèrent des paroles affectueuses qui les incitèrent à faire l'amour une deuxième fois.

Quand Nadia se réveilla, un peu plus tard, le jour n'était pas encore levé.

Elle désirait tant Ryan, quand il l'avait rejointe, qu'elle n'avait pas songé un instant à sa blessure. Elle souleva le drap pour l'examiner.

— Je vais bien, dit-il d'une voix pâteuse.

— Je voulais juste m'en assurer. Je n'ai pas besoin d'une raison de plus de me sentir coupable.

Ryan roula au-dessus d'elle.

— Tu n'as aucune raison de te sentir coupable. Je pourrais supporter bien pire pour toi.

Elle ne put s'empêcher de sourire.

Il l'embrassa longuement.

— Je devrais peut-être retourner dans ma chambre, dit-il en s'écartant.

Elle se raidit.

— Ce que je veux dire, c'est que tu ne veux peut-être pas que Shawn et Nate sachent qu'on a passé la nuit ensemble, précisa-t-il.

Elle se détendit et pouffa.

— Il est un peu tard pour te soucier de ma réputation, tu ne crois pas ?

— Je dis juste qu'il y aura un moment bizarre quand on sortira de cette chambre à moitié nus.

Elle le serra dans ses bras.

— Je ne me soucie pas que nos frères ou qui que ce soit sachent qu'on a passé la nuit ensemble, répondit-elle. Je ne me soucie que de toi.

Ce qu'elle ressentait était plus intense que cela. Elle l'aimait. Mais elle avait peur de le faire fuir si elle le lui disait maintenant.

— Je crois qu'on pourrait avoir une belle relation, si tu étais prêt à essayer, ajouta-t-elle.

Il écarta une mèche de son visage et l'embrassa avant de répondre :

— Je suis prêt à essayer.

C'était tout ce qu'elle avait besoin d'entendre. Elle était sûre que Ryan et elle pouvaient être très heureux s'ils s'en donnaient la peine.

À son réveil suivant, le soleil se glissait entre les rideaux, et elle était seule dans le lit. Elle jeta un coup d'œil à la pendule. Il était plus de 8 heures. Même si elle n'en avait pas envie, il fallait bien qu'elle se lève.

Dès que les choses se seront calmées, on passera une journée entière au lit, songea-t-elle.

Contrairement à l'appartement de Ryan, cette maison n'avait qu'une seule salle de bains.

Quand elle ouvrit la porte de la chambre, elle entendit des voix dans la cuisine.

— Tu es notre meilleur stratège. On a besoin de toi. Dale peut monter la garde à l'hôtel.

— Je peux très bien organiser l'opération depuis l'hôtel.

Shawn et Ryan se turent lorsque Nadia entra dans la cuisine.

— N'arrêtez pas de vous disputer à cause de moi, je vous en prie, dit-elle en se servant un café.

— On ne se disputait pas, se défendit Ryan.

Shawn fronça les sourcils.

— Si, on se disputait, parce que ton plan est stupide et qu'il ne marchera pas.

Nadia réprima un sourire.

— Quel est…, commença-t-elle.

— Mon plan n'est pas stupide ! s'écria Ryan en croisant les bras.

— Quel est…, répéta Nadia.

— Tu es le meilleur pour diriger les opérations, répondit Shawn.

Agacée, Nadia posa sa tasse, ouvrit le robinet de l'évier, prit de l'eau dans ses mains et les aspergea.

— Eh ! s'écrièrent les deux frères en même temps.

Ils braquèrent leurs regards furieux sur elle.

— Arrêtez de m'ignorer, ordonna-t-elle. Quel est le problème ?

— Je veux que l'équipe se charge de coordonner l'opération pour rester à l'hôtel avec toi, répondit Ryan.

— Je ne veux pas que tout rate à la dernière minute parce que le meilleur homme de l'agence fait du baby-sitting plutôt que son travail, déclara-t-elle.

— Je n'ai pas dit qu'il était le meilleur homme de l'agence, intervint Shawn.

Ryan et elle ne tinrent aucun compte de sa remarque.

— S'il faut que tu sois à ton quartier général, alors vas-y, poursuivit Nadia. Smith nous a accordés quarante-huit heures. Je serai prudente, mais il nous reste moins d'une journée.

— Que se passe-t-il ? demanda Nate en entrant dans la cuisine en caleçon et pieds nus.

Shawn posa une main sur son épaule.

— Allons dans le salon, lui dit-il. Je sens que la conversation qui s'annonce n'est pas faite pour être entendue par des frères.

— Crétin ! grogna Ryan quand Shawn entraîna Nate hors de la cuisine.

Nadia pouffa.

— Il t'aime et tu l'aimes, dit-elle. Réjouis-toi de l'avoir.

Ryan se tourna vers elle, l'air inquiet.

— Je ne veux pas te laisser seule.

— Je ne serai pas seule à l'hôtel, lui fit-elle remarquer. Et Dale me protégera, non ?

— Oui, grommela Ryan.

Elle l'embrassa.

— Tout ira bien, lui assura-t-elle.

— C'est juré ?

— C'est juré.

18

Ryan escorta Nadia à l'hôtel et la confia à Dale avant de repartir. Toutes les pensées qu'elle avait refoulées dans un coin de son esprit en présence de Ryan l'assaillirent d'un seul coup. Et s'ils ne réussissaient pas à faire arrêter Smith ? Et s'ils réussissaient ? Nate avait simulé sa mort. Il avait probablement violé des lois. Heureusement, elle n'avait pas dépensé un centime de son assurance vie. Elle devait consulter un avocat. Dans d'autres circonstances, elle aurait demandé conseil à son oncle Erik, mais elle n'avait aucune envie de lui parler.

Ses craintes accompagnèrent Nadia dans tous ses rendez-vous de la matinée.

— Et si tu prenais le reste de la journée, suggéra Olivia en début d'après-midi, alors que Nadia venait d'appeler la banque.

— J'ai mal géré le coup de fil ? s'inquiéta Nadia.

— Non, mais tu es distraite, répondit Olivia. Et c'est bien compréhensible.

— Je suis désolée. Je t'ai laissée t'occuper de l'hôtel toute seule pendant plusieurs jours et je ne suis même pas vraiment là maintenant que je suis revenue.

— Ce n'est pas grave, lui assura Olivia.

— Si, c'est grave. Et puisque tu t'en es si bien sortie, je voulais te proposer une promotion, si ça t'intéresse.

Olivia haussa un sourcil.

— Ça m'intéresse.

— J'assure toutes les fonctions de Nate en plus des miennes depuis un an, mais ce n'est pas une solution durable. J'ai besoin que quelqu'un m'aide à gérer tous les hôtels et à développer la chaîne. J'ai pensé que ça pourrait être toi.

— Oui ! s'écria Olivia.

Nadia éclata de rire.

— J'aurais dû te le proposer il y a bien longtemps, dit-elle. Que penses-tu du titre de vice-présidente des opérations de la chaîne ?

Olivia bondit de sa chaise et vint prendre Nadia dans ses bras.

— Merci !

— Merci à toi, répondit Nadia. Je n'aurais jamais survécu aux onze derniers mois et encore moins à cette dernière semaine sans toi. Tu mérites ce poste.

— Tu as dû gérer beaucoup de choses, dit Olivia en retournant s'asseoir.

Nadia soupira.

— On peut le dire.

Elle n'aimait pas avoir de secrets pour Olivia, mais il valait mieux que personne ne sache que Nate était en vie tant que la situation ne s'était pas arrangée. Pour ne pas inquiéter son amie, elle ne lui avait même pas parlé de l'attaque de Taras dans l'appartement de Ryan.

— Où est Ryan, au fait ? demanda Olivia comme si elle pouvait lire dans son esprit. Il te suivait comme ton ombre, ces derniers jours. S'est-il passé quelque chose entre vous ?

Nadia se sentit rougir.

— Mon Dieu ! s'écria Olivia. Il s'est passé quelque chose entre vous ! Avez-vous…

— Olivia ! la coupa Nadia en se réjouissant que Dale ait préféré monter la garde devant la porte du bureau.

— J'en étais sûre ! s'écria Olivia. Il était temps. Ça fait plus d'un an que vous vous tournez autour. Je commençais à penser que vous n'arriveriez jamais à rien.

— Je n'ai tourné autour de personne, se défendit Nadia.

— Oh que si ! insista Olivia. Alors ? Donne-moi les détails.

— Il n'en est pas question. Ce bureau est un lieu de travail.

— Très bien. Dans ce cas, allons boire un verre ce soir. Tu n'as pas le choix ! Il faut bien qu'on fête ma promotion.

Nadia hésita.

— D'accord, mais on ne fait que fêter ta promotion, répondit-elle.

— C'est juré. Dis-moi juste si Ryan embrasse bien. Je suis sûre qu'il embrasse bien.

Ryan avait embrassé Nadia mieux que personne, mais elle n'avait pas l'intention de répondre à cette question. Pas avant d'avoir bu plusieurs cocktails, du moins.

— D'accord, je te casserai les pieds tout à l'heure, se rendit Olivia. Mais où est-il, par ailleurs ? Est-ce que tout va bien ?

— Il suit une piste, répondit Nadia le plus vaguement possible. Il sera là demain.

— Tant mieux, dit Olivia. Ça signifie qu'il progresse. Je me suis tellement inquiétée pour toi, ces derniers jours…

— Et je m'inquiète pour Ryan, avoua Nadia. En plus d'avoir été blessé, il s'est fait arrêter à cause de moi.

Olivia grimaça.

— Mike Dexter est une sale brute. Je n'en reviens pas qu'il t'ait sauté dessus comme il l'a fait !

— Ryan fait tant pour moi…, reprit Nadia. Il me protège et il cherche le responsable de tout ce qu'il m'est arrivé.

J'aimerais pouvoir faire quelque chose pour que Mike le laisse tranquille.

— Et si tu allais lui parler ? suggéra Olivia. Je sais qu'il n'est pas connu pour sa compassion, mais il doit bien avoir un cœur quelque part. Tu n'as rien à perdre, en tout cas.

— Je ne suis pas du tout sûre qu'il ait un cœur, mais…

Une idée germa dans l'esprit de Nadia.

Il ne servait à rien de faire appel aux sentiments de Mike. Il ne s'intéressait qu'à l'argent. En revanche, elle avait quelque chose qui l'intéressait. À la réflexion, elle tenait même sa carrière entre ses mains.

— Je reviens dans quelques heures, annonça Nadia.

Elle sortit son sac d'un tiroir et fonça vers la porte.

Olivia éclata de rire.

— Tu vas aimer avoir quelqu'un à qui tout déléguer, n'est-ce pas ? la taquina-t-elle.

— Je crois bien que oui, répondit Nadia.

Trois quarts d'heure plus tard, Nadia se tenait à la réception du quartier général des hôtels Aurora, à Tribeca. Dale était à quelques pas derrière elle. L'hôtesse d'accueil avait cessé d'être polie quand elle avait découvert que Nadia n'avait pas de rendez-vous.

— Comme je vous l'ai expliqué, M. Dexter ne reçoit pas n'importe qui, dit celle-ci.

— Et comme je vous l'ai expliqué, je ne suis pas n'importe qui, répliqua Nadia en s'efforçant de garder son calme. Je m'appelle Nadia Shelton. Je suis la présidente des hôtels Shelton, et M. Dexter et moi sommes au milieu d'une négociation. Il voudra me voir même si je n'ai pas de rendez-vous.

La femme observa Nadia de la tête aux pieds avec l'air de ne pas pouvoir croire qu'elle soit présidente de quoi que ce soit puis reporta son attention sur la carte de visite que Nadia lui avait tendue en arrivant.

— Quoi qu'il en soit, M. Dexter ne reçoit que sur rendez-vous, conclut-elle.

Nadia n'avait ni le temps ni la patience de se prêter à ce bras de fer.

— Dites à M. Dexter que si je ne suis pas dans son bureau dans deux minutes, la police viendra l'arrêter dans un quart d'heure.

L'hôtesse d'accueil lui jeta un regard sceptique.

— Voulez-vous vraiment courir le risque que ce ne soit pas du bluff ? la défia Nadia.

Visiblement, l'hôtesse d'accueil ne voulait pas prendre cette décision elle-même. Elle décrocha son téléphone et tourna le dos à Nadia. Elle raccrocha une minute plus tard.

— M. Dexter va vous recevoir, annonça-t-elle. Prenez le couloir qui se trouve sur votre droite. L'assistante de M. Dexter vous escortera jusqu'à son bureau.

Dale voulut la suivre. Nadia se retourna et tendit la main.

— Restez ici, lui dit-elle. Je ne risque rien.

Dale secoua la tête.

— Ryan ne veut pas que je vous laisse seule, répondit-il.

— Il y a des dizaines de personnes dans ce bâtiment, insista-t-elle.

Comme il n'avait toujours pas l'air convaincu, elle ajouta :

— Si je ne suis pas revenue dans un quart d'heure, je vous autorise à venir me chercher en assommant tout le monde sur votre passage, ça vous va ?

Dale alla s'asseoir avec une moue contrariée.

Nadia suivit les instructions de l'hôtesse d'accueil. Une petite blonde aux lèvres pincées vint à sa rencontre dans le couloir.

— M. Dexter est un homme très occupé, dit-elle. Il ne peut vous accorder que quelques minutes.

— Je n'ai besoin que de quelques minutes, répondit Nadia en fonçant vers la porte sur laquelle était posée une plaque au nom de Mike.

Nadia l'ouvrit sans attendre que l'assistante annonce son arrivée. Celle-ci entra dans le bureau de Mike sur les talons de Nadia pour bafouiller des excuses.

— Ce n'est pas grave, Portia, dit Mike. Mlle Shelton et moi nous connaissons bien.

Portia fusilla Nadia du regard avant de quitter la pièce.

— Je peux difficilement me plaindre, puisque je t'ai déjà rendu visite sans me faire annoncer, accorda Mike à Nadia. Que puis-je faire pour toi ? Es-tu venue signer l'acte de vente ?

— J'étais occupée à gérer une chaîne d'hôtels, alors j'ai peut-être raté la nouvelle. Les poules ont-elles des dents ?

Mike fronça les sourcils.

— Si tu n'es pas venue pour les affaires, que fais-tu là ?

— Je suis venue pour faire affaire, mais ça n'a rien à voir avec les hôtels, répondit-elle. Je veux que tu retires ta plainte contre Ryan West.

Mike éclata de rire.

— Pourquoi ferais-je ça ?

— Parce que tu m'as agressée d'abord. Ryan n'a fait que me défendre.

— Allons ! s'écria Mike.

— Tu te prends peut-être pour un grand séducteur, mais nous ne sommes plus dans les années 1950. Embrasser une femme de force est un crime. J'ai prévenu le lieutenant Parsmons que j'irais le voir cet après-midi.

— Tu ne peux rien prouver, répondit Mike. Personne ne croira ton garde du corps. Mais je suis un homme raisonnable. Vends les hôtels Shelton à Aurora, et je retirerai ma plainte. Je t'accorderai même le poste que je t'ai proposé.

Il lui décocha un sourire triomphant.

— Il n'est pas nécessaire que quelqu'un croie Ryan, riposta-t-elle en posant ses mains sur le bureau. La caméra de sécurité a tout enregistré. Je me demande ce que tes actionnaires penseront du fait que le président de leur groupe se fasse arrêter pour harcèlement sexuel.

— Je ne te crois pas, grommela Mike.

Nadia se redressa et haussa les épaules.

— Comme tu voudras.

Elle sortit son téléphone de son sac.

— Je vais dire au lieutenant Parsmons que j'arrive, ajouta-t-elle en se dirigeant vers la porte.

Elle posa la main sur la poignée, le téléphone à l'oreille.

— Attends ! lui lança Mike.

Elle se retourna.

— Une minute, Mike. Je suis au téléphone.

— Raccroche, ordonna-t-il entre ses dents.

Elle raccrocha.

— Marché conclu ? demanda-t-elle.

Mike la fusilla du regard un long moment avant de répondre :

— Marché conclu.

— Parfait, dit-elle. Allons-y. Nous avons rendez-vous avec le lieutenant Parsmons pour que tu retires ta plainte. Je ne voudrais pas le faire attendre.

Nadia sautait presque de joie quand elle regagna son bureau avec Dale sur les talons.

— Déjà de retour ? lui lança Olivia.

— Mike a retiré sa plainte contre Ryan, annonça Nadia.

Olivia écarquilla les yeux.

— Quoi ? Comment as-tu fait ?

— J'ai employé ses méthodes contre lui. Je l'ai menacé de porter plainte contre lui.

— Du chantage, alors ?

Nadia esquissa un sourire.

— Je te soutiens totalement, lui assura Olivia. De toute manière, je n'ai jamais aimé Mike.

— Ai-je raté quelque chose ? demanda Nadia.

— Non, mais je suis contente que tu sois de retour. Il y a un problème en cuisine et une cliente veut te parler. Mme O'Sullivan, de la chambre 137. C'est une plaie depuis son arrivée hier soir.

— Comment ça, une plaie ? demanda Dale avec méfiance.

— Comme les autres plaies, répondit Olivia. La chambre dans laquelle on l'a mise hier soir n'était pas près d'une sortie de secours. Il manquait la télécommande dans celle dans laquelle on l'a transférée ce matin, et le thermostat ne marchait pas bien. Maintenant, il y a un problème dans la salle de bains, apparemment.

Olivia leva les yeux au ciel.

Dale se détendit.

— Je vais lui parler, soupira Nadia.

— Merci. Ça la calmera peut-être.

— Espérons-le, conclut Nadia.

Gérer les clients exigeants - impolis, parfois - faisait partie du travail. Nadia avait appris depuis longtemps à leur faire face sans y laisser trop d'énergie.

Dale la suivit hors du bureau.

La chambre 137 se trouvait au premier étage, près d'une sortie de secours qui donnait sur une allée étroite.

Nadia frappa à la porte. Quelques secondes plus tard, une petite femme aux cheveux gris coiffés en chignon lui ouvrit.

Nadia lui sourit et lui tendit la main.

— Bonjour, madame O'Sullivan. Je suis Nadia Shelton. J'ai cru comprendre que votre séjour n'avait pas été très plaisant jusqu'ici. Que puis-je faire pour arranger les choses ?

La femme serra la main de Nadia et jeta un regard méfiant à Dale.

— C'est le moins qu'on puisse dire, répondit-elle. J'avais lu d'excellentes critiques sur votre hôtel, mais il est évident qu'on ne peut pas s'y fier.

— Cette chambre vous plaît-elle davantage que celle dans laquelle vous étiez hier soir ? demanda Nadia en restant parfaitement calme.

— Certainement pas ! Le lavabo est cassé. Comment puis-je dormir avec un bruit d'eau qui s'égoutte ? Venez voir !

Mme O'Sullivan s'écarta de la porte et disparut dans la salle de bains. Nadia hésita un instant et jeta un coup d'œil à Dale avant de la suivre.

Mme O'Sullivan se planta au milieu de la salle de bains et continua à se plaindre. Dale suivit Nadia et resta dans la chambre, dont il ferma la porte derrière lui.

Nadia vit immédiatement le problème. Elle baissa la poignée du robinet d'un millimètre, ce qui fit cesser la fuite.

Tandis que Mme O'Sullivan se plaignait toujours, Nadia jeta un coup d'œil à Dale par-dessus son épaule. Il semblait aussi exaspéré qu'elle. Elle s'apprêtait à interrompre la cliente quand elle vit les portes du placard coulisser et un homme vêtu de noir en sortir.

Dale parut remarquer un changement dans son expression, mais il n'eut pas le temps de se retourner avant que l'homme en noir ne le frappe à la tête avec la batte de base-ball qu'il tenait.

Dale s'effondra, la tempe ensanglantée.

Alors Nadia sentit quelque chose s'enfoncer dans ses côtes.

— Tout se passera bien si tu te tiens tranquille, dit sur un ton bien plus menaçant Mme O'Sullivan qui ne s'appelait sans doute pas ainsi.

L'homme du placard jeta un coup d'œil dans le couloir.

— La voie est libre, annonça-t-il. Allons-y.

— Avance, ordonna la femme en poussant Nadia avec son arme.

En sortant de la chambre, Nadia espéra que quelqu'un verrait ce qui était en train de se passer.

— Je me dépêcherais, si j'étais toi, dit la femme comme si elle avait lu dans ses pensées. Je suis sûre qu'il ne serait pas bon pour les affaires qu'un de tes clients reçoive une balle.

L'homme poussa la porte de la sortie de secours sans que l'alarme ne se déclenche.

Une camionnette noire était garée dans l'allée.

— Monte ! ordonna l'homme après avoir ouvert les portes de derrière.

Nadia hésita et évalua ses chances d'échapper à ses ravisseurs en courant jusqu'au bout de l'allée. Elles étaient très minces.

— Monte ! répéta l'homme.

Nadia lui obéit. Dès qu'elle entra dans le véhicule, elle ressentit une douleur fulgurante derrière la tête et sombra dans le néant.

19

La salle de conférences du quartier général de l'agence était bondée quand Ryan y entra. Nate était toujours dans la maison, surveillé par un employé. Shawn avait déjà pris place à la table ovale et discutait avec Eugene. À l'autre bout de la pièce, Gideon parlait à voix basse à une femme magnifique aux cheveux courts qui devait être son amie du FBI.

Comme ils avaient tous les deux l'air tendu, Ryan s'interrogea sur la nature de leur relation.

— Voulez-vous bien me dire ce qui se passe ?

Ryan fit volte-face et se retrouva nez à nez avec le lieutenant Parsmons qui avait les sourcils froncés et les poings sur les hanches.

— Asseyez-vous donc, lieutenant, lui dit Ryan. On va commencer.

Gideon et la femme s'approchèrent. Ryan haussa un sourcil lorsqu'il vit Gideon tirer une chaise pour son amie.

— Commencer quoi ? grommela Parsmons en s'asseyant lourdement.

Ryan prit place à côté de lui.

— Vous m'avez appelé pour me dire que Nathan Shelton était en vie et exiger que je vienne immédiatement, poursuivit le lieutenant. Si Shelton est en vie, où est-il ? Et pourquoi y a-t-il un agent du FBI dans cette pièce ?

— L'agent Johnson est là pour nous aider, répondit Gideon d'une voix légèrement menaçante.

Ryan présenta ses collègues au lieutenant avant d'entrer dans le vif du sujet.

— Comme vous le savez tous, à présent, Nathan Shelton est en vie, dit-il.

Il exposa brièvement leur enquête, le rôle d'Erik Jackson et leur voyage à Richmond.

— Et où est Shelton ? demanda Parsmons.

— Dans l'une de nos propriétés, sous bonne garde, répondit Ryan. Il ne s'enfuira pas.

— Ça m'ennuie d'être du même avis que le lieutenant Parsmons, mais pourquoi ne le livrez-vous pas à la police ? demanda l'agent Johnson.

— Parce que nous travaillons pour Nadia Shelton, intervint Shawn. Notre cliente s'inquiète pour la sécurité de son frère.

— Elle s'inquiétera peut-être moins si je l'arrête pour complicité de fraude et protection d'un fugitif, grommela Parsmons. Qu'en pensez-vous ?

— Calmez-vous, lieutenant, dit Ryan en s'efforçant lui-même de garder son calme. Mlle Shelton ne veut pas protéger son frère de la police, mais de Lincoln Smith.

Il expliqua la raison pour laquelle Nate avait simulé sa mort.

— On vous a demandé de venir parce qu'on a un plan, lieutenant Parsmons, poursuivit-il. Mais nous avons besoin de l'aide de la police et du FBI.

— Je ne peux rien vous promettre, mais je vous écoute, répondit Parsmons en croisant les bras.

— Nous savons que le FBI essaie de faire tomber Smith depuis un moment, reprit Ryan.

L'agent Johnson acquiesça.

— Smith a accordé quarante-huit heures à Nadia pour lui livrer Nate, dit Ryan. Nous vous proposons de lui tendre un piège…

— Ça peut intéresser les fédéraux, mais qu'est-ce que la police a à y gagner ? l'interrompit Parsmons.

— Nate Shelton, répondit Ryan. Mlle Shelton comprend parfaitement que son frère a violé la loi et qu'il aura des comptes à rendre devant la justice. Elle pense juste qu'il ne mérite pas d'être exécuté par la mafia.

Parsmons y réfléchit quelques instants.

— Et comment comptez-vous vous y prendre ? demanda-t-il.

— Ça reste encore à déterminer, dit Shawn. Comme le FBI le sait, Smith est un vrai fantôme. Puisque nous n'avons pas de moyen de le contacter, nous devons attendre qu'il nous contacte. Et ça m'étonnerait qu'il se contente d'accepter nos suggestions.

— Smith fera tout son possible pour contrôler la situation, confirma l'agent Johnson.

— Nous devrons faire avec, reprit Ryan. Eugene est notre spécialiste des communications. Il fera en sorte qu'on reste tous en contact en permanence.

Eugene tapota l'écran de sa tablette.

— Il me sera facile de centraliser les communications, déclara-t-il.

— Et le FBI est prêt à jouer le jeu ? lança Parsmons à l'agent Johnson.

— Officiellement, non, répondit Johnson en haussant les épaules. Je ne suis même pas ici. Officieusement, on veut Smith.

— En d'autres termes, le FBI sera ravi de s'attribuer le crédit de l'opération si ça marche et n'en aura pas entendu parler si ça échoue, ricana Parsmons.

— Avez-vous une meilleure idée ? intervint Ryan. Parce que pas moi.

— Vous pourriez vous contenter de nous livrer Shelton et laisser les fédéraux s'occuper de Smith, suggéra Parsmons.

— Je ne crois pas que ce soit dans l'intérêt de la police, lieutenant, dit l'agent Johnson. C'est une occasion en or, pour nous. Si la police refuse de coopérer, je suis sûre que Nate Shelton a commis assez de crimes fédéraux pour tomber sous notre juridiction.

Le message était clair : soit la police était de la partie, soit elle était mise hors-jeu.

Parsmons fusilla l'agent Johnson du regard.

— Très bien, intervint Ryan pour calmer la situation. Je suis sûr que vous devez en référer à vos supérieurs l'un et l'autre. Si vous commenciez par faire ça ? Nous pouvons vous fournir des bureaux où vous serez tranquilles.

Tout le monde se leva. Gideon se chargea d'escorter le lieutenant Parsmons et l'agent Johnson. Eugene partit de son côté pour rassembler l'équipement dont il aurait besoin.

— Quelles sont les chances que ça marche ? demanda Shawn à Ryan quand ils se retrouvèrent seuls.

Ryan secoua la tête.

— Je ne sais pas. Il y a trop d'inconnues dans l'équation. Quoi qu'il arrive, notre priorité est de protéger Nadia.

Son frère acquiesça.

— Je vais l'appeler, ajouta Ryan. Je veux qu'elle soit en sécurité dans la maison quand on lancera l'opération.

Il tomba sur le répondeur et laissa un message demandant à Nadia de le rappeler le plus vite possible.

— Elle est peut-être en réunion, dit Shawn. J'appelle Dale.

Shawn mit le haut-parleur. Il tomba sur le répondeur de Dale.

Un frisson parcourut Ryan. Il était possible que Nadia soit en réunion, mais Dale aurait dû répondre.

Shawn raccrocha sans laisser de message et composa le numéro de Kevon, l'agent qui avait pris la place de Dale dans le hall de l'hôtel. Celui-ci répondit dès la première sonnerie.

— Je veux que tu trouves Mlle Shelton et Dale immédiatement ! lui dit Shawn.

Ryan n'entendit pas la réponse de Kevon parce que son téléphone sonna à cet instant.

Nadia, songea-t-il avec soulagement.

Il décrocha.

— Nadia !

— Désolé de vous décevoir, répondit Smith.

Ryan resta sans voix pendant quelques secondes, puis la colère le gagna.

— Où est Nadia ? rugit-il. Si vous lui avez fait du mal, je jure…

— Calmez-vous, monsieur West, le coupa Smith. Mlle Shelton va bien. Et il ne lui arrivera rien si vous me livrez Nate Shelton.

— Les quarante-huit heures ne sont pas écoulées.

— Néanmoins, vous avez déjà retrouvé Nate, d'après mes sources. Je savais que vous étiez doué, mais j'avoue que je suis impressionné.

— Relâchez Nadia !

— J'ai l'intention de le faire. Mlle Shelton n'est qu'une… petite garantie. Je la relâcherai quand vous me livrerez son frère.

L'estomac de Ryan se noua. Il aurait dû agir plus vite. Il n'aurait pas dû laisser Nadia quitter la maison ce matin.

Shawn posa une main sur son épaule pour lui apporter son soutien.

— Où ? demanda Ryan.

Smith lui fournit une adresse.

— Nous procéderons à l'échange dans une heure, monsieur West, conclut-il.

20

Quand Nadia revint à elle, elle était couchée sur un lit de camp. Elle se trouvait dans une grande pièce au plafond très élevé. Elle tourna la tête sur le côté et vit des fenêtres aux vitres sales. Il faisait nuit. Elle se redressa lentement et attendit que son vertige se dissipe. Elle avait une migraine et envie de vomir. Lorsqu'un bruit lui fit tourner la tête de l'autre côté, elle rencontra le regard de Lincoln Smith, qui était assis devant une petite table ronde.

— Il y a des comprimés d'aspirine et de l'eau sur la table qui se trouve près de vous, lui dit-il. Je suis sincèrement désolé que mon ami ait été aussi brutal. Je peux vous assurer que je lui ai expliqué comment on devait traiter une dame.

L'homme qui avait assommé Dale - et elle, sans doute - se tenait à quelques pas de Smith. Il baissa la tête d'un air penaud. Dès que Smith reporta son attention sur elle, l'homme releva la tête et fusilla son patron du regard.

Nadia avala deux comprimés d'aspirine avant de demander :

— Où sommes-nous ?

— Ne vous préoccupez donc pas des détails, répondit Smith en agitant la main.

— Pourquoi m'avez-vous enlevée ?

— Même si je déteste mêler des innocents à mes affaires,

je ne suis pas un homme patient. Malheureusement pour vous, vous êtes le meilleur moyen de contraindre M. West et votre frère à faire ce que je veux.

Le sang de Nadia se glaça.

— Nate…

— Je me doute que cette situation est pénible pour vous, lui dit Smith.

— J'ai de l'argent. Ça me prendra un peu de temps, mais je peux rassembler six millions. Je vous donnerai six millions si vous laissez Nate tranquille, proposa-t-elle.

Smith la regarda avec compassion.

— C'est en faisant des promesses qu'il ne pouvait pas tenir que votre frère s'est attiré des ennuis, lui rappela-t-il. Ne commettez pas la même erreur.

— C'est plus de la moitié de ce que Nate vous doit, insista Nadia.

Smith se leva et s'approcha d'elle.

— Il ne s'agit plus d'argent, à ce stade, répondit-il. Je ne peux pas me permettre d'être humilié de la sorte. Mes fréquentations le verraient comme une faiblesse impardonnable.

Un téléphone posé sur la table ronde sonna. Smith alla le ramasser, décrocha, puis raccrocha une dizaine de secondes plus tard sans avoir prononcé un mot.

— Ils sont là. Enferme-la dans un bureau ! ordonna-t-il à son homme de main.

L'homme saisit le bras de Nadia et l'entraîna brutalement vers une rangée de bureaux qui occupait un côté de l'entrepôt. Il la poussa dans celui du milieu et en verrouilla la porte. Nadia balaya la petite pièce du regard. Elle ne contenait qu'un bureau en métal placé contre l'un des murs.

Elle examina la serrure de la porte. Celle-ci était de si mauvaise qualité qu'il serait sans doute facile de la casser, mais à quoi bon puisque Smith se trouvait de l'autre côté de la porte ? Nadia lutta contre la panique. Elle ne pouvait pas pour autant rester sans rien faire alors que Ryan et Nate étaient sur le point de tomber dans un piège.

Elle entendit des voix dans l'entrepôt.

— Où est Nadia ?

Ryan !

— Allons, monsieur West, dit Smith. Je vous ai promis qu'il ne lui arriverait rien et je suis un homme de parole.

— Où est Nadia ? répéta Ryan, visiblement fou de rage.

— Mademoiselle Shelton, auriez-vous l'obligeance de dire à M. West que vous êtes pleinement satisfaite ?

Nadia ne se sentait pas pleinement satisfaite, mais Ryan avait besoin de retrouver son sang-froid.

— Je vais bien ! cria-t-elle. Je suis enfermée dans l'un des bureaux.

— Tiens bon ! répondit Ryan. Je vais te sortir de là.

À moins qu'elle ne sorte de là toute seule, songea-t-elle. De l'autre côté de la porte, Ryan et Smith commencèrent à se disputer sur les termes de l'échange. Ryan ne voulait pas livrer Nate avant qu'elle ne soit hors de danger. Smith n'était pas d'accord.

Elle leva les yeux. Le bureau avait un faux plafond. Les dalles ne supporteraient certainement pas son poids, mais elle pouvait grimper sur le mur.

Pour aller où ? songea-t-elle.

Retourner dans l'entrepôt au milieu d'hommes qui portaient sans doute plus d'armes qu'elle n'en avait jamais vues n'était pas une bonne idée. Mais rester là non plus. Si elle pouvait au moins se déplacer d'un ou deux bureaux, elle gagnerait l'élément de surprise.

Elle grimpa sur le bureau et repoussa l'une des dalles les plus proches du mur.

Après une grande inspiration, elle sauta et se hissa sur la paroi étroite.

— Je perds patience, entendit-elle Smith grommeler. Livrez-moi M. Shelton si vous ne voulez pas que j'abatte votre petite amie.

Nadia n'attendit pas la réponse de Ryan pour se remettre en mouvement.

Il manquait plusieurs dalles au faux plafond du bureau voisin. Elle s'approcha d'un trou, regarda en contrebas et fut soulagée de voir un bureau contre le mur. Contrairement à la pièce dont elle venait de s'enfuir, celle-ci avait une petite fenêtre près de la porte.

Elle descendit sur le bureau. Comme elle eut l'impression de produire un vacarme en y atterrissant, elle resta immobile pendant plusieurs secondes en retenant son souffle. Personne ne se précipita dans la pièce.

Un tas de vêtements sales, dans un coin, attira l'attention de Nadia. Il lui fallut un moment pour comprendre qu'il y avait quelqu'un dedans.

Smith avait donc retrouvé et puni son employé indocile. Taras Ledebev gisait par terre, le visage tuméfié. Sa respiration laborieuse indiquait qu'il était dans un état critique.

La porte de l'entrepôt grinça.

— Monsieur Shelton ! s'écria Smith. Je suis ravi que vous vous joigniez enfin à nous.

Nadia descendit du bureau et jeta un coup d'œil par la fenêtre.

Ryan et Nate se tenaient côte à côte près de la porte. Ryan avait une arme braquée sur Smith qui lui rendait la pareille.

Il n'était pas question qu'elle laisse Nate se livrer à un tueur pour la sauver.

— Je suis là, dit Nate. Relâchez ma sœur.

Elle entendit la porte du bureau voisin s'ouvrir.

— Elle n'est plus là, dit l'homme de main de Smith.

— Qu'est-ce que ça signifie ? rugit Ryan.

— Elle doit être dans l'une de ces pièces, dit Smith. Trouve-la !

Nadia chercha un moyen de se défendre et repéra un balai dans un coin du bureau. Ce n'était pas grand-chose, mais c'était toujours mieux que rien.

Elle s'arma du balai et se posta près de la porte.

Celle-ci s'ouvrit quelques secondes plus tard, et l'homme de main de Smith entra, l'arme au poing.

Nadia le frappa à l'estomac de toutes ses forces. Il se plia en deux. Elle souleva le balai pour le lui abattre sur le crâne, mais il fut plus rapide qu'elle. Il se redressa et pointa son arme sur elle.

— C'est une mauvaise idée, grommela-t-il. Lâchez ça.

Nadia lâcha le balai.

— Sortez ! ordonna l'homme en s'écartant de la porte pour la laisser passer.

Il avait encore le souffle court, et elle en tira un peu de fierté.

— Je vous accorde que vous êtes une dure à cuire, mademoiselle Shelton, dit Smith sans quitter Ryan des yeux. Mais j'en ai assez de ces petits jeux. Pouvons-nous procéder à l'échange, monsieur West ? Mlle Shelton se dirigera vers vous en même temps que M. Shelton viendra vers moi. Ça vous va ?

Ryan hocha la tête.

— Très bien. Avancez ! ordonna Smith. Pas trop vite.

Nadia et Nate firent un premier pas, puis un deuxième.

Nadia eut l'impression de participer à une étrange marche nuptiale symétrique, sauf que ce n'était pas un jour heureux. Nate allait vers sa mort.

Nadia s'arrêta quand Nate et elle furent au même niveau.

— Je suis désolé pour tout, murmura Nate, les larmes aux yeux.

— Ne fais pas ça, sanglota Nadia. Ne te sacrifie pas pour moi.

— Ne t'en fais pas, petite sœur. Tout ira bien. Continue à marcher, répondit Nate avant de faire un nouveau pas vers Smith.

— Viens vers moi, chérie, l'encouragea Ryan.

La mort dans l'âme, elle se remit à marcher.

Elle eut l'impression que cela avait pris des heures, mais elle finit par rejoindre Ryan.

— Sors d'ici, chérie, lui dit-il. Je te rejoins dans une minute.

— Non, protesta-t-elle. Pas sans Nate…

Alors deux grands bras parurent jaillir de nulle part pour la tirer dehors.

Aussitôt après, elle entendit des bruits de verre brisé, des cris, trois explosions et une série de détonations.

Elle sentit qu'on la soulevait et se retrouva la tête en bas contre un dos musclé.

Quelques secondes plus tard, on la reposa sur ses pieds et elle rencontra le regard de Shawn.

Elle tourna la tête vers l'entrepôt, d'où s'échappaient des flammes et de la fumée.

— Ryan ! cria-t-elle.

Shawn enroula un bras autour de sa taille pour l'empêcher de se précipiter au secours de son frère.

— Non, dit-il. Vous devez vous faire examiner par les infirmiers de l'ambulance.

— Mais Nate et Ryan sont encore là-bas !

— Ryan sait ce qu'il fait, répondit Shawn. Si quelqu'un

peut sortir votre frère de là, c'est lui. Et la première chose que Nate et lui voudront savoir, c'est que vous allez bien.

Nadia laissa Shawn l'entraîner vers les ambulances. Il avait raison. Le mieux qu'elle pouvait faire, c'était de ne gêner personne.

Il y avait des gens partout. Certains portaient des vestes du FBI, d'autres des tenues noires et des gilets pare-balles.

Ryan et Nate en portaient-ils ?

Elle savait reconnaître un coup de feu, et il y en avait eu assez pour les tuer tous les deux.

Elle fixa l'entrepôt en priant pour que Ryan et Nate en sortent. Elle ne les avait toujours pas vus quand trois camions de pompiers arrivèrent.

— Nadia…

Elle reconnut la voix de son frère, tourna la tête et vit Nate approcher en s'appuyant lourdement sur Ryan. Elle courut à leur rencontre. Comme elle ne savait pas lequel des deux enlacer en premier, elle les enlaça ensemble.

Nate gémit de douleur. Nadia s'écarta aussitôt et le regarda avec inquiétude.

— Il a pris deux balles dans le torse, mais il portait un gilet, expliqua Ryan. Rien de grave. Il aura des hématomes pendant quelques jours.

Ryan aida Nate à s'allonger sur une civière et s'écarta pour laisser les infirmiers s'occuper de lui.

Nadia se blottit dans les bras de Ryan.

— Merci, murmura-t-elle.

Une femme s'approcha de Nate.

— Monsieur Shelton, je suis l'agent Kenzi Johnson, du FBI. Je vous accompagne à l'hôpital.

Nadia se raidit, mais elle savait déjà que Nate aurait des comptes à rendre. Quelles que soient les conséquences de ses actes, ils y feraient face ensemble. Surtout, Nate et Ryan étaient en vie. C'était le principal.

— Je passerai te prendre à l'hôpital, annonça Gideon à l'agent Johnson.

— Ce ne sera pas nécessaire, répondit-elle sèchement.

— Je m'arrêterai à ton *coffee shop* préféré en chemin, ajouta Gideon comme si l'agent Johnson n'avait rien dit. Latte au caramel ?

L'agent Johnson grogna.

— Très bien. Fais ce que tu veux. Je n'ai pas le temps de me disputer avec toi. J'ai un témoin à interroger.

Elle monta dans l'ambulance de Nate.

Le sourire de Gideon abasourdit Ryan, Shawn et Nadia.

— Je n'en reviens pas ! balbutia Shawn en regardant Gideon s'éloigner. Gideon et toi avez des copines, et je suis célibataire. Comment est-ce possible ?

Ryan posa une main sur l'épaule de son frère.

— Ne t'impatiente pas, frérot, lui dit-il. L'amour nous tombe dessus quand on s'y attend le moins.

21

Ryan avait tiré sur Smith et sur l'homme qui avait enlevé Nadia. Smith avait survécu à sa blessure, mais l'autre homme n'avait pas eu autant de chance. Taras non plus. Ils étaient tous les deux morts avant d'atteindre l'hôpital. Cela inspirait des sentiments partagés à Nadia. D'un côté, c'étaient des criminels ; de l'autre, elle se sentait un peu responsable de leur mort.

Une chose était certaine : elle n'aurait plus besoin de s'inquiéter à cause de Smith. Le FBI l'avait arrêté et il passerait le restant de ses jours en prison, d'après l'agent Johnson.

— Il n'y a pas que le FBI qui a de bonnes nouvelles, dit le lieutenant Parsmons quand l'agent Johnson se tut. Nous avons arrêté un homme alors qu'il essayait de mettre le feu à un magasin de Manhattan. Un pyromane professionnel. Il nous a vite fourni la liste de ses clients, dont un certain Mike Dexter.

Nadia écarquilla les yeux.

— Quoi ? Pourquoi ?

— M. Dexter a tout de suite engagé un avocat, mais le pyromane tenait un carnet très détaillé au cas où il se ferait prendre, répondit Parsmons. M. Dexter a requis ses services pour vous inciter à vendre vos hôtels.

Malgré tout ce qu'elle venait de traverser, Nadia eut

du mal à croire que Mike soit allé si loin pour obtenir ce qu'il voulait.

Parsmons et l'agent Johnson leur dirent au revoir et quittèrent l'hôpital. Nadia regarda l'agent se diriger vers une voiture contre laquelle Gideon était adossé. Celui-ci ouvrit la portière du passager. Avant de monter dans la voiture, l'agent Johnson dit quelque chose qui fit rire Gideon.

Nadia tourna la tête vers Ryan, qui observait la scène avec une stupeur comique.

Alors elle repensa à ce qu'il avait dit à Shawn : « L'amour nous tombe dessus quand on s'y attend le moins. »

Cela signifiait-il qu'il l'aimait ? Parce qu'elle était certaine de l'aimer. Elle en était tombée amoureuse le jour où il était entré dans son bureau pour la première fois. Avait-elle mis autant de temps à l'admettre par professionnalisme ou parce qu'elle avait peur qu'il la rejette ? Quoi qu'il en soit, elle savait ce qu'elle voulait, à présent : passer le reste de sa vie avec lui.

Ryan se tourna vers elle et lui prit les mains.

— Nate est robuste, lui dit-il. Tu n'as pas à t'inquiéter.

Un instant plus tard, un médecin entra dans la salle d'attente.

— Mademoiselle Shelton ?

— C'est moi ! dit-elle en allant à sa rencontre.

— Votre frère va bien, dit-il. Le gilet pare-balles l'a protégé. Mais nous allons le garder en observation pour la nuit par précaution, parce qu'il a respiré beaucoup de fumée.

— Dieu merci, soupira Nadia.

— La police vous autorise à aller le voir, si vous voulez, ajouta le médecin.

Cela rappela à Nadia que Nate ne retournerait peut-être pas chez lui quand il quitterait l'hôpital. Nadia et Ryan suivirent le médecin en se tenant la main. La chambre de Nate était facile à identifier : un policier montait la garde devant la porte.

— Je t'attends dans le couloir, dit Ryan.

Elle déposa un baiser sur sa joue. Même si elle voulait passer le reste de sa vie avec Ryan, il valait sans doute mieux que ses retrouvailles délicates avec son frère aient lieu sans témoin.

Nadia entra dans la chambre.

Nate avait les yeux fermés et les traits tirés.

— Nate…, murmura-t-elle.

Il ouvrit les yeux et lui offrit un sourire tremblant.

— Je n'étais pas sûr que tu veuilles me voir, dit-il.

Des larmes roulèrent sur les joues de Nadia quand elle prit la main de son frère.

— Je viens de passer onze mois à te croire mort, répondit-elle. Bien sûr que je veux te voir.

— Je suis vraiment désolé… Je ne savais pas quoi faire d'autre.

— On devra discuter de beaucoup de choses, mais on s'en remettra, lui assura-t-elle.

Elle passa quelques minutes avec son frère, puis elle lui promit de prendre de ses nouvelles le lendemain.

— Prête à partir ? demanda Ryan quand elle retourna dans le couloir.

Elle hocha la tête et le suivit. Ils marchèrent jusqu'à la voiture de Ryan en silence.

Ryan lui ouvrit la portière du passager comme Gideon l'avait ouverte pour l'agent Johnson. Comme l'agent Johnson, Nadia ne monta pas immédiatement dans la voiture.

— Tu peux me déposer à mon appartement, dit-elle.

Ryan pinça les lèvres.

— C’est ce que tu veux ?

— Je ne veux pas continuer à m’imposer, répondit-elle en baissant les yeux. Smith n’est plus une menace.

— Non, mais ce n’est pas pour ça que j’aimerais que tu passes la nuit chez moi.

Nadia plongea son regard dans celui de Ryan.

— Tu veux que je passe la nuit chez toi ?

— Oui. Je sais que je t’ai dit que je tenais à ce que notre relation reste professionnelle mais je t’ai menti. Notre relation n’a jamais été purement professionnelle. Et encore moins ces derniers jours.

Elle esquissa un sourire.

— C’est vrai. Et j’ai envie de voir où cette relation nous mène. Je n’ai jamais eu beaucoup de chance de ce côté-là, mais je pense que ça pourrait changer avec toi.

Elle enroula ses bras autour de la taille de Ryan.

Il paraît que je suis doué, répondit-il.

Alors il l’embrassa et lui prouva une nouvelle fois qu’il y avait au moins un domaine dans lequel il était le meilleur.

Retrouvez prochainement,
dans votre collection

BLACK ROSE

Protégée par son ennemi, de Lena Diaz - N°662

LES JUSTICIERS - 1/4

Alors qu'elle enquête sur la disparition tragique de sa meilleure amie, Hayley se rend au château de Dalton Lynch car elle le soupçonne d'avoir assassiné la jeune femme. Surprise de trouver la demeure vide, elle y entre par effraction et se fait surprendre par le maître des lieux. Mais, alors qu'elle s'attend au pire, elle se rend compte, troublée, que rien chez cet homme d'une grande noblesse ne colle avec l'idée qu'elle se faisait d'un tueur froid et cruel…

La traque de l'impossible, d'Elizabeth Heiter

Quel démon pousse Darcy Altier à enlever des enfants et à les élever comme les siens ? C'est la question que se pose Alanna, elle qui, à l'âge de cinq ans, a été arrachée à sa famille et a grandi au fin fond de l'Alaska avant de dénoncer Darcy à la police… Aujourd'hui son ancienne « mère » est sortie de prison, et voilà qu'un petit garçon est à nouveau kidnappé. Persuadée que Darcy a repris ses vieilles habitudes, Alanna, accompagnée de Peter, un policier solitaire, se lance à sa recherche dans les montagnes hostiles d'Alaska.

La promesse d'un garde du corps, de Jennifer Morey- N°663

« Je vais vous protéger, vous et votre fille »… Désemparé, Callum songe à la promesse qu'il vient de faire à Hazel Hart. Ainsi, troublé par la beauté de la jeune femme, ému par la fragilité d'Evie, sa petite fille, il a dérogé à la règle qu'il s'était imposée depuis le drame qui a brisé sa vie. Mais comment refuser d'être leur garde du corps alors qu'Evie vient d'être témoin d'un meurtre et que sa mère et elle sont désormais en grand danger ?

À la recherche de la vérité, de Colleen Thompson

En arrivant sur le ranch de Beau Kingston, Emma ne se doute pas que son enquête concernant les méfaits des éoliennes sur la faune animale va tourner au drame. Dès le premier jour, son assistant meurt dans des circonstances mystérieuses. Puis elle est victime d'une série d'intimidations… Bien décidée à poursuivre ses investigations, elle s'interroge : quel est donc le rôle du séduisant Beau Kingston dans cette inquiétante affaire ?

Retrouvez prochainement,
dans votre collection

BLACK ROSE

Un père dans la tourmente, de Nichole Severn - N°664

La fillette gît, inconsciente, sur le trottoir… Le souffle coupé, Benning la prend dans ses bras et pousse un soupir de soulagement : sa fille de six ans est indemne. Mais Owen, son frère jumeau, a été enlevé par les hommes qui les ont agressés. Poussé par l'urgence, il prend alors une grave décision : il va faire appel à Ana pour retrouver son fils. Ana, la seule enquêtrice en qui il ait confiance. Ana qui a brisé son cœur sept ans plus tôt…

Un mensonge si périlleux, de Tyler Anne Snell

Jamais Riley n'aurait dû accepter de remplacer sa sœur jumelle à la soirée organisée pour le retour en ville de Desmond Nash… D'abord parce que, contre toute attente, elle est tombée sous le charme du beau rancher et ne sait plus comment lui révéler sa supercherie. Ensuite – et surtout – parce que, au sortir de la fête, elle a été poursuivie en voiture par un inconnu qui a tenté de la tuer. Une attaque qui visait sa sœur et qui la terrifie…

Soupçons sur un inconnu, de Cassie Miles - N°665

Engagée pour enquêter sur Ben Crawford, un millionnaire que son ex-femme cherche à destituer de la garde de leur fille, Liz Norton, détective privée, décide de se faire embaucher chez lui. Mais, bien qu'elle se soit promis de ne pas mêler travail et sentiments, elle ne peut s'empêcher de tomber sous le charme de cet homme aussi fascinant que mystérieux…

Un protecteur inattendu, d'Elle James

Trop séduisant pour être inoffensif… Méfiante, Melissa examine l'homme aux allures de *bad boy* qui prétend être là pour assurer sa protection. Pourtant, sa mission semblait simple : récupérer un pli à la poste et retrouver Cord, son meilleur ami, dans un bar pour le lui remettre. Mais Cord n'est pas venu au rendez-vous. Et Melissa n'a plus d'autre choix que de confier sa vie à un inconnu.

Retrouvez prochainement, dans votre collection

BLACK ROSE

Une femme à l'épreuve, de Beth Cornelison - N°666

Lorsqu'un meurtre est commis dans le domaine qu'elle a quitté cinq ans plus tôt, Tamara, qui travaille désormais pour la police scientifique, hésite à s'y rendre, tant ce lieu lui rappelle de douloureux souvenirs. Et puis, elle est certaine d'y revoir Clay Colton, son ex-mari. L'homme qu'elle n'a jamais cessé d'aimer et à qui elle pense tous les jours…

Sous fausse identité, de HelenKay Dimon

En emménageant dans le Maryland sous un faux nom, Jocelyn n'a qu'un but : se reconstruire. Peut-être ici pourra-t-elle enfin oublier le psychopathe qui l'a enlevée et séquestrée. Peut-être sera-t-elle capable de laisser à nouveau un homme l'approcher… Et pourquoi pas Ben Tanner, dont elle a fait la connaissance quelque temps plus tôt, et qui semble avoir le don de fissurer sa carapace ?

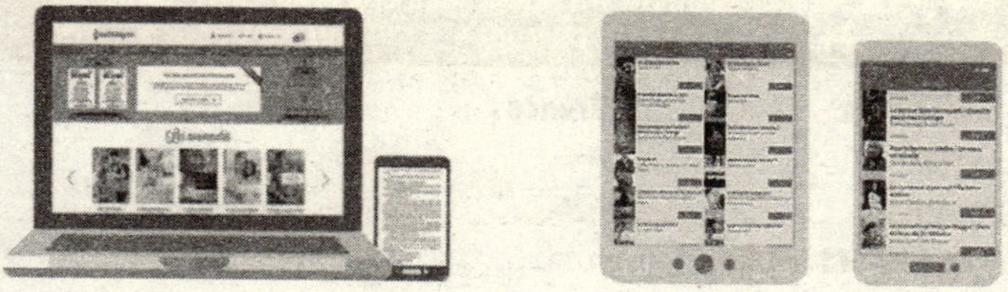